MELON CACTUS II

AF195127

TIME FOR A RIOT

Bibliographische Information Der Deutschen Bibliothek:
Die Deutsche Nationalbibliothek verzeichnet diese Publikation
in der Deutschen Nationalbibliographie; detaillierte Daten
sind im Internet über http://dnb.ddb.de abrufbar.

HERSTELLUNG UND VERLAG:
BoD - Books on Demand, Norderstedt

ISBN 978-3-7412-9970-4

Copyright 2016: M. Hänecke

Layout und Satz: M. Hänecke

MIX
Papier aus verantwortungsvollen Quellen
Paper from responsible sources
FSC® C105338

NICK T.   Z. VANISH

EBENSO VON DEN AUTOREN BEGANGEN

Melon Cactus
somethin worse would ve been better

IN BAND II

Ganz so wie am Ende vom ersten Band angekündigt, ist die Helden-
truppe zurückgekehrt und begibt sich selbstlos auf die Suche nach
neuen Abenteuern. Nein, vielmehr verstrickt sich jeder der Helden
auf seine ganz eigene Art und Weise in neue haarsträubende Geschichten, aus denen es möglichst glimpflich zu entkommen gilt.
Freuen Sie sich auf ein Wiedersehen mit den beliebtesten Charakte-
ren und Kreaturen aus dem ersten Band und bangen Sie von Seite
zu Seite mit – es kann alles passieren... Sofern Sie den Mumm haben umzublättern.

DIE AUTOREN

Die inzwischen maturierten Künstler haben alles hingeschmissen
und leben auf Broom-Eiland (nahe Melée-Island), wo sie den lieben
Gott einen guten Mann sein lassen und mit Hilfe von nicht enden
wollenden Mengen Gin Tonics und einem blinden Hund Bestseller
um Bestseller darbringen.

Clicken Sie noch heute:

www.melon-cactus.de

WIDMUNG

(SIEHE SEITE 307)

PRELUDE TO M2

»Ich bin ein Jemand.

Nur ein Niemand und ein Getriebener.

Ein von etwas tief in mir Getriebener.

Etwas, das mich nicht mehr ruhen und nicht

mehr weilen lässt – etwas, das mich nicht länger rasten lässt.

Nicht länger als einen kurzen Schlag ⋯

⋯ meines Herzens überdauernd.

– Ich bin ein Gejagter.«

☼ **Spam Brannigan**, *Specific kind of nobodies*

AUS DEM INHALT

INTRO	11
KAPITEL I	18
NARRATION HELLRIDE – FEAT. NICK & CHAZ	30
KAPITEL II	37
INTERMEZZO UNO	53
KAPITEL III	56
KAPITEL IV	73
BOSSFIGHT!	82
INTERMEZZO X	97
KAPITEL IV 1/2	100
PRAE MORTEM	130
KAPITEL IV,8	133
INTERMEZZO X²	148
SPAM BRANNIGAN	178
KAPITEL V	181
SPAM BRANNIGAN – EPISODE II	220
KAPITEL VI	224
KAPITEL VII	259
SPAM BRANNIGAN III – PRIME TO PRIME	271
THE SHAWNDOWN	292
EPILOG I	303
EPILOG II	304

I.NTRO

SO WEIT SO GUT.

Das ist schon mal etwas. Und etwas, das kann eigentlich auch gleich ein Buch sein. Nun, die ganze Sache mit dem Buch, die ist wirklich eine ziemlich seltsame, das kann ich Ihnen sagen. Es ist gar nicht so einfach, das Vorhaben umzusetzen, »einfach mal ein Buch zu schreiben« (Zitat von: der Autor) – und dann auch noch das Sequel zu solch einem sensationellen Roman wie den eigenen von Lorbeer gekrönten Vorgänger. Da stellt sich doch sofort bereitwillig das ein oder andere Problem dar, mit welchem die Autoren in den ersten freudigen Momenten ihres heiteren Schaffens sogleich konfrontiert werden. Zum Beispiel fällt mir da ein passender Aphorismus ein, den ich seinerzeit ersonnen habe, als es besonders schlimm war. Das ist er: »Tage sind zu kurz, um Bücher zu schreiben.«

Wie sich herausstellte, gilt das Gleiche für Musik-CDs, die andauernd dann zu Ende sind und einen beharrlich anschweigen, wenn es gerade besonders viel Spaß gemacht hat. Gleichermaßen lässt sich die Grundidee des Spruches auch auf stets zu klein dimensionierte Flaschen Bier anwenden, die immer leer sind, wenn der Durst den armen Autor am schlimmsten plagt, und außerdem verdeutlicht er die eine große Problematik des Schriftstellertums: die Zeit! Die Zeit ist gegen uns Autoren, sie ist sozusagen der vollendete Antagonist des Literaten. Denn die Zeit rennt! sie schreitet konstant voran, sie kennt keine Pause und keine Ruhe, sie macht nie schlapp und muss nie mal eben kurz austreten. Sprich: Sie kennt kein Erbarmen. Diesbezüglich habe ich gleich einen neuen Spruch erfunden, der das verdeutlichen soll, was uns häufig so sehr gequält hat, während wir schrieben. Er geht so: »Komme nie von draußen, wenn es regnet.«

Das ist alles so eine Sache mit dem Schreiben potentieller Bestseller. Da hilft einem keiner, da muss man ganz alleine durch! Abgesehen davon, dass ich einen unverwüstlichen Koautoren habe, der mich häufig zu ausgelassener Freude über das gerade Vollbrachte veranlasst, mich aber auch sehr ärgern kann – denn er ist sehr stur, wenn es darum geht, Anführungszeichen bei der wörtlichen Rede korrekt und verständlich zu benutzen... was aber eine andere Geschichte ist. Worauf ich eigentlich hinaus wollte, ist nämlich überhaupt kein Gejammer und Gezeter. Nein, ich wollte mich eigentlich vorstellen, und zwar Ihnen, lieber Leser und liebe Leserin. Hier kommt ein kräftiges Hallo! Ja, ich stelle mich bloß! Ein mutiger Schritt, wie mein Verleger bekundete, aber ich war mir (und bin mir noch immer) sicher, dass es gut ist, wenn Sie wissen, mit wem sie es eigentlich zu tun haben. Ist es nicht so? Bei mir kommt es häufig vor, dass wenn ich ein Buch aufschlage und die ersten Seiten umblättere, mir eine kleine Passage begegnet, die aus dem Leben des Autors des jeweiligen Werkes berichtet. Das ist meist eine sehr formelle Angelegenheit, die zum Beispiel so klingt wie: »Rühgen von H. wurde 1967 in einer Stadt nahe des Rheinfalls geboren und studierte nach seinem Schulabschluss »Semantische Anthropopologie im Bezug auf den demografischen Brechreizfaktor des durchschnittlichen Krechn« mit Schwerpunkt Waghalsigebra. Nach absolviertem Studium zog er in eine größere, bekanntere Stadt und lernte dort seine Klempnerin kennen, die er später heiratete. Mit ihr hat er heute zweihundert Kinder und wohnt in einem Haus außerhalb der Stadtgrenzen mit einer Katze und einem Stall voll Hühnern zusammen unter einer Decke. Am liebsten mag er Zitroneneis und seine Bücher sind weltweit in zwei Sprachen übersetzt worden. Bald wird er wahrscheinlich sterben.«

Na, herzlichen Geburtstag! Wow, denke ich mir jedes Mal und fühle mich beflügelt, das Werk dieses wahren Tausendsassas von Tröte zu verspeisen anstatt zu lesen. Und weil ich auch finde, dass Sie, werte Leser, es nicht verdient haben, mit solch Nichtigkeiten abgespeist zu werden, werde ich es trotzdem nicht anders machen, um sie nicht zu enttäuschen! Jawohl! Ich bin rücksichtsvoll. Und ich habe noch keine Kinder und bin schon mal von einer größeren Stadt in eine etwas kleinere umgezogen. Und eine Katze haben wir auch und einen Hund. Gestern hat er gespuckt, weil ich ihm zuviel Futter gegeben habe. Er kann es einfach nicht lernen. Jedes Mal sage ich, »Friss nicht wieder gleich alles auf, Regent (so heißt der Hund)! Teil es dir gut ein, mehr gibt es für die nächsten zwei Monate nicht!« Jetzt wird ihm vermutlich für eben diese zwei Monate übel sein, aber immerhin kommt nix weg. Ist ja auch teuer, dieser Fraß. Aber bevor ich jetzt abschweife und zuviel aus meinem pieksigen Nähkästchen plaudere, will ich mich lieber dem widmen, was hier wirklich wichtig ist: meinem Buch. Oder besser, dem Buch von mir und meinem Koautor. Der hat aber nicht viel davon, denn er muss immer angekettet sein, sonst hat der Hund überhaupt nichts zu fressen mehr.

Ich als der Autor, also mir als dem Autor, oder noch besser, uns als den Autoren, uns liegt eines sehr am Herzen. Nämlich, dass Sie, werte Leserschaft, sich mit der Welt von Melon Cactus II (die auf den ersten Augenschein wenig Parallelen zu der Welt aus Band eins zu haben scheint) gut, beziehungsweise mindestens ausreichend, identifizieren (was ein dehnbarer Begriff ist) können. Deshalb liegt es nahe, so denken wir, Sie unterstützend in dieses Universum einzuarbeiten. Da sich nämlich fast nichts in dieser Geschichte von selbst erklärt, sondern alles so genommen zu werden hat, wie es geschrieben ist, aus diesem Grunde wollen wir zumindest einen kleinen Leitfaden zur Lokalisation liefern, der es Ihnen beim Verfolgen der Geschichte erleichtern soll, sich zurechtzufinden. Damit Sie sich immer ein wenig auskennen und so Sachen sagen können, wie: »Ha! Wauszburg! Da bin ich längst gewes'n! Das Klimperbim, seeehr schöne Frau'n hats dar!« oder so was, wie: »Jupp! S Klimperbim. Klar, das kenn ich doch von damals noch!«

So und nicht anders möchten wir erreichen, dass Malabambala (die Welt von Melon Cactus II) wie eine zweite Heimat für Sie wird. Jedenfalls rein fiktiv. In Realität wünschen wir Ihnen diesen beschaulichen Staat natürlich nicht als Nachbarland, noch als Urlaubsort oder gar Kriegskontrahenten. Malabambalas, so nennen sich die Ureinwohner, und das zu Recht, machen nämlich keine Opfer, wenn es um Streit geht! So. Ich denke, das sind genug der einfühlsamen Worte, beginnen wir doch einfach mal mit einem kleinen, schaukeligen Cessna-Rundflug über die Stadt Wauszburg, ihres Zeichens siebtkleinste, topographisch betrachtet äußerst auseinander gerissene Stadt Malabambalas, die meist gemäßigtem Klima ausgesetzt ist und das das ganze Jahr über. Winter gab es schon seit Jahren kaum einen des Ernennens werten mehr, die Sommer hingegen können verflucht heiß werden. Es schlägt eigentlich das ganze Jahr über nieder, die prognostische Tendenz ist jedoch steigend, wie Meteorologen zu erklären nie müde werden. Wie in jeder größeren Stadt gibt es alles, was das Herz begehrt. Sechsspurige Schnellstraßen, ein ausgedehntes U-Bahn-Netz, hauchhose Wolkenkratzer, eine schnuckelige Altstadt mit engen Gässchen und schmutzigen Mauerchen, einen Schrottplatz, Slums, einen Hafen[1],

---

[1] *Wauszburg wird vom majestätisch dahin fließenden Hemdskanal durchströmt, benannt nach August Hemds, der 1654 (ein für Historiker unangenehm zu merkendes Datum) diese mächtige Handelsader eigenhändig mit seinem gestohlenen Klappspaten aushob, um allen einen Gefallen zu tun. Statt buchstäblich auf Händen getragen zu werden, wurde er für den Diebstahl des Spatens sowie willkürlichen Vandalismus und unzulässiges Grubengraben verhaftet und eingesperrt und zwanzig Jahre später zum Tode verurteilt. Vor seinem einsamen Dahinscheiden im Kittchen von Altafratz wurde sein Werk nie*

einen *Saturn* und einen *Media Markt* (ersterer in der Innenstadt, zweiter etwas außerhalb in einem großflächigen Gewerbegebiet), eine mittelmäßige Arbeitslosenzahl, eine ebenso mittelmäßige Kriminalitätsrate und pro Einwohner 4,123 Fernsehgeräte, 1,3 Kraftfahrzeuge und 2,12 Kinder in jeder Generation, verwirrendes Leveldesign und Infrastruktur direkt aus den Katakomben der Hölle, brüllende Obdachlose, international anerkannte Küche und eine häufig in der Kritik einfacher Leute stehende Politik, die alles schlechter macht, als es wiederum alle anderen könnten, welche es aber leider eben nicht tun. Außerdem hat's einen Flughafen, der etwas außerhalb der Stadt liegt, eine Militärakademie und Wauszburg ist obendrein eine beliebte und renommierte Universitätsstadt. Es gibt einen Haufen Gebäude, die unter Denkmalsschutz stehen, viele große saftige Parks und, und, und. Es geht nahezu endlos so weiter. Wer an dieser Stelle sagt: »Heidewitzka, da wollt ich doch schon imma mal hin! Erzählt mir mehr von Wauszburg, ey. Ich will alles wissen!«, dem sei der von uns verfasste Reiseführer »Wauszburg, oh du schönes Wauszburg« (im gleichen Verlag wie Melon Cactus II erschienen) nahe gelegt, denn der enthält tiefgehende Informationen über alle wichtigen Details der Stadt und um herum sowie einen auffaltbaren Stadtplan und einen kostenlosen Magnetbutton mit einer Karikatur des Maskottchens der Stadt darauf – dem Udo.

Nun, geben Sie zu, das klingt doch gut. Eine schöne Stadt, dieses Wauszburg. Auch unsere Protagonisten fühlen sich dort wohl und auch unsere Antagonisten, die Bösewichter. Es gibt für alle ein trockenes Plätzchen. Und alle sind sie zusammen im sozialen Auffangnetz registriert und vereint. Wenn einer von ihnen

---

anerkannt, denn es gab noch keine groß organisierte Handelsschifffahrt, deren Prosperieren Anlass dafür gegeben hätte. Erst einhundert Jahre später begann man, ihn als großartigen Helden und Vordenker zu feiern. Ein Phänomen, das in den Büchern der Geschichte immer wiederkehrt.

also mal nicht mehr so recht weiß, wo er bleiben soll, da greifen ihm die anderen gleich unbewusst unter die lustlosen Arme. Eine große Familie sind sie alle. Eine Hand wäscht die andere. Alle stecken sie unter einer Decke. Fein.

So weit so gut. Das sagte ich bereits zu Beginn dieser Ausführungen und ich sage es gerne wieder. Außerdem sag ich nie Tschüß, sondern immer Auf Wiedersehen! Und ich mein das auch so. Übrigens: dieser Band hat ein Motto. Ja, watt?! Ein Motto?! Ein Konzeptbuch?! Wo gibt's denn so was? Nun, ich bin stolz, Ihnen erklären zu dürfen, dass es so was ausschließlich hier gibt. Und wer das Motto herausfindet und es uns auf einer ausreichend frankierten Postkarte schickt, die in Hondon gestempelt ist, der gewinnt einen Preis. Hondon? Wo das liegt? Finden Sie es doch einfach heraus. Steht alles weiter unten. Wem das zu anstrengend ist, der kann es auch gerne sein lassen. Denn das ist alles überhaupt nicht so schlimm; man kann den Roman auch einfach ohne alle Extras lesen, und viel brisanter beschäftigt mich momentan der Umstand, dass meine leckere Suppe schon die ganze Zeit in ihrem blöden Topf überkochen will. Sie plant einen Fluchtversuch, garstiges Gebräu! Hai Ja!! Mit dem guten alten Karatemeisterschrei von Meister Splinter auf den von Wut verzerrten Lippen weise ich die Suppe in ihre Schranken. Das wäre erledigt. Hach, der Alltag eines Misserfolgsautors ist gespickt mit so mancherlei kleinen und auch großen Abenteuern. Ein wahres Glück, sage ich Ihnen. Nun, ich wollte ja ursprünglich gar nicht so umfangreich abschweifen und erzählen, dafür wird es im folgenden Roman schließlich bestimmt noch genug oder sogar viel zu viele Gelegenheiten geben, also in diesem Sinne: Viel Spaß mit Band II!
Hochverachtungsvoll
Ihre Autoren

KAPITEL 1

MALABAMBALA. GEGENWART. EIN (FAST) BELIEBIGER VORMITTAG.

Zwischen den schmalen Straßen von Derrenzhill wallte der Dunst des jungen Tages. Das rote Kopfsteinpflaster glitzerte wie das schillernde Band eines kleinen Bachlaufes, der sich am Fuße der hohen Altbauten entlang schlängelte. Die kupferfarbenen Gebäude lehnten dicht beieinander, als schlummerten sie noch gemütlich über den Morgen hinaus. Weit am Horizont über dem Meer, das man wunderbar über die spitzen Dächer von Derrenzhill hinweg erspähen konnte, eröffnete die Sonne ihr allmorgendliches Feuerwerk.

Für alle, die sich nun gerechtfertigter Weise fragen: »Wer zum Geier is Derrenzhill?«, denen sei an dieser Stelle erklärt, Derrenzhill ist (topographisch betrachtet) der am höchsten über dem Meeresspiegel angelegte Stadtteil von Wauszburg. Aus akutem Mangel an Baugrund und keiner Angst vor der architektonischen Herausforderung, begann eines Tages vor circa einhundert Jahren eine besonders wagemutige Delegation Wauszburger Baumeister mit dem Vorhaben eines von Fachwerkbauten dominierten Siedlungsbaus oberhalb des Stadtzentrums und brach mit ihrer ersten Erfolgswelle einen nahezu goldrauschähnlichen Bauboom vom Zaun, der jeden, der es sich leisten konnte, dazu veranlasste, sein bescheidenes Hüttchen oberhalb des Zentrums in Derrenzhill errichten zu lassen. Mit der Zeit blühte so ein wunderbares Idyll aus Wauszburgs Westküste, die sich wie eine Speerspitze aus Fels und brüchigem Grund über das Meer erhebt. Jeder, der dem Risiko einer solch brisanten Immobilieninvestition trotzt, wird deshalb mit dem beneidenswertesten Ausblick der ganzen Stadt, ach was, des ganzen Landes belohnt – sofern ihm seine Prachtbude nicht unter dem zufriedenen Hintern wegrutscht und zusammen mit ihm in die See stürzt. Jedenfalls ist es ein zumindest zeitweiliger Genuss, von günstigen Punkten aus die spiegelglatte Malambasee ausmachen zu können, die sich, soweit das Auge reicht, hinter der Küste Malabambalas erstreckt.

An diesem Morgen war es sogar besonders schön. Die roten Ziegensteindächer[2] der Häuser schillerten grell im gleißenden Licht der noch tief stehenden Sonne und einige trugen keck eine Mütze von sprießfreudigem Gras oder einen dichten Mantel aus Moos oder sogar ein elegantes Efeugewand.

Übrigens: Kaum eine Straße in Derrenzhill ist breiter angelegt als ein Auto, da man sich ursprünglich lediglich auf die Konstruktion eines durch und durch angenehm zu bewohnenden Viertel konzentriert hatte. Aus diesem Grund fahren hier kaum motorisierte Fahrzeuge. Es ist einfach ein Graus, denn immer wenn einem jemand genauso blödes mit seinem Auto entgegenkommt, muss man die ganze Strecke, die man bereits hinter sich gebracht hat, bis zur nächsten Parklücke zurückfahren, um den anderen vorbeizulassen. Damit zu rechnen, dass andere das für einen tun, entpuppt sich nämlich stets als hoffnungslos naiver Reinfall. In Derrenzhill wohnen vornehmlich Künstler oder immerhin Leute, die glauben und behaupten sie seien welche. Aber auch alte Leute, junge Paare mit ihren ein oder zwei Kindern und Hund, und kometenhaft schnell reich gewordene Yuppies, die jeden Tag mehrere Kilometer zu ihren Autos laufen müssen, da diese vor dem Viertel parken, wuseln durch die schmucken Gässchen Derrenzhills.

Nun, belassen wir es jetzt einfach bei einem ersten positiven Eindruck und widmen unsere Aufmerksamkeit anderen Dingen. Wie wäre es zum Beispiel mit einem kleinen Cessnarundflug über die Stadt? Aus dem kleinen Flugzeug heraus kann man wunderbar das berühmte Gassenlabyrinth von Derrenzhill betrachten und die vielen geschäftigen Leute und Tiere darin, die umherwuseln und allerhand Tätigkeiten nachgehen. Genauso sieht man auch das allgegenwärtigen Wirrwarr aus Wäsche-

---

[2] *Ziegenstein, der: rötlich braunes Steinmaterial, das häufig und gerne zur Bedachung benutzt wird. Wenn es sehr heiß ist, bekommt die jeweils oberste Schicht des Materials feine Risse und löst sich von der unteren ab. Kommt Wind auf, entstehen so nach Ziegen riechende Staubwolken, die durch die Straßen ziehen. Daher der Name.*

leinen, das wie **gigantische** Spinnennetze zwischen die Häuserschluchten gewebt ist und im Wind flatternde Textilien trägt.
Außerdem sieht man, dass sich Derrenzhill, wie bereits erwähnt,
an einen spitzen Hügel an der Westküste Malabambalas
schmiegt. Das ist der Brerg, wie die Wauszburger diese Erhö-
hung nennen. Nun, da es jetzt leider weit zu lange dauern würde, sich alles genau anzusehen, überspringen wir das kurzerhand - es läuft ja auch nicht weg (Sie können gerne später noch
einmal zurückkommen und sich alles ganz genau angucken).
Alles in allem dürften diese einführenden Beschreibungen auch
genügen, um Ihnen einen ausreichenden Eindruck von Derrenzhill zu verschaffen, wie ich denke.

Nehmen wir also an einem raffinierten Kameraflug in die
Gässchen von Derrenzhill hinab teil, fahren zwischen den Beinen der Leute auf dem wuseligen Marktplatz im Herzen des
Viertels hindurch, begutachten die vielfältigen Waren, wehen
über ein gepflegtes Blumenbeet, passieren das Wahrzeichen
Derrenzhills – den quirlig sprudelnden Wunderbrunnen –, sehen spielende Kätzchen und Hündchen, schreiende Kinder,
hören die Kirchenglocken schellen und schweben schließlich an
der Fassade eines backsteinernen Eckhausens entlang, an dessen
Rückseite wir uns empor drehen, einen Blick auf den Ozean
erhaschen können, und schlussendlich hoch zu einem Fenster
im dritten Stock wehen, das zur Rückseite des leicht windschie-
fen Hauses hinausführt, welches ganz am äußeren Rand von
Derrenzhill einen majestätischen Blick über das Meer zulässt.
Das Fenster steht offen und die dünnen Vorhänge blähen sich
im frischen Wind nach innen. Auf der Fensterbank steht eine
dünnblättrige Topfpflanze und drinnen tanzen die Enden einiger fröhlicher Sonnenstrahlen auf dem ausgetretenen Teppich-
boden. Man hört das ferne Gekreisch von Brandmöwen, ein
Schiff brummt sonor vom Meer her und ganz leise ist das
Schwappen der Brandung zu vernehmen, die sich weit unten an
der Küste bricht. Ganz langsam, kaum merkbar, verschwimmt
unser Kamerablick mit der Realität in dem kleinen Zimmer, das
vor uns liegt und vollkommen still ist. Es gibt eine Kommode

(ein gläserner Schmuckaschenbecher darauf), an den Wänden cremefarbene Tapeten, an der Decke spröden Pseudostuck, eine angelehnte Tür in einen schmalen Flur hinaus, einen mächtigen Schrank, dessen eine Tür fehlt, und einen Haufen zerknitterter Klamotten, die irgendwie sinnlos auf dem Boden liegen. Im Zentrum des Raums steht ein großes Himmelbett, so eins mit vier mannshohen Eckpfosten, die seidene und pastellfarbene Tücher halten, die die Einsicht auf das, was im Bett liegt, verschleiern sollen. Als vorsichtige Beobachter, die wir sind, gelingt uns ein Blick dazwischen durch. Zwei Männer liegen halbnackt im Bett. Der eine schnarcht kehlig und der andere hat sich - hin und wieder wimmernd – in sein dickes Kissen gekrallt. Ab und an zuckt er mit dem Bein und schlägt aus, wobei er gelegentlich den anderen Mann trifft, der dann einen grunzenden Laut von sich gibt, aber nicht aufwacht. Der Schnarchende ist ein großer, kräftiger Mann mit dunklen Haaren, die ein wenig an einen berühmten König des Rock n Roll erinnern – leider sind sie vom unruhigen Schlaf her sehr derangiert und es fehlt ihnen an Glanz. Der andere ist ein jüngerer Mann, nicht klein und nicht dünn aber sehr markant. Sein Haar ist etwas heller, kürzer und ruppiger geschnitten. Er ist überdurchschnittlich attraktiv und körperbehaart und mit seinem Gesicht liegt er in einem dunklen Hut, der ihm als zerknautschter Kopfkissenersatz dient. Eine Zeit lang geschieht gar nichts und wir beobachten stumm das Schlafen der beiden Männer. Im Raum riecht es nach Alkohol und unter dem Bett und dem Haufen Kleider am Boden lugen die ein oder andere geleerte Flasche Whizzky hervor. Brand Johnny Torkler selbstverständlich. Plötzlich dringt vom Flur her durch die halb offen stehende Tür das melodiöse Summen einer auffallend weiblichen Stimme herein. Und Schwupps! Schon hat das hübsche Hinterteil eines nett anzuschauenden Mädchens mit dunkelschwarzem Haar die übrigen neunzig Grad des Türschwingvermögens aufgeschubst. Herein kommt eine niedliche Gestalt von vielleicht fünfundzwanzig Jahren – sie hätte auch gut erst neunzehn sein können, in solch jungen Lenzen weiß man das ja nie so ganz genau – und balancierte ein prall mit allerhand Leckereien bestapeltes Tablett vor ihrem Bauch, das sie an den ausgestreckten Armen trug. Sie stellte das Tablett auf einer Kommode ab, goss etwas nussbraun glitzernden Kaffee in zwei große Becher und ging dann zum Fenster hinüber, wo sie die Vorhänge aufzog und nach den Stiefmütterchen im Blumenkasten sah – sie lächelten ihr fröhlich entgegen und streckten ihre bunten Blüten auf. Es war ein schöner Tag. Dann summte sie wieder ihre Melodie und hüpfte und hopste beschwingt zum Bett, in dem die beiden Männer lautstark vor sich hin ratzten. Einen Moment lang ertrug Sie das selige Bild, schüttelte entschieden den Kopf, griff dann nach den Endzipfeln der dicken Daunendecke, riss sie hoch und rüttelte das gute Federwerk ordentlich durch.

»Aufstehen, Jungs!« trällerte sie. »Lang genug die Matratze bewacht! Jetzt wird gefrüüüühstückt!«

Der eine von den beiden, der mit dem Hut, räkelte sich unruhig und stammelte etwas von seiner Mama… »Vergiss das Leergut nicht!« brabbelte er und sog schmatzend eine Schliere Spucke ein, die ihm aus dem Mundwinkel in den Hut gelaufen war.

»Oh ja!« tadelte das Mädchen und betrachtete die unzähligen leeren Flaschen auf dem Boden. »Wenn es für euren Schnaps Pfand gäbe, wäret ihr reich, Jungs.«

Dann packte sie den anderen Mann am Fuß und zerrte erst sacht, dann heftiger daran. Zur Bestätigung schnarchte und grunzte er laut. Sie gab ihre Bemühungen auf und besah sich die beiden. Zu dem mit dem Hut sprach sie, als ob er sie hören könnte: »Wie kann man bei dem Lärm nur so fest schlafen? Unglaublich!«

Etwas empört stemmte sie die Fäuste in die breiten Hüften und nahm dann ihre Finger zwischen die Zähne. Ein markerschütternder Pfiff erschallte und die Gläser hätten mit Sicherheit geklirrt, wären welche anwesend gewesen, doch die beiden Männer hatten die ganze Nacht lang aus der Flasche getrunken.

Wie vom Blitz getroffen schnellte der bisher Schnarchende hoch, wand sich im Bett um, trat um sich, riss die Augen samt Kopf wild hin und her und schnappte Dinge wie: »Männer! Mir

nach!«, »Wir sind umzingelt!« oder »Alle Mann in Deckuu-
uung!«.

Dann sprang er von der Matratze, robbte über den Teppich,
rollte sich unter dem Bett lang, kam am Fußende hervor, packte
den kleinen Läufer in der Mitte des Raums und zerrte daran.
»Sie haben Fallen aufgestellt! Lasst euch nicht linken, Männer!
Tut was ich tue!« jappste er und schlug um sich. »Granadeeee!!!«

Dann hielt er inne und erstarrte. Noch bevor es vorbei war,
stand er ruhig auf, ging steif zur Mitte des Raums und glotzte in
die Gegend. Schließlich drehte er sich zackig um und musterte
das Mädchen, das dastand und ihn ansah.

»Ma'am«, sprach er mit monotoner Stimme »Auch im Namen
meiner Männer danke ich Ihnen für alles! Das ist mehr als wir
verdient haben. Ich und die Jungs, wir stehen ewig in Ihrer
Schuld.«

Als er fertig geredet hatte, salutierte er ein, zwei Mal zackig
und nahm sich eine Tasse Kaffee und begann ihn kalt zu pusten.

Sie sah ihn skeptisch an, lächelte verlegen und verließ den
Raum Die Tür zog sie leise hinter sich zu.

Der Mann mit dem Becher schritt zurück zum Bett und setzte
sich auf die Bettseite, die er als Nachtlager benutzt hatte. Einen
Augenblick lang beobachtete er den anderen schlafenden Mann
und nahm hin und wieder einen Schluck von seinem Kaffee.

»Soldat«, sagte er irgendwann. »Es ist keine Schande, müde
zu sein. Das hat jeder Mal. Aber beim morgendlichen Appell
nicht Ruck Zuck auf den Beinen zu sein, halte ich für reine Faul-
heit. Ich werde mir eine Strafe ausdenken müssen.«

Schließlich regte sich auch der andere Mann und es schien, als
ob er wach werden würde. Ein Zwinkern, die Augen wieder zu.
Ein Auge auf. Auge wieder zu.

☼

Johny Riot griff sich gähnend an den Kopf.

»Öhhr, Toxic!« knirschte er zwischen den Zähnen hervor. »Halt die Klappe, Mann.«

Captain Ginn Toxic sagte nichts und begutachtete ihn, als ob er jemanden wieder sehen würde, den er schon seit Langem nicht mehr…

Johny mährte herum und rieb sich den Schädel.

»Was machst du denn hier? Wie spät ist es? Wo bin ich?« fragte er müde und zwischen zwei ausgiebigen Gähnern.

»Nns weis ich nich… hirps*!« antwortete der Captain.

Johny sah ihn an wie eine Katze einen Hund. »Boah, und du stinkst… nach Alkohol!«

Toxic sah an sich herab, schnüffelte probehalber und entschied: »Selb…e, nn du Blödman.«

Johny ließ sich zur Bettkante rollen, wand sich von den Federn und wankte zum Fenster, das den Duft und das Rauschen des Meeres hereinwallen ließ. Eine Möwe krakeelte auf dem Giebel über ihm und kackte runter. Dann flog sie weg. Johny sah ihr nach, bevor er antwortete: »Du bist auch der einzige Captain, den ich kenne, der von Kaffee schneller besoffen wird, als von allem anderen, was es in dieser verdammten Stadt gibt.«

Er drehte sich zu Toxic um und sah ihn an. Der Captain trug noch die Kleidung, die er gestern Nacht bereits angehabt hatte und sah aus, als ob er nicht feiern gewesen wäre, sondern Müllwagen gefahren hätte – und zwar hinten drauf mit.

»Ds kn Gaffee, du Sack! Da.. Da… ss… JAUP!« protestierte Toxic; weiter kam er nicht, dann rülpste er laut, gründlich, trocken und dröhnend im Bass.

Johny hielt sich die Ohren und jammerte: »Nicht so laut, Alter! Alles – nur nicht so laut!«

Gebückt und gekrümmt schlich er zurück zum Bett und vermied es, sich darauf niederfallen zu lassen – er wusste: Verfiele er dieser Versuchung, würde er nie wieder daraus entkommen – zumindest für heute. Sorgsam um seinen Zustand bedacht, ging er die gestrigen Ereignisse durch. Er und der Cap waren unterwegs gewesen. Sie hatten was getrunken, da war er sich sicher.

Erst bei Mickey's unten um die Ecke, dann irgendwo anders und wieder bei Mickey's, der eine Runde ausgegeben hatte. Das Spiel hatte sich einige Male wiederholt, dann erinnerte sich Johny nicht mehr, was weiterhin los gewesen war. Dennoch verspürte er das drängende Bedürfnis, Ubongo zu spielen. Wieso, das wusste er auch nicht.

Statt weiter zu grübeln, begab er sich langsam und vorsichtig ins Bad, das an den Raum angrenzte, die Tür stand offen. Toxic blieb im Raum mit dem Bett zurück und goss sich Kaffee nach. »Ds gud«, lallte er und verzog das Gesicht, als er sich im Wandspiegel sah. Das Gleiche tat Johny im selben Moment auch, nur dass er dabei seiner gewaltigen Matschigkeit gewahr wurde, was Toxic seinerseits völlig übersah.

»Shit«, monierte Johny sein eigenes Derangement und klappte den Spiegelschrank auf, einerseits, um nicht mehr seinen eigenen schattigen Anblick ertragen zu müssen, andererseits, um nachzusehen, ob es nicht vielleicht etwas wie – Genau! Kopfschmerztabletten gab! Dankbar für den guten Geist des Hauses würgte er den Großteil der Packung herunter, spülte mit dem Mund unter der Duschbrause nach und ging dann zurück zum Bett. Darunter zog er eine lederne Reisetasche hervor, rippelte den Reisverschluss auf und nahm sich eine Ladung neuer Wäsche heraus. Toxic sah ihm dabei zu.

Eine halbe Stunde später war Johny Riot wie neu aus dem Ei geschlüpft. Zwar noch etwas mulmig in der Magengegend, aber schon wieder ganz proper auf den Beinen.

»So!« sagte er und klatschte in die Hände »Jetzt kann's wieder los gehen.«

Der Captain sah ihn treudoof an. »Gud… Nauf gheds…«, stammelte er und stellte seine Tasse unsanft auf der Kommode ab. Johny schüttelte den Kopf. »Nein, Mann, Toxic, doch nicht so, wie du schon wieder denkst. Ich schlage vor, du bleibst am besten erst mal den heutigen Tag über hier und pennst noch ne Runde deinen Rausch aus.«

Er überlegte und rieb sich dazu das Kinn. »Konnte die arme Jamie ja nicht wissen, dass du keinen Kaffee verträgst. Ich werde ihr sagen, dass das OK geht, wenn du erst nachher aufstehst, das Bad voll kotzt, duschst und dich dann vom Acker machst. Aber jetzt gehst du wieder in die Heia, verstanden?«

Toxic sah wenig begeistert aus.

»Sakrament!« protestierte der Cap. »Ich leg mich doch jetzt nicht wieder hin. Außerdem bist du nicht meine Mutter«, rüstete er sich und grabschte noch einige Zuckerwürfel von dem Tablett auf der Anrichte zusammen, steckte sie ein. »Also, ich muss eh los. Johny, mach's gut. Wir seh'n uns! Hat mich gefreut, mal wieder mit dir um die Häuser zu ziehen. Arrr, wenn bloß jeder Tag so einer wäre. Und grüß mir Nick und Chaz und Kent und Jane und die anderen Spinner alle.«

Bevor Johny noch etwas sagen konnte, war Toxic schon bei der Tür, klopfte gegen das Holz und sagte: »Ich klopf dann mal auf das Holz, ha ha ha!« Und *Huiii!* war er auch schon verschwunden. Johny atmete langsam aus und zog sich ein Päckchen Zigaretten aus der Gesäßtasche. Es war ärgerlich zerknickt doch wie von Gott so gewollt, ragte noch eine letzte unversehrte Kippe aus dem kleinen Schächtelchen. Johny schnippte sich diese in den Mundwinkel, entfachte ein Streichholz am Bettpfosten und ging rauchend zum Fenster. Draußen spülte die Malambasee wie seit je und eh gegen die Felsen von Derrenzhill. Am Himmel hingen wie von einem besessenen Maler hingekleckst ein paar Wolkentupfer. Vogelsilhouetten kreisten über dem Horizont und einige Segelschiffe hüpften auf den sachten Wellen heiter über den Ozean.

Alles ruhig, dachte Johny.

Dann hörte er hinter sich ein Geräusch.

Er drehte sich um und lehnte sich gegen die Fensterbank. Die Arme hatte er vor der Brust verschränkt und die Zigarette baumelte ihm lose von der Unterlippe.

Das Mädchen von vorhin schob die Tür vom Korridor her auf und kam herein. Vor dem Läufer blieb sie stehen und knetete ihre Hände hinter dem Rücken. Sie hatte einen Rock an, der leicht vom warm hereinwehenden Wind bewegt wurde.

»Guten Morgen, Johny«, sagte sie und winkte ihm zu.

Er mochte ihr Lächeln. Es war so ehrlich. Wirklich ehrlich.

»Hey, Jamie«, antwortete er und lächelte ihr ebenso zu.

Sie freute sich sehr, dass er bei ihr war, das wusste er auch ohne, dass er ihr es angesehen hätte.

Die Art wie sie ihre Lippen kaute, wenn er bei ihr war, wenn sie ihn ansah und mit ihm redete. Johny schätzte ihr ruhiges und häusliches Wesen. Nur zu oft war sie ein sicherer Hafen gewesen, den er nur allzu gern angesteuert hatte, wenn es für ihn hart und rau gewesen war. Vielleicht war es gerade der Umstand, dass er sie nur alle paar Wochen oder Monate mal sah, der ihn immer wieder ein so begeistertes Gefühl ihr bezüglich verspüren ließ. Möglicherweise war es aber auch einfach nur *der* Umstand, dass sie schlicht und einfach nicht ermüdend auf ihn wirkte.

»Habt ihr gut geschlafen, du und dein Freund?« fragte sie und strahlte ihn an.

Johny nahm einen Zug von seiner Zigarette und lächelte. In ein intensives Gähnen hinein antwortete er: »Jupp. Ich kann nichts anderes behaupten.«

Jamie sah zufrieden aus. »Schön«, sagte sie. »Und dein... Freund...« Sie wurde etwas rot und schaute peinlich berührt zu Boden. Johny kratzte sich zwischen den Schulterblättern. »Toxic! Ha! Ja, das ist so eine Sache. Der Cap ist schon ein komischer Vogel. Das hast du sicherlich gemerkt. Ist er gegangen?«

Sie nickte stumm, doch ihr Blick sprach mehr als Bände – gleich ganze Lexika.

Johny musste lachen und nahm seine Zigarette aus dem Mund.

»Weißt du, ich mag ihn einfach. Und ich weiß noch nicht einmal warum, zum Henker.« Er schnippte den Stummel aus dem Fenster. Noch im Flug schnappte eine gierige Möwe danach und trug ihre Beute davon. »Der alte Haudegen ist einfach schräg.«

Jamie kam näher und blieb vor ihm stehen.

»Du kennst schon komische Leute, Johny. Aber mir macht es nichts aus. Du bist immer willkommen. Auch in solch...«, sie suchte nach Worten, »... merkwürdiger Gesellschaft.«

»Ja, ich weiß. Dank dir, Jamie. Du bist mir ein Schatz.«

Johny stieß sich von der Fensterbank ab und näherte sich ihr mit einem kurzen Schritt. Woanders hätte er auch überhaupt nicht hin gekonnt. Sie blieb stehen und sah zu ihm hoch. Sie war vielleicht etwas mehr als einen Kopf kleiner als er.

»Johny«, sagte sie.

»Das bin ich«, antwortete er mit einem Stirnrunzeln.

Sie seufzte und sah zu Boden. »Weißt du, wir haben nie…«

Sie verstummte.

Johny legte seinen Zeige- und Mittelfinger unter ihr Kinn und neigte ihren Kopf hoch, so dass sie ihm in die Augen sah. »Und ich habe jedes Mal das Gefühl, etwas verpasst zu haben, wenn ich von hier gehe…«, sagte er.

Sie schluckte und nickte. »Ja…«

Er ließ ihr Kinn los und ging an ihr vorbei zur Kommode, wo noch seine Tasse mit dem Kaffee stand. Die Flüssigkeit war inzwischen nur noch lauwarm.

»Jamie.«

Sie drehte sich um. »Ja?!«

»Möglicherweise ist das der Grund, weshalb ich immer wieder zurück komme.«

Sie legte den Kopf leicht zur Seite und sagte nichts.

Johny sah kurz zum Fenster raus, als ob da etwas wäre, das ihm in diesen Moment wichtig sein könnte.

»Ich muss jetzt gehen.«

Sie kam zu ihm - zwei, drei schnelle Schritte.

»Wohin, Johny? Wohin gehst du diesmal wieder? Ich…«

»Psshht!« machte er und legte ihr einen Finger auf die Lippen. Dann zog er sie zu sich heran und küsste sie auf die Wange. Sie schlang ihre Arme um ihn und zog sich fest um seine Taille.

»Okay«, sagte sie dann. »Trotzdem hoffe ich, dass du bald wieder kommst, Johny.«

Er löste sich von ihr, legte seine Hände auf ihre Schultern und grinste. »Na, das will ich doch wohl meinen. Da mach dir mal keine Sorgen, Süße.«

Sie lächelte und hob einen Zeigefinger. »Und diesmal bitte nicht wieder ganz so schlimm betrunken, ja?«

Er schüttelte den Kopf und raufte sich das kurze braune Haar.

»Ich versprech's.«

Er gab ihr noch einen Kuss. Diesmal auf den Mund und sie öffnete überrascht die Augen.

»Johny!«

Er schnappte sich seinen Hut vom Bett, putzte ihn mit ein paar Klopfern ab und setzte ihn auf.

Er ging zur Tür, blieb stehen und tippte sich an die Hutkrempe. »Ma'am.«

»Warte!« rief Jamie und kam ihm hinterher. »Einmal noch«, forderte sie jovial und zum letzten Mal für eines dieser raren Treffen küssten sie sich.

Dann verabschiedete Johny sich scherzend und verschwand in den schmalen Straßen von Derrenzhill.

FEATURING
NICK & CHAZ

ZU EINER ÄHNLICHEN ZEIT. DAS »SENSENRIEF«.
(Leser des ersten Bandes – nehmt dies!!)

Gedrückt quoll der womöglich blauste Blues aller Zeiten aus den antik anmutenden Lautsprecherschränken in den staubigen Ecken des beirrend verwinkelten und verqualmten Raumes mit der kopfstoßgefahrniedrigen Decke. Hugh Bailey und seine Boilers wankten auf der engen Bühne in einer Ecke des Ladens umher und gruben tief in ihrem melancholischen Fundus musikalischer Art. Ganze Kubikmetermassen von Zigarettenrauch sammelten sich unter der Decke und auch in dem dickglasigen Trinkgefäß, das auf einem kleinen wackelfüßigen Bistrotisch stand, und zu beständiger Gelegenheit von der Hand Nick Tempests gegriffen wurde, um ihren Besitzer daran nippen zu lassen. Beim Genuss des dunkelgolden glitzernden Whizzkys Brand Johnny Torkler, den Nick durch bedächtiges Schwenken des Glases zum Schwappen und Strudeln brachte, stahl sich hin und wieder ein linkisches Lächeln in seine ansonsten gern eher konzentriert und vom Leben enttäuscht wirkenden Züge. Die nackenlangen, glatten Haare wusch er sich mit der freien Hand aus dem charakteristischen Gesicht. Ausgerechnet mit der Hand, die an diesem Abend – der überraschenderweise schneller als erwartet zu tiefster Nacht geworden war – die meiste Zeit über ein altersschwaches Billardqueue hielt, das ihn schon einige Male vor dem Sturz auf den Tisch oder in eine schüchtern dastehende und tuschelnde Gruppe junger, hübscher und sportlich anmutender Mädchen gerettet hatte (was zur Annahme verleiten ließ, dass es in Wirklichkeit überhaupt nicht Nick war, der das Queue hielt, sondern gerade eben dieser es war, der ihn trug). Im Falle der voreiligen Vereitlung der zweiten Indisposition war Nick mit dem Queue böse geworden und hatte es, was manche von aus Anlässen des Jugendschutzes möglicherweise überlesen wollen...

Jedenfalls hatte er damit auf einen beschränkt und tumb herumstehenden, aber von der plötzlichen Attacke doch überrascht wirkenden Typen eingedroschen, der anschließend auch noch faul im Weg herumgelegen hatte, weswegen er von einigen selbsternannten Wohltätern aus der Kneipe geschleift worden war. Begleitet von Nicks unflätigen Äußerungen über das fast schon unschöne Intimleben dessen Bruders mit einem namenlosen Seeelefanten.

Auf der anderen Seite des Billardtisches mit dem fleckigen, grünen Tuch und einigen kompliziert ruhenden Bällen stand in eine düstere Ecke gelehnt die bisweilen heruntergekommene aber beispiellos nonchalant wirkende Gestalt Chaz Ashlins, der sich mit miesepeterigem Gesichtsausdruck über das dicke Ende seines Queues lehnte und mit zusammengekniffenen Lippen und Augen den Tisch taxierte, eine Gabe, die nicht jedem, eher ausschließlich Chaz, zukam, sozusagen schon in die Wiege gelegt wurde, wo immer und wann immer das gewesen war; ein Ausdruck an dem viele hoffnungsvolle Nachahmer gescheitert und schlussendlich zerbrochen waren: grenzenlose Coolness.

Die beiden spielten bereits seit Stunden und vielleicht sogar Tagen schon ein Spiel nach dem anderen. Sie waren irgendwie wie immer in Jacobs Kneipe aufgelaufen, in dieser ewig fremden Stadt, in einem ewig fremden Leben, hoffnungslos politisch und sozial desillusioniert und nicht zu guter Letzt... betrunken. Seit sie die Spur von Dias Fragma verloren hatten und auch der Captain über alle Berge davon war, hatte sich ihre Aufgabe, ihre Bestimmung, leidlich im Sud des Alkohols und der fehlenden Motivation, irgendetwas anzufangen und zu verfolgen, in Schall und Rauch aufgelöst. Sie hatten ihre Perspektive verloren. Anfangs war das ein kaum nennenswertes Problem gewesen, die Nächte in dieser namenlosen Stadt waren feucht und kurz, doch spätestens als Chaz Wiegenfest gefeiert hatte und ihnen bewusst

wurde, dass auch Nick davor nicht gefeit sein würde, da hatte
ihre anfängliche Euphorie, einfach die Tage und Nächte wegzu-
feiern und -saufen und -spielen, einen herben Schlag erfahren,
was sie schließlich auf den bitteren Boden der Tatsachenlage
zurück geholt hatte. Sie sahen ein, dass es so nicht weitergehen
konnte. Zwar waren ihre monetären Mittel längst nicht erschöpft. Aber ihre Lust am den lieben Gott einen guten Mann
sein lassen, am machen und Tun und so, die hatte sie inzwischen sozusagen in jeder Hinsicht verlassen.

*Also schien eigentlich alles beim Alten zu sein. Fast jedenfalls. Denn
Fakt war und ist: Nick und Chaz, den beiden Bagaluten, denen ist
einfach hundslangweilig. Da hilft kein Johnny Torkler (Das will schon
was heißen) und da hilft auch kein Billard mehr. Was sie brauchen ist
eine Aufgabe. Das chronische Problem der beiden ist jedoch, dass sie
Aufgaben, die sie zu begeistern vermögen, eigentlich nicht selbst erfin-
den können. Aber, wofür hat man solch einen sensationellen Autoren
zur Seite stehen, beziehungsweise sitzen, der mit einer tollen kleinen
Aufgabe ihnen Spaß zu bereiten gewillt ist.*

*Gut, es ist nun mal DER Autor und da dürfen die beiden nicht
jammern, wenn es dann doch ganz schön knüppeldicke kommt.*

*Zorn, Blut, Waffen mit überirdischem Kaliber, komplett überge-
schnappte Nymphomaninnen, sprechende lila Kakteen, Spam Brannigan, Sex ohne Wenn und Aber etc. etc.[3]*

*Nick, Chaz, hört gut zu, es stehen Entbehrungen und schwere Zei-
ten ins Haus. Fühlt ihr euch bereit?!*

Nick nickte.
Chaz schloss sich dem an.

Dann kann es ja losgehen ...

---

[3] *Wäre doch gelacht, meine Herren, wenn es da nicht rund ginge!*

Klack! Die weiße Kugel traf die Neun und schnalzte sie mit einem satten Geräusch in die Bandentasche. Chaz hielt das Queue locker in der linken Hand, während seine Kippe salopp im linken Mundwinkel abhing. Nick lehnte rücklings an der Theke und hielt einen Krug mit Johnny Torkler in der Hand. Er beobachtete Chaz' Spiel und dachte gerade an nichts, da sagte sein Freund: »Weißt du, Nick, manchmal muss ich schon an sie denken.«

Nick nahm einen Schluck. »An wen denn?« fragte er, setzte sich auf einen Barhocker und drehte sich Chaz zu. Der ewig gut gefüllte Humpen Torkler balancierte entspannt und doch sicher wie der Speck in Muddis Mockturtle in seiner linken Hand.

»An Cinder, Mann«, erwiderte Chaz und visierte die schief daliegende Sechs an. Doch dann überkamen ihn die Gemütsbewegungen. Der Stoss kam zu hart. **Zack!**

Abgerutscht. Direkt unter der weißen Kugel langgeschrubbt und mit Schmackes vom Tisch gepfeffert.

Ein Einsamer Statist saß bis zu diesem Moment noch zusammengesunken an der Bar und starrte trübsinnig in sein Glas J.T.

Und **Romms!** Licht aus. Zapfenstreich.

Die Weiße erwischte ihn direkt an der Schläfe, sofort KO. Mit einem Geräusch wie *Urgh!* knallte er auf die Theke. Chaz schaute ihn einen Moment lang nachdenklich an und zuckte dann mit den Schultern.

»Sag mal. War das jetzt eigentlich n Foul?« fragte er.

Nick hob die Kugel wieder auf und kullerte sie kommentarlos zum Anfangspunkt, sah Chaz einen Moment lang schulmeisterlich an, stellte dann sein Glas neben sich auf die Bande des Billardtischs und begab sich seinerseits in eine professionell aussehende Stoßhaltung.

»Naja... Wegen Cinder. Wir gehen sie eines Tages suchen, ich hab's dir doch versprochen. Ich mein, wenn wir Zeit haben. Das heißt, wenn wir die *Spam Brannigan - Ein Mann und sein Arm Extended Edition* durch haben. Soviel Zeit muss sein. Zack! Kugel versenkt. Nick nahm sein Glas und wandte den Blick zur Tür, welche just in diesem Moment knarrend aufschwang.

Das kennzeichnende Kneipengemurmel, Gläserklirren, Gelächter, Klacken der Billardkugeln und, ja, sogar die Musik … all diese Geräusche erstarben von einem Augenblick auf den anderen. Nick lies das Glas, welches sich grade fast bis zu seiner Einfüllöffnung hochgearbeitet hatte, wieder sinken.

Chaz Ausdruck verfinsterte sich. »Nein…«, formte er das Wort mit seinen Lippen, ohne es laut auszusprechen. »Nicht jetzt…«

»Was? Was denn? Ist doch alles cool!« sagte Nick.

Durch den wabernden Zigarettenqualm und die hartsteinlastige Musik Hugh Baileys erkannten die beiden die brünette Jane, die auf die Zwei zu steuerte und kurz vor ihnen Halt machte. Sie lächelte beide an.

»Hallo Jungs!«

»Jo, Jane!« Chaz zog einen imaginären Hut. Nick versank bereits in ihren kakaubraunen Rehaugen. Sie ging noch einen Schritt näher auf ihn zu und brachte ihr Gesicht hauchnah an seines heran. Chaz ging mit ausgebreiteten Armen dazwischen. »Wow! Wau! Wau! Stopp! Auszeit hier. Nicht schon wieder!« ermahnte er Nick mit erhobenem Zeigefinger. »Als ich das das letzte Mal zugelassen habe, konnte ich dich für den Rest des Abends nicht mal mehr ansprechen. So läuft der Hase nicht. So kriegen wir die Spam Brannigan-DVD nie durch. Das ist Demagogie. Für so was könnte man ihren hübschen Arsch in den Knast stecken.«

»Sorry, Chaz. Da muss er nun mal durch«, sagte Jane anstatt Nick. Sie lächelte zynisch und drückte ihre vollen Lippen auf Nick herum, der willenlos dastand.

So, das kennen wir alle: Zeit bleibt stehen, Geräusche ersterben, man fühlt sich wie im Paradies und so weiter und so fort. Wer mehr wissen will, soll uns halt um Band eins anbetteln und gleichzeitig eine rückfrankierte Postkarte samt gutem Grund zusenden, den legendären – aber leider illegalen - Anhang rauszurücken. Da steht nämlich alles drinnen, wie's so gekommen ist, wie es nun mal ist.

»Jane... Du bist ein Miststück! Ich warne dich...«, grummelte Chaz.

»Chazzy, Darling«, betonte Jane süffisant. »Du weißt doch, dass es nicht anders geht. Ich muss meine Zeit mit ihm einfordern. Er trinkt zu viel. Und er spielt zuviel mit dir diese degenerativen Spielchen. Deshalb nehme ich ihn mir mit.« Sie zwinkerte Chaz zu. »Wir haben da noch was vor...«, lächelte sie makaber und führte ihre willenlos nickende Beute (Nick nick), mit einer Hand fest im Genick haltend, aus der Kneipe.

»Scheiße, verfluchte!« Chaz schnappte sich die erstbeste Kugel vom Tisch und warf sie mit Schmackes hinter den beiden her – es war die Weiße. Freilich, sie verfehlte ihr Ziel; platzte durch eine dunkle Bleiglasscheibe und schlug draußen den mit seinen Muskeln spielenden Türsteher KO. Im folgenden Augenblick kam ein Straßenköter mit dicht auf den Boden gedrückter Schnüffelnase vorbei, pinkelte den armen Mann in seiner Not erstmal erleichtert an und schlang dann hastig die Billardkugel herunter. Kurz darauf brach er, würgende und erstickende Laute von sich gebend, zusammen[4].

Nick und Jane waren einige Minuten zuvor bereits in die andere Richtung verschwunden und bemerkten nicht mehr den Fahrradfahrer im grauen Kittel, der den struppigen Kläffer vorsichtig aufhob und sachte auf den Anhänger hinter seinem Drahtesel bugsierte.

»Mwhahahahaha!!!« johlte Rolf[5] in die Nacht hinaus. »Gnihi-hihi!!!«

Drinnen im Getümmel gierte Chaz den übrig gebliebenen Inhalt von Nicks Glas herunter. Soll ja schließlich nichts wegkommen, wie er fand und bestellte beim wissend dreinblickenden Jacop gleich noch eine neue Runde für sich und seine Freunde. Als ihn Fidi, der Barkeeper seines Vertrauens, darauf hinwies, dass seine Freunde soeben gegangen waren und fragte,

---

[4] *Mag sich wohl übernommen haben, das Biest.*
[5] *Interessant: Hier haben wir es mit einem Relikt aus den frühen Arbeiten an Band II zu tun. Der Rolf. Ja! Damals. Hach. Das waren noch Zeiten, als Rolf und der Boss sich immer um die Fernbedienung stritten. Naja, das haben sie jetzt davon. Sind nämlich beide komplett aus dem Roman geflogen. Idioten. Haha.*

ob er sich sicher sei, für drei Leute bestellen zu wollen, korrigierte sich Chaz und bestellte gleich für vier - die ließen sich besser teilen, erklärte er Fidi, der daraufhin kopfschüttelnd zurück zur Theke ging und die Bestellung beim gütig nickenden Jacob korrigierte. Chaz schätzte die Diskretion, die sich dieser Laden auf die Flagge geschrieben hatte. Eine trockene Kehle war das Wenigste, was er jetzt noch hätte ertragen können. Als er sich wieder dem unvollendeten Spiel auf dem Tisch zuwandte, bemerkte er, dass jemand sein Mobiltelefon auf den Rand des Tisches gelegt hatte. Aufgebracht wirbelte er darauf zu und schnappte es sich. Wer wagte es?! Mit zweiflerischem Blick sah er sich prüfend um und stellte fest, dass ihn niemand beobachtete.

»Dann ist es jetzt meins!« triumphierte er und wollte es schon in die Tasche seiner ausgedienten, nie einen entsprechenden Platz gesehenen, Golferhose gleiten lassen, als ihm einfiel, dass es nur das Teil von Nick sein konnte, der es hier liegen gelassen hatte, als ihnen Jane wieder einmal dazwischen gefunkt hatte, diese...

... Fidis Argwohn, diesen seltsamen Chaz Ashlin betreffend, bestärkte sich, als er sehen konnte, wie dieser, laut und peinlich nach seinen, vor einigen Minuten bereits gegangenen, Freunden rufend, durch den Laden hetzte und ein Handy hochhielt. Der Mann wirkte in seinen Augen harmlos, hatte aber ein offenbar nicht auf die leichte Schulter zu nehmendes Problem. Er nahm sich vor, sich vielleicht in naher Zukunft einmal darum zu kümmern. Wobei Fidi sich darüber im Klaren war, dass er es schon mit viel zu vielen armen Irren gut meinen wollte. Irgendwo sollte auch mal ein Strich des Schlusses gezogen werden, weshalb er mit seinem Anliegen rigoros an seine Kollegin und innige Genossin trat, die an diesem Abend auch Schicht hatte. Sollte sie entscheiden, ob es sich lohnen würde, diese verlorene Seele aufzunehmen.

☼

KAPITEL

MALABAMBALA. DERSELBE TAG. ZWEI STUNDEN SPÄTER. MITTAG.

Johny fuhr mit seinem gestohlenen Nissan Micri[6] und anschließend mit seinem über einen sporadisch angelegten Zeitraum hinweg geliehenen Dreirad, das ein quietschendes Hinterrad hatte – welchem gegenüber er sich nach einigen Versuchen der dulderischen verbalen Aufforderung »davon sofort abzulassen, du Scheißding!« in der Folge doch genötigt sah, es abzuschießen (ein Eingriff, der dem nichtswürdigen Fortbewegungsmittel durchaus nicht gerade zusätzlichen Komfort in Sachen Fahrverhalten und Mobilität verlieh) – eine mäßig befahrene und obendrein einspurige *und* eindeutige Fahrbahnrandmarkierungen vermissende Allee entlang, die von hohen Tannen- und Fichtenbäumen besäumt war. Auch wenn es seine Gehirnwindungen einige Mühe kostete diese Beobachtung zu formulieren, schreckte der Autor nicht davor zurück, seine Leser daran teilhaben zu lassen.

Denn nachdem der Kleinwagen an einem, auf der – so Johnys kombinatorische Mutmaßung – offenbar auffallend geringfügig benutzten und ernst genommenen, Straße liegenden Stück Baumstumpf gescheitert war (und das bei Tempo einhundertunddreißig; etwas musste schon länger mit der Karosse im

---

[6] *Der vorherige Besitzer hatte seine freundliche Bitte nach einer Mitfahrgelegenheit verbal nicht recht verstanden, denn er sprach ausschließlich Micri, und so hatte Johny ohne längere Gewissenskrämpfe zu seinem Lieblingsartikulationsverallgemeiner (spricht fast jede der über zweihundert Sprachen dieser Welt) gegriffen, der entweder irgendwo unter seiner Achsel, in seinem Hosenbund oder an seinem Knöchel zu finden war, und damit etwas in der Nase des stolzen Besitzers dieses Vehikels gebohrt. An sich hatte er auch überhaupt nicht im Geringsten die Intention gehegt, dem armen Mann etwas anzutun, er wollte ihn lediglich etwas bei seinem Entscheidungszwiespalt unter die Arme greifen, doch als er seine Kanone wieder aus dem zitternden Riechaggregat des Betroffenen hervorgezogen hatte, war sie arg verdreckt.*
»Unrein also«, wie Johny gesagt hatte, ein Umstand, der schlussendlich doch zu einem übel mitgenommenen Micribesitzer geführt hatte. Johny hatte ihn kurzerhand zum Catchen herausgefordert und war dann – nach einem glorreichen Triumph – von dannen gefahren.

Argen gelegen haben, redete sich Johny im Nachhinein ein), benötigte er einen neuen fahrbaren Untersatz.

Zum Glück war er nach circa einer Steinwurflänge Fußmarsch einem Balg auf einem Dreirad begegnet, das allein und ohne wachsamen Vormund durch den Wald radelte (und quietschte). Dazu pfiff es ausgelassen einschlägige, aus dem Fernseh- und Rundfunkkinderprogramm bekannte, Melodien und wippte debil mit dem rotbezopften Köpfchen hin und her. Johny hatte der Göre den Weg versperrt und sie geziert aufgefordert, das Einsatzfahrzeug umgehend auszuhändigen, als Grund schilderte er, er wäre Spezialbeauftragter der Regierung und müsse die Verfolgung (welche konkret, das verschwieg er) verdächtiger Individuen aufnehmen. Daher benötigte er umgehend *dieses* Fahrzeug (wobei er schon am Dreirad zerrte, an das sich noch immer das misstrauisch dreinblickende Kind klammerte) – und zwar sofort! Als das elendige Gör ihn, plärrend nervtötendes Krakeel anstimmend, in eine mäßig argumentationssichere Grundsatzdiskussion über Sachen verwickeln wollte, die Johny nicht interessierten, schoss er kurzerhand ein, zwei Magazine größeres Kaliber in die Luft zwischen die über ihnen thronenden Baumwipfel und traf dabei wohl einen Schwarm Vögel. Jedenfalls flatterten die Überbleibsel, die nicht auf den Asphalt zwischen Johny und dem dämlichen Schlingel von kleinem Mädchen klatschten, aufgeregt auf und davon. Des Weiteren fielen noch ein Eichhörnchen, ein Klapperstorch, ein Bieber, eine Robbe sowie eine Panflöte mit HOBI-Markt-Werbeaufdruck aus den Höhen der Bäume über ihnen. Das Kind hatte sich dann — einem uralt und tief in sich verwurzelten Drang ausgeliefert und diesem unweigerlich folgend - auf die possierlichen Tiere gestürzt und sie pflegen wollen. Diese Gelegenheit hatte Johny genutzt, um sich heimtückisch das Dreirad zu schnappen und damit Fersengeld zu geben.

Der geneigte Leser mag jetzt verdutzt sein und sich fragen: Was? Wie? Warum? Ich verstehe das alles nicht. Wieso ist Johny denn plötzlich hier im Wald und nicht mehr bei der hübschen Jamie von vorhin? Wo ist der Captain hin und sowieso alles das?!

Ich, als der Autor, kann Ihnen da nur sagen: Weil es der Handlungsfaden so will. Und der ist nervös. Ja, der Handlungsfaden vibriert nervös und ist zittrig. Das ist so, weil... Weil es schon spät ist und mir nichts Besseres einfällt. Vielleicht mach ich es morgen schon anders, aber heut Nacht ist es so. Basta! Aber seien Sie nicht gleich verzagt, ich will es ja alles erklären. Gründe gibt es immer.

Hier zum Beispiel ist einer.

All diese Strapazen war Johny bereit, auf sich zu nehmen, da ihn am späten Vormittag eine sms[7] von einem alten Bekannten erreicht und aus seinen Tagträumereien gerissen hatte. Der Absender, General Fitzgerald Baltimore, war früher einmal, bis zu dessen Versterben, Legionskamerad von John Vain gewesen – der übrigens Johnys Oma gewesen war – und sein Sohn, Jacquomo Baltimore, hatte seinerzeit mit Johny zusammen die Matura gemacht. Von beiden dieser zwei zerstreuten Galgenvögel hatte er lange nichts mehr gehört – aus guten Gründen, wie Johny wusste. Doch, auch wenn es zu Recht einige schlechte Erinnerungen an die beiden gab, kehrten schlagartig viele vertraute Bilder und Gerüche sowie Eindrücke in Johnys Wahrnehmung zurück, staubige Erinnerungen aus unlängst ergrauter Vergangenheit erlebten eine sekundenschnelle Restauration. Was hatte er doch alles verdrängt... Schlimm, schlimm. Johny schüttelte den Kopf, wie um etwas abzuwerfen, das ihn beißen wollte. Jedenfalls hatte der alte Baltimore so aus völlig heiterem Himmel Kontakt mit Johny aufgenommen, da er angeblich mit ihm in einer »ausnehmend dringlichen Sache korrespondieren« wollte. Und da Johny an diesem Tag ohnehin nichts sonderlich Unbewegliches mehr vorgehabt hatte, hatte er kurzerhand seine Mittagsruhe verschoben und war nach einem späten und kargen Frühstück (Eier mit Speck und Zwiebeln aus der alten, beuligen Pfanne) in *Mickey's Spirit* (der Kneipe seines Vertrauens) losgetrampt. Da ihm sein Wagen bereits vor einer Woche abgeraucht war und er sich noch immer nicht hatte aufraffen können, ihn in

---

[7] *Leser des ersten Bandes wissen bei Gottes Güte Bescheid, was das ist. Alle anderen nutzen schnell die Gelegenheit, noch eines der letzten raren Exemplare vom Autor zu erbetteln, um nachschlagen zu können.*

die Werkstatt vom alten Buck zu bringen (da rächt es sich!), und die öffentlichen Verkehrsmittel wie Bus und Bahn nicht so weit fuhren, wie er es gerade mit einem lächerlichen Dreirad mit nur zwei Rädern unter dem Hintern selbst tat, und er sich ein Taxi nicht leisten konnte und wollte, deshalb hatte er sich zu Fuß auf den Weg gemacht. Inzwischen hoffte er, bald anzukommen, denn sein derzeitiger Fahruntersatz ließ ihn nicht gerade in Stürme der Begeisterung ausbrechen, geschweige denn schneller als zu Fuß vorankommen.

Sein Ziel war übrigens die kleine Ranch des alten Jake Press-pott in Eiersweide[8]. Zwanzig Kilometer vom Stadtzentrum entfernt lag das mickerige Gehöft weit draußen auf dem Lande und dämmerte kläglich vor sich hin. Johny kannte den Ort. Er hatte da mal was vergraben[9]. Eiersweide war für Wauszburgs Infrastruktur tatsächlich dermaßen uninteressant, dass es nicht einmal eine eigene Autobahnabfahrt besaß. Jedenfalls war die Ranch von vom alten Jake Presspott stadtbekannt – sie lag nämlich genau der neuen Umgehungsstraße Belta P4 im Weg, deren Verwirklichung der Senat vor einem Jahr durchgeboxt hatte, und allein der alte Jake wehrte sich Tag für Tag seines kümmerlichen Landwirtlebensabends vehement und erfolgreich gegen die staatlich angeordneten Bemühungen, das Land frei zu bekommen, um endlich den Beginn des Straßenbaus durch führen zu können.

Pressant trat Johny in die Fußhebel seines Vehikels und näherte sich mit jeder dieser brutalen Umdrehungen seiner Destination. Die Strahlen der gleißenden Mittagssonne stachen durch die Wipfel der dicht an dicht die Straße flankierenden Tannen und Fichten und zauberten ein bunt tanzendes Mosaik von Lichtflecken und -tupfern auf den löchrigen Asphalt, der bald schon zu einem noch weitaus löchrigeren Feldweg wurde und das Vo-

---

[8] *Eiersweide ist der wohl am östlichsten gelegene Stadtteil Wauszburgs. Hier gibt es fast nichts, was einen Ausflug in die Gegend ernsthaft rechtfertigen könnte. Mit Ausnahme einer eigenartigen Spezies wild wachsender Pilze vielleicht, die aber längst nicht jeden Besucher so sehr zu verzücken weiß, wie so manch schrulligen Universitätsbiologen, der viel eher zu einer Attraktion wird, wenn man ihn heimlich dabei beobachtet, wie er fidel im Kreis um die arglosen Pflanzen hüpft und sie aus der Erde zupft und zärtlich streichelt und liebkost.*
[9] *Möglicherweise eine schäbige Tüte voll mit Schmuddelheften ... oder Leichenteilen ...*

rankommen mit den zwei billigen Kunststofffrädern des Drei-
rads zur Hölle machte. Doch Johny sah von alledem nicht viel.
Er war ganz gespannt, was ihn erwarten würde.

Sobald er endlich mal da wäre.

☼

EIERSWEIDE. DIE RANCH VOM ALTEN JAKE PRESSPOTT. KURZE ZEIT SPÄTER.

Der dampfende Kadaver von Jacquomo Baltimore sah für Johny wenig entzückend aus. Trotzdem empfand er ihn nicht
unbedingt als abstoßend. Nur eben etwas dahin. Matsch.
Fleischpampe mit Blut, das Meiste noch als feucht glitzernde
Lache am Boden unter dem zermalmten Körper und den Himmel widerspiegelnd. Wirklich übel nahm er seinem alten Schul-
kameraden, der da so lag und augenscheinlich ziemlich rüde
zur Strecke gebracht worden war allerdings nicht seine Optik,
jedoch, dass er so beschämend roch. Ein Gestank, der ausge-
wachsenen Kotzreiz forcierte, war Johny schon in die Nase ge-
stiegen, als er den Grund dafür noch gar nicht hatte sehen können. Und das obwohl dieser Grund mitten und völlig allein auf
der Schafwiese lag und die optische Aufmerksamkeit eines Passanten buchstäblich auf sich zog. Nun, wäre da nicht dieser
unerfreuliche, beißende Odeur, der wiederum sehr vertreibende
Wirkung hatte. Als Johny angekommen war, hatte er rasch sein
Vehikel unter einigen Sträuchern Reisig und etwas Blattwerk
verborgen und sich prophylaktisch darauf übergeben. Dann
hatte er sich gewappnet gefühlt und war dem Ort des Gesche-
hens näher gekommen. Es standen einige Leute umher, in kleinen Grüppchen oder einzeln verstreut, alles in allem konnte
man sie an zwei Händen abzählen. Das tat Johny auch und kam
auf summa summarum neun. Zwischen diesen Gestalten entdeckte er auch den alten General Baltimore, der in voller Montur
dastand, wie seit eh und je einem Fels gleichend, und sich mit
einem bunt dekoriert aussehenden Mann in Uniform unterhielt.

Johny winkte fröhlich und stürmte auf ihn zu, doch als sich der General umdrehte, ebbte seine Emphase ab, nur um danach einen neuen Höhepunkt zu erreichen, denn hinter dem General erschien die attraktive Gestalt einer jungen Frau, die Johnys Fetische alle zu vereinen schien. Er wollte umgehend mit ihr ins Bett, oder gegebenenfalls auf die Küchenzeile oder was auch immer, nur dass es schnell ging.

»Johny!«, drängte sich die Stimme von General Fitzgerald Baltimore zwischen seine Fantasie und sein hemmungsloses Glotzen und die irritiert wirkenden Blicke der jungen Dame, die mit einem ledernen Rucksäckchen über die eine Schulter geworfen und ordentlich geradem Rücken dastand. »Schön, dass du so schnell kommen konntest. Wie geht's dir? Alles im Lack?« fragte der General in sonorem Bass und wandte sich Johny zu, der im Begriff war, den Teppich wieder unter die Füße zu bekommen. Dem grimmig dreinblickenden Soldaten neben sich sagte er: »Weggetreten, Feldwedel!« Der Mann trollte sich und stand woanders herum.

Johny dachte kurz über seinen Herweg nach und entschied, nicht darüber plaudern zu wollen.

Als er nur ein abwesendes »Ja« zur Entgegnung anbot, sahen sich der General und das Mädchen an – sie mochte vielleicht in seinem Alter sein, wog Johny ab – und der Autor entschied sich, den folgenden Smalltalk[10] zu vermeiden um gleich richtig los zu legen.

Der General drehte sich um und wies mit seiner großen Hand auf die Leiche seines Sohnes.

»Das ist Jacquomo, Johny. Du erinnerst dich?« *Klar, dachte Johny* »Er ist heute morgen so gefunden worden, nachdem er gestern Nacht nicht vom Mikadospielen aus dem Dorfverein zurückgekehrt war und Jesse hier sich Sorgen zu machen begann.«

---

[10] *Smalltalk: Dabei würde man so tolle Dinge erfahren, wie Johny geht es gut und er ist groß geworden, dem General geht es gut, beide haben sich ja soo lange nicht gesehen, Mensch, wie die Zeit rennt, und was waren das nur für Zeiten damals, und wenn John noch leben würde und was nicht alles und noch viel mehr... Einzig und allein interessant bei diesem Palaver ist, dass Johny herausfindet, dass ihm gegenüber die Schwester von Jacquomo steht, die er nie kennen gelernt hat weil sie immer im Ausland war und so... Außerdem heißt sie Jesse.*

Die junge Frau trat einen Schritt vor und sah Johny an.

»Hi! Ich bin Jesse«, sagte sie lächelnd und reichte Johny die Hand. Er ergriff sie und bemühte sich, nicht allzu sehr zuzudrücken. Er nickte freundlich und sah sie an.

Sie beließ es dabei und sprach weiter. »Also, wie mein Vater bereits sagte, Jacquomo kam nicht vom Mikado zurück, darum begab ich mich zum Vereinslokal und erfuhr dort, dass mein Bruder sich längst auf den Heimweg gemacht hatte, und dass das vor bestimmt schon zwei, drei Stunden gewesen wäre. So berichtete man mir.«

Während sie sprach, sah Johny ihr fest in die Augen. Sie war ein properes Mädchen, fand er und ließ seinen Blick ab und an unauffällig an ihrem Busen oder ihren Oberschenkeln vorbeischweifen. Um nicht zu sehr wie ein komischer Typ mit einem Kopfwackelproblem zu wirken, machte er dabei teils bejahende, teils bekümmerte und teils kombinatorisch klingende Laute und rieb sich die Finger im Gesicht herum. Er hielt das für eine gute Pose, die eines Privatdetektivs würdig war. Jesse schien nichts zu merken.

»Als ich das Lokal verließ, um Jaco auf dem Heimweg zu suchen, stürmte auch schon ein alter Mann herbei, ganz erschöpft vor Anstrengung. Es war Jake Presspott, der Gutsherr dieses Hofes, und er berichtete mir aufgebracht, dass ein junger Mann schlimm verletzt auf seiner Weide aufgetaucht sei, der ein Bündel Mikadostäbe in der Hand hielt und dann zusammengebrochen war. Das war so gegen dreiundzwanzig Uhr. Als wir zusammen an Ort und Stelle ankamen (sie deutete zu dem Fleck Weide auf dem ihr Bruder verwesend herumlag), war mein Bruder schon nicht mehr bei uns.«

Johny sah sie lange und intensiv an.

Dann fragend.

Busen. Bein.

»Oha«, sagte er dann und sah bekümmert drein.

Der General und Jesse blickten ihn erwartungsvoll an. Als nichts passierte, fragte Johny mit Mühe zur fachmännisch klingenden Stimme: »Und… Was hast du dann gemacht, Jesse?«

Sie sah ihn irritiert an, wie sie es schon häufiger getan hatte, seit sie ihn das erste Mal vor ungefähr einer viertel Stunde angesehen hatte.

»Ich… E…«, brachte sie hervor und ihr Vater unterbrach sie.

»Johny, hör mal zu. Der Grund, weshalb ich mich bei dir gemeldet habe ist folgender. Ich möchte die Sache auf keinen Fall offiziell machen. Es gibt da etwas, das ich dir gerne erzählen möchte. Komm mit.« Er tat einen Schritt zurück und sah die beiden an »Jesse, du auch.«

Sie folgten dem General, der ehrwürdig über die Wiese schritt und auf ein plötzlich errichtetes Kommandozelt mit wehendem Wimpel oben darauf und in den guten Mutterboden gerammter Standarte davor zuhielt. Johny versuchte lahm zu wirken und einen halben Schritt hinter Jesse zu gehen, damit er endlich einen Blick auf ihren Hintern werfen konnte. Sie ließ das kurz zu und näherte sich dann seinem Ohr. »Reiß dich mal zusammen!« zischte sie flüsternd »Starr mir nicht andauernd auf die Brust und so, wir reden da später drüber!« Johny fiepte noch ein verzweifeltes »Aber…«, das genauso gut ein »Warum…« hätte sein können, hinterher, doch sie hatte schon ihre letzten Schritte beschleunigt und erreichte vor ihm das Zelt. Als sie nah genug gekommen waren, schlug ein junger adretter Bursche die Plane am Eingang zur Seite und gewährte ihnen zackig salutierend Einlass. Johny schnitt ihm eine Grimasse und erntete einen grimmigen Blick. Drinnen war es schummrig und muffig. Es roch nach Sand und Staub. In der Mitte standen ein klobiger dunkler Schreibtisch und dahinter ein ausladender Sessel. Vor dem Tisch zwei einfache Gartenklappstühle aus Weiß lackiertem Rohr. Als Johny hereinkam saß der General schon hinter dem Tisch im Sessel und warf die stiefelbewährten Beine über die Kante. Neben ihn drängte sich eine Vitrine mit Trophäen und Militärkrams drin und drauf. In einer anderen Ecke hob ein müde aussehender Jagdhund seinen Kopf und klopfte ein, zwei Mal mit dem harten Schwanz auf den Boden. Hinter dem Tier prasselte ein kleiner Feuerofen und hin und wieder knackte ein Scheit oder es sprühten Funken im Inneren. Manchmal auch beides gleichzeitig. Der General deutete Johny und Jesse, sich auf die beiden Klappstühle zu setzen und bot ihnen anschließend aus einer Schale mit Vollkornbrotchips an. Johny war es nur Recht, dass Jesse diese ablehnte und begann sie aufzuessen. Dabei schielte er umher und erhaschte einige Impressionen von Jesse, die mit übergeschlagenen Beinen neben ihm saß. Sie hatte ihren Rucksack auf den Boden an die Beine ihres Stuhls gestellt und sah ihren Vater an.

General Fitzgerald Baltimore lehnte sich bedächtig zurück und holte tief Luft. Hinter den an den Spitzen zusammengepressten Fingern begann er zu berichten.

☼

IM INNEREN DES ZELTES. KURZ DARAUF.

»Jacquomo hatte keine weiße Weste. Und ich befürchte, dass die auch durch sein tragisches Versterben nicht wieder sauber geworden ist.«

Johny fand die Vorstellung, dass sein alter Schulfreund Westen trug reichlich absurd und musste einen Gedanken daran verschwenden, dass Mörder bestimmt selten eine Packung Weißer Riese mitführten, um ihren Opfern die letzte Wäsche zu gewähren.

Jesse fuhr auf.

»Was soll das heißen, Vater? Du willst doch nicht etwa sagen, dass du mit Jacos Tot *gerechnet* hast?! Was ist denn hier los, zum Henker?«

Johny fand sie total sinnlich, wie sie so zornig wurde.

Der General sah betreten zu Boden. »Da war nichts, was ich hätte tun können, Liebes. Jacquomo hatte Probleme. Ich weiß, ich hätte mehr für ihn da sein sollen... Aber du weißt, Jesse, seit dem Tot eurer Mutter[11]...«

---

[11] ... war der General ein weinerliches Wrack geworden! Ja, so ist es!

45

Johny hörte nur mit einem Ohr hin und das sogar nur halb. Irgendwie bekam er dann doch noch etwas von dem circa zehnminütigen Streitgespräch zwischen Jesse und ihrem Vater mit. Dieser gab zu, dass er gewusst hatte, dass Jaco seinen Gläubigern schon länger ein Auge im Fleische gewesen war, und sie wiederum warf ihm vor, ihr nie etwas erzählt zu haben. Dann kam das übliche Familienbla, Zusammenhalt, Schaffendas etc. Großes Hallo, Tränen und wieder Vertragen, wie sich das gehört mitsamt um den Hals fallen und alles.

Jaco stand offenbar mit Mikado-Spielschulden in der Kreide und das bei einigen Typen, die das ziemlich ernst nahmen. Wie man draußen anhand seiner Leiche auch deutlich erkennen konnte, wie Johny fand. Mikado ist ein hartes Spiel. Da gibt es halt schon mal Tote, wenn nicht gezahlt wird. Besonders was die illegale Liga anbelangt, so erfuhr Johny durch das, was General Fitzgerald erzählte. Jaco musste sich irgendwo viel Geld geliehen haben, das er von seinem Vater und Freunden nicht bekommen hatte, schmutziges Geld, dreckige Moneten. Alle hatten versucht ihm das auszureden, doch Jaco war wie besessen von seinem großen Coup, wie er es selbst immer genannt hatte, berichtete der General. Die Sucht hatte ihn für die Konsequenzen blind gemacht und ihn schlussendlich zu Boden geworfen.

Jedenfalls war dies das Fazit vom General.

Johny hatte den Eindruck, dass die ganze Geschichte eine Spur zu sehr nach Klischee klang und wurde den Gedanken nicht los, dass sein ungutes Gefühl etwas mit dem dösenden Hund in der Ecke zu tun haben könnte. Jeder war ab jetzt verdächtig, auch der Hund. Er war die ganze Zeit über so still und dem Anschein nach äußerst peripher tangiert gewesen. Das rückte ihn für Johny in ein fragliches Zwielicht. Er würde sich das scheinbar arglose Tier später Mal ordentlich zur Brust nehmen müssen, es vielleicht sogar ausweiden, wenn es sich besonders unkooperativ zeigen würde.

»Johny!« sagte Baltimore mit feierlicher Stimme. »Du bist ein alter Freund der Familie. Dein Kontakt zu meinem Sohn war innig und deine Großmutter war mir immer ein guter Kamerad gewesen. Ich bitte dich, du stehst nicht länger außen vor, helfe uns, hilf mir, einem alten Mann, der sein ein und alles zu verlieren droht. Ich fürchte Jesse ist jetzt in ebenso großer Gefahr wie ihr Bruder es war, und auch ich werde nicht mehr ohne ein wachsames Auge ruhen können. Und ich kann die ganze Angelegenheit nicht einfach der Polizei anvertrauen. Es ist mir schlichtweg zu privat und riskant, das gebe ich offen zu. Bitte Johny, ich flehe dich an, kümmere du dich um die Sache.«

Johny überlegte etwas und sah dann erst Jesse, dann den General, dann wieder Jesse, einen kurzen Augenblick den müde vor sich hin dämmernden Hund in der Ecke und dann wieder den General an. Er genoss die Theatralik dieses Moments.

»Okee, ich werd mal sehn, was sich machen lässt…« gab er zu und sagte dann noch schnell: »Sie wollen also, dass ich die Sache in Ordnung bringe?«

Der General nickte.

»Auf meine Art und Weise?« hakte Johny nach.

Wieder nickte der General. »Deswegen du, Johny. Aus genau diesem Grund. Und auf keinen Fall die Polizei!«

Jetzt nickte auch Johny und nicht zum ersten Mal an diesem schönen Tag zündete er sich eine Zigarette an. Er zog ein besonders zerknicktes Exemplar aus der Packung in der Brusttasche seines Hemdes und steckte es in seinen Mundwinkel. Dann riss er sich ein Zündholz am stoppligen Kinn an und entfachte den Tabak hinter vorgehaltener Hand. Anschließend legte er es behutsam auf die inzwischen leere Schale Vollkornbrotchips, blies ein paar Fahnen Rauch in die Luft und kniff verschwörerisch die Augen zusammen.

»Also gut«, knurrte er. »Dann will Onkel Johny mal nicht so sein.«

Als Johny das Zelt verlassen hatte, musste er sich erst wieder an das grelle Licht des heiß atmenden Tages naturalisieren und auch an die schauderhaften Ausdünstungen von Jacos Leiche, die noch immer auf der Weide herumlag. Jetzt, nachdem er mit dem General geredet hatte, wollte er sich Jaco einmal näher ansehen, und er hoffte, dass ihm ein bisher übersehenes oder auch verschwiegenes Indiz ins Auge stechen würde. Aber er würde versuchen schnell zu machen, denn lange wollte er sich in der Nähe dieses erbärmlichen Kadavers nicht mehr strapazieren. Mit denen eines gutgelaunten Dandys nicht unähnlichen Schritten schlenderte Johny vom Zelt des Generals hinüber zu dem Hügel, auf dem Jaco lag. Dabei schnippte er lässig mit den Fingern im Takt eines imaginären Songs, der ihm durch die Ohren wehte. Inzwischen standen überall Männer in Uniform und Tracht herum, die wohl offensichtlich zum alten Baltimore gehörten. Einige knobelten, andere masturbierten krampfhaft. Einige taten auch gar nichts und standen nur so mit ihrer Pike herum.

»Salutiiiert daaas Glied!« leitete Johny einige dieser unsinnig herumstehende Komparsen an und trat an Jacos leblos daliegenden Körper. »Das ist ja nicht zum Aushalten damit. So eine Schande um den guten Jungen und ihr lasst ihn hier versauern.«

Die Soldaten reagierten nicht, außer dass sie kurz guckten, was Johny nicht dazuzählte.

Zum Schutze gegen den schlimmen Geruch hielt er sich ein baumwollenes Schnupftuch vor das Gesicht, das er stets bei sich zu führen pflegte. Genau neben Jaco lag ein Schafsbock, der vor Schreck über die Leiche, oder das, was auch immer er sonst gestern Nacht hier gesehen hatte, auf der Stelle umgefallen war. Bis jetzt war er bewusstlos geblieben und niemand hatte einen Versuch unternommen, ihn aufzuwecken. Johny beklagte das, denn er hätte ihn gerne befragt. Womöglich ging ihm hier ein wichtiger Augenzeuge durch die Lappen. Auch ein kleiner Tritt in die Wolle half dem Bock nicht zurück zu Bewusstsein und für den Moment beließ Johny es dabei. Sollte der ruhig ausschlafen, während er hier arbeitete.

Was sofort ins Auge fiel, war, dass Jaco übel zugerichtet worden war. Jemand hatte ihn offensichtlich auf alte Art und Weise gefedert und aus purer Freude am Schaffen (oder Eile und

Flüchtigkeit oder Vergesslichkeit oder gar reiner Nachlässigkeit) das zu vorige Teeren versäumt. Jaco sah aus wie ein großes Huhn, das vollkommen mit Blut besudelt worden war. Woher das Blut kam, war unklar, wie Johny feststellte. Offensichtlich wies Jacos Leib keine großartigen Verletzungen auf, die eine solche Menge Blut gerechtfertigt hätten. Zumal es sich hier auch um seltsames Blut handelte, denn es wollte einfach nicht gerinnen und das schon seit vielen Stunden nicht. Etwas ging hier nicht mit rechten Dingen zu, entschied Johny, ging in die Hocke und steckte sich eine Zigarette an. Das Zündholz riss er an Jacos Schuh an und sein Schnupftuch stopfte er in die Brusttasche seines Hemdes. Während er so rauchte, überlegte er. Er würde heut Nachmittag noch einkaufen fahren müssen. Brot, Spüli, Klopapier und Bier fehlten ihm schon seit Tagen. Er würde einen von den hier herumlungernden Figuranten fragen müssen, ob ihn jemand mit in die Stadt nehmen könnte.

Jacos Gesicht sah irgendwie seltsam aus. Das mochte an den vielen Federn liegen, die ihm wie ein weißer Bart rund um den Mund und bis an die unteren Augenpartien wucherten. Sein Ausdruck war ziemlich milde, gelassen sogar. Johny seufzte und hob einen Arm von Jaco an, der überraschend biegsam und leicht war. Keine Leichenstarre.

»Alles *sehr* seltsam…«, grübelte er vor sich hin und wechselte konzentriert die Kippe von einem Mundwinkel in den anderen. Um den Toten herum war das Gras nicht platt gedrückt, es hatte offenbar kein Kampf stattgefunden. Johny erhob sich und ging mit einigen Schritten um das Opfer herum. Dabei schob er sich seinen Hut tiefer in die Stirn, damit die gleißende Tante Klara ihn nicht blendete. Hier, auf der anderen Seite des komischen Gockels, der einmal Jaco gewesen war, entdeckte er etwas Interessantes, nämlich die Quelle des Miefs, den Jaco verströmte. Ein großer Haufen Erbrochenes schillerte brockig und matschig in der Sonne. Offenbar hatte sich hier bereits vor ihm selbst jemand übergeben müssen. War es Jacos Kotze? Oder die vom Bock? Oder hatte etwa der Mörder selbst spucken müssen, als er seine erledigte Tat betrachtet hatte? Oder war es die kotzende

Katze aus Band eins gewesen, die hier ihr nächtliches Unwesen getrieben hatte? Noch viel interessanter aber als die Frage, wer dafür verantwortlich gewesen war, für diesen gewaltigen Berg Ekel, war die Entdeckung des Stiefelabdrucks darin. Die zähe Masse hatte ein eindeutiges Profil konserviert, die Furchen des Schuhabdrucks waren markant festgehalten worden, ähnlich einem Gipsabdruck, wie ihn die Gendarmerie macht. Kotze konnte also als körpereigene Gipsmasse benutzt werden. Eine interessante Erkenntnis, wie Johny fand. Unschwer war zu erkennen, dass es sich um einen Gummistiefelabdruck der **Raibbeisen Genossenhaft** handelte, das begriff Johny sofort, denn er litt da unter einem alten Kindheitstrauma, das ihn stark geprägt hatte – seine Mutter hatte ihn in der Grundschulzeit manchmal in Gummistiefeln zum Unterricht geschickt und es war die Hölle gewesen. Trotzdem merkte er sich dieses unangenehme Detail.

Er stach mit dem bloßen Finger in die Masse und schnupperte an der harzigen Substanz. Dann nahm er es nah an den Mund und strich es sich über Lippen und Nasenspitze. Anschließend wusste er Bescheid. Wer auch immer hier sein Mittagsmenü zur Schau gestellt hatte, derjenige hatte Geschmack. In diesem unpassenden Augenblick tauchte neben Johny die abwechslungsreiche Silhouette von Jesse auf und hockte sich zu ihm.

»Na? Schmeckt's?« fragte sie, und tat so, als wollte sie Anstalten machen ihren Finger auch wie Johny in die Lache zu tunken.

»Mal probieren?« fragte Johny, doch sie hob dankend die Hände. »Na, wenigstens ist es eine Spur«, schloss er und erhob sich. Dabei rieb er seinen Finger an Jacos Federn ab. Jesse hatte sich inzwischen umgezogen, wie ihm ein flüchtiger Blick an ihr herunter offenbarte. So klein ihr kleiner lederner Rucksack auch erscheinen mochte, er musste ein abenteuerliches Fassungsvolumen bergen, wenn er den Transport von offenbar mindestens einer zusätzlichen Garderobe erlaubte, und das parallel zu dem üblichen Frauenkrams, der sich unweigerlich darin befinden musste.

Sie trug jetzt eine ausgeblichene Jeans mit leichtem Schlag, das Ding wirkte alt, wie aus ihrer Jugend, etwas eng, saß aber perfekt und machte sie sehr mädchenhaft. Dazu hatte sie ein, den Temperaturen angeglichenes, Oberteil an, dessen exakten mode-technischen Terminus Johny nicht kannte, weswegen er es »schlichtes, schwarzes aber sexy Ding mit einem Hauch von fast Nichts« taufte. Unter den ausgefransten Nähten ihrer Hose hatte sie helle, wildlederne Boots an, die ursprünglich als Wander-schuhe gedacht, irgendwann aber zu einem modischen Acces-soire umfunktioniert worden waren, und auf ihrer kleinen Nase mit ganz zarter Neigung zum Stups saß gemütlich und zufrie-den eine große Sonnenbrille mit blass rötlicher Verglasung. Ihre leichten, welligen, blonden Haare waren hinten zum Zopf zu-sammengezogen und alles in allem gefiel sie Johny ziemlich gut. Zumindest mit ihrem Erscheinen schaffte sie es demzufolge nicht, ihn davon zu überzeugen, nicht mit ihr ins Bett zu wollen, sogar zu müssen. Da würde sie sich etwas anderes einfallen lassen müssen. Im Stehen Pinkeln oder so einen Schweinkram zum Beispiel. Sie sah ihn von hinter den großen Gläsern ihrer Brille an und lugte dann verständnislos darüber hervor, indem sie ihren Kopf leicht nach vorne neigte.

»Was für eine Spur erkennst du denn aus dem Erbrochenen einer Leiche.« Ihre Stimme klang verständnislos und vielleicht auch ein klein bisschen provozierend, doch Johny wollte dar-über noch einmal hinweghören.

»Schließlich sagt Dr. Hajo, der Arzt meines Vaters, der sich Ja-co mal kurz und ganz voreingenommen angesehen hat, dass es sich bei der Todesursache ganz klar und deutlich um eine Schusswunde handelt.« Sie zeigte mit dem Finger auf Jaco. »Hier, zwei Fingerbreit unter der linken Brustwarze. Siehst du? BAM! Da hat's ihn erwischt. Wenn sich zwei Männer duellieren und einer hat ein Gewehr und der andere einen Colt, dann ist der Mann mit dem Colt ein toter Mann. Weiß doch jedes Kind!« Sie sah ihn herausfordernd an, und das auch noch lächelnd. Und als ob das allein nicht genug gewesen wäre, fügte sie hinzu: »Und weißt du, was Dr. Hajo noch gesagt hat?«

Johny reagierte nicht, was sie offenbar nicht als ein »Ja« aufzu-fassen schien.

»Naja, egal. Ich seh schon. Du bist heut in Redelaune.«

»Ich quatsch halt gern«, sagte er und blickte kritisch zum Horizont, dann zu ihr, dann zu Boden und zog einen letzten Zug aus seiner Zigarette und überging auch diesen Angriff auf seine Würde ihrerseits großzügig, bevor er antwortete.

»Skinesisch«, verriet er ihr lapidar, ignorierte ihren provokanten Befund und schnippte den Kippenstummel weg. Sie legte fragend den Kopf zur Seite. »Was?«

»Du fragtest, was ich aus dem Erbrochenen einer Leiche erkennen kann.« Sie erinnerte sich.

»Also. Heute schon gegessen?« fragte er und schob sich den Hut in den Nacken. Sie lächelte etwas skeptisch.

»Soll das etwa eine Einladung sein?« fragte sie dann und nahm ihre Brille von der Nase und in die Hand.

»Klingt fast so, was?«

»Na dann…«

»Du bist mit dem Wagen hier?«

»Jepp. Komm mit, du Gentleman. Ich fahre«, lächelte sie und Johny folgte ihrem expressiven Gang den kleinen Hang hinab, von der Wiese hinunter und zu einem schicken Sportwagen, der im Schatten der Bäume nahe der Straße parkte, die er auch hergekommen war. Jesse marschierte daran vorbei, als Johny freudig an der Fahrertür wartete, dass sie aufschloss und ihn fahren lassen würde, und zog einige große Farnwedel von einer darunter erscheinenden Rostlaube, die nicht einmal mehr funktionstüchtige Schließmechanismen aufwies.

»Schick, das!« lobte er Jesse mit zynischem Grinsen und zerrte an der klemmenden Beifahrertür des alten Warriors, die sie erst von Innen auftreten musste, damit er in die muffige, vollgemüllte Fahrgastzelle gelangen konnte.

»Danke«, sagte sie. »Und immerhin kein Dreirad.«

☼

Vor der Tür des Klimperbim schlummerte bereits die Nacht, als Chaz atemlos herausgestürmt kam. In der einen Hand Nicks Telefon, in der anderen ein Glas mit Whizzky und auf den Lippen ein letztes »Wartet doch mal!«, verlor er kurz noch einen verwirrten Blick auf den in einer gelben Lache dampfender Flüssigkeit daliegenden Türsteher, als es geschah. Er padauzte ordentlich mit irgendetwas zusammen, das er zwischen den ganzen Sternen, die er urplötzlich sah, als eine groteske Mischung aus Fahrrad, Mann und Hund registrierte. Chaz gab einen gequälten Laut des Schmerzes von sich und sein Gegenüber strauchelte. Chaz schüttelte seinen schrille Opern singenden Kopf und fühlte schroffen Asphalt unter seinen Händen, mit denen er sich abgefangen hatte. Neben ihm lagen Scherben und vor ihm stand ein hässlicher Typ[12], der sich an seinem Rad festhielt und einen Anhänger mit einem schlappen Hundekörper darin dabei hatte. Chaz rieb sich den Hinterkopf und war sich noch nicht ganz sicher, ob er sich etwas getan hatte oder nicht. Zum Glück befand sich viel Alkohol in seinem Körper, der ihn etwas betäubte und es nicht dramatisch werden ließ.

»Obacht, junger Mann«, hörte er die tadelnde Stimme des Fahrradfahrers, der etwas vom Boden aufhob, sein Gefährt bestieg und kopfschüttelnd davon radelte. Das letzte, was Chaz von ihm erkennen konnte, war ein flackerndes Rücklicht, mehr nicht. Verdaahmt, dachte er sich und allmählich konnte er wieder klar sehen. Prüfend tastete er sich ab und entschied, keine nennenswerten Brüche oder Verletzungen davon getragen zu haben, was ihn zur Einsicht brachte, genauso gut den Heimweg

---

[12] *Ein Relikt aus früheren Zeiten!*

antreten zu können, als wieder in die Kneipe zurückzukehren. Vielleicht sollte er ein Taxi nehmen.

»Fuck you!« brüllte er in die Nacht, als er sich sicher war, dass der Spinner von eben ihn nicht mehr hören konnte und stand dann auf. Dabei klopfte er sich den Staub und Dreck aus der legeren Freizeitkleidung und ordnete sein Haar. Mist, Zopfband verloren. Arschloch.

Die Scherben seines Glases fegte er unauffällig mit dem Fuß zur Seite. Der Türsteher lag noch immer reglos da und badete in der dampfenden Lache Harn.

»Mann…«, meinte Chaz vorwurfsvoll mit dem Kopf schüttelnd »Machst du das häufiger?«

Als der Mann nicht reagierte, stufte Chaz dessen Tun als »bescheuert« ein und wollte gerade seine Taschen nach wertvollen Dingen durchsuchen, da hörte er Schritte hinter sich.

»Geht es Ihnen gut?«

Chaz drehte sich um und sah ihr in die Augen.

Dann musterte er sie haargenau einmal von ganz unten nach ganz oben.

»*Jetzt*«, betonte er. »Geht es mir gut.«

Sie lächelte und schwang ihre helle Umhängetasche berichtigend über die linke Schulter.

»Jedenfalls wohl besser als ihm« deutete sie auf den dumm herumliegenden Türsteher »Armer Urs. Das passiert ihm andauernd.«

Chaz winkte ab. »Ach wo. Du solltest mal die anderen sehen.« prahlte er und rieb sich die von seinem Sturz zerschundenen Knöchel.

Sie sah ihn mitleidig an und musste dann wieder lächeln. Chaz begann daran Gefallen zu finden, es war ein hübsches Lächeln.

»Dawn Mondey« sagte sie unvermittelt und streckte ihm eine Hand hin.

Er ergriff sie, ging galant in die Knie und erwiderte: »Porvavór, meine Liebe, Magnus Porvavór.«

Sie kicherte.

»Etwas derangiert wirkt Ihr heute Nacht, Señor Porvavór.«

»Das mag sein«, gab Chaz mit bekümmerter Miene zu. »Was nicht zu bedeuten hat, dass bei Ihnen mein augenblicklich etwas unvorteilhaft erscheinendes Daherkommen Abneigung hervorruft…«

Sie drückte die Lippen zusammen und neigte leicht den Kopf.

»Nehme ich an…«

»Hoffe ich…«

»Nicht?«

Chaz öffnete fragend die Hände.

Sie lächelte sanft und machte einige Schritte um ihn herum.

»Kann es sein, Señor, dass Ihnen nach einer Gelegenheit der Heimfahrt dünkt?« spielte sie Chaz' dämliches Spiel mit.

»Nimmer!« erhob Chaz die Stimme »Wie kommt Ihr denn auf solch torhaften Gedanken, meine Liebe?«

Sie ging, ihm den Rücken zuwendend, den Trottoir herab und klimperte etwas mit einem Schlüsselbund. Sie drehte ihren Kopf zu Chaz und blinzelte ihm sekundenschnell zu.

»Komm komm!« lockte sie lächelnd.

Er eilte ihr täppisch nach und verschwand wie alle zuvor in dem matten Zwielicht der erblühenden Nacht. Nur Urs, der Türsteher, blieb und lag noch etwas auf der faulen Haut herum. Er war nie ein Mann von überdurchschnittlichem Tatendrang gewesen. Warum auch?

☼

KAPITEL II

HELLBOWS INN – MIDDLERIDDLE. WAUSZBURG SÜD. EIN TAG SPÄTER.

Perspektive ist die stille Flucht eines schmalen Hotelflurs. Ausgetretener, bordeauxfarbener Teppich zieht sich entlang messingfarbener Fußleisten bis er auf eine Wand stößt, die einen Neunziggradknick nach links macht. An dieser Biegung ganz am Ende des Korridors schläft im Mauerwerk ein altes, milchglasiges Fenster, das zusammen mit seinen staubigen Gardinenfetzen eine beruhigende Optik darstellt. Die hohen Wände des Flurs stehen eng beieinander und tragen oben brüchigen Stuck, der aussieht, als sei er häufig übergestrichen worden. Von der hellbraunen Holzersatzdecke hängen Schirmlampen, die den messingfarbenen Ton der Fußleisten wieder erkennen lassen. Nicht einmal die Hälfte der Leuchtmittel in den Lampen ist funktionstüchtig. Im gelben Licht, das zäh durch die Scheibe des müden Fensters trieft, schwebt und reflektiert der omnipräsente Staub. Im Flur wohnt außerdem ein alter, hartnäckiger Falter, der, obwohl unter tagelanger Hungernot leidend, seinen Überlebenskampf nicht Aufgeben will, und an der Scheibe und den Wänden herumflattert und sie dabei zunehmend mit kleinen schwarzen Flecken verziert. Die statische Idylle dieses still daliegenden Flurs wird in mehr oder weniger architektonisch regelmäßigen Intervallen von Türen aufgebrochen, deren dünnes pekawenussfarbenes Spanholz ein bizarres Konglomerat von Geräuschen und Gerüchen in den Flur transpirieren lässt. Hier ein wütender Fernseher, der irgendein Sportspiel in die Welt hinausbrüllt, dort ein lauthals zankendes Paar, das mit Geschirr wirft[13], anderswo tobt irgendein Besoffener, ab und an die lauten Dezibel von wummernder Musik, die Dumpf im ganzen Stockwerk durch die Wände oszilliert, da oder dort riecht es durch-

---

[13] *Dafür gibt es schließlich Ikea – die sind gü(ns)tig.*

dringend nach schwerer osteurumpäischer Küche und hin und wieder ist es auch mal bezaubernd still hinter einer dieser Türen. Wie es der Zufall so will, kommt gerade in diesem Moment, pünktlich mit Beenden der anschaulichen Einführung in die Lokalisation, die verrunzelte Reinigungsfachkraft um die Ecke hinter uns geschunkelt und schiebt einen instabil anmutenden Wagen mit allerlei Reinemachutensil darauf vor sich her. An den Türen, hinter denen es ohnehin Krach gibt, ist das effektiv geschulte Personal mit Durchschnittsalter weit über der Pensionierung ohnehin nicht interessiert, daher hält es hier überhaupt gar nicht erst an. Doch die eine Tür im Flur, die hinter der sich eine feine Mucksmäuschenstille verbirgt, die schließt sie mit dem klimpernden Generalschlüsselbund auf und bugsiert ihr Wägelchen hindurch. Drinnen ist das Fenster hochgeschoben und die langen Vorhänge blähen sich in den Raum. Gedämpfte Straßengeräusche und das Rauschen des warmen Windes wehen von draußen herein. Auf einem Cocktailsessel liegen einige Kleidungsstücke, davor auf dem Boden Socken und Unterwäsche, dreckige Schuhe liegen umgekippt auf dem Boden und die Minibar wirkt wie nach einem Bankraub. Aus dem Nebenzimmer kann man das Geblök vom besoffenen Nachbarn erlauschen; worüber er sich aber genau erzürnt, lässt sich nur schwerlich definieren.

Vom ausgesessenen Sofa im stillen Raum hört man das leise, ruhige Atmen eines Schlafenden. Als die Reinigungskompetenz diesen erblickt, erschrickt sie, denn die Person, die da liegt, ist bis auf einen dezent das Gesicht abschattenden Hut gänzlich unbedeckt. Noch fataler: Diese Gestalt ist männlich und hat sich auf den Rücken gedreht und ihr bestes Stück prangt ostentativ auf der Bauchdecke, mit seiner Spitze bedrohlich nah am Bauchnabel. Der obertonartige Kiekser der Putzfrau (scheuen wir nicht, und nutzen diesen einschlägigen Begriff der frugalen Leute, schließlich soll jeder etwas von der Sprache in diesem Buche haben) bewegt die junge Männlichkeit dazu, sich kurz aufstöhnend herumzuwälzen und zwar auf die Seite. Dabei rutscht ihr die Flöte ungeniert vom Bauch und hängt danach frivol baumelnd an der Kante des Sofas hinab. Von deren beträchtlichem Eigengewicht hinabgezerrt, plumpst der Rest des Körpers um den Geschlechtsbereich herum auf den Boden und wacht schlagartig auf.

Von sofortigem Widerwillen erfasst, gähnt und streckt und augenreibt sich Johny Riot wach. Sein von Müdigkeit verschleierter Blick streift er durch das Zimmer und bleibt an der ihm fremd vorkommenden Gestalt der sich verstört an ihrem Putzmittelwägelchen festhaltenden Dame fortgeschrittenen Alters hängen und befürchtet irgendwo ganz tief im Unterbewusstsein und bereits langsam wach werdend, dass er einen schlimmen Fehler gemacht haben könnte. Obwohl…

»Na, Schätzchen?« krächzt er und räuspert sich hustend.

Dann mit einem schief gewollten Lächeln: »Schon so früh auf den Beinen? Wie ist das möglich, nach gestern Nacht? He He He.«

Schrill kreischend und all ihrer frommen Intentionen beraubt, eilt die Alte mit kurzen Trippelschritten aus dem Raum. Als sie bemerkt, dass sie etwas vergessen hat, lugt sie vorsichtig noch einmal um den Türrahmen und fegt dann mit ihrem trostlos dastehenden Wägelchen davon.

Ein missmutiges Geräusch zwischen den Lippen hervorzwängend, zieht Johny sich am Sofa hoch und tastet sich nach was zum Rauchen ab. Aber auf Zigarre hat er jetzt keine Lust. Allmählich wird er sich eines immensen Brummschädels bewusst und fühlt sich von markverzehrendem Nachdurst gequält. Jammernd tastet er nach seinen hirnlos im Raum verstreuten Kleidern und zerrt sich als erstes die Socken über die Füße. Nägelschneiden, ist sein Eindruck. Danach setzt er seinen zerknickten Hut auf und saugt gierig den letzten fahlen Rest irgendeines Fusels aus einer etikettlosen Flasche, die in einer feuchten Lache auf dem Teppich liegt. Die Flüssigkeit brennt grauenhaft in seiner Kehle und Johny fühlt sich wie von einem Biewer durchgekaut und hingekotzt. Diese Emotion jedoch lässt irgendetwas in ihm Klingeln. Als er sich vergewissert hat, dass es nicht sein körpereigenes Glockenspiel ist, grübelt er. Was ist das überhaupt für ein Zimmer, das hier? fragt er sich in Gedanken. Was sind das für Flaschen? Wer ist die komische Frau gewesen? Wer bin ich eigentlich? ... ...

Ach ja. Johny. Hmh. Ja. Und wem gehören all diese Frauenkleider? Was habe ich falsch gemacht? Ernstzunehmende Zweifel beginnen an seinem Nervenkostüm zu nagen. Ihm ist schwindelig. Seine Spiegelung im Minibarfenster sieht mies aus. ...

»Guten Mittag, Schnarchnase.«

...

Seinen schief sitzenden Hut zurechtrückend, drehte Johny sich um.

»Endlich aufgewacht? Wurde aber auch Zeit...«, lächelte ihn das skeptisch schmunzelnde Gesicht von Jesse an, die im figurbetonten Nachthemdchen am Türrahmen zum Schlafzimmer lehnte und ihre nackten Arme um ein dickes Kissen vor ihrer Brust geschlungen hielt. Johny stieß ein wehleidiges Knurren aus.

»Nicht so wirklich«, brummte er gedehnt.

Sie grinste nachsichtig. »Das kann ich mir allerdings nur zu gut vorstellen.«

»Glaub ich nicht«, murrte Johny. »Siehst jedenfalls nicht so aus.«

»Schon«, flüsterte sie. »Nach heute Nacht...« Sie stieß sich vom Türrahmen ab, huschte an ihm vorbei und angelte seine Sachen vom Boden auf, um sie ordentlich auf dem Sessel zusammenzulegen. Ihr Kissen warf sie Johny zu, der sich damit bedecken konnte, was ihm ein aufgeklärter Blick ihrerseits an ihm herunter demonstrierte.

»Also entweder du ziehst diese Socken aus oder deine übrigen Sachen an. Aber so...« Sie zeigte auf ihn. »Kommst du mir hier nicht raus.«

Statt einer verbalen Antwort zupfte Johny sich, auf einem Bein hüpfend, die Socken von den Füßen. Dabei verlor er ungalant das Kissen und sein Handeln erklärte sich augenblicklich unverkennbar von selbst.

Er ließ es bleiben, es hatte ja doch alles keinen Sinn. Stattdessen fragte er: »Heute Nacht, ja? Du meinst... Also, habe ich...«

Sie sah entgeistert aus. »Na, jetzt komm aber mal! *Das* kannst du doch nicht schon vergessen haben. Du warst r i c h t i g auf Zack, mein Lieber. Ehrlich, hab selten so was erlebt...«

»Wow«, meinte Johny, von sich selbst etwas überrascht und auch ziemlich beeindruckt. »Ich war also r i c h t i g gut, findest du?«

Sie nickte. »So r i c h t i g!«

»Jeah.«

»Du hast es den Typen so richtig gezeigt. Ich meine, die hatten keine Chance, war doch klar. Hinterher hat keiner von denen mehr gestanden. Alle hatten die Hucke gestrichen voll. Aber so richtig«, erklärte Jesse ausgelassen.

Johny war irritiert. »Moment mal, wart mal kurz! Was für Typen? Wovon redest du da eigentlich? Wir haben nicht...?«

Sie schüttelte eifrig den Kopf. »Nicht wir! Du! Ganz allein! Mit mindestens einem Dutzend Schlägern übelster Sorte. Großartig! Hinterher konnte keiner von denen mehr stehen, geschweige denn gehen.«

Misstrauisch sah Johny an sich herunter und grub in seiner Erinnerung. Da war nichts. Er mit mindestens zwölf beinharten Schlägern? Das wäre ja widerlich! Wie konnte er nur?!

»Warum hast du das zugelassen?! Wie konntest du nur? Du hättest dazwischen gehen müssen! Was sollst du jetzt von mir denken? Scheiße!«

Sie schüttelte den Kopf. »Dazwischen? Ich? Nie im Leben. Du bist total aufgegangen, das war dein Element. Habe ich sofort erkannt.«

»Aber...« Johny war der Verzweiflung nahe.

»Außerdem«, zwinkerte Jesse ihm zu. »Denke ich nur das Beste von dir. Ich steh auf den Beschützertyp...«

»Ich bin aber nicht schwul, damit das klar ist! Nicht schwul! Verstanden!?«

Frühestens jetzt sahen sich beide gleichsam verwirrt an und als sich ihre Blicke die ganze Geschichte von selbst erklärten, steigerte sich ihr anschließendes Kichern zu einem wohltuenden Lachen. Hinterher ließen sich beide nebeneinander auf das Sofa fallen und Johny bat Jesse, ihm die Sache noch mal ordnungsgemäß zu schildern. Ohne Fehlverstehen. Dann kehrte seine Erinnerung träge aus ihrem Versteck zurück und er sah die Bilder der vergangenen Nacht wie einen kurz gerafften Filmschnitt vor seinen Augen ablaufen.

☼

BRANNIGANBROADWAY. EIN TAG ZUVOR. ZWEI STUNDEN SPÄTER.

Bevor sie in Jesses Wagen den Tatort verlassen hatten, hatte Johny noch einen kurzen Spurt zur Telefonzelle an der Ecke 94ste Vladimir Sladinski Avenue[14] gemacht, die den holperigen Feldweg an einer Stelle kreuzte, die nicht fern vom Hofe lag, und einen zugeknöpften Jasager und offenbar elendigen Vieltelefonierer mit akkuschwachem Mobiltelefon aus deren Innerem gezogen und zum Teufel gejagt. Dann hatte er den Pizzadienst angerufen und eine Pizza mit allem, was man sich so vorstellen konnte bestellt, noch ein mal besonders eindringlich und schrill »Schnell, schnell, schnell!« gerufen und dann aufgelegt. Allgemeine Verwirrung stiften. Dann hatte er Jesse gebeten, einen ihm gut bekannten Skinaimbiss anzusteuern, der gleich bei ihm zuhause um die Ecke eine kleine, enge Ladengasse bewohnte. Der Sache mit dem skinesischen Erbrochenen neben Jacos Leiche wollte er schnellstmöglich auf den Grund gehen, möglicherweise würde er hier einen Hinweis aufklauben können. Johny war dort ein paar Mal Gast gewesen und hatte nach dem

---

[14] *Eine breite Durchfahrtsstraße, die, wie Sie ganz richtig vermuten, Johny sehr viel schneller und effektiver an sein Ziel geführt hätte, als durch den Wald. Dumm nur, dass das andere Ende, das, was in die Stadt führt, wo Johny herkommt, wegen Umbauten gesperrt ist. In vier Wochen werden neue Dränagen verlegt und der Asphalt soll sich schon mal geistig darauf einstellen, indem er nicht befahren wird. Anordnung der Gemeindeverwaltung. Basta.*

Rechten gesehen sowie das ein oder andere Gericht inspiziert, schließlich sei er von der Qualitätskontrolle »Gute Küche« im Auftrage der Familienzeitschrift »Schöner Kochen – mit Hasia-Wochen« unterwegs und eine bedingungslose Kooperation würde dem Geschäft nur gut tun können, hatte er damals erklärt. Er versprach hoch und heilig viele Gewinne und Preise, eine Prämierung und die Aufnahme in eine Liste »Die zweihundertzweiundzwanzig besten Restaurants unserer Stadt«.

Auf die gleiche Art und Weise stellte er sich auch heute Nachmittag wieder vor – seine Tarnung durfte ja nicht auffliegen – und Jesse stellte er als seine Assistentin vor. Das alles nachdem sie auf der anderen Straßenseite vor dem Laden geparkt hatten, um die Mittagspause abzuwarten, die sie vor verschlossenen Türen stehen ließ. Jesse hatte er eingewiesen, dass sie einfach mitspielen solle, sobald sie in das Restaurant gehen würden, er wüsste schon was er täte. Sie hatte genickt und ein angespanntes Gefühl der Aufregung verspürt.

Gleich nachdem das mit großen kantonesischen Zeichen bedruckte Schild[15] hinter der gläsernen Eingangstür des Geschäfts umgedreht worden war, hatten sie den Wagen verlassen, waren über die Straße geschlendert und hinein in den Laden. Sofort nachdem Johny hereingekommen war, sah er sich einer kleinen hasiatischen Bedienung gegenüber, deren erst mildes Lächeln schnell in eine kühle Distanziertheit umschlug, aus der dann offene Antipathie wurde. Schnell in den für Johny unverständlichen Lauten seiner Muttersprache schnatternd, zeigte und deutete der Kellner mit seinem lappenbewährten Unterarm auf Johny und Jesse und rief etwas nach hinten in den nicht sichtbaren Teil des Restaurants.

Im Folgenden wurden die Episoden aus Johnys Gedächtnis wieder bruchstückhafter. Im nächsten Moment sah er sich einer gnomenhaften Mannschaft von asiatischen Köchen und Kellnern gegenüber, die ihm irgendetwas, was auch immer – Johny

---

[15] *Ob die Zeichen so etwas wie »Mittagspause – vorübergehend geschlossen« bedeuteten konnte Johny nicht mit Sicherheit sagen. Aber darunter stand in seiner Sprache etwas kleiner: »impiss geschloßn – kaufen sie glük«*

wusste keinen Grund –, ziemlich übel nahmen. Jesse wirkte einigermaßen unruhig und auch Johnys Euphemismus wollte sie nicht recht beruhigen.

»Hier muss irgendeine Verwechslung vorliegen«, beschwichtige er. »Ich bin mir sicher, die wollen nur spielen, einen kleinen Spaß unter Freunden machen, ha ha…«

Jesse war sich unsicher. »Du, ich weiß nicht«, meinte sie voller Sorge »Bei dem Spiel würde ich an deiner Stelle nicht so gern teilnehmen.«

»Ach, I wo!« sagte Johny und ein Schatten der Verunsicherung huschte über sein Gesicht.

»Möglicherweise hast du etwas übertrieben mit deinen Qualitätsüberprüfungen, oder was glaubst du, was die hier so grantig macht?«

Johny riet: »Vielleicht steht hinter uns ein dreiköpfiger Affe und sie wollen uns nur freundlicherweise beschützen? Nein? Nicht?«

Er rief den wutschäumenden Aggressoren in aufkeimender Besorgnis ein: »Ay Gaston! Einmal Chop Shui mit Ente und Bambus und Koalafilet![16]« zu, doch sie schienen dies nur noch mehr als Kränkung zu interpretieren und griffen schreiend und kreischend an. Der tobende Mob stürmte auf Johny und Jesse zu und zuerst reagierte keiner von beiden der Situation angemessen. Jesse klammerte sich instinktiv an Johny, der bloß da stand, kurz nachdem er überlegt hatte, sich entweder instinktiv an Jesse zu klammern oder sich einfach tot zu stellen und mit allen Vieren von sich gestreckt auf den Boden zu plumpsen, wie ein Baum da und tat nichts. Jesse traute ihren Augen nicht, doch dann ging alles ganz schnell.

Der erste Skinese wurde von Johnys plötzlichen Ausweichmanöver, ein sekundenbruchteilschneller halber Schritt zur Seite, völlig überrascht und prallte gellend in die hölzernen Garderobenständer, wo er polternd zu Boden ging und reglos liegen blieb. Der Zweite wurde von Johnys Roundhousekick,

---

[16] Jesse hatte noch »Zweimal bitte! Für mich das Gleiche!« hinterher gerufen, doch es schien alles nichts zu nützen.

den er sich bei Nuck Chorris abgeguckt hatte, im Genick erwischt und war augenblicklich niedergestreckt. Den Dritten
packte er am Schlafittchen und schleuderte ihn vom beträchtlichen Eigenschwung beschleunigt in das große Aquarium, dessen dicke Scheibe er berstend durchbrach und anschließend von
den darin lebenden gierigen Piranhas zerrissen wurde. Dem
Vierten musste Johny unvermittelt ins Gesicht niesen, als er nah
genug gekommen war. Dieser und sein direkter Hintermann
wählten aus Angst vor Hirnimplosion den Freitod aus dem
Fenster auf die Straße, wo sie von einem parkenden Auto über-
fahren wurden. Es war sofort Aus mit ihnen. Der Sechste war
ein harter Brocken, wie Johny sich erinnerte. Der hatte ein Kü-
chenhackebeil mitgebracht, das voll mit fischig öligem Blut war,
welches zu Boden troff. Der feiste Muselmann hatte die Zähne
gebleckt und sich geifernd auf Johny gestürzt. Das einzige, was
ihn Scheitern ließ, war der Grund, dass er vergessen hatte, seine
Schuhe ordentlich zuzubinden. Das aus dieser Nachlässigkeit
resultierende Straucheln ermöglichte Johny, ihm sein Knie, das
er schlicht und einfach im richtigen Moment anhob, in das ent-
setzte Gesicht zu rammen; das hoch wirbelnde Hackebeil fing er
locker flockig mit der freien Hand auf – in der anderen hielt er
noch immer die inzwischen atemlos begeisterte und Zuversicht
fassende Jesse. Nummer Sieben und Acht hatten schlau sein
wollen und waren zu zweit auf Johny losgegangen. Doch beide
rechneten nicht mit dessen Flinkheit. Während er mit der verdutzten Nummer Neun ein Mühlespiel spielte und es obendrein
gewann, verprügelte er Nummer Sieben mit einem Knirps und
faltete aus Nummer Acht ein Origami[17] in der Form des Dach-
ses, was diesen sosehr verwunderte, dass er sich sofort trollte,
um einen Bau anzulegen. Schlussendlich standen ihm noch die
letzten drei Bösewichter der arg dezimierten Truppe gegenüber,
Nummer Neun konnte sich vor Gram nicht von dem hoffnungslos verlorenen Mühlespiel loseisen, er suchte den Fehler und
kombinierte eisern rück. Einen von den drei letzten erschoss

---

[17] *Japanische Kunst des heiteren Tierefaltens aus gelegentlich buntem Papier.*

Johny demonstrativ mit einem halben Magazin Platzpatronen aus seiner Jenk & Rupert 9mm, was diesen zur Einsicht kommen ließ, theatralisch zu Boden gehen zu müssen und vorerst dort liegen zu bleiben. Woher er die volle Flasche Theaterblut hervorzauberte, mit der er sich von oben bis unten einsudelte, konnte Johny sich auch im Nachhinein nicht begreiflich machen. Dem Vorletzten fiel urplötzlich ein, dass er im Halteverbot parkte und eilte, sich immer wieder verbeugend und entschuldigend, davon und ward nie wieder gesehen. Den nun übrig bleibenden allerletzten dieser bunten Truppe wütender Restaurantangestellter knöpfte sich Johny verbal vor.

Auch sein elegisches »Rose – butt!« hatte ihm nicht mehr aus der Misere geholfen, denn Johny kannte den Film und stach ihm für diesen Frevel mit einem Zahnstocher ins Ohr.

»Was zum Teufel ist los mit euch?!« hatte Johny ihn angefahren und drohend mit seiner Kanone unter der Nase des ängstlichen Kellners gefuchtelt »Ihr habt ja nicht mehr alle Tassen im Schrank! Hier so einen Auftritt veranstalten! Wo ist das Benehmen geblieben?! Fernöstliche Höflichkeit und so?«

Der Typ hatte in Johnys Griff geschwitzt und stoßend geatmet.

»Frag ihn, wer ihn angewiesen hat, dich fertig zu machen, wenn du hier aufkreuzt«, hatte Jesse gesagt und Johny auffordernd angestupst.

»Was? Wie kommst du denn darauf?« hatte Johny gefragt.

»Keine Ahnung. Sieht man doch in jedem Film. Und schaden kann's nicht. Komm, frag ihn.«

Johny hatte den kleinen Skinesen mit unheilsschwangerem Blick angesehen. »Okay, du Wicht! Jetzt mal raus mit der Sprache! Wer hat euch angewiesen, hier so einen Radau zu veranstalten, wenn ich euch besuchen komme, um kurz Hallo zu sagen?« Johny war ganz nah an das Gesicht des verunsicherten Mannes gekommen.

»Na, spuck's schon aus, du Aas...« Er hatte wie Cliff Westwood geklungen, als er das zwischen seinen Zähnen hervorknurrte.

Als der Kleine nicht sofort geantwortet hatte, war Jesse offenbar die Geduld durchgegangen und sie hatte den kleinen Mann angeschrien: »Scheiß dich schon aus! Sonst werd ich nämlich ungemütlich!« Ihr Gesicht war rot geworden und Johny hatte ihr beruhigend den Arm auf die Schulter gelegt.

»Da hörst du es, Knirps. Sie kann ganz schön sauer werden und ich rate dir nur eins, strapazier das nicht zu sehr. Ich kann für nichts garantieren. Sie hat mal einem Bullen die Eier abgerissen, weil der nicht blöken wollte – wie ein Schaf.« Johny holte Luft »Jetzt hör mir mal ganz genau zu, du Zwerg! Ich hab heut einen alten Kumpel wieder getroffen. Der hatte offenbar was von eurem Mist hier gefressen, das hab ich sofort gerochen. Ganz schön widerlich muss ich zugeben. Jetzt mal raus mit der Sprache, oder ich hetz euch das Gesundheitsamt auf den Hals. Dann ist Finito hier! Wer hat euch beauftragt?!«

»Warum das denn, mein Herr?« hatte der kleine Skinese gewimmert.

»Weil mein Kumpel tot ist – deswegen! Und ich bin mir noch nicht sicher, was es war, das ihn umgehauen hat. Aber bei dem, was ihr hier fabriziert, bin ich mir nicht so sicher, dass das Zeug, das er wohl gegessen hat, als Ursache für seinen unsanften Abgang auszuschließen ist, kapiert?!«

Johny hatte den Mann fester am Kragen gepackt und zugedrückt. Mit einem Moment schien es diesem gänzlich egal geworden zu sein, was sein Recht war und was nicht, denn er begann auszupacken.

»Ok, warten Sie. Da war was. Ein… so ein Typ. So… so ein Typ«, hatte der Skinese leise und mit gebrochener Stimme berichtet »Da… äh… Wir haben einen Anruf bekommen.«

»Wann?«

»Heute… heute Vormittag erst.«

»Was wollte der Anrufer!? Bestimmt kein Sushi[18] (und[19])!«

---

[18] *Anmerkung des unverbesserlichen Koautors: Es tut mir leid, das sagen zu müssen, Johny. Aber Sushi kommt aus Hapan. Du bist aber beim Skinesen. Dein Leben liegt in Trümmern? Ach was, das kann jedem Mal passieren. Gib dich nicht auf. Wir stehen dir bei … manchmal.*
[19] *Anmerkung des echten Autors: Na! Auch noch Korinthen kacken, oder was? Aber gut, so ein kleiner Triumph sei dem Koautor auch mal gegönnt. Genieß das …*

»Nein, nein. Erst dachte ich auch, es wäre bloß eine Bestellung aber dann… Er sagte mir, wenn ein Typ käme, so einer mit Hut und Frau und Zigarette, ja, so einer wie Sie…«

»Ja und? Was dann?!«

»… Wir sollten ihm ein wenig Feuer unter dem Hintern machen.«

»Ist ja wohl in die Hose gegangen, hm? Was hat er noch gesagt? Wer war er? Hat er einen Namen gesagt? Pack schon aus, oder es setzt was!«

Der Kellner hatte geröchelt und Johny ihn etwas lockerer gelassen, nur um dann wieder fester zuzupacken.

»*Wurgs!* Bitte, bitte, Mister. Nicht mehr wehtun. Ich sag alles, ich sag ja alles!«

»Ja, dann quatsch nicht rum, sondern pack endlich aus, du Wurm, oder ich mach dir Beine!« hatte Johny ihm mit finsterer Miene gedroht.

»Er hat nur ein Wort gesagt…«

»Ach was, ist ja hochinteressant. Was denn? Sag schon.«

»Ich weiß nicht mehr…«

Johny hatte Jesse irritiert angesehen. Sie hatte nur ahnungslos mit den Schultern gezuckt.

»Das glaub ich alles nicht«, war Johnys schlichte Antwort gewesen.

Der verängstigte Kellner besann sich kurz, schluckte dann schwerfällig und flüsterte etwas.

»Was?« hatte Johny nachgehakt.

»Klang wie Gallertmasse«, hatte Jesse vermutet. Johny hatte den Kopf geschüttelt. »Scheiß drauf. Wo ist er dann hin? Erzähl mir endlich mal was, was mich davon überzeugt, dich am Leben lassen zu müssen!«

Der Skinese sagte kein Wort, er starrte Johny einfach nur noch aus aufgerissenen Augen an.

»Ok, du Präputium, ich lass dich laufen. Oder bleib hier, ist mit egal. Aber sei dir mal ganz doll sicher, dass wenn ich noch nur einmal Ärger mit einem von euch Vögeln habe, dann komme ich wieder zu dir. Und dann gibt es richtig auf den Sack. Da vergeht dir dein Scheiß-Hallejula.«

Der Skinese hatte ihn immer noch angestarrt, zudem hatte sein Körper zu zittern begonnen, er spannte sich. Johny wurde vorsichtig.

»Und jetzt räum hier auf, den Drecksladen. Kann ja keiner mit ansehen! Widerlich so was!«

In dem Moment hatte sich der kleine Mann aus Johnys gelockertem Griff gerissen und von irgendwoher ein blitzendes Messer hervor gezogen. Mit rasendem Blick lag er am Boden, nur eine Armlänge von Johnys Kehle entfernt.

»Johny! Nein!« Jesses Stimme katapultierte.

Johny hatte gebannt auf die Klinge gesehen, er wusste, sie würde ihn mühelos in Streifen säbeln, nur ein Hieb und es wäre …

Doch es kam anders.

Der Skinese schob sich auf dem Hosenboden einen Meter von Johny weg. Er schluchzte etwas in seiner Muttersprache, dann riss er das Messer hoch, sah Johny ein letztes Mal in die Augen und hauchte ein einziges überdeutlich artikuliertes Wort.

»Enjad*ooo*.«

Dann stach er zu. Er rammte sich die gut unterarmlange Klinge in den eigenen Kehlkopf und bohrte darin herum. Mit letzter Kraft trieb er sich das Messer durch die Kehle und Blut blubberte blasend und gurgelnd aus seinem Hals hervor. Johny schreckte zurück und Jesse wandte sich entsetzt ab.

Dann war es vorbei. Der Körper des Skinesen zuckte ein letztes Mal und fiel dann wie ein Sack mit nassem Dreck auf den Boden. Dann brauchte es einige Minuten, bis Johny sich wieder gefangen hatte. Er beruhigte Jesse, die so etwas vermutlich noch nie gesehen hatte. Sie war außer sich. Er sah es fast jeden Tag. Mindestens im Fernsehen.

Jesse protestierte: »Johny, was ist denn hier los? Überall Tote!« Sie atmete steif. »Und Selbstmörder! Erst mein Bruder unfreiwillig, dann dieser Skinese freiwillig! Was kommt als Nächstes?!« Sie sah absolut fertig aus.

Johny sagte nichts. Aber da war ein Gedanke, den er wohlweislich nicht aussprach. *Was, wenn Jaco auch nicht unfreiwillig gestorben war?* Schnell untersuchte er den leblosen Leib des Skinesen. Mit spitzen Fingern fand er nichts außer einem alten Thermopapierkassenbon mit fast verblichener Schrift und ein Foto. Das Foto gefiel ihm. Es zeigte einen verwackelten Schwarzweißschnappschuss von Jesse – ein missglückter Winkel zwar, aber zu erkennen und eindeutig. Er steckte es, ohne, dass sie es bemerkte, ein. Besser es blieb dabei.

Danach waren Johny und die völlig aufgelöste Jesse aus dem Laden und zum Wagen auf der anderen Seite der Straße geeilt. Johny hatte vorsichtshalber um den Zündschlüssel gebeten und war mit quietschenden Reifen davongebraust. Alles, was danach geschehen war, so erzählte ihm Jesse, war, dass er sie beide zu einem schäbigen Hinterhofhotel gefahren hatte, wo sie einstweilen untertauchen konnten. Nachdem sie beim verdorbenen Wirt eingecheckt hatten, war Johny am Abend noch einmal draußen gewesen und hatte Proviant besorgt. Zwei Flaschen Johnny Torkler und etwas Knäckebrot.

Das Anschließende war schnell berichtet. Ihr Abend hatte aus Trinken, Tanzen und Lieder singen bestanden. Irgendwann hatte Johny es gerade noch geschafft, sich nackig zu machen, und war dann vom maßlosen Alkoholgenuss herrührend auf dem Sofa eingeschlafen. Dies war ein deutlicher Hinweis für Jesse gewesen, noch mal alle Türen und Fenster zu überprüfen und dann selbst, aber erst nach dem Zähneputzen, ins Bett zu kriechen.

☼

HELLBOWS INN – MIDDLERIDDLE. WAUSZBURG SÜD. WIEDER DER TAG DANACH.

Johny war inzwischen eines klar geworden: Er hatte den Auftrag, den rätselhaften und äußerst bizarren Tod eines alten Freundes aufzuklären. Glücklicherweise nagte dieser nicht allzu sehr an seinem emotionalen Zustand, es waren einfach zu viele Jahre zwischen ihm und Jaco getrennte Wege gegangen, als dass er bezüglich dessen Todes am Boden zerstört sein hätte können. Dennoch, ihm ging diese Sache nahe, und wenn es wegen Jesse war, der das Ganze noch viel intensiver zusetzte – Johny hatte Angst, sie könnte apathisch werden. Er würde gut auf sie Acht geben. Das war er sich, dem General und nicht zuletzt Jaco selbst schuldig.

Des Weiteren war er bereits gestern schon in ein unerwartetes Wespennest gestoßen. Bezüglich seiner Untersuchungen am Tatort, war er zum Schluss gekommen, dem lokalen skinesischen Restaurant einen Besuch abzustatten, um Nachforschungen anzuführen, doch man war ihm zuvor gekommen. Die Skinesen hatten bereits Order bekommen, ihm und mindestens Jesse den Gar aus zu machen. Ironie, wie Johny fand, schließlich waren sie in der Gastronomie beschäftigt und dürften sich an und für sich mit so etwas auskennen. Könnte man meinen. Wie er herausbekommen hatte, hatte jemand den Auftrag erteilt, ihn und Jesse fertig zu machen. Wer, zum Henker, das denn nun wieder sein konnte, war ihm unklar. Stand er mit dem Mord an Jaco in Zusammenhang – das war leicht in Verbindung zu bringen? Aber da war noch etwas, das ihm wichtig vorkam. Die Worte, die der Skinese kurz vor seinem selbstinitiierten Ableben gesprochen hatte, vielmehr das eine Wort, zu dem er sich noch getraut hatte.

»Enjado«, war es gewesen. Johny hatte diesen Begriff noch nie zuvor gehört. Was sollte das sein? Irgendein Ding?

Inzwischen war Johny sich nur einer Sache ziemlich sicher: Egal, was er sich jetzt auch immer zusammenklabüstern würde, nachher käme wieder alles anders, als zuerst angenommen. Darum beließ er es vorerst dabei und schnappte sich das Telefon, das auf einer gedrungenen, wurmstichigen Kommode stand, nahm den Hörer ab und drückte einige Tasten in den Ziffernblock.

»Keiner da«, erklang nach einigen Freizeichen die gelangweilte Stimme von Nick, dann nach einer kurzen Pause noch ein lapidares: »Aber erzähl schon, Kumpel. Kotz dich aus.«

... *Fiiiep!*

Bevor Johny entnervt auflegen wollte, besann er sich doch eines anderen und sagte: »Hier is Riot! Wo steckst du, du Penner? Ich hab hier ein Problem. Brauch ein paar Tage deine Bude, ein paar Flaschen Torkler und so. Saubere Gläser wären fein. ... Und Namen. Kannst du da was machen? Sei kein Frosch. Es geht um Jacquomo Baltimore. Das sagt dir doch was, oder? Ruf zurück... Und eins noch... Bitte.«

Klack!

Kurz sann er hinüber zu Jesse, die am Fenster stand und in sich versunken schien. Vielleicht dachte sie gerade an Jaco. Er war schließlich ihr Bruder gewesen. Dann stellte er den Apparat zurück und ging zu ihr hinüber. Als er einen halben Schritt hinter ihr stehen blieb, drehte sie ihren Kopf und den Körper hinterher, da sie sich sonst womöglich den Hals luxiert hätte. Ihre Augen waren gerötet und glitzerten etwas feucht, aber sie heulte nicht. Ihre Hände knüllten den Stoff ihres Pullovers vor dem Bauch zusammen und sie sah zu Johny auf.

»Was jetzt? Was machen wir jetzt?« fragte sie mit leiser Stimme und näherte sich ihm noch um einen Viertelschritt. Johny bemerkte, dass sie nur gut einen dreiviertel Kopf kleiner war als er. Er hob sein Haupt und sah zur Decke, als ob dort geschrieben stehen würde, was er als nächstes zu sagen hätte. Als er seinen Kopf wieder senkte, blickte er einen kurzen Moment selbst versonnen aus dem Fenster, sah ein Piano und erklärte Jesse dann: »Ist doch klar, Schätzchen. Wir knöpfen uns mal diese Spielerkollegen deines Bruders vor – vielleicht gibt es da einen Hinweis auf die dreckige Wäsche in die er da geraten ist.«

Zwar sah sie verdutzt drein, nickte aber trotzdem und begann wieder etwas zu lächeln.

»Weißt du, Johny, was schön ist?«

Er vermutete es, beließ es aber vorsichtshalber bei einem klugen Schweigen.

»Egal was ist, du weißt immer, was danach zu tun ist. Das gefällt mir. Das lässt mich stets den Gedanken an Aufgabe vergessen. Ich muss dir danken, Johny. Was täte ich nur ohne dich?«

Sie ließ sich nach vorne fallen und als sie spürte, dass er nicht auswich, sondern ihren Körper stützte, schlang sie gar nicht mehr schüchtern ihre Arme um seine Taille und zog sich fest an ihn. Beten Baby, dachte er und sagte nichts.

KAPITEL IV

HELLBOWS INN. SPÄTER. NACHTS... MORGENS. 5 UHR!

Wie nicht anders zu erwarten gewesen war, gab es ein Erwachen an einem nächsten Morgen – jedoch fand dieses weitaus früher statt als ursprünglich angenommen und erhofft. Genauer gesagt fand dieses Erwachen zur frühesten Morgenstunde statt, noch genauer gesagt um exakt drei Uhr und fünfundvierzig Minuten, die noch von neunzehn Sekunden von der nächsten Minute getrennt wurden, und es war eine miserable Zeit zum Aufstehen, fand Johny Riot. Obendrein kam hinzu, dass es nicht etwa der lau säuselnde Radiowecker oder der auf einem weit entfernten und naturbelassenen Gut krähende Hahn war, der Johny weckte, sondern das grobe Stiefelprofil eines Mannes mit vergleichbar groben Manieren, der ihm auf dem Gesicht stand. Johny schlug die Augen auf und brach dem Burschen mit einem geübten Griff den Fuß am Knöchel entzwei. Das Gelenk splitterte wie morsch unter der Haut und ein entsetztes Schmerzgebrüll überzeugte Johny davon, dass es keinen Spaß machte, das zu fühlen. Der Stiefel wurde spektakulär rasant aus seinem Gesicht gerissen und fiel samt seines Besitzers zu Boden, wo er sich jammernd wälzte.

»Selbst Schuld, du Spaltpilz«, sagte Johny in ein herzhaftes Gähnen integriert und schnippte sich eine Zigarette von Gamel zwischen die Lippen. Nachdem er einen prüfenden Blick auf die große Schrankuhr geworfen und festgestellt hatte, dass es zu früh zum Aufstehen war, wollte er sich wieder hinlegen – er musste wohl auf dem Sofa eingenickt sein, wie unangenehm. Doch etwas irritierte ihn. Da standen Menschen im Raum.

»Schnappt ihn euch!« blökte einer los. Johny konnte nicht sofort erkennen, welcher von den mindestens vier oder fünf Typen es gewesen war, der gesprochen hatte, denn seine Wahrnehmung war noch vom wohligen Schlummer gedämpft.

Er grunzte ungnädig, als ihn ein paar starke Paare Hände unter den Schultern, sprich an den schweißignassen und maskulin haarigen Achselhöhlen hoch zerrten und auf die Beine stellten. Er quittierte diesen Versuch, ihm behilflich sein zu wollen mit einem unwilligen Murren und sank auf das eklige Siebzigersofa hinter ihm, wo er mit halbgeschlossenen Augen und einem dezent aufkommenden Kater sitzen blieb.

»Den Eimer!« hörte er erneut die Stimme unbekannter Herkunft.

»Ich muss nicht kotzen«, lehnte Johny ab und wedelte mit seiner Zigarette. »Aber hat vielleicht jemand Feuer?«

Nichts geschah.

»Fresse halten, du Penner«, wurde er angemacht.

»Genau, oder wir machen dich jetzt sofort kalt!«

Johny sah sich verwirrt um. »Was? Wer hat da gesprochen?«

Ein mit stattlicher Physiognomie begnadeter Ganove trat vor Johny und packte ihn unwirsch am Kinn, wodurch er ihn zum Hochschauen zwang. Gleich dem Missvermögen des Autors gleich, einen astreinen Satz zu artikulieren, scheiterte er daran und musste sich stattdessen mit einer mehrfach gebrochenen Handwurzel begnügen, die Johny ihm sozusagen geschwind aus dem Handgelenk hinzauberte.

Nun wanden sich schon zwei solcher beklagenswerten Jammerlappen auf dem miesen Teppich in dem miesen Appartement mit der miesen Gesellschaft, die offenbar bar jeglichen Taktbewusstseins zu spätester Stunde aufzutauchen pflegte. Um eine nett gemeinte Überraschungsgeburtstagsparty schien es sich hier jedoch nicht zu handeln.

Johny hielt wie in der Schule damals eine Hand hoch, um sich ein Recht auf Wort zu verschaffen. Mit der anderen kratzte er sich derweil am wolligen Brusthaar.

»Also Leute«, begann er gedehnt. »Einen Moment mal, bitte. Was geht hier vor? Wer seid ihr? Was macht ihr hier? Wer hat euch reingelassen? Und warum, zum Geier, habt ihr keine Eiscreme mitgebracht?«

Eine Faust traf ihn derb im Gesicht.

Schmerzhaft wurde er in das federnde Rückenteil des Sofas geschmettert und sein eigenes Blut besudelte seinen nackten Oberkörper.

»Fuck!« kommentierte er seine geplatzte Lippe und wusch sich mit dem Handrücken mehrfach darüber, bis auch der dunkelrot verfärbt war. »Wofür das?! Spinnt ihr?!«

Es gab keine Reaktion.

Dann: »Den Eimer, habe ich gesagt!«

»Jetzt wäre etwas Eis tatsächlich ganz fein«, murmelte Johny und fummelte nach etwas, das nicht da war. Da sich seine Müdigkeit noch immer nicht komplett gelegt hatte, registrierte er nur am Rande wie zwei Männer – der eine ein hässlicher Hüne und der andere ein ähnlich hässlicher aber dazu sehr untersetzter Zwerg –, beide in schlichte, und stramm sitzende Anzüge gezwängt, mit für ihren Körperbau nahezu graziös anmutenden Schritten auf ihn zukamen. Sie trugen einen großen Bottich zwischen sich, jeder mit einer Hand am Henkel – und stellten diesen zwischen seinen Knien ab. Darin schwappte eine durchsichtige Flüssigkeit, die frappierend an etwas wie Wasser gemahnen ließ.

»Tauchbad!« hieß es, doch Johny hatte kaum Lust, jetzt zu planschen. Er spürte eine schaufelartige Pranke in seinem Nacken und obwohl er sich widerwillig dagegen wehrte wurde unerbittlich nach vorn gedrückt. Wenn ihn nicht alles täuschte, sollte das bezwecken, ihn in das kalte Wasser im Kübel zwischen seinen Knien einzutauchen.

»Kreiz Deifi nomal!! Ich hasse Wasser!« beschwerte er sich und packte nach der Hand in seinem Nacken. Doch die war nicht ganz so schwächlich, wie die der beiden zu vorigen Nötiger. Sie gehörte dem Zwerg und er war merklich ein Bär von Mann. Ein stummes Ringen entstand (Danke WH! Danke!). Trotzdem gelang es Johny, seine nasse Begegnung hinauszuzögern und riss dem kleinen aber starken Mann gleich den ganzen Arm aus der Gelenkpfanne, was ein unschönes dumpfes Geräusch gab. Der Typ keuchte überrascht, doch dann nahm er seinen nutzlos an ihm herabschlenkernden Arm und drückte ihn sich selbst mit einem unterdrückten Grunzen in die Schulter zurück. Ein harter Kerl also, dachte Johny und stand auf. Als wäre das ein Zeichen für die Stimme unbekannter Herkunft gewesen, befahl diese barsch: »Stopp. Das genügt. Bronco, hierher. Walther, du auch.«

Die zwei Henker von Typen wankten fort und Johny nahm sich das erste Mal Zeit, auch etwas genauer hinzusehen. Dort stand ein Mann in der Mitte des Raumes. Nadelstreifenanzug, dicke Zigarre in der Backe und feistes Grinsen darum.

»Und wer sind Sie?« fragte Johny während er sich die Augen rieb und sich einmal streckte, dass seine Wirbel knackten. Statt eine konkrete Antwort zu bekommen palaverte sein adrettes Gegenüber einfach los.

»Johny Riot.«

»Das bin ich«, erklärte Johny.

»Mein Name hingegen, Mister Riot, tut nichts zur Sache und selbst wenn Sie ihn wüssten, was würde es Ihnen nützen? Jedenfalls nichts in Anbetracht der Tatsache, dass ich Sie jeden Moment Ihres kümmerlichen Lebens zerquetschen lassen könnte wie eine Made unter der Planierwalze.«

»Schön gesagt, schön gesagt«, lobte Johny.

»Unterbrechen Sie mich nicht fortweg, Mister Riot. Ich habe Ihnen etwas mitzuteilen. Da Sie für meine herkömmlichen Methoden nicht besonders empfänglich zu sein scheinen, muss ich meine Herangehensweise neu gestalten. Das geschieht mir ehrlich gesagt nicht häufig, aber glauben Sie mir, ich komme damit klar und ich werde eine Möglichkeit finden, Sie dazu zu bekommen, wo ich Sie hinhaben will.«

Johny riss sich derweil ein altes Streichholz an dem ekligen Siebzigersofa an und paffte einige Züge seiner Zigarette.

»Kommen Sie zur Sache, Mann«, sagte er nach ein paar weiteren Zügen und blies Qualm in die Luft. Der Anzugträger tat es ihm feist grinsend gleich. Er paffte seine fette Zigarre und grinste selbstzufrieden. Johny fand, dass er aussah wie eine dieser mit Feder und Tinte gezeichneten Karikaturen eines Politikers in der Tageszeitung. Bei genauerem Hinsehen sah er sogar exakt so aus. War das da vor ihm etwa eine Karikatur? Oder gar ein echter Politiker? Wo war da noch der Unterschied. Eigentlich wollte Johny nur schlafen.

»Sie haben etwas, das mir gehört, Mister Riot. Und das will ich wiederhaben!« erklärte der karikaturierte Politiker. »Es gehört mir und ist meins und nicht Ihres, verstanden, Mister Riot?!« geiferte er dann und die Zigarre baumelte in seinem losen Mundwerk auf und ab. »Geben Sie es her, oder ich nehme es mir – wenn nötig mit Gewalt!«

»Ach was«, sagte Johny müde. »Aber nimm nur. Alles was du tragen kannst gehört dir, du Spinner. Und dann verpiss dich. Ich will pennen.« Er wollte gehen, um sich im Nebenzimmer auf das richtige Bett zu Jesse zu legen. »Und sorg dafür, dass der Schotter hier unter die Erde kommt.« Er wedelte demonstrativ mit seiner Zigarette zu den zwei am Boden knienden Männern, die sich ihre Verletzungen hielten, als ob das einen Sinn gemacht hätte. Plötzlich begriff er hingegen den Zusammenhang der Worte des Mannes mit der Zigarre. So hielt er inne und sah sich fragend um.

»Hier geblieben, Riot!« lärmte der im gleichen Augenblick und Zufriedenheit tollte über seine Zügen, als er bemerkte, dass er damit Erfolg hatte. Johny schüttelte den Kopf und sagte: »Vergiss es, Schwachkopf. Das Mädchen bleibt hier bei mir. Hau ab und such dir ´ne andere Wichsvorlage! Nur zur Info: Das war keine Frage. Und jetzt raus hier oder ich zeig dir dich selbst in Stücken!«

Der Kerl hielt es nun offensichtlich für den rechten Zeitpunkt seine beiden übergebliebenen Schergen mit einem betonten Nicken vorzuschicken und Johny sah sich in angesichts seines Dämmerzustands in ernstzunehmende Bedrängnis gebracht.

»Wer nicht hören will, muss fühlen«, sagte der Mann im Anzug gedehnt und grinste wieder feist.

»Komisch«, meinte Johny. »Das sag ich auch immer.«

Die zwei Schläger kamen langsam auf ihn zu. Abgesehen davon, dass sie rein nach Adam Riese in der Überzahl waren, musterten sie ihn sehr genau, ließen sich Zeit. Verdammte Profis, wusste Johny, die machten so was häufiger. Er musste erst einmal Zeit gewinnen. Ein Kampf war unumgänglich. Und es würde ein dreckiger werden. Gespickt mit allen miesen Tricks. Mal sehen, wer mehr davon kannte. Immerhin waren sie zu zweit.

»Bronco und Walther also? Nett euch kennen zu lernen. Ganz ehrlich, ich hatte mal zwei Kumpel, die sahen euch überhaupt nicht so unähnlich«, redete er daher und tat betont gelassen. Der Kleine von den beiden war auf jeden Fall sehr schmerzunempfindlich, was nicht bedeutete, dass es der andere nicht auch war, aber er hielt den Riesen für den momentan weniger gefährlichen Gegner. Vielmehr für das kleinere Übel. Sie hatten keine Waffen gezückt, keine Messer, keine Knüppel, kein Antihundespray. Das nahm Johny ihnen gut. Dennoch: verdammte Heiligkeit, da kamen zwei echte Brocken auf ihn zu und bevor er sich versah und Zeit bekam, seine Taktik bezüglich des Umgangs mit den beiden zu verfeinern, langte der Große auch schon zu. Ob seiner gewaltigen Kraft und Ausmaße, die locker denen eines Rhinozeros gleichkamen, rammte seine Faust mit rasanter Geschwindigkeit vor. Johny wich rückwärts aus, was sich sogleich als Fehler darstellte, verbaute er sich so den möglichen Rückzug, da sie ihn so in die Ecke trieben. Dazu kam, dass der Kleine, der einen dichten, dunklen Vollbart trug, sofort nachsetzte und Johny mit einer Kopframmattacke anging. Die zwei waren ein Scheißteam, erkannte er und machte einen kleinen aber ausreichenden Schritt neben den Kurzen und zwar vom Großen weg, was ihm sogleich die Möglichkeit einbrachte, mit aller Kraft und ineinander gefalteten Fäuste auf den breiten Rücken des Zwergs einzuhämmern. Er traf die Wirbelsäule und diesmal verschluckte sich sein Kontrahent tatsächlich am Schmerz und vielleicht auch an ein oder zwei Rippen, die ihm gerade mit Vehemenz durch die Lunge getrieben worden waren. Johny war nicht ganz wohl dabei, so etwas zu tun. Das tat richtig weh. Und wahrscheinlich zog es bleibende Schäden nach sich. Doch er wollte auf Nummer sicher gehen und trat sofort mit dem Fuß nach, wobei er einen Moment vergaß, dass er keine Schuhe anhatte und sich selbst halb die Zehen brach, als er dem Kleinen zwischen die Beine fuhr. Dort war es zum Glück weich und würde in Zukunft auch so bleiben. Inzwischen hatte sich der Große umgedreht und schnellte mordlustig grölend auf Johny zu. Die schiere Masse von Mann, die da auf ihn zuwalzte, bot an sich schon wenig Platz zum Ausweichen. Johny ließ von seinem klein gebauten Opfer ab, das sich nun krümmend zu Boden ließ, und ging in die Knie, um dem erneuten Dampfhammer des Riesen auszuweichen. Warum die gleiche Attacke noch einmal? Kein Profi kämpfte auf diese Art und Weise. Und nur ein Profi kämpfte so, wenn er längst etwas Neues in der Mache hatte, durchfuhr es Johny und er sah das Knie zu spät kommen. Es krachte gegen seine Schulter und schmetterte ihn zurück. Er stolperte und fiel auf den Boden. Noch bevor er sich aufgerappelt hatte, war der Gigant über ihm. Und diesmal nicht allein. Das gibt es doch nicht, raste es durch Johnys Kopf. Der Kleine war zurück und packte nach ihm. Nur knapp entging er dem Kehlgriff dadurch, dass er sich rückwärts auf dem Hintern rutschend wegstieß. Der Kleine wurde von seinem eigenen Schwung mitgezogen und hinderte seinen riesigen Kumpan am Vorpreschen. Die Chance nutzte Johny, rappelte sich auf, riss den Deckenfluter neben sich vom Netz und prügelte mit dem schweren Fuß nach dem knienden Knirps, der nur noch große Augen machen konnte. Das mindestens fünf Kilo schwere Gewicht vom Fluter malmte sich durch seinen Quadratschädel und riss Johny wie einen olympischen Hammerwerfer mit im Kreis herum. Der Zwerg sackte mit blutzerfurchtem Gesicht zusammen und bewegte sich nicht mehr. Sein Genick war um neunzig Grad herumgedreht worden. Johny dachte, dass der mit *dem* Gesicht nun ohnehin keinen Job mehr bekommen würde und verbuchte sich eine erledigte gute Tat für den heutigen Tag.

»Das war der erste Streich«, erwähnte er den Zwischenstand des Kampfes und gab sich sofort der zweiten Runde hin. »Wenn mal einer die Glocke läuten würde. Danke!«

Der Mann im Anzug stand mit mürrischem Ausdruck im hinteren Teil des Raums und beobachtete die Szene stumm – noch.

Der Gigant hingegen wollte es jetzt so richtig wissen. Wenig beschäftigt mit dem niedergestreckten Kumpan forderte er Johnys Defensivkünste stark. Johny musste sich unter einer Reihe von blind geführten Wuthieben hinwegducken, die allesamt nicht gut gezielt aber mit brachialer Gewalt geführt wurden. Zweimal hämmerte der Riese mit seinen Fäusten hässliches Mobiliar zu Müsli – eine Vitrine mit billigen Pokalen aus irgendeiner Jugendfußballkarriere und eine vermutlich griechische Statue, die nicht ganz lebensgroß einen muskulösen südländischen Mann mit Locken und einem dicken Tau zeigte, das er sich um den nackten Körper samt erogener Zonen gewickelt hatte. Dazu hielt der Dargestellte ein frisches Ahornblatt am Stiel hoch, als ob es ein Handspiegel wäre und glotzte mit lasziv-lethargischem Blick dagegen. Offenbar war er sich gleich dem Künstler bei dessen urtümlichem Gebrauch nicht ganz sicher. Auf jeden Fall war es ein ungleicher Kampf und für Johny wurde es eng. Wie bei David gegen Goliath. Und da sich der Große nun nicht mehr zurücknehmen musste, um seinen Kumpanen nicht zu behindern oder selbst umzuhauen, ließ er alles raus, was er hatte. Und das ließ Johny staunen. Sein Gegner verschaffte sich mit langen Schwingern Platz und bäumte sich dann wie ein Grizzlybär brüllend auf und riss sich ostentativ den feinen Zwirn von der Brust. Sein fast kahl geschorener Kopf quoll auf und brannte rot wie eine Ampel. Der Hals darunter spannte sich wie ein Zelt auf und alles, was eine solche Gurgel zu bieten hatte, trat mächtig schwellend hervor. Der Riese bebte wie ein Tankschiff in den buchstäblichen Sturmfluten des Jahrhunderts. Johny rechnete inzwischen fest damit, dass er gleich einen wahrhaftigen Werbären oder ähnliches vor sich haben würde, der ihn im Nu zerfetzte und verschlang – nicht, dass ihm das zum ersten Mal passiert wäre, jedenfalls abzüglich dem Zerfetzen und Verschlingen, versteht sich. In Zukunft, hielt er gedanklich fest, müsste er mit seiner Jenk & Rupert 300.mm im Bund der Schlafanzughose zu Bett gehen, das war sicherer. Diesmal wäre es aber bei aller Heiligkeit garantierte Munitionsverschwendung gewesen, denn dieser Koloss von Schlägerbrocken erweckte auf seine ganz spezielle Art und Weise den untrüglichen Eindruck, mit herkömmlichen Patronen nicht viel am Hut zu haben – zumal er gar keinen aufhatte. Johny rechnete fest damit, dass er genauso gut mit einer ordinären Zwille auf diesen Stier von Mann hätte ballern können. Das Ganze ohne entsprechenden Erfolg. Und urplötzlich verspürte er wenig Lust, dem Mann auch nur auf drei Meter oder besser gleich Kilometer nahe zu kommen, wenn er nicht eine ganze Blisterbox Sprühflaschen mit Antihundespray dabei hätte. Seine Gedanken taten in diesen wenigen Sekunden seiner schnell ablaufenden Lebenszeit leider nur wenig zur Sache, denn die zum Büffel oder Nashorn oder was auch immer von riesigem Untier mutierte Gestalt dort donnerte mit ausgreifenden Schritten auf ihn zu. Vermutlich wollte Bronco – oder war es Walther? – ihn kurzerhand zermalmen, sobald er ihn mit seinen Muddelgriffeln einheimste, die mittlerweile Schaufelblattausmaße angenommen hatten. Johny wollte es jedoch gar nicht erst so weit kommen lassen, denn er rechnete sich seine Chancen ziemlich nachteilig aus, daraus wieder ein Entkommen finden zu können. Darum wollte er sein Heil im Hinzufügen einer psychologischen Komponente versuchen, die er dem Duell die entscheidende Wende bringen würde.

»Ich wette, deine Mutter wäre ganz schön enttäuscht von dir, wenn sie dich jetzt sehen könnte und mitkriegen würde, dass du anderen Leuten wehtun willst, Klaus.«

Auf diese hohle Phrase reagierte der manifestierte Klumpen Gewalt in der misslungenen Form eines Menschen überhaupt nicht, stattdessen der Mann in Nadelstreifen meldete sich mit einem ölig höhnenden Kichern zu Wort. »Bronco hat seine leibhaftige Mutter mit den eigenen Händen erdrosselt – nachdem er das seinem Bruder angetan hatte, der doppelt so alt war wie er selbst.«

Johny dankte für diese hinweisende Information mit einer anerkennenden Handbewegung gegen seine Stirn und wollte sicherheitshalber nicht weiter in Broncos Vergangenheit und familiären Zusammenhängen nachbohren.

BRONCO – THE MEAT MACHINE

HP: 25000
MP: -2
Stärke: 155
Intelligenz: < 0,5
Verteidigung: 25

Specials: Brustquetsche; Dampframme; Senslesse Brutality

Bronco trat währenddessen weiter auf Johny zu und gab ein, zugegeben verhältnismäßig animalisches Grunzen von sich, was aber womöglich auch von einer schlimmen Nasennebenhöhlenentzündung herrühren könnte, wie Johny vermutete. Der arme Kerl. Man war überzeugt, ihn alsbald von seinen Qualen zu erlösen. Da Bronco gerade an einer ollen Siebziger Jahre Stehlampe aus den... Siebzigern[20] vorbeikam, griff er – ganz der spontane Lebemann von heute – mit seiner hubameisenartigen Pranke zu, worauf hin der vor Angst schlotternde Lampenfuß sowie der nervlich äußerst angeschlagene und obendrein schicke Lampenschirm abfielen, und versuchten das Weite zu suchen. Doch keine Chance.

»Verdaaahmt... Wer hat diese Bude eigentlich eingerichtet? Jacques Decores? Sieht ja aus wie beim meiner Oma (die übri-

---

[20] *Ja, da sind Sie doch prompt und vermutlich völlig ungewollt, Zeuge der ungeheuerlich und irgendwo auch erschreckend, Furcht einflößend, hammerhart, unglaublich, wahnsinnig durchgestylten, völlig abgefahrenen und selbstredend endgeilen Rhetorik des größten Autorenteams der Galaxie geworden. Ich mein ja nur. Ich will ja hier jetzt nicht groß protzen. Naja. Aber eine Erwähnung ist's doch schon mal wert, oder? ODER? Yes! Großes Kino! GANZ großes Kino! Ich meine, verstehen Sie mich nicht miss, wo gibt's das heut schon noch. Was? Ich schweife ab? Wir sind Ihnen wohl nicht gut genug, hä? Sie brauchen das Buch ja nicht zu lesen!! Bitteschön. Ja, schmeißen Sie's doch weg! Zünden Sie Ihren Kamin damit an. Watt? Sie haben gar keinen Kamin? Selbst Schuld. Dann lesen Sie gefälligst das verdammte Buch weiter. Mit wem diskutiere ich hier überhaupt!? Ich halt's im Hirn nicht aus. Ihr cholerischer Koautor*

gens Brenda Vain war)«, ging es Johny durch den Kopf. Dann nahm er eine der am meisten gefürchteten klementineschen Verteidigungsstellungen ein – die nachgeahmte Körperhaltung eines betrunkenen Gibbons, der im Begriff war, sein Geschäft zu verrichten[21].

Bronco grunzte indes wie schon einige Male zuvor inbrünstig und schlug unwirsch mit der Lampenstange um sich und in Richtung Johny, der den Schlägen auswich. Fürs Erste. Dann brachte sich Johny mit einigen geschickten Schritten hinter dessen sperrigen Leib und traktierte die dazugehörigen Nieren mit einigen gezielten Schlägen. Jeder andere Gegner wäre jetzt verdammt noch mal vor Schmerzen heulend eingeknickt. Aber vielleicht besaß Hermann einfach keine Nieren. Oder er hatte sie schon der Medizin gespendet, für einen guten Zweck. Steckt nicht in uns allen ein guter Mensch, der nur von Zeit zu Zeit herausgelassen werden will? Bronco drehte sich stattdessen blitzartig um und hätte Johny zweifelsohne mit der Lampen-

---

[21] *Woher er die kannte? Ah... Es gibt so mannig vieles, das Sie noch nicht von und über Johny wissen. Aber wir wollen ja auch nicht gleich wieder alles vorweg nehmen. Lesen Sie bei unstillbarem Wissensdurst bitte unsere hinreichende Enzyklopädie:* **Mindless Resurrection: Hirnlos im LALL**

Da finden Sie alles Wissenswerte über sämtliche Charaktere, die vorkommen und auch über die, die gern vorkommen würden aber aus verschiedenen Gründen nicht vorkommen konnten, durften, sollten, mussten, und/oder wollten. Und selbstverständlich finden Sie dort auch sämtliche Hintergrundinformationen über Nuck Chorris, all seine Heldentaten, selbstverständlich von Säuglingstagen an, bis in die Gegenwart und einen streng limitierten Magnetkühlschrankbutton von Udo, dem Maskottchen von Malabambala, und das alles chronologisch falsch geordnet, versteht sich. Seine Rekorde, (bei Vorlage eines abgelaufenen Personalausweises) eine Liste all seiner Kills, Multikills und Ultrakills bis hin zu den illegalen Monstercombos ab 2000 Punkten sowie zahlreiches wichtiges Bonusmaterial, das in keinem gut sortierten Bücherregal fehlen sollte.

Aber zurück zu Johny. Wird er den Kampf gegen Bronco überleben? Ist selbiger tatsächlich ein Werbär? Warum brennt die Zigarre des zwielichtigen Typen im Anzug mit Nadelstreifen nicht ab? Hat Johny eigentlich nie Hunger? Wie fühlt sich die völlig ent-dreite (was?) Lampe? Weinen Ihre Kinder, wenn sie Ihnen dieses Buch vorlesen? Muss Woose Billis in »Stirb schneller, aber fix! Teil 5« das Universum vor der Erde retten? Was würde Nuck Chorris davon halten? Hat irgendjemand meinen Schoko-Pudding gesehen? Warum dauert Fernsehwerbung inzwischen zehn Minuten? Hatten die Autoren ein schlimmes Kindheitstrauma? Oder gleich mehrere? Und verdaahmt, was treiben Nick und Chaz, die beiden Spongos eigentlich die ganze Zeit? Antworten auf alle Ihre Fragen gibt es... Pardon! Eine kurze Unterbrechung noch. Ich habe hier ein Fax von einem... Fan... na ja... Tja... Interessenten... oder so.

»Oi, ihr Spinner. Warum labert ihr mehr in kursiv und Fußnoten herum, als das ihr die eigentliche Story endlich mal voran treibt? Fällt euch Vollhonks nix mehr ein, oder was?«

Ja, danke für diese netten Zeilen. Soviel kursiv ist das doch gar nicht. Steht alles noch im Verhältnis zur Story. Und überhaupt, was rechtfertigen wir uns hier. Seien Sie froh, dass Sie endlich mal eine Verschnaufpause gewährt bekommen, bevor Bronco RICHTIG loslegt.

Ihr von unangebrachten Anschuldigungen aufs Tiefste verletztes Autorenteam

(Der Autor distanziert sich vom seltsamen Gefasel des Koautors und isst lieber Suppe)

stange in Stücke gehauen, wäre dieser nicht wieselflink unter dem Schlag hinweggetaucht und hätte die gewonnenen Sekunden genutzt, um sich eine hässliche Vase zu schnappen, die enthaltenen Blumen sachte auf eine Kommode zu legen, das Wasser in ein Spülbecken in der Küche nebenan zu kippen und sie dann Bronco über den großen, fleischigen Schädel zu ziehen.

Reaktion: »Umpf!! Groar!!!«

Bronco schien aus unerfindlichen Gründen noch wütender zu werden als überhaupt schon und eigentlich einem Menschen möglich und zimmerte, Johny verfehlend, die Kommode entzwei und zerfetzte dabei die schönen Blumen, die Johny extra noch achtsam beiseite gelegt hatte. Da hörte dann bei Johny alles auf. So ja nicht. Er ging zum Frontalangriff über und deckte Bronco mit einigen satten Schwingern ein.

»Soll ja nachher nicht behaupten, er käme hier nicht auf seine Kosten« dachte Johny grimmig. Währenddessen schallerte ihm Musik von Gérard Lärchenhalter durch den Kopf und er fühlte sich bei dem, was er tat, pudelwohl. Nacheinander brach er Bronco den Fußwurzelknochen, drei Rippen, die Nase, das Jochsowie selbstverständlich das Schlüsselbein. Bronco grinste aber nur, während Geifer aus seinen Mundwinkeln triefte. Er warf seinen provisorischen Knüppel nach Johny, dieser verfehlte ihn allerdings und bohrte sich stattdessen tief in die Wand – der feine Herr im Anzug musste zur Seite gehen, es wurde ihm zu heiß hier auf dem Schlachtfeld.

Zur gleichen Zeit in der Wohnung nebenan. Ein pickeliger, Brille tragender Sechzehnjähriger nutzte die Gelegenheit der sturmfreien Bude und polierte erst mal kräftig seine Fleischpeitsche, während er ein Poster von irgendeiner Pornodarstellerin an der Wand anstarrte. Dem Höhepunkt näher kommend und dabei das Gesicht krampfhaft verzerrend schnaubte er das Poster aus nächster Nähe an und stieß dabei verschiedene hirnlose Wortsilben aus. Und nur wenige Zehntelsekunden bevor der Höhepunkt eintrat, barst ein Pfahl mitten durch das aufreizende Poster samt Wand und fuhr, die Brille des Jungen zersplitternd, in sein rechtes Auge und durch den Hinterkopf wieder heraus.

Eklig was? Ja, ich weiß. Aber da müssen Sie jetzt durch. Onanieren ist eh sündig. Und kleine Sünden bestraft der liebe Schrott ja bekanntlich sofort. Egal. Statisten. Och kommen Sie, stellen sie sich nicht so an. Ich hab extra das Alter hoch gesetzt. Erst war er vierzehn. Aber mit sechzehn hätte er es einfach besser wissen müssen. Er wusste auf was er sich da einließ.

Bronco kümmerte das alles aber gar nicht und er packte sich stattdessen Johny und drückte dessen Brustkorb mit der Gewalt eines gigantischen Schraubstocks zusammen. Da war die Luft raus. Aber wie! Johny hatte jetzt langsam keinen Bock mehr auf diesen hirnlosen Schläger und er packte Bronco am Kopf dran und versuchte ihm die Bremer Gänse zu zeigen, beziehungsweise mal gepflegt das Genick zu brechen. Keine Schangse. Er kämpfte gegen eine Muskulatur wie die eines Stiers. Also ging er nach Plan B vor und warf einen abschätzenden Blick auf die beiden Autoren, die sich als Fensterputzer verkleidet draußen vor der Scheibe rumdrückten und gebannt aber machtlos[22] zusahen. Johny wusste bescheid. Er war hier auf sich allein gestellt. Kein Problem. Er konnte damit umgehen. Hatte sich schon immer allein durchgeschlagen. Mit letzter Kraft und Luft griff er nach der Nase des Kolosses und quetschte sie kräftig zusammen. Ja! Das waren Schmerzen!! Nimm dies Bronco!!! Die Autoren sahen sich stolz an. Das war ihr Junge. Bronco lies vor Schmerz los und Johny konnte wieder Luft holen. Die Nase ließ er indessen nicht los. Stattdessen traktierte er mit der anderen Hand noch etwas Broncos Gesicht und gab den Autoren noch fix zu verstehen, dass sie da hinter dem Fenster grad echt ungünstig standen und diese zogen eilig an der Seilwinde, die die kleine Arbeitsplattform, auf der sie standen, schunkelnd in die Höhe beförderte. *Kameraansicht wechselt.*

Bronco steht das Entsetzen ins Gesicht geschrieben.

Johnys Gesicht, Nahaufnahme.

»Und grüß mir die Vögel, ja?«

Wir sehen eine Hauswand. Ein Fenster. Stille.

---

[22] *Ein Begriff, der sich nur äußerst selten in ihren Wortschatz verirrt.*

Und dann platzt ein Koloss von Mann durch die Fensterscheibe und stürzt brüllend und hilflos mit den mächtigen Armen rudernd in die Tiefe.

.a

.a

.a

.a

.a

.a

.a

..a

..a

..a

...a

...*

.. o_O

``platz´´ Als Johny sich schwer atmend von der zersprungenen Scheibe abwandte und sich umdrehte, bemerkte er, dass er blutete. An seiner Seite klaffte ein großer, dreckiger Riss über den Rippen, nicht besonders tief, aber schmerzhaft. Teppichflusen und Schweiß badeten darin und machten es nicht besser. Grimmig hielt Johny sich die Wunde und sah zu dem letzten verbliebenen Kontrahenten hinüber, der ziemlich einsam und klein wirkend nahe der Tür zum Flur stand und fassungslos zu ihm hinüber starrte.

»Das kann doch nicht…«, stammelte der Kerl und zog von irgendwo aus seinem Jackett eine kleine Derenger mit Perlmuttgriff hervor, mit der er zittrig auf Johny zielte.

»Ich kann es auch kaum fassen«, meinte Johny und humpelte auf den Bewaffneten zu.

»Stehen bleiben!! Oder ich erschieße Sie, Mister Riot!!«

Johny hielt inne und sah verständnislos drein. »Mann, kapier es endlich! Du hast hier nichts zu sagen, also schwirr ab, oder ich mach Kleinholz aus dir!«

Plötzlich veränderte sich der Blick des Mannes und das feiste Grinsen kehrte in seine fleischigen Züge zurück.

»Nein«, betonte er. »Jetzt hören Sie mir mal zu, Riot! Glaub doch nicht, dass ich mich auf zwei solche Dilettanten verlasse! Ich komme auch allein sehr gut zurecht! Und jetzt geben Sie mir, was ich will, oder... Ich schieße Sie auf der Stelle nieder!«

Johny hob eine Augenbraue. »Und? *Das* ist doch nicht, was du willst, oder?«

Der Feiste lachte boshaft. »Stimmt! Zuvor wird es mir nämlich eine Freude sein, dir zuzusehen, wie du guckst, wenn ich deine kleine Freundin drüben Stück für Stück in kleine Häppchen zerschneiden lasse!« Er winkte mit seiner freien Hand Richtung Schlafzimmer, wo er wahrscheinlich Jesse vermutete.

In Johnys Gesicht veränderte sich nichts. »Du bluffst doch bloß, Arschgeige.«

»Willst du es darauf ankommen lassen?« kicherte der Feiste.

Einen Moment lang sagte keiner der beiden etwas und der Raum lag bis auf das Geräusch des Windes, der durch das zerbrochene Fenster hereinwehte, still da.

»Ok. Also, was willst du?« brach Johny das Schweigen.

Sein Gegenüber lachte wahnsinnig, Schweiß stand ihm auf den Schläfen und der Oberlippe, die von einem kleinen Clark-Gable-Bärtchen geschmückt wurde. »Natürlich das Mädchen und das, was ihr von ihrem verdammten Bruder zugesteckt bekommen habt!«

Johny atmete ein paar Mal ruhig ein und aus, bevor er darauf antwortete. Was zur Hölle ging hier vor? Was wollte dieser Spinner unbedingt von Jesse haben, dass er so viel riskierte und bereit war sein kümmerliches Leben aufs Spiel zu setzen? Und was war auf einmal wieder mit ihrem verblichenen Bruder Jacquomo? Er war tot, Johny hatte nichts von ihm bekommen! Und Jesse... Verdammte Scheiße, was wurde hier für eine miese Partie gespielt, ohne dass ihm jemand die Regeln erklärte?!

»Sie müssen also Gutmann sein«, sagte Johny und war sich klar darüber, Zeit gewinnen zu müssen, wenn er eine reelle Chance suchte, hier mit heiler Haut rauszukommen.

Der Feiste ließ nochmals sein Markenzeichen ertönen, ein schmieriges Keckern.

»Du bist gar nicht so dumm, Bürschchen! Ich dachte schon, du kommst nie darauf.«

Johny versuchte zu grinsen. Er hatte von Gutmann gehört. Er und seine Gangster waren typische, stark von vielerlei Klischee behaftete Unterweltganoven, die in einer entsprechenden Gruppenzahl nicht zu unterschätzen waren. Alleine hingegen eher harmlos.

»Wissen Sie, ich hatte Sie mir irgendwie… größer vorgestellt«, erklärte Johny. »Und nicht so hässlich.«

Gutmanns Züge verzerrten sich zu einer Grimasse. Er fuchtelte wild mit seiner Mickerkanone herum und stach damit nach Johny, als ob er den eigentlichen Anwendungszweck nicht kapiert hätte. »Halt die Fresse, du Wichser! Ich mach dich alle!! Ich bin nicht klein und hässlich!«

Johny nahm es gelassen. »Naja, wie man es sieht… Ist alles eine Sache der Betrachtungsweise… Aber von hier oben…« Er winkte Gutmann zu und tüftelte schnell weiter. Hatte Jesse etwas von Jacquomo bekommen? Wann denn? Wie denn?

Penng!! Ein Schuss fiel. Knarzend fraß sich die Kugel kleinen Kalibers nur kurz vor Johnys nackten Füßen in den alten Holzfußboden des Appartements. Gutmann hatte die Fassung verloren und vor lauter Zorn und Erregung seine Waffe abgefeuert.

»Scheiße!« brüllte er jetzt. »Scheiße! Scheiße! Scheiße!«

Johny sah seinen Plan erfolgreich aufgehen und ging einige schnelle Schritte auf Gutmann zu, um ihn endgültig zu überwältigen. Derenger hatten seit jeher nur einen Schuss pro Ladung, es wäre zu seltsam gewesen, wenn es sich bei dieser einen nicht so gehabt hätte. Gutmann hingegen wollte sich so einfach nicht geschlagen geben und zauberte eine weitere dieser Miniaturedelwaffen aus seinem unergründlichen Jackett hervor und richtete die Mündung entschlossen auf Johny.

»Halt! Bleib stehen!« rief er.

»Nichts da! Jetzt ist Schluss mit dem Krabbelgruppentheater«, sagte Johny und schlug dem sich selbst grenzenlos überschätzenden Gutmann die Waffe aus der labberigen Faust und boxte ihm hart in den Bauch, so dass dieser keuchend in die Knie ging und zu Boden sank. Johny packte den überraschten Sack am Schlafittchen und zerrte ihn hoch. Mit ein paar Ohrfeigen an die schwabbeligen Wangen brachte er ihm wieder Farbe ins Gesicht und schmetterte ihn dann gegen die Wand hinter ihnen. Darin entstand eine gehörige Delle als Gutmann aufprallte.

»Und blöd sind Sie auch noch, Gutmann. Ich halt es nicht aus. Was sollen denn die ganzen Nachlässigkeiten? Lassen Sie sich in Zukunft nicht so gehen. Das ist erbärmlich.«

Gutmann sank zu Boden und fasste sich krampfhaft an den schwellenden Bauch. Er ächzte und spuckte Blut aus, das ihm vom Doppelkinn troff.

»Ich…«, begann er zu stammeln. »Ich… kann… alles… erklären…«

Johny sah desinteressiert drein. Aber bevor er gut zuhören konnte, musste eine Zigarette her, die er einem Etui entnahm, das Gutmann gehörte. Zwischen zwei langen Zügen sagte er schließlich: »Genau darauf wollte ich auch als Nächstes zu sprechen kommen, Gutmann. Dann packen Sie mal fein aus. Den ganzen großen Koffer, versteht sich. Was genau ist der Grund Ihres Besuchs?«

Gutmann stöhnte und verlagerte seine Haltung etwas. Er lehnte sich eingeknickt an die Wand und sah mit glasigen Augen zu Johny herüber. »Ich… kann… alles… erklären.«

»Jaja, das hatten wir schon! Weiter!« warf Johny ein und sah sich unterdes im Zimmer nach Schnaps um.

Gutmann sammelte sich. »Also, ich bin gekommen, um… um das Mädchen zu holen. Die Schwester vom jungen Baltimore. Sie…«

Johny hakte nach: »Wieso? Was wollt ihr von ihr? Seid ihr nicht hinter ihm her gewesen, oder was jetzt? Mir fehlt die gewisse Grundlage für ein Verständnis, habe ich den Eindruck. Hilf mir mal auf die Sprünge, Mann.«

»Ganz ruhig, Johny… Ganz ruhig. Ich komm ja noch darauf zu sprechen.«

»Will ich auch raten, sonst schneid ich es mir aus dir raus. Und ich bin mir nicht sicher, ob dafür genug an dir dran ist.«

Gutmann riss die Augen auf und begann schnell zu reden, als ob seine Haut davon abhinge – dabei hatte Johny nur Spaß gemacht, er hatte ja überhaupt kein Messer dabei.

»Der junge Baltimore hatte Schulden. Was für welche... äh... weiß ich nicht genau. Ist ja auch egal. Aber offenbar geht es um hohe Summen. Es gibt Leute, die viel dafür zahlen, dass ich diese Schulden eintreibe, daher denke ich, dass er mit wirklich großen Summen in der Kreide gestanden haben muss. Ich hatte ihn fast! Wir waren ganz nah dran. Versteh mich nicht falsch, Johny... Sein Vater ist General Baltimore. Egal, was in dieser Stadt passiert, er hat da ein Wörtchen mitzureden... Das weißt du ja...«

Klar wusste Johny Bescheid. Er hatte sich jedoch stets aus den Geschäften der Familie Baltimore mehr oder weniger herausgehalten. Nun gut, der ein oder andere Job von Zeit zu Zeit war drin gewesen, aber mehr nicht. Politik war nicht unbedingt sein Metier. Eher das was Drumherum so abfiel. Kein Wunder, dass Jacquomo irgendwann in diesem Sumpf von Scheiße versackt war, für den sein alter Herr verantwortlich zeichnete. Es schien Johny so, als ob der Tot von Brenda Baltimore, der Frau des alten Generals, damals noch nicht genug gewesen wäre, um ihn zur Einsicht zu bringen, dass er zunehmend die Kontrolle über das verlor, was mit den Menschen um ihn herum geschah. Dann hatte er Johny herangeholt, der ihm den Dreck aus dem Weg fegen sollte, der ihn bedrückte. Der alte Hund! Und sogar Jesse hatte er mit hineingezogen. Wie albern!

»... Jedenfalls kam uns irgendwer zuvor. Der junge Baltimore ist nicht mehr, wie es scheint. Zudem sind seine beklagenswerten Überreste inzwischen auch noch verschwunden. Alles verlor seinen Sinn. Danach haben wir versucht, den General zu erpressen. Das wäre beinahe schief gegangen, er hatte einen Maulwurf in unseren Reihen. Dann gerieten wir auf die Spur dieses Nesthäkchens. Jacquomo Baltimore hat eine Schwester, die etwas älter ist als er. Sie scheint der letzte Schlüssel zu dem Schloss zu sein, dessen Öffnen mich reich machen sollte... Und jetzt kommst du uns dazwischen, du elendiger Mistbock!«

Johny überlegte. Die Worte Gutmanns wollten Sinn machen. Sie klangen schlüssig. Das Ganze passte einfach zum alten General. Doch etwas in Gutmanns Ausführungen machte ihn stutzig.

»Sie sagen, Jacquomos Leiche sei... verschwunden? Was bedeutet das?« fragte er den erschöpft wirkenden Gutmann.

»Das, was es aussagt. Er ist weg. Es gibt keine offizielle Autopsie. Keine Akten. Nichts. Sein Körper ist wie vom Erdboden verschluckt.«

Johny schüttelte den Kopf.

»Das ist doch Unsinn. Leichen verschwinden nicht einfach so.«

Gutmann grinste makaber.

»Doch doch, diese schon.«

»Und wo sehen Sie da den Sinn? Wie passt das in Ihre Geschichte hinein? Los, Maul aufmachen!«

Gutmann hustete und hielt sich eine blutige Taschentuchspitze vor die glänzenden Lippen.

»Ich habe keine Ahnung, Bursche. Das weiß nur der Himmel.«

Johny sah Gutmann aufmerksam an und schnippte seine Kippe aus dem zerborstenen Fenster. Er entschloss, es für heute dabei zu belassen. Er wollte den armen Mann nicht noch zu Tode ausquetschen. Der bekam noch früh genug seine Rechnung. In der Verbrecherwelt überlebte kein Vogel, der zuviel sang, lang genug, um sein zerfleddertes Nest neu aufzubauen.

»Na gut, dann hör mal zu, Gutmann. Ich mach dich jetzt nicht alle, aber freu dich nicht zu früh. Also pass bloß auf. Ich warne dich! Lass dich nicht noch einmal in der Nähe von Jacquomos Schwester und oder mir blicken, kapiert? Du ahnst nicht, was dir ansonsten schwant. Und jetzt raus hier! Verpiss dich! Ich hab genug von dir und deinen Kackvögeln.«

Gutmann versuchte seinen schlaffen Körper an der Wand hochzustemmen und mit einiger Mühe gelang es ihm auch so halbwegs sicher mit der Wand im Rücken stehen zu können. Er verstaute sein Taschentuch in einer kleinen Zierbrusttasche und hob einen dicken Finger.

»Johny, du musst mich verstehen«, sagte er mit langsamer Stimme.

»Ich bin Verbrecher. Ein Krimineller. Zugegeben, ich werde von vielen Gerichten dieser Welt gesucht. Bloß das ist alles Alibi, die Bemühungen sind falsch. Denn sie trauen sich nicht, mich zu finden. Weil ich Dinge tue, die ihnen ihre Arbeit verschafft – und das wissen sie nur zu gut. Ich lasse ungeliebte Menschen verschwinden und ich sprenge Gefüge, die im Weg stehen, ich zerstöre jene Strukturen, deren Wiederaufbau genau das Geld kostet, welches im Nachhinein ihre Familien und ihr Glück finanziert. Das nennt sich freie Wirtschaft. Sie brauchen mich. Niemand von denen interessiert sich für das Elend der anderen, derer, die dabei auf der Strecke bleiben. Eben jener, die ich auf meine Kosten nehme. Ja - so gesehen bin ich ihr Arbeitgeber. Und ich spreche nicht von dummen Leuten. Meine *Freunde* stehen ganz weit oben in dieser gut gemeinten Nahrungskette. Sie sind es, die diese Welt am Laufen halten. Ich würde sagen, ich *bin* ein guter Mensch.«

In Johnys Augen loderte etwas, das an das allgegenwärtige Aufglimmen seiner Zigarette erinnerte. Momentan hatte er jedoch keine im Mundwinkel, deshalb übernahmen seine Augen eben diesen Part. Danach steckte er sich gewohnt geduldig eine Neue an. Gutmann versuchte es also auf die persönliche Tour. Die Jammerlappentour. All das war irgendwo schon mal gehört worden.

»Auch du wirst das verstehen, Johny.«

Hinter Johny flog ein verwirrter Vogel mit einem lauten Peng! gegen die übrige noch intakte Hotelzimmerscheibe und fiel Dreck verursachend auf die ausladende Fensterbank, wo er liegen blieb. Johny ging einen mahnenden Schritt auf Gutmann zu, dem eine dicke Perle glitzernder Schweiß von der Schläfe rann, unter deren Haut in langsamen Rhythmus eine dunkelviolette Ader pulsierte – dann sagte er: »Eines Tages, Gutmann, das mag sein.«

Gutmanns Züge erhellten sich, er witterte bereits den Triumph. Johny legte den Kopf in den Nacken und stieß eine bläuliche Rauchwolke aus, die sich indolent unter der Zimmerdecke verteilte.

»Aber eben nicht heute.«

Gutmanns Züge stürzten in sich zusammen.

Und das war der letzte Ausdruck, den sein Gesicht für immer behalten sollte.

Kein schöner Anblick, wie Johny fand.

Als Jesse am nächsten Morgen erwachte, saß Johny noch immer nachdenklich auf dem Sofa und grübelte über die Geschehnisse der vergangenen Nacht und wie sie in den Rest der Geschichte passten.

Johny verstand nun, was Gutmann angetrieben hatte. Es war die Gier nach dem Mehr gewesen. Die unersättliche Gier nach Kontrolle und: Macht über Leben und Tot. Er schien sich selbst vergessen zu haben und den verzweifelten Versuch zu wagen, dies Verlorene in anderen zu beherrschen. Das war es, was ihn zu der wahnsinnigen Maschine hatte werden lassen, die versuchte, mit dem neu erlernten Denken umzugehen. Ein hoffnungsloses Unterfangen. Zum Scheitern verurteilt.

Und im gleichen Augenblick, in dem Johny sah, was seinen Feind angetrieben hatte und was den Feind antrieb, der sich erneut anbahnte, erkannte er, was es war, das ihn zu seinem Handeln zwang. Er hatte Angst zu Versagen. Nur aus dieser Angst, der Furcht vor dem letztlichen Scheitern, machte er weiter, ließ er sich nichts sagen und von nichts beherrschen. Er wusste, dass es viele Ziele im Leben eines Mannes gab, an denen er scheitern konnte, doch nur ganz wenige, die es wert waren, dafür bis zum Letzten zu kämpfen.

Zwischen Jacquomo Baltimore und Gutmann gab es also eine Verbindung. Beziehungsweise es hatte eine geben sollen, die schlussendlich nie zustande gekommen war, denn Jaco war Gutmann und seinen Schergen zuvor gekommen, indem er das Zeitliche gesegnet hatte, bevor sie ihm zu Leibe rücken konnten, und von der Bildfläche verschwunden war, um es einmal filmisch auszudrücken. Johny versuchte angestrengt einen Sinn darin zu erkennen. Irgendwo mussten die Geschehnisse miteinander verknüpft sein, irgendwo gab es einen roten Faden, der sich durch die Handlung schlängelte – auch wenn er das ein oder andere Mal Umwege in Kauf nahm, am Ende, und da stand Johny im Moment, fand er sein Ziel, daran änderte sich nichts. Johny hatte einmal ein Buch gelesen, mit dem war es ähnlich gewesen. Lange Zeit tappte man als außen vor den Geschehnissen stehend im Dunkel der finsteren Machenschaften, doch dann, zum Ende hin, da wurde mit einem Schlag alles klar. Das Puzzle fügte sich und die Würfel fielen, oder der Groschen klimperte, wie man es nimmt. Doch in seiner jetzigen Situation half es ihm herzlich wenig das zu wissen. Und er konnte auch nicht, wie er es damals bei dem Buch klammheimlich gewagt hatte, einfach nach hinten blättern und nachsehen, wie es zum Schluss ausging, nein, hier galt es auszuharren und zu sehen, was passierte.

Nun, es gab vielleicht noch eine andere Möglichkeit, das Geschehen voran zu treiben. Wer Steine ins Wasser wirft... Der Rest des Sprichwortes fiel Johny nicht mehr ein, aber er war sich sicher, dass dieser Aphorismus seiner Lage entsprechend gewesen wäre, in Anbetracht dessen, was er plante jedenfalls. Er würde selbst ein paar Karten vom Stapel greifen und einige Einsätze wagen. Man würde auf ihn aufmerksam werden und ihn einweihen, egal was das auch bedeutete; es würde ihn jedenfalls näher an des Rätsels Ursprung bringen, dem er sich gegenüber sah. Gutmann hatte von Jacos hohen Schulden gesprochen. Worum es dabei ging, wusste Johny nicht – vermutlich aber um Geld, oder etwas von ähnlichem Wert. Das war nicht gerade eine präzise Information, wie er fand. Andererseits wusste er nun, dass Jacos Gläubiger möglicherweise hinter etwas Materiellem her gewesen waren, Gutmann hatte sich vielleicht verplappert, als er Johny aufgefordert hatte, Jesse oder ersatzweise das, »was ihr von ihrem Bruder zugesteckt bekommen habt« herauszurücken. Die Sache schien komplizierter, als angenommen. Für wen auch immer Gutmann arbeitete, *er* war nicht der Mörder von Jaco gewesen. Oder hatte er nur ein Alibi gesucht? Nein, das wäre eine weit zu aufwändige Inszenierung gewesen, das traute Johny Gutmann nicht zu. Bloß wessen Zorn hatte der junge Baltimore da auf sich gezogen? Wer konnte noch hinter dem her sein, was er Gutmanns Auftraggebern abgenommen hatte. Oder um was er diese betrogen hatte? Wie viel wusste der General? Was wusste Jesse wirklich? Wem konnte er jetzt noch trauen?

Johny sog an seiner Zigarette und drückte sie dann in den kleinen Untertopf von Curls, seiner Topfpflanze aus, der voll mit anderen alten Kippen war. Der kleinen Pflanze ging es gut. Sie stand auf dem Fensterbrett vor dem hellgrauen Morgen, der hinter dem Fenster stand und schaute wohl in die ausklingende Nacht hinaus.

»Zählst die Sterne, Kleiner, was?« fragte er leise und bekam wie immer keine Antwort. Dann griff er zu dem niedrigen Tisch unter der Fensterbank und nahm die letzte Flasche Johnny Torkler, an dessen Boden eine letzte Pfütze des guten Whizzkys schwappte, den er sich in ein letztes Glas schüttete, aus dem er das goldene Getränk dann mit einer ruckvollen Bewegung in seinen Rachen stürzte, wo es fürs Weitere gut aufgehoben sein würde. Sicher ist sicher. Schließlich hatte er in den letzten Tagen wenig geschlafen, seit die ganze Sache angefangen hatte. Um genau zu sein, hatte er sich noch nicht einmal die Zeit genommen, genauer darüber nachzudenken. Besonders über Jesse…

»Die Schwester meines alten Kumpels Jacquomo…«, murmelte Johny und rieb sich das unrasierte Kinn.

Wie lange war das her? Zehn Jahre? Oder schon fünfzehn? Verdaahmt! Schon seltsam, dass man sich von einem Moment auf den anderen einer völlig fremden Person näher fühlte, als einem alten Freund, der plötzlich verstarb. Vielleicht war da etwas, das ihn seit Tagen bedrückte, weswegen er nicht schlafen konnte. Gut, er war schon immer der eher aufgewühlte Typ gewesen, aber seit diesem Vormittag beim General…

Er und Jesse hatten seitdem Einiges zusammen erlebt. Johny war sich nicht sicher, ob er es sich nur wünschte oder es wahrhaftig existierte? Passierte da etwas zwischen ihnen? Gab es diese besondere Aufregung, die zwei Menschen enger zueinander führte, als andere?

Na, möglicherweise bildete er sich das alles auch nur ein und es lag einzig und allein daran, dass ihre Vornamen beide mit einem großen J anfingen. Vielleicht war das die einzige Gemeinsamkeit, die sie hatten. Im Moment hatte er allerdings wenig Lust, sich irgendwelche fragilen Konstruktionen einer possiblen Vertrautheit oder Zugezogenheit einzubilden, es ging hier schließlich um einen ernstzunehmenden Auftrag. Und den wollte er nicht schluren lassen. Ehrensache. So bald wie möglich würde er den General anrufen und mit ihm über einige Dinge sprechen müssen. Unter anderem auch über die leidige Sache mit der Bezahlung. Schließlich: Ohne Spesen nichts gewesen.

Jesse erfuhr auch im Nachhinein nichts von den nächtlichen Unruhen, denn einerseits schien sie den Schlaf eines Steins zu haben und andererseits hatte Johny die Zeit ihres festen Schlummers genutzt, um das Appartement, so gut wie den Umständen entsprechend möglich, aufzuräumen. Die am Boden verstreut umher liegenden Schläger hatte er geknebelt und gefesselt, jedem von ihnen ordentlich eins auf die Glocke gegeben und sie dann einen nach dem anderen in den Wäscheschacht im Flur befördert, den sie polternd hinabgerutscht waren – sollte sich das Personal darum kümmern. Lediglich das von Bronco zerborstene Fenster hatte ihn kurz vor eine ernstzunehmende Herausforderung gestellt, doch auch dieser war er schlussendlich Herr geworden und hatte schlicht die große Vitrine mit dem Schnaps davor geruckt - sie verdeckte das ganze Fenster und etwas Wand rechts und links davon und das fürs Erste sogar ganz passabel. Auch um Broncos Verbleib hatte er sich nicht allzu sehr mühen müssen. Der Hüne war aus dem sechsten Stock geplumpst und in einem heruntergekommen Innenhof gelandet. Kurz darauf waren zuerst zottige Straßenköter und dann johlende Penner herbeigeeilt, um ihn Stück für Stück abzutragen, und das im wahrsten Sinne des Wortes.

VIERZIG KILOMETER WESTLICH VON WAUSZBURG. NAHE PERISCH.

Als Nick vor die Tür trat, erinnerte ihn das, was er sah, an ein Gemälde, das er vor langer Zeit einmal betrachtet hatte. Die Sonne stand schon tief und der Himmel spannte sich lodernd in nahbar allen erdenklichen Farben des Feuers brennend über den Bäumen, die sich am Horizont hinter dem großen See wie die Heerscharen einer unbeweglichen Armee aufgereiht hatten. Es war nicht mehr sehr warm, die Temperaturen der letzten Tage waren einem milden Klima gewichen, das einen angenehm kühlen Wind mit sich gebracht hatte, der Nick nun durch das Haar zog. Hier draußen war es, verglichen mit dem Lärm der Stadt, sehr still. Das ferne und sanfte Rauschen des Wassers, das tosend den großen Fall hinab goss, hörte man kilometerweit; darunter mischte sich das nie müde werdende Orchester der Natur. Nie müde werdende Vögel zwitscherten, die Blätter der Bäume raschelten, das Unterholz knackte und aus stets wechselnder Entfernung waren Tierstimmen zu vernehmen. Kurz bemannte Nick das starke Verlangen, hinaus in den Wald zu stürzen, laut mit der Stimme des Pavians nach seinen Artgenossen zu rufen und irr durch das Gebüsch zu tollen. Zudem hätte er sich gern in den eigenen Exkrementen gewälzt, doch das ließ sein Ego nicht zu. Aber er konnte sich damit zufrieden geben, einfach nur hier so zu stehen und das alles zu genießen, was sich ihm darbot; man musste ja nicht immer gleich der Hauptdarsteller von allem sein, nein, ganz im Gegenteil, ein kleiner Teil vom großen Ganzen zu sein, das würde ihm auch schon genügen. Als er sich umdrehte, da er Schritte hinter sich hörte, sah er seine Freundin Jane die hölzerne Veranda ihres gemeinsamen Fluchtortes betreten, den sie sich hier draußen zugelegt hatten, und den sie nun bezogen hatten, weil es ihnen in der Stadt etwas zu hektisch geworden war. Nick nickte ihr zu und sie lächelte. Sie trug nur ein übergroßes Badehandtuch mit dem Aufdruck *Wissen ist Macht, nichts wissen macht auch nichts*, das sie um ihren Körper geschlungen hatte. In der einen Hand trug sie eine Tasse mit Tee – wahrscheinlich irgendeine Sorte, die Nick nicht mochte – und in der anderen hielt sie nichts. Sie war barfuss und unter ihrem Tuch, das wusste Nick, war sie ungeheuer attraktiv und stramm gebaut. Ihre vollendeten Rundungen schmeichelten seinem Verlangen nach Befriedigung, wann immer er sexuelle Lust empfand. Nicht, dass man ihn falsch verstand, sie war schlank, aber nicht eine jener Frauen, die sich stets auf irgendein vorgeschriebenes Idealgewicht hungerten, sondern eine dieser, die einfach so schon immer hinreißend aussahen, egal was sie taten und fraßen. Janes Haar hatte einen eigentümlichen Farbton; irgendwie war es dunkel, aber nicht schwarz und auch nicht recht braun, außerdem glänzte es kaum. Das machte Nick immer wieder ganz rasend, er musste es andauernd anfassen und durcheinander bringen! An diesem Trieb gab es kein Vorbei. Nick, der zu dieser Jahreszeit selbst in dickem Pullover draußen war, fragte sie, ob ihr denn nicht kalt sei, worauf sie ihm etwas antwortete wie: »Doch nicht in deiner Nähe, Süßer.«

Er hätte sie auch fragen können, ob ihr nicht kalt sei wegen des Handtuchs. Dann hätte sie ihm wahrscheinlich erzählt, dass einem wegen eines Handtuchs doch nicht kalt werden konnte. Das war Jane. Sie gab nie eine ernsthafte Antwort – nicht einmal ihm. Einerseits kostete das manchmal gehörig Nerven, andererseits war es etwas, das Nick an Frauen sehr schätzte: wenn diese nicht großartig kompliziert wurden, aus dem Grunde, weil sie sich und ihre Umwelt niemals ganz ernst nahmen. Jane hatte dieses Verhalten zu ihrem Prinzip gemacht und Nick ertrug es. Zudem fickte sie einfach gut. Und daran erinnerte sich Nick in genau diesem Moment. Er lächelte ihr zustimmend zu und drehte sich noch ein für den heutigen Tag letztes Mal herum, um den Sonnenuntergang am Horizont beobachten zu können – heute Abend war dieser besonders prachtvoll. Dann sog er tief die Luft ein und stieß sie langsam wieder aus.

TIME FOR A RIOT

»Wir werden uns eine Zeit lang nicht wieder sehen«, sagte er leise wie zu sich selbst und ging dann beschwingt zurück zum Haus, wo er sich Jane schnappte und sie ins lachend Innere bugsierte. Dann flog die Tür zu.

...

»Wir sehen uns in Band Drei wieder«, sagte der Autor zustimmend, speicherte das Dokument und schloss es.

KAPITEL VIER 1/2 · CHAPTER IV 1/2

Was für Wauszburgs Infrastruktur repräsentativ ist, ist, dass sie nervt. Diese Stadt mitten im Herzen des Kontinents wurde nämlich ungefähr zwanzig Jahre nach dem großen Staatstreich des Blutkommandos[23] von äußerst jungaufstrebenden Architekten dermaßen verbaut, dass es heutzutage – knapp einhundertundzehn Jahre später – nahezu an eine Unmöglichkeit grenzt, auch nur irgendwo einen einzelnen verdammten Parkplatz zu finden – jedenfalls einen bezahlbaren.

Jesse für ihren Teil wird jedenfalls gerade in diesem Moment Opfer jener Tücke, denn sie sitzt neben Johny auf dem Beifahrersitz ihres eigenen alten Warriors und bangt um dessen Lack, da ihr selbst ernannter Chauffeur zunehmend die Geduld zu verlieren scheint, was die Sache mit der Parkplatzsuche anbelangt.

»Rahhh! Verdammte Scheiße, Kacke noch eins!« brüllte Johny aus dem Wagenfenster des aggressiv roten Warriors und stopfte einem kleinen Jungen dessen Spielzug in den Mund, damit er aufhörte so dumm zu glotzen.

»Jetzt beruhig dich doch mal«, versuchte Jesse ihn in seinem Zorn zu besänftigen. »Die anderen können doch auch nichts dafür, dass wir…«

»Schnauze!« blaffte er sie an und drückte den Wagen langsam ruckelnd an das Heck eines der Vorausfahrenden, um Druck zu machen.

---

[23] *Leser von Band eins wissen wie immer an solchen Stellen mehr. Aber allen anderen will auf die Sprünge geholfen sein. Das Blutkommando: siehe Anhang, Glossar, Absatz 9a, § 28.2.4, gleich hinter dem Themenpunkt »Wo, verdammte Kacke, sind die großzügig angekündigten Geschenke, die man mir bei Vertragsabschluss mit der booksfalara-Produktionsfirma versprochen hat?!«*

»Fahr, du Drecksack!« drohte er aus dem Fenster, während er gleichzeitig den alten Opa im Auto hinter sich durch den Rückspiegel im Auge behielt.

Jesse stöhnte und verschränkte die Arme vor der Brust.

Seit mindestens einer halben Stunde gurkten sie nun schon um den verdammten Block, nur auf der Suche nach einem kleinen Plätzchen, das ihnen das legale Verlassen des Wagens ermöglichte.

»Warum, zum Henker, gibt es in dieser Stadt nie auch nur einen freien Platz, wo man seine Scheißkarre abstellen kann?« murrte Johny und fuchtelte drohend mit seiner Faust aus dem geöffneten Fenster. Eine dicke Frau auf einem Fahrrad kam angezuckelt. Sie war unangenehm gekleidet und hatte ein ungeschickt geschminktes Gesicht.

»Frisst die das Zeug, oder was?!« bellte er zu Jesse gewandt, die sich eines entsprechenden Kommentars enthielt.

Als die Frau auf ihrem Rad sich zwischen dem Wagen vor ihnen und dem Warrior hindurchschlängeln wollte, bekam Johny zuviel.

»Ja, sag mal, hakt es dann da vorne total im Hirn?!« brummte er, nur um sich sofort aus dem Fenster zu stemmen und loszukrakeelen. »Noch alle Becher aufm Regal, du Schnepfe?! Wech da, oder es gibt dich selbst als Fleischsalat zum Mittach!

Er nervte Jesse total mit seinem Geschrei - das machte alles nur noch anstrengender, als es ohnehin schon war.

»Nun reiß dich aber mal zusammen, Johny.«

»Nix!« beharrte er. »Die tanzen einem doch alle auf der Nase herum, wenn man nichts dagegen unternimmt!«

»Aber so albern rumzumotzen hilft doch jetzt auch nichts.«

Er starrte sie feindselig an.

Sie hob abwehrend die Hände. »Hey! *Ich* bin nicht Schuld daran, dass wir hier festsitzen.«

Draußen hupte jemand – Johny war sofort dabei.

»Jaja, ich fahr ja schon!«

Er ließ die Kupplung kommen und der Warrior machte einen Hüpfer gegen die Frau auf dem Rad. Bumms! Voll gegen die Wampe.

»Aiiiiiii!« stieß die zwischen dem Heck des Vorausfahrenden und Johnys Wagen eingequetschte Frau. »Lasst mich hier raus!«

Bedrohlich ließ Johny den Motor des Warrior sich räuspern. Ein animalischer Glanz glitzerte in seinen Augen und gedankenschnell zog Jesse die Handbremse hoch, bevor er auf dumme Gedanken kommen konnte.

Die dicke Frau fiel plump auf die Seite, als das Heck des Wagens neben ihr einen Satz machte und anfuhr, um die nächste Kurve zu passieren.

»Noch mal Glück gehabt«, knurrte Johny und wartete grimmig, bis die Alte sich wieder auf die Beine geturnt hatte, und hysterische Verwünschungen wetternd, ihr zerbeultes Rad davon schob.

Als sie am rettenden Bürgersteig angekommen war, schwang sie sich mit der Anmut eines Walfisches zu Besuch in der Kosmetikboutique auf ihren Drahtesel und nötigte diesen damit zur finalen Aufgabe – ihre außerordentliche Leibesfülle zwang das Speichenwerk des Hinterrades quietschend in die Knie. Wie ein skinesischer Zierfächer in den Händen eines Barbaren wurde es zusammengefaltet und ließ die dicke Frau ein erneutes Mal zu Boden kugeln. Eine Gruppe halbstarker Jungs stand vor einem Tattooladen und beobachtete sie. Als sie das Ungeschick sahen, lachten sie johlend auf, gingen zu ihr herüber, taten so, als wollten sie ihr beim Aufstehen helfen, bespuckten sie dann aber mit gelber Rotze und farblosgekauten Kaugummis, stahlen ihr die Handtasche, zertraten den kümmerlichen Rest ihres Rades und verpissten sich lachend.

Verdammte Idioten, dachte sich Jesse und war zu müde, um etwas zu unternehmen. Die Frau tat ihr Leid. Erst hatte sie bei Johny keinen Freund gefunden, dann hatte sie ihr eigenes Rad zur Unkenntlichkeit zerquetscht und dann war sie auch noch bestohlen und gedemütigt worden – für manche Leute war das Schicksal ein einziges Unglück, wie sie in diesem Moment fand.

Und das alles nur, weil sie beim genetischen Roulette Pech gehabt hatten. Es war schon eine Ungerechtigkeit manchmal, dass man nicht die geringste Entscheidungsmöglichkeit hatte, wenn es um den Einstieg in dieses Leben und in diese Welt ging.

Derweil holperte Johny den Warrior über den aufgeplatzten Asphalt einer Nebenstraße und tuckerte an den vielen parkenden Wagen vorbei.

»Wann, zum Henker, stehen diese Leute eigentlich alle auf, um hier alles zuparken zu können?!«

Durch ihr Fenster sah Jesse neben sich ein verwahrlostes Pennerlager aus alten Fernsehkartons und einen struppigen Hund, der sie dösend anschielte.

»Wahrscheinlich wohnen die hier alle, seit sie mal das Glück hatten einen dieser Plätze für ihren Wagen zu ergattern«, räsonierte Johny vor sich hin, ohne auf Jesse zu achten, die deprimiert aus dem Fenster schaute.

»Was ist?« fragte er, als sie ihm keine Antwort gab und auch sonst nichts mehr sagte.

Sie seufzte. »Ach, irgendwie ist es diese Stadt, Johny. Du weißt, ich war lange im Ausland. Ich habe seit ungefähr zehn Jahren nicht mehr in etwas vergleichbarem wie Wauszburg gelebt, das macht mir schon irgendwie zu schaffen. Es ist so verdammt unruhig hier. Vollgestopft mit Mensch und Auto, an jeder Ecke Elend und dann immer nur die ganzen Leute, die nichts anderes im Kopf haben, als die nächste Gelegenheit, sich über etwas lustig machen zu können oder etwas tolles zu kaufen, um sich daraufhin zu profilieren.«

Johny nickte zerknirscht. »Das ist das Leben, Jesse.«

Sie sah ihn an.

»Aber du hast schon Recht. Ich bin immer froh, genug um die Ohren zu haben, dass ich mit diesem ganzen Kram der Leute nicht allzu viel in Kontakt komme. Weiß auch nicht, ist halt alles ein bisschen durcheinander heutzutage.«

Jesse nickte. »Ja, das stimmt. Aber in Wallander war alles anders …«

Johny stutzte. »Du warst in Wallander?«

Sie lächelte. »Zehn Jahre, wie gesagt, alles ein bisschen unge-
wohnt hier.«

Johny grinste. »Ich mochte Wallander nie so ganz. Komischer
Haufen da drüben. Und es riecht so eigenartig…«

Sie zog die Augen auf. »Du findest also, dass ich komisch rie-
che?«

»Nein!« Johny kratzte sich verlegen am Kopf. »So hab ich das
ja gar nicht gemeint.«

Sie schwieg und guckte aus der Frontscheibe. Gerade lenkte
Johny den Wagen auf eine größere Straße und gliederte sich in
den zäh dahin fließenden Verkehr ein. Als ob sie von den Venen
und Arterien eines gewaltigen verteerten Organismus assimi-
liert wurden – im Grunde war diese Stadt nichts anderes als eine
grauschwarze Karikatur ihrer Einwohner.

»Du riechst gut«, sagte Johny leise.

Sie wollte es ihm nicht zeigen, aber trotzdem musste sie lachen, denn sie freute sich.

Bevor es hier interessanter werden konnte, wechselte sie das
Thema.

»Hey, sag mal, Johny.«

»Ja?«

»Wie wär's denn, wenn wir mal bei den Jungs vom Mikadoverein vorbeischauen?«

Johny sah sie verwirrt an. »Ah! Nein, alles, nur das nicht. Ich
hasse Mikado! Spielst du das etwa?!«

Sein Gesicht wurde aschfahl[24].

»Nee…« Sie verzog angewidert ihr Gesicht. »Ich mein doch
wegen Jaco.«

Johny stutzte. »Was soll der denn, zum Teufel, noch mit Mikado?«

»Mann, Johny!« rief Jesse und klatschte sich die flache Hand
gegen die Stirn. »Doch nicht für ihn, sondern wegen ihm – *sei-
netwegen*!«

---

[24] *Womöglich ein tiefschürfendes Jugendtrauma.*

»Achso!« sagte Johny. »Na dann. Wenn's unbedingt sein muss – *meinetwegen.*«

Sie bekam den Eindruck, dass er sie vereimern wollte.

»Johny! Erinnerst du dich denn nicht? Jaco hat als letztes, bevor er gefunden wurde, mit seinen Vereinskollegen Mikado gespielt! Vielleicht finden wir bei denen noch etwas heraus. Damals habe ich mich ja nur nach seinem abendlichen Verbleib erkundigt, nicht, ob den Jungs irgendwas aufgefallen sei, das Aufschluss über seinen Tot hätte geben könnte. Deswegen!«

Johny sah sie zweifelnd an.

Sie hob die Hände und Schultern. »Ich mein ja nur…«

Als sie an einer Ampel standen, rieb Johny sich das Kinn und wog den Kopf in seiner Hand über dem Lenkrad.

»Okay. Machen wir das.«

Es wurde Orange und er gab Gas.

»Wohin soll's also gehen?«

»Rimbaud Avenue. Die Ecke, wo die Telefonzelle steht, weißt du?«

Klar wusste Johny, wo das war, aber dennoch wunderte er sich, dass Jesse es auch wusste, da sie doch seit zehn schlimmen Jahren nicht in der Stadt gewesen war.

»Auf geht's«, knurrte er. »Wollen wir den Jungs mal einen Besuch abstatten. Ich denke die Parkplätze werden auch später noch nach uns schreien.«

☼

HIRSING. EINE VIERTEL STUNDE SPÄTER.

Klapp! Die Beifahrertür von Jesses altem Warrior sackte ins Schloss, ohne nach drei Sekunden wieder aufzuschwingen. Bereit für ein weiteres Mal hielt Jesse die Hand vor den rostigen Griff… »Manchmal hasse ich ihn dafür!«

Sie rieb sich die mit etwas Dichtgummiabrieb verdreckten Hände an der Hose ab.

»Also, ich find' den Wagen klasse«, sagte Johny über das Dach hinweg. »Wenn du ihn nicht mehr haben willst – ich nehme ihn gerne.«

Sie verdrehte die Augen und kam hüftschwingend um die gestreckte Schnauze des Wagens gehüpft. »Nee, ich find ihn an sich ja auch toll – Papa ist der Idiot, er hat mir halt ein etwas altersschwaches Modell aufgedrückt, das hin und wieder mehr Probleme macht, als mein Leben zu vereinfachen.«

Sie tanzte vor Johny herum und täuschte einige Nierenhiebe an. Herausfordernd glitzerten ihre Augen.

»Na, Dickerchen!« feixte sie ihn an und knuffte ihm in den Bauch. »Hättste wohl gern, was?«

Johny grub davon unbeeindruckt in seinen Hosentaschen und beförderte eine zerknitterte Packung Gamel hervor. Während er sich eine der Zigaretten im Mund zurecht schob, nuschelte er: »Du suchst doch nur ne Gelegenheit, mich mal anfassen zu können.«

»Pah!« grinste sie in die kleine Flamme der auflodernden Zigarette hinein.

»Wie wär's mal damit?« knurrte Johny und schlang seinen Arm um sie, drückte sie an sich und rieb ihr mit den Knöcheln seiner freien Faust die Kopfhaut blank. Jesse quiekte und wand sich in seinem Griff, doch da war keine Chance, sich zu befreien.

»Lange nicht geduscht, was?« knurrte Johny und ließ sie los.

Sie funkelte ihn an und entschwand schnell in einen Zweimetersicherheitsabstand, doch ihr fiel keine schlagfertige Antwort ein, weshalb sie sich bückte und einen Stein packte, den sie nach Johny werfen wollte.

»Vorsicht Kleine!« warnte er sie mit erhobenem Zeigefinger. »In meinem wahren Leben bin ich Rechtsanwalt und dann gehört mir dein Wagen doch – schneller als du werfen kannst.«

Bevor Jesse etwas erwidern konnte, wurden sie von einem Neuankömmling unterbrochen. Um den Hinterreifen des Warriors drängte sich eine graue Katze und kam mit taumelndem Gang zielstrebig auf Johny zu, der sie misstrauisch durch eine Wolke von Qualm musterte.

Jesse stürmte vor, schubste ihn aus dem Weg und quietschte vergnügt.

»Miez! Miez! Miez! Miez! Miez! Kohhmm, kleines Katzi Ratzi Fatzi Batzi! Komm, komm, komm, komm!!«

Dann bückte sie sich und schnappte das gesträubt zurückweichende Tier und drückte es fest an sich.

»Hab ich dich!«

Johny wusste, wenn er jemals einem seiner Kumpels beweisen müsste, dass Frauen zuweilen ihr Gehirn vergaßen, dann würde er es mit Sicherheit so anstellen, wie Jesse es ihm gerade eindrucksvoll demonstrierte – mit Hilfe einer dreckigen Katze.

»Lass das arme Vieh runter und komm, Jesse.«

Sie stierte ihn boshaft an.

»Nein!« tadelte sie ihn mit empörter Stimme und auf babygerecht die Katze einredend. »Mietzi und ich haben was besseres vor, als dem Onkel zuzuhören.«

Es klang billig geschauspielert. Johny überlegte sich, ob er ihr sagen sollte, dass sie sich für nen blöden Porno besser einen anderen Partner suchen sollte, dachte dabei an sich, und beließ es bei einem tiefen Zug an seiner Zigarette. Dann konnte er sich doch nicht zurückhalten und sagte: »Moment mal. Wer hatte denn die dämliche Idee hier herzukommen und mit den Mikadofritzen quatschen zu wollen? Ich war das jedenfalls nicht!«

Jesse begann ihn zu ignorieren und hob den struppigen Ball von Katze hoch und wieder runter und hin und her – Johny ahnte, dass es nur eine Frage der Zeit sein würde, bis das Tier dieser Maltratur erliegen würde. Irgendwie wurde er den Ein-

druck nicht los, dieses Biest schon einmal gesehen zu haben –
nur wo?[25]

»Keine Hemmungen, Süße«, sagte er und tippte sich an den
Hut. »Ich gehe dann schon mal vor. Du kannst ja nachkommen,
wenn Mietzi und du fertig geplaudert habt.«

Er drehte sich um und ging über den größtenteils leeren und
von einer niedrigen Backsteinmauer umrahmten Parkplatz, der
sich hinter dem schiefen Altbau an der Rimbaud Avenue versteckte. Eine dünne Einfahrt führte nach vorne, sonst gab es hier
nicht viel zu bestaunen, außer einem stählernen Hintereingang,
einer Ecke mit Müllcontainern und ihnen beiden selbst inklusive
Mietzi.

Kaum verlässt man die Gegend, wo man einen Parkplatz
sucht, schon scheinen sie einen geradezu anzuspringen, dachte
Johny. Kein Aas interessiert sich hier dafür, parken zu wollen.
Resignierend schüttelte er den Kopf.

Hinter ihm kreischte jemand.

Ohne sich umzudrehen blieb Johny auf der Stelle stehen und
nahm seine Zigarette aus dem Mundwinkel. Er hörte Schritte
auf sich zu kommen. Schnelle Schritte. Sie klangen leicht aber
eilig.

»Johny!« Jesses Stimme klang, als hätte sie Kreide gegessen.
»Dieses kleine Biest! Es hat…«

Er drehte sich um und sah, wie sie auf ihn zugelaufen kam. Es
sah nur zu einem Teil gut aus.

»Ich weiß…«, sagte er trocken. »Sie hat sich in dein Dekolletee
erbrochen.«

---

[25] Obacht! Wie so häufig in einem Nachfolgeband bleibt auch hier das Elend nicht aus, dass Leser des
Vorgängers mit so manchem Vorteil bedacht sind. Aber: Die Autoren wollen keine Unmenschen sein,
sondern großzügig all jenen die Chance geben, die sich nicht zu dem kleinen Kreis von Wissenden
hinzuzählen können, aber eben auch so tun zu können, als ob sie eine Ahnung von dem hätten, was
hier geschieht. Also … In Band eins (einige rare, sehr begehrte Exemplare sind übrigens tatsächlich
noch zu haben) trat ein sehr beliebter Nebencharakter auf. Das war die allseits beliebte kotzende
Katze, die eigentlich ein Kater war, und ihren Protest mit einer schier unendlichen Fülle von halbver-
dautem Mageninhalt zur Schau trug, den sie zu mancherlei unangenehmer Gelegenheit zum Besten
gab. Vielleicht erinnert sich auch Johny gerade daran zurück.

»Hör mir zu, Johny«, flüsterte Jesse ihm hinter vorgehaltener Hand zu, als sie vor der madigen Holztür in der Gebäudefront standen, die wehklagend in der letzten ihr verbliebenen Angel quietschte.

»Wenn wir da jetzt reingehen, ja?« forderte sie verschwörerisch blinzelnd. »Dann überlass einfach mir das reden, okey?«

Johny hatte keine Ahnung gehabt, warum nicht einfach *er* mit den Jungs hatte reden sollen, doch ihr im ersten Moment nicht widersprochen – ein fataler Fehler, wie sich später heraus puppen sollte, denn wenn man den Mädels zum rechten Zeitpunkt einmal keinen ausreichenden Widerstand[26] leistete, fassten sie das meisthin als Wohlfahrtskarte in die verbale Emanzipation jeglicher kommunikativer Konventionen auf. Doch nun war dieses knapp bemessene Zeitfenster mit Aussicht auf Gegenwehr längst wieder zugeschnappt und er stand dumm da.

Er nickte nur, riss sich am von Miniaturschützengraben durchfurchten Holz des Türrahmens ein Streichholz an und entfachte damit eine seiner Zigaretten.

»Klar doch, Schätzchen. Red du nur mit ihnen.«

Er hielt ihr die windpfeifende Tür auf und sie marschierte hindurch.

»Was für eine Frau...«, knurrte er zwischen seinen Zähnen hervor, doch sie hörte es nicht.

Drinnen knallte das weiche Stück Tür hinter seinem Rücken in seinen Rahmen zurück und klapperte wie ein seniler Fensterladen in einem Horrorfilm. Durch einige gezackte Löcher in dem Vordach des heruntergekommenen Immobilienrelikts im Kolonialstil aus Virenzier-Zeiten stachen grellgelbe Lichtlanzen, die wie sonnengefrorene Pissstrahle in eine gewaltige Kloake strullten. Das sah zwar warm aus, war aber nicht warm – ganz im Gegenteil, die Bude war zugig und kühl. Durch die löchrigen Wandverkleidungen und maroden Ziefernschindeln des Daches kehlte das heisere Hauchen des Windes auf Johny herab. Der Boden knarrte unter seinen Schritten und es klang als sei er

---

[26] *Am Besten in Form eines Steines oder äußerst reißbeständigen Paketklebebandes.*

hohl. Der Salon war groß und hoch, eine bruchstückhaft erhaltene Freitreppe wandte sich wie von riesigen Bissen zernagt in den ersten Stock. Teils intakte und milchig gewordene oder grünbemooste Fenster mit welliger Struktur, teils eingeworfene oder mit groben Holzbohlen zugenagelte Fenster ließen staubiges Licht in das Gemäuer.

»Hallejula!« sagte Johny beim Anblick dieser Bruchbude. »Ist ja das reinste Gruselschloss.«

Jesse hatte den Kopf im Nacken und als sie ihm antworten wollte, stahl ihr eine fette Taube das Wort, die umständlich durch das enge Netz freiliegender Balken der höheren Stockwerke flatterte.

»Ja«, sagte sie in das Echo der widerhallenden Flügelschläge des Vogels. »Ich hab es auch nie verstehen können, dass die Jungs sich nicht ein anderes Clubhaus gesucht haben – die ganzen zehn oder zwanzig Jahre, oder wie lange auch immer die hier gehockt haben. Aber die Ausrede Jacos blieb stets die gleiche: Jesse, es gehört zu den unumstößlichen Prinzipien der illegalen Mikadoliga, dass deren Mitglieder ein unbewohntes Haus besetzen und zum Stützpunkt für jegliche Aktivitäten machen. So ist es nun einmal!« Sie seufzte und zog die Schultern hoch. »Kann man nichts dran ändern. Er war sehr stringent was diese Prinzipien anging, musst du wissen.«

Johny zog an seiner Kippe und stieß eine dicke Wolke Qualm aus, die im konzentrierten Sonnenspeerlicht des Hauses faserig nach oben zog. Über ihm blinkte der weiße Himmel durch ein Loch im Dach.

»Naja, jeder hat so seine Extravaganzen«, kommentierte er diese Charaktereigenschaft seines verstorbenen Freundes.

Jesse sah ihn an. »Sag mal…«, begann sie. »Hast du eigentlich nie etwas von seinen Hobbys mitbekommen? Angeblich wart ihr doch so tolle Freunde, oder wie genau war das mit dir und meinem Bruder?«

Johny nahm seine Zigarette aus dem Mundwinkel und las auf ihr.

»Weißt du, Jesse. Irgendwie waren wir nie so recht die dicksten Kumpel gewesen, wie dich das das Gerede deines Vaters vielleicht hat glauben lassen. Ehrlich gesagt, hat sich unsere Freundschaft so ziemlich auf den Anfang unserer Bekanntschaft konzentriert.«

Er holte tief Luft und sie fragte ihn interessiert weiter.

»Wann war denn das – diese Konzentration eurer Bekanntschaft?«

»In der Grundschule. Und da endete es dann auch. Später war der Kontakt zwar emotional ungetrübt aber nur noch sporadisch.«

»Warum?«

»Ich war lange nicht in der Stadt – bin viel im Ausland gewesen und so.«

Jesse nickte. »Ja… Mein Bruder hat Wauszburg nie so Recht verlassen. Irgendwie war er immer das Nesthäkchen, schätze ich.«

»Tjaja. Er ist n richtiger Pantoffelheld geworden. Aber so ist das nun mal. Ich mache ihm jedenfalls keine Vorwürfe. Was auch immer er am Stecken hatte, um sich diese Art von Ende einzuhandeln, ich weiß, dass Jaco im Grunde nicht der Typ für die üblen Sachen war.«

Sie öffnete gespannt die Augen. »Weshalb hilfst du uns eigentlich?«

Johny schnippte die kleine Aschesäule von der Spitze seiner Zigarette. »Tja… Mal ehrlich, kann doch nicht sein, dass es keinen plausiblen Grund für seinen Tot geben kann. Irgendwas oder –wer muss da ziemlich tief in irgend nem Haufen Kacke drin stecken. Und ich werde das Übel früher oder später schon ans Tageslicht zerren. Ist mein Job.«

Sie zögerte kurz und schien nach Worten zu suchen. »Du… Das ist also deine Arbeit?«

Johny lachte. »Ma'am. Hin und wieder bin ich nebenbei gern als Schnüffler tätig. Ne dumme Angewohnheit, wenn man so will.« Er kniff die Augen zusammen. »Sieht vielleicht nicht so aus…«, und tippte sich mit einem Finger gegen die Nase. »Kann aber verdammt gut die schmutzige Wäsche krummer Hunde riechen.«

Sie grinste. »Schicksal.«

Ein Rauschen wie von Wasser in einem engen Stollen fiel Jesse ins Wort und kurz darauf verschluckte sich das typische Gurgeln eines Flachspülwasserklosetts im Knallen einer Tür. Johny und Jesse starrten zu dem dickgesichtigen Mann, der rechts von ihnen aus einem schlecht beleuchteten Gang trat. Sein Gesicht sagte so etwas wie: »Ähhh…«

»Seid ihr etwa die Pizzalieferanten?«

Johny schnippte seine Zigarette weg. »Nein, tut mir Leid, sind wir nicht.«

Dann sah er Jesse auffordernd an. Der Mann mit dem dicken Gesicht eines Zehnjährigen kratzte sich an der porigen Schläfe und schien nicht recht zu wissen, was er von dem offenbar unerwarteten Besuch halten sollte.

Jesse räusperte sich. »Ähm…«, machte sie. »Hallo. Ich bin Jesse. Ich war vorgestern schon mal hier – abends. Wegen meines Bruders.«

Der Typ blinzelte misstrauisch – er wirkte verschlagen.

»Ach ja?« quakte er mit seltsam hoher Stimme. »Mit wem hast du denn gesprochen?«

Jesse überlegte. »Mit so einem großen, dünnen, Mann… Siggi hieß der, glaub ich.«

Der Dicke rümpfte schmatzend die Nase und glubschte sie gedankenmatt an. Johny hatte den Eindruck, dass Typen wie er wahrscheinlich den ganzen Tag und am besten noch Nacht in solchen Drecklöchern verschimmelten und sich nur dann an die Sonne erinnerten (wahrscheinlich sogar vor ihr erschraken), wenn sie mal wieder ausgeknobelt hatten, wer von ihnen rüber zum Supermarkt schlurfen sollte, um den verbrauchten Vorrat an Chips und Kola aufzustocken.

»Ähh, Siggi. Na dann«, schmatzte der Dicke weiter und pulte sich schamlos etwas aus der Kimme hervor, dessen Anblick unter seinem Fingernagel ihn zu, welchen auch immer, aber fragwürdigen Gedanken anregte, denn sein schmaler Mund verzog sich dabei diabolisch.

»Moment, Leute. Ich hol ihn ebend.«

Er quetschte sich an Johny vorbei die Treppe hoch und roch streng nach Zwiebeln und Käse.

»Bwääh!« machte Johny und verspürte Brechreiz.

»Hast du was gesagt, Kumpel?« quäkte ihn der Eklige an. Johny schüttelte knapp den Kopf und ging ein paar Schritte zu Jesse hinüber. »Nix...«

Der andere stapfte die Treppe hoch und verschwand hinter einer Tür. Das morsche Holz knirschte mürb unter seinen beachtlich schleifenden und dazu noch sandalenbewehrten Sockenfüßen.

»Brrr!« machte Johny und schüttelte sich wie ein Pferd, das es juckt, als der Typ weg war und schnitt Jesse eine Grimasse, die wie der Dicke aussehen sollte. »Wahrscheinlich zieht er den Siggi jetzt aus seinem Sarg und pisst ihm zur Reanimation ins Gesicht.«

Sie kicherte und schlang die Arme um ihre Schultern – stimmt, es war zugig hier drin.

»Ich möchte ja nicht wissen, was er da drin getrieben hat...« tuschelte Johny ihr zu und wies mit gekrümmtem Finger auf den Gang, aus dem das Ekel erschienen war.

»Die Öffentlichkeit von schlimmen Qualen verschont«, raunte sie zurück.

»Ähem!« hustete es von oben herab.

Johny sah die Treppe herauf. Oben stand ein zugegeben erschreckend dünner Junge – ähnlich gesichtsjung geblieben wie sein Kollege von eben. Nur trug er einen schmuckvoll flockigen Klobrillenbart, der sich wie mit einem schwarzen Edding aufgemalt um seine glänzenden Lippen drehte.

»Hallo Siggi«, sagte Jesse und trat einen Schritt vor.

»Guten Abend«, sagte Siggi beiläufig. »Was kann ich für euch tun?«

Johny hatte den Eindruck, dass Siggi sich ziemlich viel auf sich selbst einbildete – nur ohne den Grund dafür erkennen zu können. Bestimmt war er der Anführer der Mikadobande, der Chef und Vereinsvorredner. Ob Jaco ihm unterstanden hatte?

»Ich war vorgestern schon einmal hier. Wegen Jaco.«

Siggi unterbrach Jesse. »Jaja, ich erinnere mich. Ist er inzwischen wieder aufgetaucht?«

Jesse druckste herum. »Mhh…«

Johny merkte ihr an, dass sie sich nicht darüber klar war, was sie im Falle dieser offensichtlichen und ebenso unangenehmen Frage, die ja hatte kommen müssen, zu antworten hatte – deshalb half er ihr aus der Patsche.

»Klar«, rief er. »Ihm geht's prima. Wir sollen euch grüßen, Jungs.«

Siggi sah zu Johny herab, legte den Kopf schief und zog die Augen diebisch zusammen. Er hatte etwas Sadistisches in seinem Blick.

»Ach ja?« Es klang giftig. »Und warum kommt er nicht selbst? Warum schickt er euch?« Die Betonung des Adressaten kam Johny nicht recht, doch er beließ es bei einer geistigen Verwarnung.

Jesse sprach wieder. »Er kann nicht kommen!«

»Wieso nicht?!« kreischte Siggi mit einem Mal. Sein schmales Gesicht wurde rot bis unter die dünnen schwarzen Haare. »Wisst ihr eigentlich, weiß er eigentlich, dass wir warten?!«

»Tjaaa…«, Jesse zögerte.

»Ist ihm das überhaupt bewusst?!« Siggi hatte ein deutlich cholerisches Problem.

Jesse sah Johny hilfesuchend an.

»Hör zu, Siggi«, sagte Johny beruhigend. »Er weiß das mit Sicherheit. Aber er ist leider verhindert. Er kann nicht kommen.«

Siggi grummelte mürrisch vor sich hin und sein Blick schweifte zu seinen Händen herab, deren Fingernägel schmutzig und zerkaut waren.

»Was?!« spuckte er. »Was könnte ihm so wichtig sein, dass er dafür unsere Partie sausen lässt? Könnt ihr mir das mal erklären?! Hä?!« Sein Gesicht wurde röter. »Wir bereiten uns seit zwei Monaten auf die Meisterschaft vor und… und dieser…

Drückeberger! Sein Zug ist seit vorgestern Abend unvollständig! Wir *w a r t e n ! ! !*«

Irritiert sahen sich Johny und Jesse an.

»Tja«, sagte Johny und klopfte sich Halt suchend nach einer Zigarette ab. »Scheint so, als wäre er verhindert. Jedenfalls tut es ihm Leid um euer Spiel. Nichts zu machen Siggi.«

Das schien Siggi nicht groß zu jucken, vielmehr etwas zwischen seinen Schulterblättern, das Johny sich eitergelb und zuckend vorstellte. Noch während er sich spastisch kratzte und leise fluchte, kläffte er los.

»Wir brauchen ihn! Sonst ist die Meisterschaft futsch! Alles für die Katz!«

»Oh, falls es weiter nichts ist«, meinte Jesse. »Die Katze ist draußen. Ich habe sie Mietzi…«

»Nein!« kreischte ihr Siggi dazwischen. »Das ist keine Katze! Das ist ein Kater! Und das meine ich doch überhaupt nicht! Wir brauchen einen dritten Spieler. Jacquomo war unser bester Mann. Er war der Mikadokönig! Ohne ihn geht gaar nichts.«

Stimmt, dachte Johny, oder schlimmer noch, bei Jaco ging überhaupt nichts mehr. Er überlegte, ob dieses Schicksal für Siggi auch das bessere sein würde.

»Okay!« unterbrach Johny das bübische Krakeel des Hageren. »Schluss jetzt! Wir sind nicht hier, um uns dein hanebüchenes Genöle anzuhören. Also ehrlich gesagt, ich hasse diese Bude und ich hasse Mikado. Zudem kann ich dich nicht ab, Siggi, und, ach ja, bevor ich es vergesse: Ich hab keine Zigarette mehr – das macht mich immer ein bisschen nervös. Und nervös zu sein ist etwas, dass dir sicher nicht viel Spaß bereiten wird, wenn es bei mir so weit kommen sollte, dass meine Nervosität zu sehr beansprucht wird. Also, schwing hier keine Reden und pack endlich aus. Was ist mit Jaco nicht in Ordnung?«

Diesmal war Siggi an der Reihe, dumm aus der Wäsche zu glotzen, und er nutzte diese einmalige Gelegenheit voll aus.

Jesse staunte Johny an. »Hatten wir nicht ursprünglich verabredet, dass ich reden soll?«

Johny sah sie entschuldigend an. »Ja. Aber ich hab ja auch nicht geredet. Ich drohe ihm doch bloß. Jetzt darfst du wieder.«

Jesse nickte.

»Also gut, Arschloch. Ich werde nicht gern beleidigend aber du lässt uns keine andere Wahl, Bleichgesicht. Wo steckt Jaco?! Raus mit der Sprache! Sonst schieß ich dir ins Knie, du Wichs-vorlagen-in-Klarsichtfolien-Archivierer!«

Johny war irritiert. Siggi stand fassungslos mit offenem Mund auf der Treppe und starrte sie an.

»Du hast ne Kanone?« fragte Johny ungläubig.

»Quatsch«, zischte Jesse ihm zu. »Das weiß der aber doch nicht.«

»Na, dann mach ruhig weiter.«

Er begann sich, aus den krümeligen Tabakresten, die er in sei-nen Taschen fand und einem alten Kassenbon eine Zigarette zu improvisieren – McGyfer wäre stolz gewesen.

Siggi juckte sich im Auge herum. »Hä? Wo Jacquomo steckt? Wo soll der schon stecken? Habt doch grad selbst gesagt, er hätte keine Zeit zu kommen...« Er klang ungeschickt. »Was soll das hier werden, hä?«

Jesse machte einen entschlossenen Schritt auf den Fuß der Treppe zu und setzte ihren rechten Fuß auf die unterste Stufe.

»Red keinen Unsinn, Siggi! Wir wissen längst, dass du ihn un-ter die Erde gebracht hast! Gib es doch zu!« Sie unterstrich ihre Worte wirkungsvoll mit dem Zeigefinger, den sie spitz auf Siggi richtete. »Sag schon, aus welchen beschissenen Grund hast du ihn hinten im Hof verscharrt, du Hund! Sag es mir, und viel-leicht raste ich nicht total aus, wenn ich gleich hochkomme, um die Wahrheit aus dir raus zu reißen, du Wurm!«

Johny lächelte über seiner kleinen schiefen Zigarette als er sie anleckte und zusammenklebte. »Bravo, Mädchen. Immer weiter so.«

Siggi begann zu zittern. »Ich hab niemanden umgebracht! Ich weiß doch von nichts. Wer, zur Hölle, seit ihr überhaupt.«

Johny sah auf und tippte sich an den Hut. »Staatssicherheit, mein Junge. Und je schneller du was springen lässt, desto früher sind wir verschwunden.«

Plötzlich knarrte eine Tür.

»Wasn hier los, Siggi? Sinn die immer noch nich weg, die beiden?« näselte der Dicke von vorhin und lugte schläfrig aus einer spaltbreit geöffneten Tür. »Is Jaco schon zurück?«

Als er Johny und Jesse und Siggi dastehen sah, glotzte er dümmlich, sah einen kurzen Moment so aus, als habe er vergessen den Hamster zu füttern, sagte gedehnt »Ähh...« und verzog sich wieder. Die Tür knallte zu. Irgendwo hinten im Haus rumpelte es, klapperte etwas, schepperte es ein wenig – darauf folgte kurz Stille, der eiliges Treppengestiefel anhängte und schließlich rummste irgendwo eine weitere Tür. Hinter dem Gebäude hörte Johny das Geräusch aufstiebender Vögel und aufgescheuchte Schatten flackerten auf dem Boden des Salons, als eine Schar schwarzer Krähen über das Dach davon krächzte.

Jesse glitzerte Siggi an, der ziemlich verloren oben an der Treppe stand.

»Also, Freundchen. Jetzt scheint es so, als seiest du ganz allein mit uns. Komm schon, nun wird es außer uns dreien keiner erfahren – die ganze Geschichte bleibt unter uns. Verrat schon, was du weißt. Es ist nicht schlimm. Tu es einfach.«

Siggi schüttelte den Kopf und sein fettes Haar wackelte.

»Aber ich weiß doch nicht mal, was ihr meint, verdammt. Ich spiel doch bloß mit Jacquomo Mikado, Scheiße noch mal! Was ist daran so verwerflich?!«

Johny zog an seiner primitiven Zigarettenkonstruktion und lächelte milde.

»Naja, sieh es doch mal so. Ist es dein kleines dreckiges Geheimnis wert, dass du dein Knie dafür gibst? Hast die Lady doch gehört. Sie steht auf große Kaliber, glaub mir.«

Siggis Brust wölbte und senkte sich ruckartig.

»Ihr könnt mich mal!« schrie er. »Ich hab damit nichts zu tun.«

Torkelnd fiel er nach links aus und warf sich auf die Tür zu, durch die sein dicker Kollege entwichen war. **Bamm!** Kurz vor seinen Fingern zerbarst das Holz um die Klinke zu einem Splitterregen von winzigen Stückchen, die im fahlen Licht zerstaubten und sacht zu Boden rieselten.

»Stopp!« sagte Johny und winkte den wie einen Hundertmeterläufer vor dem Ziel erstarrten Siggi mit seiner Jenk & Rupert 9mm. zurück. »Du hast was vergessen, Kleiner.«

Siggi hatte vom Schrecken geweitete Augen, aus denen er Johny panisch ansah.

»Du wolltest uns noch was erzählen, bevor du gehst.«

Siggi kam zurück. Er hielt sich die Hand, in deren weiße Haut sich einige spitze Stücke der explodierten Türklinke gefressen hatten. Es blutete nicht einmal.

»Ich...«, hauchte er, »... ich habe... keine... Ahnung... wovon ihr sprecht.«

Jesse sah ihn gespielt mitleidig an. »Oh, dann geht es uns genau wie dir, Siggi. Deshalb sind wir ja hier; um endlich einmal miteinander über alles reden zu können. Über alles, das dir auf dem Herzen liegt. Komm und sei jetzt vernünftig und erzähl schon, was dich bedrückt.«

Sie lächelte ihn nachsichtig an und fügte in sein Schweigen hinzu: »Dann vergessen wir vielleicht deine Dummheit von eben und lassen dir dein Knie als Pfand da, damit du dich immer an unsere Großzügigkeit erinnerst, ja? Ist das nicht ein Deal?«

Siggi keuchte und strich sich behutsam über seine demolierte Hand. Dabei verzog sich sein Gesicht unangenehm. Er schien so etwas nicht gewohnt zu sein. Schade eigentlich, dachte Johny und zog an seiner Kippe.

»Also gut«, krächzte Siggi schließlich. Er stand gebückt da und fixierte Jesse boshaft. »Mir fällt da was ein, dass euch vielleicht interessiert. Dachte nicht, dass es was mit Jacquomos plötzlichem Verschwinden zu tun hat aber... Da war etwas. Neulich. Nach dem täglichen Vereinstreffen. Da... da hat ihn hier jemand abgeholt.«

»Wer? Wie sah er aus? Rede!«

»Jaja, ich bin doch dabei. Also. Es waren zwei. Ein Mann und eine Frau. Noch nicht so alt. Aber älter als Jac. Sie fuhren einen alten Harryvan. Ich kenne mich mit Autos nicht so gut aus, aber den hat mein Onkel auch mal gefahren und deswegen...«

»Scheiß auf deinen Onkel! Wer waren die zwei?« fragte Jesse gereizt. Siggi stierte sie beschuldend an.

»Ich weiß es doch nicht, Herr im Himmel! Ein Mann und eine Frau, okay? Er hatte vielleicht nen Mantel an und sie war nicht gerade das, was man hässlich nennt. Sie haben ihn in die Mangel genommen. Ich hab's nur vom Fenster im ersten Stock aus gesehen, es war schon dunkel. Da draußen sieht man kaum was, wenn's dunkel wird, klar?«

»Das interessiert mich doch nicht«, drohte Jesse und forderte ihn mit einer unmissverständlichen Geste auf, weiterzureden. »Was geschah dann?«

»Sie nahmen ihn mit. Ja, genau, er stieg zu ihnen in den Wagen ein und sie sind abgezogen. Dann war Schluss. Die ganze Sache war so unspektakulär, dass ich sie längst vergessen hätte, wäret ihr mir jetzt deswegen nicht so auf dem Schlips herumgetrampelt.«

Jesse sah Johny fragend an. »Hast du einen Schimmer, wer die zwei sein könnten?«

Johny sah nicht so aus. Zusammen sahen sie Siggi an.

»Ähh... Also... Wartet einen Moment. Ich, hab, die eine schon mal gesehen, glaub ich.«

»Glaubst du das?«

»Jaja! Ich verrat es euch, wenn ihr mich dann in Ruhe lasst.«

»Aber klar doch, Siggi.« Jesse zwinkerte ihm zu.

»Ich hab sie mal bei der Arbeit gesehen – im Sensenrief, als Kellnerin.«

☼

MICKEY'S SPIRIT – DERRENZ HILL. SPÄTER ABEND.

In der Kneipe herrschte eine lebhafte Geräuschkulisse. Ein an- und abschwellendes Stimmgewirr, Gläserklirren, wummernde Musik und hin und wieder das spitze Kieksen einer entrüsteten oder amüsierten Dame vermischten sich zu dem für eine solche Einrichtung typischen Klangkonglomerat, das einen Telefonapparat im Grunde fast fehl am Platze wirken ließ. Doch Johny wollte ungestört reden können. Wenn er es schon schwer haben würde, etwas zu verstehen, so sollte auch niemand anderes es leicht haben, ihn dabei zu belauschen.

Er griff den Hörer, der neben dem Apparat bei den Toiletten baumelte und hackte mit der Klinge seines Taschenmessers einige Nummern in den Ziffernblock. Sechsundzwanzig Mal lauschte er geduldig dem Freizeichen, dann klackte es in der Leitung.

»Verdammt noch mal, wer hat es um diese Uhrzeit verdammt noch mal so verdammt noch mal nötig, tausend verdammte Mal das Scheiß-Telefon klingeln zu lassen. Wer auch immer, er sollte einen verdammt noch mal beschissen guten Grund haben, mich zu stören!« bellte die raue Stimme von General Fitzgerald Baltimore aus der Hörmuschel und Johny hielt den Hörer ein Stück von seinem Ohr weg.

»Hallo?«

»Ja, ich bin's – Johny.«

Die Leitung antwortete nicht sofort, erst atmete sie nur aufgebracht.

»Ah! Johny, ja. Natürlich. Du bist es. Woher hast du diese Nummer?!«

»Sie stand im Telefonbuch, Sir.«

»Was?! Im Telefonbuch? Das kann doch nicht… Na egal. Was hast du denn auf dem Herzen, mein Junge?«

Johny aschte seine Kippe ab und klemmte sie sich wieder zwischen die Zähne.

»Wegen der Sache mit Jaco.«

»Ah, ja! Was gibt es neues? Erzähl!« fiel ihm der General ins Wort.

»Sieht so aus, als ob ich da in eine Art Wespennest gestochen hätte. Eher Hornissen.«

»Was?! Hornissen?«

»Jaja«, sagte Johny »Hab da sozusagen nem Köter in seinen Napf gegriffen.«

»Und? Wo ist das Problem?«

Johny nahm einen Zug. »Naja, die haben das nicht so gern, wissen Sie. Das zieht Folgen nach sich. Auf Jaco, und was auch immer er am Stecken hatte, sind mehr schräge Vögel scharf, als auf nen gut geführten Haufen Kompost. Was denken Sie darüber, General?«

Es entstand eine kurze Pause und Johny lauschte.

»Ich… Wie? Was ich darüber denke? Johny?«

»Ja.«

»Bist du noch dran?«

»Klar.«

»Also, du meinst, Jacquomo hatte was mit Stechinsekten zu tun? Hat ihn ein Imker abgemurkst?«

Johny stöhnte. »Nein, zum Kuckuck, keine Stechinsekten, das war doch nur eine Redensart. Ich denke vielmehr, dass Jaco Gläubiger hatte. Der Junge hatte offenbar Schulden. Und wer auch immer die gern zurück hätte, der hängt jetzt *mir* am Arsch, weil ich rumgeschnüffelt habe.«

»Oha«, mischte sich der General ein. Er klang bekümmert. »Das klingt nicht gut.«

Johny sog an seiner Zigarette und stieß bläulichen Qualm aus. »Nein, das klingt nicht nur nicht gut, das ist auch nicht gut. Moment mal eben…«

Er klemmte sich den Hörer zwischen Schläfe und Schulter, warf ein paar neue Münzen in den Apparat ein und redete dann weiter.

»Da bin ich wieder.«

»Hallo, Johny«, sagte der General. Er schien nicht oft zu telefonieren.

Johny sagte: »Also, was jetzt meine Frage ist: wer könnte Jaco etwas anhaben wollen? Hatte er Schulden? Irgendwelche offenen Wetten, Betrügereien oder Sonstiges am Laufen? Was wissen Sie über ihn?«

»Er ist mein Sohn, Herrgott«, rüstete sich der General empört.

»Deswegen frage ich ja auch Sie, Sir«, erklärte Johny.

»Äh... Also, Johny... Weißt du, ich habe noch ne Menge wichtiger Sachen zu erledigen und die warten ungern, und ich... äh...«

»General, *ich* bin im Moment der einzige, der ungern wartet, das sollte Ihnen klar sein. Und solange Sie mir nichts Interessantes zu erzählen haben, mache ich keinen Finger mehr für Jaco krumm. Das ist mir zu eigen.«

»Johny! Ich dachte gerade du, als alter Freund der Familie. Ich meine, ihr wart doch früher echte Kumpel. Oder nicht?«

»Schon, Sir. Aber früher ist nicht heute und Jaco ist jetzt tot. Warum auch immer, ich habe jedenfalls längst begonnen, seine weiße Weste zu bezweifeln. Das sollten Sie vielleicht auch tun.«

»Nie im Leben, Johny! Also, ich weiß nicht...«

»Außerdem... Habe ich immer noch Jesse bei mir. Und wer weiß, was ihr noch alles passieren wird, wenn ich nicht gut auf sie aufpasse... Offenbar ist man schon ganz verrückt nach ihr ... Wäre zu fein, wenn ich wüsste, wer uns da ans Bein pisst. Könnte dann sicher viel besser auf sie Acht geben.«

Wieder entstand eine kleine Pause und Johny hatte den Eindruck, dass der General etwas zu verbergen hatte, etwas, für das er sich seine Worte genau zurechtlegen musste, damit Johny selbst nicht dahinter kam, was es war.

»General?«

»Jaja, ich bin noch da, Johny. Keine Sorge, wir bekommen das hin. Nur, dass Jesse nichts passiert. Sie, sie... sie...«

»Sie... was?«

»Sie ist mir sehr wichtig, verstehst du, Johny? Sie ist alles, was ich noch habe.«

»Im Moment sieht es so aus, als ob allein *ich* sie noch hätte, sonst niemand. Sie ist sehr begehrt, habe ich den Eindruck, Sir.«

»Willst du mich etwa erpressen, Johny? Was spielst du da für ein Spiel? Rede!«

»Keine Ahnung, General, ich spiele lediglich die eine oder andere Runde mit; wer die Regeln macht, das habe ich noch nicht herausgefunden. Hatte gehofft, Sie könnten was Nützliches wissen. Jetzt muss ich mir wohl selber ein paar neue Tricks ausdenken, um die Partie zu meinen Gunsten zu bewegen.«

...

»... Was willst du, Johny?« Die Stimme des Generals klang blechern.

Johny machte eine kurze Pause und sprach dann weiter.

»Wie wär's mit einem Namen, einem Tipp, einem Info, irgendwas zum dran Kauen. Das wäre für den Anfang schon mal nicht schlecht.«

»Ich, ich weiß nichts, Johny...«, beharrte der General, doch Johny nahm ihm kein Wort ab.

»Unsinn! Sie werden mir jetzt mal fein was zu erzählen haben, oder ich komme persönlich vorbei und sehe nach dem Rechten, verstanden? Und Jesse sehen Sie dann so schnell auch nicht wieder, kapiert?«

»Schon! Ja, habe ich doch verstanden! Kein Problem. Kein Grund, böse zu werden. Wir sollten alle ganz ruhig bleiben und die Nerven behalten. Ich habe da vielleicht etwas für dich, Johny, das dir helfen könnte.«

»Ach nein? So plötzlich? Und warum nicht gleich so?« Vorsichtshalber warf er ein paar Münzen nach.

»Ja doch, also hör gut zu. Es gibt da jemanden, dem du mal auf den Zahn fühlen könntest. Da ist eine Frau. Sie ist noch recht jung.«

»Mich interessiert der N a m e«, sagte Johny.

»Ja doch! Sie heißt... einen Moment, gleich fällt es mir wieder ein. Ich hatte es mir doch notiert... Ja! Da ist er wieder! Dawn Mondey.«

»Nie gehört. Wer ist das? «

»Johny, sei froh, von der willst du auch nie gehört haben, glaube mir. Die ist ein ganz gerissenes Biest. Spielt auch nie mit nur einer Hand am Tisch. Tanzt gern auf verschiedenen Parketts. Die macht einen fertig. Ich habe keine Ahnung, welche

Ziele sie wirklich verfolgt, aber man brachte sie erst kürzlich mit der Genossenhaft in Verbindung. Mit denen ist nicht zu scherzen, Johny.«

Johny sog zischend die Luft ein. Die Genossenhaft. Na klar! Einen entsprechenden Hinweis hatte er ja schon bei Jacos Leiche gefunden. War ihm ganz in Vergessenheit geraten, die Sache. Gut, dass er sie jetzt wieder auf dem Schirm hatte. Doch er wollte den alten Baltimore noch nicht so schnell wieder von der Angel lassen, wo er ihn gerade einmal an den Eiern hatte.

»Das ist mir nichts Neues, General. Erzählen Sie mir mal etwas, das mich glücklich macht. Ansonsten fällt mir bestimmt auch was ein, was wiederum Sie ganz bestimmt nicht munter stimmt. Ich habe da zum Beispiel jemanden kennen gelernt…«

Der General atmete am anderen Ende der Leitung. »Wen, Johny, hast du kennen gelernt? Was soll das bedeuten?«

Johny lächelte bitter. »Sagt Ihnen der Name Gutmann etwas?«

»Mann, Johny. Willst du mich denn völlig zu Ader lassen? Was ist los mit dir? Dafür hab ich dich nicht ins Boot geholt. Du quetscht den Falschen aus!« überging der General seine Frage. Er klang aufgebracht.

»Wenn Sie der Falsche sind, Sir, wer ist dann, Ihrer Meinung nach, der Richtige, den ich mir mal zur Brust nehmen könnte, um was Hilfreiches zu erfahren? Das zu wissen, würde mich bestimmt davon überzeugen, Sie eine Weile in Ruhe zu lassen, *Sir*.«

»Also gut, Kleiner, wenn du es einfach nicht anders willst. Ich vertraue auf dein Glück. Aber lass dich noch einmal gewarnt sein: du begibst dich in Teufels Küche.«

»Wer hat mir denn den Job gegeben, in Jacos Schmutzwäsche zu wühlen? Waren das nicht Sie?«

»Papperlapapp. Ich habe einen neuen Auftrag für dich, Johny. Du hast es ja nicht anders gewollt.«

Fast hätte Johny gelacht. »Und ob Sie es glauben oder nicht, Sir, ich bin noch immer ganz Ohr.«

Später, als Johny den Hörer längst aufgehängt hatte, und *Mickey's Spirit* am Ende der Straße unter seiner Bude verlassen hatte, dämmerte es bereits. Wie schwarzer Nebel goss sich das dunkle Pech der Nacht in die Häuserschluchten und ließ den Großteil der städtischen Beschäftigungen ersticken. Hier und da funkelte noch ein Fenster oder man hörte die ausgelassenen Stimmen der Nachtschwärmer, die von Kneipe zu Kneipe zogen. Vom Süden der Stadt wehte ein zugiger Wind her. Er trug den Geruch der Häfen mit sich. Johny saß im Ost-Park von Derrenzhill auf einer seiner vielen Lieblingsbänke und betrachtete seine Zigarette, die er zwischen den Fingerspitzen hielt. Etwas weiter unten, am kleinen See, stand Jesse und platschte mit einem Zweig im ölig schimmernden Wasser herum. Er hatte noch nicht mit ihr über das gesprochen, was er inzwischen von Gutmann und Baltimore erfahren hatte. Immer mehr ließ darauf deuten, dass Jesse ein Objekt vielschichtiger krimineller Begierde war. Johny war beunruhigt. Und wenig schlauer als zuvor. Zu seiner zusätzlichen Verwirrung hatte ihm der General noch etwas von Jacos Obduktion erzählt. Angeblich sei der berühmte Autopsist Sudelprofessor Dr. Hajo vom alten Baltimore beauftragt worden, Jacquomos Leiche zu untersuchen – Johny hatte diesem Wahnsinnigen Fleischfanaten jedoch noch nie getraut – und das Ergebnis der ganzen Sache ließ ihn nicht traurig sein. Der Sudelprof war verschwunden – offenbar hatte ihm irgendeiner, seinen Entdeckungen bezüglich Jacos Leichnam unfreudig Gegenüberstehender, ein Abholkommando vorbeigeschickt, das bei der Ausführung seines Auftrags nicht unbedingt zimperlich gewesen war. Keine Spur von dem Doktor, keine Spur mehr von Jaco, hunderte von Spuren von Frowsern. So hatte der General berichtet. Johny versuchte, sich seinen Teil zu denken. Alles Schwachsinn!

Als Jesse genug vom Wasser zu haben schien, kam sie fröhlich lächelnd zu ihm hoch geschlendert und setzte sich neben ihn auf das kühle Holz der Bank.

»Es gibt Enten, da unten. Ich hab zwei gesehen«, erzählte sie und Johny hatte das Gefühl, das wäre etwas Tolles für sie.

»Wusstest du schon, dass Enten einige der wenigen Tiere sind, die umeinander trauern, wenn einer der beiden Partner stirbt?«

Johny sah sie an und schüttelte den Kopf. »Nein, wusste ich noch nicht«, log er, um ihr eine Freude zu machen.

»Also, ich finde das beeindruckend. Du nicht?« Sie blickte ihn neugierig an.

»Doch, klar, ich find das echt… faszinierend. Klasse.«

Sie schielte ihn an. Er wich ihrem Blick aus und steckte sich seine Zigarette in den Mundwinkel, wo er sie mit einem Streichholz entfachte. Das kurze Aufflammen beleuchtete Jesses Gesicht. Sie war wirklich sehr hübsch, wie er fand.

»Sag mal Johny, gibt es jemanden, an den du denkst, wenn ich erzähle, dass Enten sich für ein Leben treu sind?«

Er stieß den Rauch überrascht aus seinen Nasenlöchern.

»Wie meinst du das?«

Jesse lachte.

»Hattest du mal ein Mädchen?«

Johny hustete. Sofort klopfte Jesse ihm auf den Rücken und noch bevor er protestieren konnte, wurde es besser. Langsam fing er sich wieder.

»Siehst du? Es ist gut, wenn man jemanden hat, der auf einen aufpasst. So jemanden wie mich!«

Sie grinste und Johny musste auch mal lachen.

»Ohne dich hätte ich aber auch nicht so husten müssen.«

Sie sagte nichts.

Johny lauschte den Grillen, die ihr allnächtliches Konzert gaben. Hinten auf dem See spiegelte sich die silberne Platte des Mondes.

»Da war mal jemand…«, sagte er.

Jesse blickte ihn an. Neugierige, kleine…

»Aber das ist lange her.« Johny verstummte.

…

»Wie? Das war's schon?« Jesse sah ihn entgeistert an.

»So ungefähr, ja.«

»Hey, Johny… Hab dich nicht so. Komm schon, erzähl mal einen Schwung aus deiner Vergangenheit.«

Er druckste herum.

»Los, es interessiert mich echt. Ehrlich. Sei kein Frosch.«

Er zog an seiner Zigarette und inhalierte den Rauch.

»Sie hieß Jelen. Ich habe sie nie so gut gekannt, wie ich es gern gehabt hätte. Dann, eines Tages, war es vorbei. Ich habe nie herausgefunden, was es war. Habe mir aber tausend und mehr Dinge ausgedacht und eingebildet, die der Grund hätten sein können. Und seitdem waren da ein paar andere. Das Übliche. Hier und da ein bisschen mehr, ein bisschen weniger.«

Er schwieg und sah runter zum See.

Die Grillen schrieen.

»Sie hat dich also verlassen?« hakte Jesse nach.

Johny nickte. »Ja, sie war schließlich keine Ente.«

Jesse musste lachen und auch Johny stieß ein Geräusch des Amüsements aus, als er sich das sagen hörte.

Dann schwiegen sie wieder. Keiner sagte etwas. Nur wenig wäre von Bedeutung gewesen. Doch auch dieser Moment verging und Jesse ergriff wieder das Wort.

»Willst du denn überhaupt nichts über mich wissen?«

Er sah sie an und zog die Augenbrauen zusammen.

»Vielleicht…«, sagte er.

Sie schien leicht verstört.

»Aber ich bin sicher, du wirst es mir erzählen, wenn du es für nötig hältst.«

Sie schüttelte den Kopf. »Nein! So geht das nicht, Johny. Du musst mich schon was fragen. Los, frag mich was.«

Er grinste. »Siehst du, das ist, als ob du es mir erzählen willst. Warum soll ich noch unbedingt danach fragen?«

Es dauerte eine Weile, bis er auf diese Frage eine Antwort bekam, doch als sie schließlich kam, überraschte sie ihn mehr, als alles andere, was Jesse bereits gesagt hatte. Ohne ihn anzusehen, sagte sie: »Weil es so romantischer ist.«

Er ließ sich Zeit, um sich eine neue Zigarette anzuzünden und tat ihr dann den Gefallen, den er ihr von sich aus wahrscheinlich noch längst nicht getan hätte.

»Also, Jesse. Wie steht es denn bei dir so? Schon unter der Haube?«

Sie stieß ihm einen Ellbogen in die Rippen.

»Hey! Du solltest doch was Romantisches fragen!«

Er protestierte. »Das war romantisch! Jedenfalls der Sinn dahinter.«

»Die Worte aber weniger.«

»Soll ich es jetzt noch mal versuchen, bevor ich eine Antwort bekomme?«

Sie nickte. »Genau das!«

»Oh Mann«, stöhnte Johny und raufte sich das Haar. »Also... Frage ich mal so: gibt es bei dir jemanden, der dich so sehr zufrieden stellt, dass du nicht daran denken würdest, ihn im Stich zu lassen?«

Sie machte einen zufriedenen Gesichtausdruck.

»Wenn du so fragst: ja, den jemand gibt es!«

»Und?«

»Was und?«

»Ja, wer ist es denn nun? Kenn ich den Vogel? Ist er besonders stark? Besonders groß, schön, cool, reich oder einfach nur ein Hengst im Bett? Raus mit der Sprache!«

Sie lächelte verlegen und scharrte mit dem Fuß am Boden.

»Etwas von allem, macht ihn zu dem, was er ist... schätze ich.«

»Schätzt du? Wie kann man denn das nicht wissen? Also, das soll mal einer kapieren!«

Allmählich wurde ihm diese Unterhaltung zu kindisch.

»Er ist halt alles von allem und das anscheinend in den richtigen Proportionen. Nur etwas aufbrausend hin und wieder. Aber das ist nicht schlimm. Das ist sogar – sexy.«

Johny stöhnte.

»Oh ja, Mister Supercool wahrscheinlich. Er hängt mir jetzt schon zum Hals raus. Sag ihm bloß, er soll sich bei mir nicht blicken lassen. Keine Ahnung. Alles von allem und in den richtigen Proportionen... Bla bla bla.«

Jesse fing an zu lachen und kiekste etwas herum. »Ja, werde ich ihm sagen.«

»Besser so«, meinte Johny. »Weißt du, ich denke wir sollten jetzt mal los, sonst wird es zu spät.«

Sie setzte sich gerade auf. »Los? Wohin denn? Willst du etwa schon gehen?«

»Jepp. Es ist Zeit. Ich hab dir doch versprochen, dass wir ein paar Biewerratten jagen gehen. Da ist es um Mitternacht die beste Zeit für. Komm. Dein Wagen wartet.«

Er stand auf, reckte sich und schnippte seine Kippe weg.

»Und was ist mit meinem Jemand?« fragte sie.

»Ehrlich gesagt habe ich das Gefühl, dass ich ihn schon allzu bald kennen lernen werde. Nur muss das eben nicht jetzt sein.«

SPAM KANNTE DIE TRICKS.

Und diesen mochte er ganz besonders. Es gelang ihm gerade noch rechtzeitig, dem Projektilhagel des schweren Geschützes zu entkommen. Rasend vor Wut zerhackte es die Plane zu seinen Füßen. Dann passierte es bereits. Die explodierende Munition zerriss den Laster in seine Einzelbauteile. Eine fauchende Feuersbrunst brach aus jedem Winkel des Vehikels und die voraus sprengende Druckwelle erfasste Brannigan im Rücken. Er kannte die Tricks. Wie ein Bodysurfer aalte er sich durch den Schub der Druckwelle und ließ sich aus der unmittelbaren Gefahrenzone fluten. Die Männer segelten in alle Richtungen davon, klatschten wie weggeworfene Püppchen in den Sand, verfingen sich knackend in den Bäumen oder verschwanden über die Steilküste. Spam stemmte sich hoch und erkannte die Ausmaße seines Angriffs. Der LKW brannte lichterloh – jedenfalls das, was von ihm übrig war. Ein letzter Stoffwimpel lag wie ein verletzter Vogel matt flatternd am Boden. Auf ihm schwelte das abstrakte Zeichen der Enjado. Für Spam ein Blick in die Zukunft. Dies war nicht der erste Versuch, sie zu warnen. Davor zu warnen, dass es für ihren Verein keinen anderen Weg gab als in das sichere Verderben. Allen voran »Er«…

Spam wurschtelte in seiner zerschlissenen Weste. Er pflückte einen alten Zigarrenstummel hervor und steckte ihn sich in den Mund. Mit einem gekonnten Tritt lupfte er ein glühendes Scheit hoch und fing es auf. Mit der glimmenden Spitze entfachte er seine Zigarre und inhalierte einige Male tief. Eine Qualmwolke entstieg seinem genießerisch geöffneten Mund und wehte in der Form eines Totenkopfes davon.

Stunden später genoss er den zweifelhaften Service einer billigen Absteige in Baytowns Süd Quartier. Er schubste das redselige Mädchen von seinen Schultern und wandte sich Dorys zu, die in der Tür des Wellness-Bereichs erschien.

»Und Brannigan?« lullte sie. »Erfolgreich gewesen, da draußen?«

Spam kannte Dorys gut genug, um ihren Zynismus zu erkennen. Sie wollte nicht hören, was er getan hatte, noch weniger wie er es getan hatte. Sie wollte nur das eine. Doch damit war es lange vorbei. Spam lud das enttäuschte Mädchen ab und schob es zur Tür raus. Als sie draußen die Tür vor die Nase bekam, raschelte ein Bündel Geldnoten in ihrem Dekolletee. Zufrieden grinsend zählte sie es durch und warf sich dem nächsten »Patienten« um den Hals.

»Hab's hinter mir. Nur das zählt«, knurrte Spam und gurgelte das Glas mit Irontide in einem Zug runter. Dorys verschränkte die Arme vor der ausladenden Brust. Das war ein Zeichen dafür, das sie zornig wurde.

»Kurz und schmerzvoll – wie immer, nicht wahr, Brannigan?!« Ihre Stimme war tief und rau. Manchmal träumte Spam davon, wenn der Mond ungünstig stand. Er ging jetzt in dem kleinen rümpeligen Zimmer auf und ab und überlegte, wie er sie loswerden konnte.

»Wann ist es vorbei, Spam?« Dorys nahm die Arme runter. »Wann ist das alles hier endlich vorbei?«

Jetzt war sie kurz davor, pathetisch zu werden. Spam kannte sie. Es gab genau zwei Dorys': eine zornige und eine theatralische. Er konnte beide schon lange nicht mehr wirklich ausstehen. Aber sie war nun mal seine Informantin. Er stand vor dem Spiegel und kniff die Augen zusammen. Seine Haare veränderten sich in letzter Zeit.

»Lass das Gequatsche, Dorys. Ich weiß selbst, auf was ich mich einlasse.« Er sprach zu ihrem Spiegelbild, das genauso wenig die Veränderungen in ihrem Gesicht verbergen konnte, wie die Realität. »Also. Raus mit der Sprache. Was hast du diesmal für mich?«

Sie setzte sich auf das Bett. Spam hatte es nicht benutzt. Es wurde von Ratten bewohnt. Dorys grub ihr Gesicht in die Hände. Es sah aus, als ob sie weinte, doch Spam wusste nur zu genau, dass diese Frau höchstwahrscheinlich nicht einmal die Bedeutung des Wortes Trauer kannte, geschweige denn zu einer Körperreaktion imstande war, die damit in Verbindung stand.

Sie seufzte. »Es gibt ein Lager. Ganz in der Nähe. Zwei Tage mit einem Motor unter deinem verfluchten Arsch, Brannigan. Sie schlagen dort irgendwelches Schmuggelgut um. Is ne kleine Sache, aber sie werden sich ärgern, wenn du's hochgehen lässt. Nur ein weiteres Kreuz auf deiner Karte.«

Sie sah auf und beobachtete seinen Rücken. Das schleifende Geräusch eines Magazins, das in seinen Bestimmungsort eingeführt wurde erklang. Ein sauberes Klicken schloss diesen Prozess ab. Spam drehte sich um und vor seiner Brust hielt er eine monströse 45er *Prime to Prime* – seine einzige echte Freundin. Seine Finger krallten sich um den Griff bis seine ganze Hand weiß und rot gefleckt war. Er lud durch. »Dann will ich mich mal fein machen – heut Abend wird a la carte gespeist.«

☼

TEIL VIER KAPITEL 4

ANKERWEG 11 – 24. STUNDEN SPÄTER. TIEFE NACHT.

Unlängst hatte es zu Dunkeln begonnen. Wie mit schwarzem Molton verhangen lag die Stadt da und schlief ihren tiefen Schlummer. Ganz besonders hier im Ankerweg, der etwas abseits der größeren und auch noch des nachts eifrig befahrenen Straßen sein nachlässig gepflegtes Dasein stundete. Ein schrottiger Wagen hielt schaukelnd und zischend am Bordstein und schloss seine fahl leuchtenden Augen. Auf der anderen Straßenseite weilte der grobe Betonklotz der Raibbeisen-Genossenhaft und dämmerte unter der ab und an gespenstisch aufflackernden und knackenden Leuchtreklame für Futtersäcke und Apfelmost. Daneben hielt sich schief ein alter Kornspeicher und dahinter lag ein Hof, auf dem die mächtigen Landmaschinen stumm beieinander standen. In der Luft lag der schwere Geruch von staubigen Mehlsäcken, abgestandenem Obstsaft und säuerlichem Öl. Als Johny ausstieg - die heruntergebrannte Zigarette unter der Oberlippe klebend - und diesen Duft einatmete, musste er frösteln.

Jesse stieg aus, schlug die Fahrertür zu und lehnte sich mit den Ellbogen über das Dach zu ihm herüber.

»Und du bist sicher, dass wir *hier* richtig sind?«

Johny sah sie an.

»Ja. Leider.«

»Aber das hat doch geschlossen.« meinte sie mit einem lahmen Wink Richtung Genossenhaft.

Johny sah sie ernst an.

»Und genau da liegt der Hund begraben.«

»Welcher Hund denn?«

»Ist nur'n Sprichwort, Schätzchen.«

Johny drehte den passenden Schlüssel im Schloss der Wagentür um und warf ihn Jesse herüber, damit sie ihre Seite ebenso abschließen konnte. Dann schnippte er seine abgebrannte Kippe achtlos auf den Asphalt und trat sie aus. Ein Käuzchen machte irgendwo im Dunkel hinter dem Wagen »Schuhu Schuhu« und das Gitter vor der Tür der Genossenhaft war verschlossen, wie Johny feststellte, als er prüfend daran rüttelte.

»Mist, verdaahmter«, murrte Johny, als sein weiteres Zerren nichts half.

»Nicht, dass du damit nicht gerechnet hättest«, flüsterte Jesse ihm zu, während er sich resignierend in das schlabberige Gezäun fallen ließ.

»Genau«, entgegnete er und machte einen vielsagenden Schwenker mit dem Kopf. Während er überlegte, welche Möglichkeiten er hatte, in den verdammten Laden hineinzugelangen, zog er aus der Brusttasche seines Hemds eine Packung Malburo hervor und entnahm ihr nachdenklich eine weitere Zigarette, die er kurz darauf entfachte. Es waren gleich mehrere Einfälle, die ihm kamen. Erstens: Er könnte Klingeln und hoffen, dass der Wachmann aufmachte, den er dann nur noch überwältigen und dessen treuen Wachhund außer Gefecht setzen müsste. Zweitens: Er könnte die Hose aufmachen, seine Heino rausholen und ein Loch in die Absperrung strullen, doch so sehr wollte er sich nicht vor Jesse bloßstellen. Nicht, dass er einen Kleinen hätte oder so. Aber schön wäre die ganze Sache wirklich nicht. Drittens: Die Rambomethode. Er könnte zurück zum Wagen gehen, ihn starten und volle Pulle damit in die geschlossene Türe fahren und anschließend die losplärrende Alarmanlage von der Wand schießen. Aber nein, das wäre zu auffällig. Außerdem war es nicht sein Wagen, sondern ihrer, bemerkte Jesse, als er ihr diesen Vorschlag machte, und sie sei damit nicht einverstanden; er solle sich lieber etwas anderes einfallen lassen. Das führte ihn zu seinem vierten Einfall: Sex. Und zwar mit Jesse. Vorsichtshalber zwei Mal. Fünftens: Ein Loch buddeln und Durchkrabbeln. Sechstens: Gleich in Band III weitermachen und die ganze Angelegenheit überspringen. Siebtens: Erstmal eine Rauchen und den Laden dann mithilfe eines Kanisters hochentzündlicher Flüssigkeit abfackeln, was ihn aber nicht weiterführen würde, schließlich wollte er ja hinein gelangen und nicht dumm zugucken, wie alles herunter brannte, was eventuell von Interesse hätte sein können. Drum beließ er es bei Idee Nummer Neun, denn Acht fiel ihm partout nicht ein. Er würde warten, bis die regulären Öffnungszeiten ihm den Zutritt legal ermöglichen würden, nämlich bis Morgen Nachmittag, nach der Mittagspause, sobald er ausgeschlafen hatte. Gerade als er Jesse erklärt das hatte, sich umwandte und gehen wollte, fiel ihm zum Glück wieder die gute alte Möglichkeit Numero Huit ein, wie man durch eine verschlossene Tür gelangte. Er drehte sich auf dem Absatz um und trat sie mit Schmackes ein. Es machte nur kurz so etwas wie *Kracktz!!!* und der Scheiß schwang samt Schutzgitter auf.

Vor ihnen übergab sich das Dunkel des still daliegenden Raums. Johny und Jesse schlichen sich unbemerkt durch die zerstörte Tür der Genossenhaft und schoben sie von innen behutsam zu, dass auch ja kein weiterer Laut entstand. Jesse warf ihre Haare empört zurück hinter ihren Kopf, denn bei all der Aufregung hatten sich diese sensationslüstern nach vorn auf die guten Plätze vor ihrer Stirn geringelt, was zu einem eingeschränkten Sichtfeld geführt hatte.

»Mann, Johny! Musste das denn eben so laut sein? Was zur Hölle ist los mit dir?« zischte sie ihn an und stolperte hinter ihm durch die spärlich beleuchtete Eingangshalle des nächtlichen Naturalienmarktes. Johny schien sie nicht beachten zu wollen, in ihm pulsierte noch immer das Adrenalin, das ausgeschüttet worden war, als er sich für den tollkühnen Eintritt entschieden hatte.

»Hast du die Fußmatte denn nicht gesehen?« fragte er.

»Was für eine Scheißfußmatte denn?«

»Die mit der Aufschrift *Bitte eintreten* halt«, rechtfertigte er sich.

Sie wedelte mit dem Kopf und wurde zu Gunsten des Autors wieder ruhig. Rechts von ihnen zog sich die Verkaufstheke entlang, die bei jedem Raibbeisen Genossenhaft-Vertrieb lokal gleich angelegt war, egal in welcher Stadt man in einer vergleichbaren Filiale einkaufen ging, die Theke war immer rechts neben dem Eingang. Dahinter blinkten einige müde Standby-kontrollleuchten von Kassenautomaten und Computern und Scannern, die dem Gebäude eine fadenscheinige Beleuchtung verliehen. Es roch schwer nach Getreide. Links standen die Regalwände mit den Waren, die man erwerben konnte. Johny steuerte zielsicher durch die Reihen hindurch und Jesse folgte dem sanften Glimmen seiner Zigarette, während sie sich das Angebot ansah. Es gab einfach alles: Ketten und Schekel in allen erdenklichen Größen und Formen, rostfreie Forken, Hundekot-Schaufeln, Camouflage-Schubkarren, Damenspaten, pralle Säcke, Plastikspielzeug von *Suki*, Dinge, CDs mit serbokroatischen Minnegesängen und Traktormotorgeräusche-Sammlungen, Hundefeinkost, andere Tiernahrung, Frill-Vogelnahrung, Werkzeug von billig und schlecht bis teuer und nicht viel besser, Hundeersatzkackhaufen, Rödelteile (wobei sich Jesse nicht ganz sicher war, wie sich das konkrete Anwendungsgebiet dieser Utensilien schlussendlich strukturierte) und, und, und. Eine schier nicht enden wollende Masse an landwirtschaftlichem und heimwerktauglichem Gerät und Zubehör wurde hier feilgeboten. Von der hohen Decke hingen staubige Werbeplakate, die für allerhand dieser Waren propagierten. Eines fiel Jesse besonders ins Auge; darauf war ein großer, dicker, mit gierig aufgeblähten Backen abgebildeter, Biewer zu sehen, der für exzellentes Biewervollkostfutter inserierte. Das Zeug gab es diesen Monat im Zehn-Zentner-Sack im Sonderangebot. Das wäre *die* Chance gewesen, einen mitgehen zu lassen, für ihren kleinen Schatzibatzi zuhause, doch Johny wäre von der Idee mit Sicherheit kaum begeistert gewesen, schließlich hätte er den Sack schleppen müssen. Vielleicht auf dem Rückweg, dachte Jesse und folgte seinem Rücken um Lautlosigkeit bemüht durch die Gänge.

Johnys Verhältnis zum Raibbeisenvertrieb war gespalten. Eine Zeit Weil hatte er hier gepflegt mit seinem alten Kumpel Funky

Fulk abgehangen; ihnen hatte die Atmosphäre einfach so gut gefallen, verbunden mit der damaligen sommersaisonbedingten Hängemattenausstellung inklusive unbegrenztem Probeliegen und kostenfreiem Erfrischungsgetränkeservice und ebenso kostenlosem Tischfußballspielen und Kindertrampolinspringen. Doch nun war Konzentration gefragt. Er schob die aufkommenden emotionalen Nostalgien irgendwo in einen hinteren Winkel seines unaufgeräumten Gehirns und hielt wachsam Ausschau nach dem Feind oder etwas ähnlichem, das ihm in die Quere kommen konnte.

Irgendetwas war seltsam an der Luft in Laden. Als ob sie beide nicht die einzigen waren, die heut Nacht hier atmeten und angestrengt versuchten leise zu sein...

Jesse war sich nicht sicher. »Hey, Johny!« flüsterte sie.

Er hielt inne und winkte sie mit hastiger Hand näher heran.

»Was machen wir hier eigentlich?« versuchte sie es noch einmal, schließlich war ihr nie so ganz der Grund für diese nächtliche Aktion klar gewesen.

RummS! Ein schrilles Klappern und Schellern jagte den beiden einen gehörigen Schrecken ein.

»Fuck!« ranzte Johny über seine Schulter zu Jesse.

Sie stand wie versteinert leicht in die Knie gegangen da. Nichts geschah.

»Ich war's nicht...«, wisperte Jesse und hielt abwehrend die Hände in Höhe ihrer Schultern.

Johny sah sich um. Tatsächlich, der klirrende Nachhall des urplötzlichen Knalls schien von einem der Parallelgänge gekommen zu sein. Entweder hatte sich da ein besonders draufgängerisches Produkt selbständig gemacht oder...

Sie waren nicht mehr länger allein.

Oder: Sie waren noch nie allein gewesen.

»Pssst!« machte er und ging rasch neben einer Regalecke am Ende des Gangs mit Gummihühnern in die Hocke.

»Komm her.«

Sie blieb hartnäckig. »Warum so heimlich? Was ist? Was war das eben? Warst du das, Johny? Willst du mir einen Schrecken einjagen? Ist es hier etwa ge*fääährlich?*«

Er ignorierte ihr Gezeter und lugte vorsichtig um die Ecke. Ruckartig kam sein Kopf zurück. Jesse lauschte angestrengt. Da war etwas. Stimmen?

»Scheiße! Ich glaub, da sind welche!« keuchte Johny und drückte Jesse eine Hand auf den Mund. »Mmmbrl Hmm!«

»Kann... nicht... sein... Gestern... alte Ratte... Glück... Igor.« Sie hörte ein undeutliches Nuscheln von irgendwo jenseits der Ecke, an der sie sich versteckten. Johny ließ sie los. Er hatte einen wachsamen Blick aufgelegt. Die Zigarette in seinem Mundwinkel glomm auf und demonstrativ drückte er sie am grau lackierten Stahl des Schraubregals zu ihrer Rechten aus.

»Da kommen zwei«, raunte er. »Sei mal still, bitte, es ist ja nur für *einen* Moment...«

Sie versuchte es. Unpassenderweise begann ausgerechnet jetzt der Harndrang in ihr zu wüten. Es wollte heraus. Wie gern hätte sie es Johny mitgeteilt. Sie verkniff sich einen Kommentar. Johny vernahm Schritte. Näher kommende Schritte. Schwere Absätze, durchstoßsichere Sohlen, Sicherheitsstiefel. Verdaahmt! Damit hatte er nicht gerechnet. Warum hatten die hier bloß Nachtwächter? Johny war sich sicher, dass es dafür wenige Gründe gab – wer brach hier schon ein? Oder vielleicht gerade deshalb nicht? Jedenfalls saß er gehörig in der Scheiße, wenn sie entdeckt werden würden. Mit aller zur Verfügung stehenden Vorsicht lugte er um die Ecke ins Dunkel und erkannte gerade rechtzeitig einen Taschenlampenstrahl, der ruckartig in seine Richtung schwenkte und dann auf ihn zugetanzt kam, sorgsam den blassen Linoleumboden sondierend.

Mindestens zwei Männer kamen näher, das verrat ihm das schlurfende Geräusch der Stiefel. Offener Kampf! Schnapsidee. Wahrscheinlich hatten die beiden – wenn es dabei blieb – mindestens Knüppel, wenn nicht Pistolen oder Elektroschocker dabei. Ganz schlimm natürlich auch das Antihundespray, mit dem er zuweilen schon ganz üble Erfahrungen gemacht hatte –

was wiederum eine andere Geschichte war. Mit seinen Fähigkeiten hätte Johny die beiden zwar im Nu unschädlich machen können, doch wer wusste schon, was dann geschehen würde. Nein, es musste eine andere Möglichkeit geben, sich ihrer Aufmerksamkeit zu entziehen. Die Schritte kamen näher. Auch die Stimmen kamen mit.

»Igo... Rechts... Links... verstanden?«

»Ja... wieder... von den Scheißbiestern...« hörte Johny das unterdrückte Flüstern.

Sie teilten sich auf. Sie ringten ihn ein. Mist. Schnell sah er sich um. Achtsam griff er nach einem Gummihuhn und einer Packung bunter Schnürsenkel, die daneben hingen[27]. Immerhin etwas. Das Sicherheitspersonal verstummte. Johny konnte keine Schritte mehr hören. Was geschah jetzt? Hastig riss er die Packung mit den Schnürsenkeln auf und wickelte das dunkle Band um den dünnen Hals des Tieres, das jetzt noch mehr als zuvor wie erdrosselt aussah. Das andere Ende des Bandes befestigte er nicht an Jesse, was er erst geplant hatte, was sogar Sinn gegeben hätte – an jeder Seite ein Huhn –, nein, er knotete es ordentlich um den Fuß des Regals, an dessen Ecke sie noch immer knieten. Das Huhn hielt er bereit.

Rumms! Es schepperte erneut irgendwo im Laden. Johny fuhr zu Jesse herum, doch sie konnte es unmöglich gewesen sein, was ihr hilfloser Blick verständlich machte. Hinter ihnen ging es los. Mehrere Männerstimmen johlten auf, Körper sprangen hervor und stürzten sich auf etwas im Dunkeln. Ein Quieken und Schreien schallte auf und heftiges Ringen entstand. Regale wurden umgestoßen, Waren prasselten zu Boden – ganz offensichtlich: Ein Kampf fand statt. Johny hörte Geächzte und ein seltsames Kreischen, das nicht menschlich schien. Fand dort hinten eine heimliche Paarung statt?

---

[27] *Typisch: In jedem supermarktähnlichem Geschäft scheint es Mode zu sein, möglichst jene Produkte mit dem am meisten sinnfremden Zusammenhang in gleiche Kategorien zu packen und an den absonderlichsten Orten im Laden zu verstecken. Manchmal jedoch – so wie hier – kann das von Glück sein.*

»Komm Jesse! Wir verduften!« stieß er sie an und beide flutschten im geduckten Gang die Gänge entlang. Hinten im Laden erreichten sie eine breite Treppe aus Holz, die ihre schnellen Schritte gedämpft auf eine Empore trug, die den halben Laden überspannte und von einigen kleinen Oberlichtern gespenstisch erhellt wurde, wenn der Mond gerade einmal hinter den Wolken hervorlugte. Unter ihnen kloppte sich noch immer das Sicherheitspersonal mit dem unfreiwillig hilfreichen Eindringling, der ihnen glücklicherweise heut Nacht die Show gestohlen hatte. Von oben auf dem Balkon konnte man den Aufbau des Ladens wesentlich besser überblicken. Ungefähr im vorderen Drittel stachen in wirrem Stakkato die Lichter der Taschenlampen hervor – ähnlich einer verbotenen Technoparty, derer man sich freut, nur am Horizont sehen zu müssen. Drei oder mehr Regale waren gegeneinander gekippt und unzählige Waren lagen zu Haufen aufeinander. Darin wälzten sich mehrere Gestalten und irgendein Ding.

Sie rangen miteinander.

»Die sind erstmal beschäftigt«, schloss Johny und zog die staunende Jesse hinter sich her. Er hatte es eilig, in die letzte Ecke der Empore zu gelangen, von wo aus er das Geschehen einigermaßen unbehelligt beobachten und sein weiteres Vorgehen planen konnte. Das Gerumpel unten ging noch einige Minuten weiter, es schien so als ob sich zwei würdige Gegner gefunden hatten. Ab und an unterbrach ein menschliches Stöhnen oder Ruf das Getöse und hin und wieder quiekte etwas animalisch Anmutendes dazwischen. Irgendwie bizarr.

Hier oben lagen eher unregelmäßig und achtlos verstreut Güter der Raibbeisen-Genossenhaft herum, vermutlich Lagerbestände oder einfach nur Chaos. Johny stapfte vorsichtig durch das Durcheinander und lehnte sich am Ende erneut über das stabile Geländer des Balkons.

Etwas überraschte ihn an dem sonst akkuraten Aufbau der Regalzeilen. Bis auf die kleine Baustelle bei den noch immer – aber offenbar allmählich müde werdenden – Kämpfenden im Erdgeschoss, gab es eine weitere Eigentümlichkeit im Bild des

Ladens. Wahrscheinlich wurde einem nur von hier oben aus der Draufsicht bewusst, dass ein ganzes gutes Stück im mittleren Teil der Verkaufsfläche unten ausgespart blieb. Wie ein kleiner Hof wurde ein freier Teil von den Regalen umzäunt und schien von unten nicht begehbar zu sein. Johny stutzte. Zugleich bejahte diese Entdeckung etwas in ihm, das geahnt hatte, dass hier etwas verborgen wurde.

»Ich glaube, die haben hier etwas zu verbergen«, sagte er zu Jesse, die gespannt hinter ihm stand. Was für ein Abenteuer, las er in ihren aufregenden Augen.

»Wie kommst du denn darauf? Hast du was entdeckt?« fragte sie und drängelte sich nah an ihm vorbei. Johny wich nicht aus, er mochte es, wenn sie das tat. Und irgendetwas musste da zwischen ihnen sein, redete er sich ein, warum sollte sie sonst versuchen, möglichst nah an ihm vorbeizukommen, wenn auch daneben genug Platz gewesen wäre. Doch dazu später mehr. Gefühle haben hier keinen Platz – noch nicht.

Er hielt sie vorsichtig an den Schultern fest und half ihr, sicher über das Geländer zu schauen.

»Sieh mal. Da unten in der Mitte.«

Jesse blickte einige Momente stumm nach unten.

»Die Sackkarren?«

»Nein verdammt! Nicht die Sackkarren. Frauen sehen auch immer nur, was sie sehen wollen…«

Sie drehte sich in seinen Händen um, die noch immer auf ihren Schultern lagen.

»Und Männer etwa nicht…?« funkelte ihr wissender Blick.

»Zumindest sehen sie das, was sie sehen sollen«, rechtfertigte er sich und drückte sie wieder herum, damit sie weiter nach unten schauen konnte.

»Jetzt guck mal endlich richtig hin«, sagte er.

Nach einer kurzen Pause fragte sie schnippisch: »Sollte mir das jetzt gerade zeigen, wie dominant du bist?«

Johny zuckte die Schultern und entgegnete gelassen, dass er nicht wüsste, was sie meinte, und presste sie etwas zusammen, dass sie das Gesicht verzog. Manchmal halfen nur Schmerzen.

Na, das konnte ja heiter werden, dachte er sich und zeigte, damit es endlich zu was kam, mit dem Finger überdeutlich an ihr vorbei auf den kleinen Innenhof zwischen den Regalen. Jesse nickte und drehte sich wieder in seinen Händen um.

»Ach das... Woow!« verdrehte sie die Augen. »Regale...«

»Ok, halt mal kurz die Klappe, Schätzchen«, sagte er entnervt und gab ihr einen Kuss auf die Wange.

Jetzt war sie zur Abwechslung ganz still. Und wurde rot.

»Das...«, stotterte sie.

»Später. Jetzt ist keine Zeit dafür. Wir müssen da runter«, unterbrach er sie und schleifte sich einen hölzernen Kasten her, der den Anschein erweckte, sein Gewicht halten zu können. Er stellte sich darauf und prüfte eine dicke, offen liegende Leitung an der Decke über ihm, die er mit einem gestreckten Hopser erreichen konnte. Sein alter Schulsportlehrer wäre in einem solchen Moment mit Sicherheit stolz auf ihn gewesen.

»Gut, die trägt was. Hält auch dich, denke ich«, beurteilte er das Lastvermögen der Leitung und wies die *hahaha*grinsende Jesse an, ihm ein Tau zu besorgen und zwar Dalli, wenn's heut noch was werden sollte.

Sie warf ihm ein Päckchen Schnürsenkel zu.

»Mach ich es eben doch wieder selbst«, sagte Johny.

Johny besah erst das kleine Päckchen Schnürsenkel, dann Jesse und tat dann etwas Überraschendes. Er verspeiste es. Nicht. Er riss die Packung auf und hedderte die beiden ungefähr einen Meter langen schwarzen Bänder auseinander. Jesse überprüfte währenddessen den Zustand ihrer kurzen aber stets gepflegten Nägel und wartete ab. Unterdessen Johny mit den Senkeln beschäftigt war, lehnte sie sich ein weiteres Mal über die Balustrade und beobachtete das wilde Treiben unter ihnen. Doch sie stutzte. Da war nichts mehr. Kein wildes Treiben mehr. Keine Keilerei. Keine prügelnden Securities. Was zum...?!

»Hey, Johny!« zischte sie zu dem Beschäftigen hoch, der gerade zwei Enden Senkel zusammengeknotet hatte und eines davon im Mundwinkel trug.

»Mmmpff?« war die Antwort.

»Da unten, schau mal.«

Johny sagte: »Mmbl Jmbrs!«

Jesse starrte in die Düsternis jenseits des Geländers.

»Die Wachmänner! Sie sind weg.«

Johny ignorierte sie und zupfte weiter an seinen Bändern herum. Sie beugte sich riskant über das Geländer und prüfte das Erdgeschoß eingehend. Es lag ruhig und dunkel da – keine Menschenseele war auszumachen. Sie entschied, solange Johny beschäftigt war, der Sache auf den Grund zu gehen und stahl sich achtsam zurück zur Treppe, die in die Stille hinabführte. Es geschah nichts. Verdammt! Eben waren doch noch die Sicherheitsleute und der fremde Eindringling miteinander beschäftigt gewesen.

Mit angehaltenem Atem wagte sie einen Schritt herab. Die erste Stufe fühlte sich hart und eben an. Wäre es ein Fehler, jetzt hinunter zu gehen? Vielleicht lagen sie (wer auch immer) dort längst auf der Lauer und hatten ihnen eine Falle gestellt. Jesse zögerte, Unbehagen beschlich sie zunehmend. War da ein Lichtschimmer am Fuße der Treppe? Sie kniff die Augen zusammen, um sich besser auf den Punkt ihrer Aufmerksamkeit konzentrieren zu können. Ohne Zweifel, da tat sich was!

Mit einem Male huschte etwas durch den Schatten. Bewegung im Finster am Ende der Stufen. Völlig lautlos verharrte sie auf der obersten Stelle der Treppe. Langsam schälte sich eine Kontur aus dem düsteren Dickicht der Lichtlosigkeit im Erdgeschoss. Etwas oder jemand schob sich hervor. Es kroch hervor – aus der Dunkelheit! Dann ging alles sehr schnell…

Johny prüfte mit einem harschen Ruck die Stabilität seiner Schnürsenkelseilbahn und hing sich zum Test hinein. Es hielt. Bravo, lobte er sich selbst und klaubte aus seiner Brusttasche eine alte Zigarette hervor. Sie war abgebrochen. Feuer hatte er keines dabei und da niemand in der Nähe war, um ihm welches zu geben, nahm er Vorlieb damit, sich den Stängel einfach so in die Kauleiste zu drücken.

»So«, mampfte er. »Das wär's. Kann losgehen, Schätzchen.«

Er drehte sich um. »Jesse?«

Weg. Wo steckt die schon wieder? War bestimmt aufs Klo gegangen. Nichts als Scherereien gab es mit den Mädels. Es war doch immer wieder das Gleiche mit ihnen. Er kletterte von dem Kasten, der ihm als Stufe gedient hatte und stand allein im Zwielicht der Genossenhaft da.

»Jesse?«

Im Dämmer des Verkaufsraums klang seine Stimme beunruhigend allein.

»Ha Ha! Sehr witzig! Komm raus, ich bin soweit fertig. Wir können weiter«, versuchte er es noch einmal.

…

»Jesse?«

…

»Schatzi?«

…

Es war einen Versuch wert gewesen.

Da stimmte was nicht. Unmerklich wurde Johny besorgt. Was war los? Er hatte sie nicht weggehen sehen. So eine Scheiße.

»Johny!«

Aha! Da.

»Hilf mir!!«

Wieso?

Er beugte sich über das Geländer. Unten war es dunkel. Aber da! Genau unter ihm geschah etwas.

»Ihhhhh!« Jesses spitzer Schrei gellte durch die Filiale. Johny sah sie. Ein voluminöser Schatten torkelte mit ihr durch die Gänge. Er klammerte sich an Jesse und schleifte die um sich boxende Frau hinter sich her. Aufgebracht wurschtelte er seine mattschwarze Jenk & Rupert aus dem Hosenbund hervor.

»Hey!« rief Johny. »Hier geblieben!«

Jesse wurde entführt!

»Johny!« Der Fremde schlug Jesse auf den Kopf. Sie sackte zusammen und er hatte es leichter, sie zu bändigen.

Johny handelte. Ruck Zuck war bei seiner Schnürsenkelkonstruktion, wand sich hinein. Stieß sich von dem Geländer ab und jagte an den Versorgungsrohren in den Laden hinab.

»Geronnimoooo!« johlte er und streifte die Regalzeilen mit seinem Hintern und den Füßen. Im Vorbeifahren trat er übermütig nach einer großen Plastikfigur von Mangold dem Maurer und verlor so die Kontrolle über seinen Höllenritt. Mit Karacho endete er in den steifen Armen von Mangold in einem Haufen Hühnerfuttersäcke, die unter ihrem Gewicht aufplatzten und ihn mit ihrem Inhalt (Körner, Muscheln und getrocknete Krabben) behagelten. Mangold brach der Kopf ab und kullerte grinsend unter ein Regal. Johny wühlte sich aus dem Hühnerutter frei. Er würde Tage danach riechen.

»Johnyyy! Hier!!« kiekste Jesse.

Er hechtete los. Er trat in etwas! Doch es war nur eine Kartonage mit Tüll. Ein rot glitzernder Fetzen Stoff wickelte sich um seinen Knöchel und flatterte ihm hinterher.

»Stehen bleiben!« bölkte er durch den Laden und wetzte nach hinten. Plötzlich versperrten ihm zwei auf dem glatten Boden liegende Körper den Weg – die Wachmenschen. Sie schliefen. Er sprang über sie hinweg und rumpelte in eine handbemalte Pappkameradenausstellung, die für Bioprodukte warb. Die dicke Bäuerin empfing ihn in ihrem ausladenden Gebüst. Es war Johny unangenehm, doch die Verfolgung ging vor. Deutlich hörte er den Entführer einige Regalzeilen entfernt. Er schleifte Jesse durch die Gänge und hielt auf das Lager zu. Johny wollte ihn vorher stellen.

Bam! Ein Reflex schoss durch seinen gesamten Körper und das Adrenalin übernahm die Steuerung seines Körpers. Irgendwie brachte er es fertig, sich gerade noch rechtzeitig fallen zu lassen und gleichzeitig die Arme über den Kopf zu reißen, da brannte schon etwas ungeheuerlich Scharfkantiges über ihn hinweg. Johny wälzte sich herum, krampfte seine J&R hoch und schoss drei mies gezielte Kugeln um sich. Die Dunkelheit zuckte auf. Das Mündungsfeuer seiner drei Schüsse erhellte die Genossenhaft für den Bruchteil einer Sekunde. Zwei der Geschosse krachten nah von ihm in irgendwelches Ladengut und eine quirlte als Querschläger davon.

»Fuck!« stieß Johny aus. Es hatte ihn übel erwischt. Blut sickerte durch sein Hemd und ließ seinen linken Arm feucht und schwer werden. Das ging zu weit! Irgendwer trieb hier ein arglistiges Katz- und Mausspiel mit ihm, was eine dumme Entscheidung war, natürlich, ganz klar.

Mit erhobener Waffe schob sich Johny den Gang entlang und kaute energisch den Filter seiner Zigarette. Mit der Gewissheit, jederzeit von einem ungewissen Feind angefallen zu werden oder in einen weiteren Hinterhalt zu tappen, lenkte Johny seine Schritte tiefer in den hinteren Teil der Filiale. Dass die Genossenhaft bei Nacht so ein unheimlicher Ort sein konnte, warf ein ganz anderes Licht auf die Naturproduktladenkette. Auf einmal erschienen ihm die hier feilgebotenen Waren wie eine Sammlung grotesker Folterinstrumente. Spaten, Forken, Sensen – nichts weiter als Mordwerkzeuge! Wenn er nicht aufpasste, würde er noch einem dieser landwirtschaftlichen Albträume zum Opfer fallen. Er schob sich an das Ende einer Schwerlastregalreihe und horchte. Mit einem Mal zuckte er zusammen.

Jesse schrie. Es klang entfernt. Zudem Geschrei gesellte sich ein weiteres Geräusch. Das Keuchen und Husten eines Dieselmotors, der angelassen wurde. Das Schwein wollte abhauen! Johny feuerte zwei Mal um die Ecke seines Regals und spurtete ins weitere Ungewiss. Richtung egal, Hauptsache raus hier. Das Portal am Ende des Lagers rollte gerade wieder zu, als er ankam. Johny ließ sich zu Boden gleiten, schlidderte auf dem Arsch durch den letzten Spalt der sich schließenden Jalousie und blies den Rest seines Magazins in die Nacht. Draußen war es kalt, der Mond stierte als graues Auge vom mit Wolken verklebten Himmel. Fünfzig Meter weiter sah er Jesse und ihren Entführer. Auf einem kleinen Gabelstapler tuckerten sie davon. Er lud seine Wumme neu, legte an und feuerte ihnen nach. Es machte keinen Sinn. Und noch bevor er aus Versehen Jesse treffen konnte, verschwand der Stapler hinter einem Wall von Kiefernstämmen. Nur noch sein Auspuff war zusehen, der wie ein Periskop hervorlugte. Dann stand Johny allein da. Es roch nach Hühnerfutter.

REREHWEG 68B 03.24 UHR. EIN HAUS IM DUNKEL DER NACHT. ZUVOR.

Lautlos schunkelten die wippenden Silhouetten der Bäume vor dem schrägen Dachfenster umeinander. Drinnen hörte Chaz den Wind fauchen, toben und wüten. Regen prasselte stakkatös auf das niedrige Dach und nur unter der flauschigen Decke, die sich über seinem Körper türmte, fühlte er sich behaglich. Der übermäßige Genuss von dampfendem Glühwein hatte ihn behäbig und müde werden lassen. Dennoch fand er in dieser Nacht keine Ruhe. Seit mindestens einer Stunde fühlte er sich einem quälenden Harndrang ausgesetzt, der ihn aus dem heimeligen Wohl des großen Bettes treiben wollte, nur um kalten Fußes die hölzerne Treppe hinab tapsen zu müssen, im Dunkeln nach Lichtschaltern zu tasten, in hinterlistig umherstehende Blumentöpfe zu treten und nach einer Toilette zu suchen, an deren genauen Ort im Haus er sich nicht mehr erinnern konnte. So hatte er sich seit einer gewissen Zeit nervös umhergewälzt und war schließlich doch gegangen. Das Haus lag in beklemmender Stille da. Nur ein Kühlschrankaggregat keuchte heiser, eine Heizungsanlage schnurrte kehlig oder eine Holzvertäfelung entspannte sich hin und wieder irgendwo knarrend und knackend. Des Nachts hielten hier die Schatten Einzug, um stumme Feste zu feiern, sich bevorzugt in Ecken und Winkeln ballend.

Einige Stunden zuvor waren er und Dawn Mondey mit einem Taxi nach Hause gekommen, so rekapitulierte Chaz unruhig auf der blitzsauberen Klobrille herumrutschend.

»Where to?« hatte der narbengesichtige Taxifahrer aus dem Halbdunkel der Karosse gebrummt und Dawn hatte ihm eine Adresse genannt. Daraufhin waren sie quer durch die Stadt gefahren und Chaz fand sich in einem Teil Wauszburgs wieder, den er bis zum nächsten Morgen nicht erkannte. *Jinner City*, wie er erfahren sollte. Dreiundzwanzig Flocken plus Trinkgeld. Keine kurze Strecke. Weit weg von Nick und Jane jedenfalls.

Während der Fahrt stellte sich heraus, dass Dawn im Klimperbim, der Kneipe, vor der sie ihn aufgefischt hatte, als Bedienung Übergangsweise aushalf (sie war auf der Durchreise, die Stadt nur eine Station) und von einem Kollegen, Fidi Wenzel, gesteckt bekommen hatte, mal eine Auge auf Chaz zu werfen; er sei ein tendenziell auffallender Gast und müsse mal überprüft werden. Auf Herz und Nieren.

Das hatte sie, wie Chaz im Nachhinein - jetzt und hier auf ihrer Klobrille hockend - erkannte, offenbar sehr ernst genommen.

Vier Mal.

Er verzog anerkennend das Gesicht. Nicht übel, alter Mann.

Schon im Wagen, während der Fahrt hatte er es gespürt. Irgendetwas lauerte da. Noch hatte es keine Form gehabt, keine Beachtung von ihm gefunden. Aber schon bald war anhand ihrer Gespräche, der Kommentare und Fragen, die sie sich einander zu stellen gedrängt gefühlt hatten, unmissverständlich klar geworden, dass eine jener unwirklichen Anziehungskräfte zwischen ihnen bestand, die leider allzu vereinzelt auftreten, wie Chaz empfand, und auch viel zu selten auf genau das hinausführen, worauf sie ursprünglich sollten. Doch darüber hatte er sich in diesen Momenten überhaupt keine unnützen Gedanken gemacht. Sie hatten ausreichend Zeit bekommen, auf der Fahrt hierher. Mehr als genug Zeit. Anzügliche Witzeleien, Späße auf Kosten des anderen, leise gehauchte Worte, die der andere nicht verstehen konnte und auch nicht sollte.

Spätestens als sie begonnen hatte, ihn bei Anlässen zu stupsen, zu knuffen und zu schupsen, welche solcher Berührungen überhaupt nicht bedürft hätten, war er zu der Einsicht gekommen, dass es richtig sein musste, was er innerhalb seiner noch beherrschten Fassung so sehr verlangte. Schließlich hatte er sie auf dem Weg von der Straßenecke, an der sie das Taxi bezahlt und verabschiedet hatten, zu ihrem Haus hinauf in ein vermeintlich harmloses Gerangel verwickelt. Sie war ohne jeglichen Widerstand darauf eingegangen und anschließend hatten sie sich vor ihrer Tür sehr nahe beieinander gefunden. Chaz konnte sich selbst jetzt noch an unglaublich viele Einzelheiten ihres Gesichts erinnern, Eindrücke, die sie ihm nur in diesem Moment preisgegeben hatte. Ein Ausdruck, den man sonst nicht auch nur in dem Bruchteil einer Sekunde erhaschen kann. Verlangen. Er hatte noch ein, zwei Atemzüge den Stillstand der Zeit genossen und sie dann geküsst. Schlicht und vorsichtig. Etwas wachsam und etwas unsicher.

Ihre Lippen waren ein wenig größer als jene, die ihm bisher von solch inniger Berührung bekannt waren. Sie waren weich und leicht geöffnet gewesen. Ihr angenehmer Atem hatte sich mit seinem umarmt und ihre Hand war unsicher in dem was sie tun sollte in sein Haar am Hinterkopf gefahren, dort nach irgendetwas Undefiniertem grabend und wühlend.

Er hatte Dawn interessiert angesehen und das Glitzern in ihren grauen Augen beobachtet, das ein ganz besonderes Eigenleben zu führen schien. Was in ihr wirklich vorging, das hatte er nicht erkennen können, nur dass sie bereit war, sich ihm hinzugeben. Im Haus waren sie noch kurz einigen Intimitäten nachgegangen und hatten sich dann zu Bett begeben. Dawn besaß ein schmales, dreistöckiges Haus, das neben einigen anderen, äußerlich identisch gebauten, am Hang einer wenig befahrenen Straße stand, etwas außerhalb der Stadt. Im Erdgeschoß gab es eigentlich nur einen Flur, von dem alle gemeinschaftlich genutzten Räume direkt abzweigten. Vorne am Eingang eine Küche mit hohen Fenstern, gegenüber ein enges Gästebad, geradeaus ein üppiges zweigeteiltes Wohnzimmer mit Essbereich, der wenig benutzt aussah, außerdem noch eine Vorratskammer, die Chaz nicht betreten hatte, sondern nur vermutete. Tänzelnd hatte Dawn ihm die Räume gezeigt und war dann in den ersten Stock gehüpft, der ein großes Bad, ein zweites, kleineres Wohnzimmer und ein weiteres Kämmerchen, das mit allerhand Büchern, Ordnern, Papieren und nach Arbeit aussehenden Dingen voll gestopft war. Dann, verführerisch mit dem Zeigefinger lockend, war sie die schmalen Stufen zum Dachgeschoß hoch geschlichen. Dort befand sich ausschließlich ihr Schlafzimmer, der interessanteste Raum, wie Chaz bemerkte, als sie ihn betraten.

Hier war es dann zum Äußersten[28] gekommen.

Inzwischen fand sich Chaz also auf dem Klo wieder. Er hatte schwer vom Schlaf verklebte Augenlieder und vermied es, beim Händewaschen in den Spiegel zu blicken. Die Seife roch sehr gut, typisch lecker und mädchenhaft wie in solchen Haushalten üblich. Auf dem Weg zurück nach oben trat Chaz erneut in einen tückisch lauernden Blumentopf und rieb sich leise fluchend die feuchte Erde vom Fuß, bevor er das Zimmer von Dawn betrat. Sie lag noch immer so, wie er sie, zum Zwecke seines kurzen Austretens, verlassen hatte. Ihre Decke hatte sie vor sich zusammengeknautscht und hielt sie in festem Griff mit den Armen umschlungen. Ein Bild, das Chaz nicht wegsehen machte, welches sich ihm darbot, als er um das Bett herum ging, um zu seiner Seite des Nachtlagers zu gelangen. Ihre Rückseite lag etwas frei und Chaz musste nicht lange darauf aufmerksam gemacht werden, bis er ihr Hinterteil entdeckte, das im kontrasterwirkenden Dämmerlicht dalag und sich ihm mitsamt in die Pofalte gerutschtem Höschen präsentierte. Es verlangte geradezu danach, sich an ihren warmen Körper zu legen und weiterzuschlummern. Was Chaz auch, nicht zur Überraschung des Autors, tat.

Es waren weitere Stunden vergangen, seit Chaz zum letzten Mal in das Reich der Träume gefallen war. Nun lag er noch immer in dem großen flachen Bett von Dawn Mondey, die jedoch nicht mehr neben ihm ruhte. Sie war verschwunden. Auch nachdem Chaz im ganzen Haus nach ihr gesucht und zaghaft ihren Namen gefragt hatte, war er mit sich und seiner Stimme allein geblieben. Alle Türen waren verschlossen, es gab nichts außer ihm und seiner Erinnerung. Und so sehr er sich auch Halt

---

[28] *Leser des ersten Bandes wissen spätestens jetzt Bescheid. Der Autor arbeitet sich mit präziser Einfühlsamkeit auf eines der Ereignisse des Buches zu: den möglicherweise illegalen Sexteil. Hier wird so richtig die Sau raus gelassen. Um aber die gefühlvoll geschaffene Atmosphäre nicht zu trüben, bitten wir den geneigten Leser jetzt, den hinteren Teil des Buches aufzuschlagen, wo Sie die Gelegenheit geboten bekommen – bei Belieben auch gerne häufiger – dem blumig ausformulierten Beischlaf der beiden Charaktere beiwohnen zu können. Wenn das kein Grund zu Jubeln ist!*

suchend an die zerfasernden Fetzen der Bilder und Eindrücke der vergangen Nacht klammerte, sie verblassten und verschwanden unaufhaltbar im Pfuhl seines Gedächtnisses. Chaz sah sich verlassen und zurückgelassen in einer fremden Umgebung. Das einzige Zeugnis von Dawns Bekanntschaft war der alte Plattenspieler im Wohnzimmer, der trocken und eisern die sich ewig wiederholende Melodie einer instrumentalen Aufführung von »Szomoru Vasarnap« spielte – das alte ungarische Suizidlied. Die düsteren Klänge von Cello und Kontrabass im harmonischen Duett spritzten Chaz eisige Schauer über den Rücken. Dort wo sie in der Nacht gelegen hatte, fand er jetzt eine schriftliche Botschaft auf einem weißen Stück Papier.

Mit gestochener Frauenhandschrift standen in dunkler Tinte ein paar letzte Zeilen darauf geschrieben.

Lieber Señor, Chaz, wenn du das nicht vergessen kannst und dich interessiert, wo es mehr davon gibt, dann melde dich doch bitte bei mir … Ich habe dir meine aktuelle Adresse aufgeschrieben.

Chaz nahm ihre letzten Worte an sich und verließ das Haus. Er war sich nicht sicher, aber irgendetwas hatte sich in seiner Welt verändert, das spürte er deutlich, als er die Straßen Jinner Citys durchwanderte.

JOHNYS BUDE. 07.84 UHR.

Früh morgens fuhr Johny mit Jesses Warrior zurück in seine Bude, wo er eilig im Regal mit den Schnapsflaschen wühlte. Mit Hilfe des starken Alkohols desinfizierte er zähnefletschend die Wunde an seinem Arm. Anschließend plünderte er den staubigen Erste-Hilfe-Kasten aus dem Bad und stümperte sich meterweise pissgelbe Mullbinden um den klaffenden Riss in seinem Unterarm. Das sollte fürs Erste halten.

Dann versackte er zusammen mit der letzten halben Flasche Torkler in seinem Sessel neben der Heizung und starrte vor sich hin. Ähnlich wie dem Autor, begann ihm die ganze Geschichte über den Kopf zu wachsen. Er verspürte nicht einmal mehr die Energie, sich damit zu beschäftigen, was eigentlich in dieser aus völlig verrückten Stadt mit ihren viel zu vielen verrückten Spinnern, deren Allerverrücktesten um etwas Ungewisses rangen, dessen auch er sich kaum noch entziehen konnte, vor sich ging. Anfangs hatte es alles noch ganz einfach ausgesehen. Doch jetzt konnte Johny sich nicht einmal mehr daran erinnern, was ihm daran eigentlich überhaupt in irgendeiner Art und weise einfach vorgekommen war. Insgeheim musste er sich zugestehen, dass er an einen Punkt der Ermittlung gelangt war, an dem er den Überblick verloren hatte.

Um sich das lästige Nachschenken zu ersparen, goss er sich gleich mehrere Gläser Whizzky in einer Reihe voll, und begann zu trinken. So viel ihn das plötzliche Verschwinden von Jesse auch beschäftigte, er brauchte jetzt erst einmal Ruhe. Ruhe und Entspannung. Am besten war es, so entschied er, einfach eine Weile abzuwarten, was sich ergeben würde. Wenn er in diesem bizarren Spiel tatsächlich eine wichtige Rolle zu spielen hatte, würden die ganzen Verrückten wahrscheinlich schon früh genug hier auftauchen, um ihn an seinen Einsatz zu erinnern. So saß er also da und wartete. Er stellte sich ein Theaterstück vor, das auf einer schummrigen Bühne stattfand und schlecht besucht war. Es gab maßgeschneiderte Gangster, Penner und einen Haufen Leichen. Die meisten davon gingen bisher auf sein eigenes Konto – obwohl er noch nicht einmal der Initiator des ganzen Gerümpels war. Johny stutze über dieses offensichtliche Missverhältnis. Naja, was soll's, dachte er und schlürfte an einem Glas mit Torkler. Das schmeckte.

In der Nachbarwohnung plärrte irgendein Gör (Wäh! Wäh!). Über ihm trampelte sein vor Monaten dem Wahnsinn verfallener Nachbar Gerold den Teppich zusammen und irgendwo von der Straße her erklang wie zu jeder Tag- und Nachtzeit das nervtötende Piepgeräusch eines rückwärts fahrenden Baustellengefährts.

Johny lauschte dem Lärmen und entspannte sich dabei ganz unmerklich. Er war nicht müde. Ihm war nur etwas schwindelig. Gelangweilt griff er zu einem der Gläser vor sich. Der Whizzky schmeckte heiß. Schwer rann er ihm die Kehle runter und legte sich als warmer Film in seinen Magen. Dann dachte er an Jaco. Nichts geschah. Blödmann, dachte er und kratzte sich am Knie, weil es juckte. Irgendwie gelang es ihm nicht, die Situation zu erfassen. Er begann darüber nachzudenken, welche Motive und Indizien es in diesem Fall gab. Erstens: Da war Jaco und er war tot. Die dazu passende Frage war eindeutig: Wer war der Mörder und warum hatte er es getan? Vielleicht waren es diese bekloppten Freaks vom Mikadoverein gewesen. Allerdings hätten sie sich damit nur selbst im Weg gestanden, schließlich war Jaco ihr bester Mann gewesen. Nach eigener Aussage jedenfalls. Johny beschloss, diesen Verdacht auszuklammern. Dann kam der General. Dem alten Kauz waren eindeutig die Schaltkreise durchgebrannt. Gut, Johny hatte ihn seit einer kleinen Ewigkeit nicht mehr getroffen; doch soviel Scheiße, wie bei ihrem letzten Gespräch zu Tage gekommen war, ließ nichts anderes zu, als anzunehmen, dass der alte Baltimore nicht mehr ganz dicht war. Kein Wunder, dachte Johny, eines Tages hatte es soweit kommen müssen. Alles andere als verständlich schien ihm auch, dass der General ausgerechnet ihn, Johny, damit beauftragt hatte, den Fall um seinen toten Sohn zu bearbeiten.

»Alles! Nur keine Polizei!« waren seine nachdrücklichen Worte gewesen. Das musste doch bedeuten, dass nicht nur Jaco, sondern auch der General etwas zu verbergen hatte. Bloß was? Hinzu kam das zunehmend interessanter werdende Mysterium um Jesse - Jacos angebliche Schwester. Noch immer konnte Johny sich nicht damit abfinden, nie von ihr gewusst zu haben. Was für ein Geheimnis barg ihre Vergangenheit?

Gutmann hatte davon gesprochen, dass sie angeblich etwas von Jaco bekommen hätte. Ohne Zweifel etwas von immensem Wert. Worum handelte es sich dabei? Irgendein Ding? Eine Information? Ein Geheimnis? Einen Dildo? Er war ratlos. Und wenn das stimmte, was Gutmann gesagt hatte, weshalb hatte Jesse ihm nie etwas davon erzählt? Die einzige Möglichkeit in diesem Fall wäre, dass sie sich ihres eigenen Wissens nicht bewusst gewesen war. Bis jetzt jedenfalls. Inzwischen war sie entführt worden. Und unter Umständen hatte der unbekannte Entführer ihr bereits dieses Geheimnis entlockt. Man konnte nur hoffen, dass es tatsächlich nur ein Dildo war. Und dazu ein gebrauchter!

Johny fröstelte und befühlte die Wunde an seinem Arm. Die ganze Aktion in der Genossenhaft hatte ihm nun nichts als Scherereien eingebracht! Der General selbst war es gewesen, der ihn dort hin geschickt hatte. Naja, indirekt jedenfalls. Er hatte ihm diesen Namen zugeschanzt. Dawn Mondey. Eine Verbindung zur Genossenhaft. Für'n Arsch. Vielleicht hatte er diesen Tipp auch einfach vollkommen falsch gedeutet. Dagegen sprach jedoch der Stiefelabdruck nahe der Leiche von Jaco. Die Hinweise deuteten wie der sprichwörtliche Wink mit dem Laternenmast auf die Genossenhaft. Welche Suppe löffelte der General mit diesen Leuten aus? Dass die Mitglieder von Raibbeisen üble Gesellen waren, wusste Johny, und er war auch schon das ein oder andere Mal mit ihnen aneinander geraten, doch seines Wissens nach engagierten sie sich keinesfalls in politischen Dingen. Vielmehr hatten sich diese Halunken damals als Splitterfraktion des Syndikats formiert, kurz bevor es dank Jed Horrible vollkommen zerfallen war. Heute regierten vielerlei kriminelle Vereinigungen die Unterwelt Malabambalas. War Jaco in eine der undurchsichtigen Verstrickungen dieser halbweltlichen

Machenschaften geraten? Erpressten die Raibbeisen seinen Vater? Jagten sie nun auch Jesse, da sie de letzte Kontakt zu Jaco gewesen war? Fragen über Fragen. Johny wusste, er würde schnell dazu verleitet sein, zuviel zu interpretieren und sich vollkommen in unwichtigen Detailfragen zu verirren. Einfach blind darauf los zu rätseln ergab keinen Sinn. Er rieb sich die Schläfen. Dieser Name, den der General erwähnt hatte, ging ihm durch den Kopf. Dawn Mondey. Er würde sich einmal umhören müssen. Vielleicht war er die ganze Sache von Vornherein falsch angegangen. Und mit ganz viel Pech war ohnehin schon die halbe Gangsterbrigade auf seinen Fersen, nur weil er wie ein Depp im Halbdunkel herum gestolpert war.

Allmählich bemannte Johny die bisher ausgebliebene Müdigkeit. Träge wehrte er sich dagegen, doch der Alkohol tat das Seine. Schließlich fiel er in einen unruhigen Schlummer…

Bereits wenige Minuten später wurde er aus dem erschöpfenden Halbschlaf gerissen, als ein ohrenbetäubendes Geräusch seinen halbseidenen Frieden zerbrach! Das aufdringliche Schrillen der Türklingel zerfetzte die dämmrige Stille der morgendlichen Wohnung. Draußen hatte es begonnen, hell zu werden und ein Blick auf die Uhr auf dem Nachtschränkchen verriet Johny, dass es bereits acht Uhr durch war.

Wieder die Klingel.

Johny blieb sitzen und bewegte sich nicht. Bevor er sich darüber aufregen wollte, schwang er sich mit greisenhaftem Elan aus seinem Sessel und bewegte sich mit der grazilen Anmut eines Gnus zur Tür. Wer auch immer es war, der hinein wollte, er hatte es entweder ausgesprochen eilig oder war vollkommen begeistert von der Klingel – jedenfalls brachte er es nicht fertig, die Finger davon zu lassen.

Johny spähte durch den Türspion.

Draußen auf dem schlecht beleuchteten Flur standen zwei Männer, ein dicker alter und der andere nicht viel älter als Johny selbst und auch von ähnlicher Statur. Genau dieser hatte auch den Narren an der Klingel gefressen, denn er hämmerte inzwischen wie ein Idiot darauf herum und sein Blick dabei ließ auf nichts Gutes hoffen. Sie trugen beide lange Trenchcoats und hatten ihre Hüte tief in die Gesichter gezogen – Cops, dachte Johny.

Mit verständnislosem Blick ließ er die Schlösser aufschnappen und zog die Tür auf. Die beiden Herrschaften erschraken leicht und nahmen hastig Stellung auf.

»Ja,« knurrte Johny.

Der Dicke kam unaufgefordert einen halben Schritt auf ihn zu. In seiner Hand hielt er die aufgeklappte Marke eines Polizisten.

»Mister Riot?« Seine Stimme war langsam, ruhig und zigarettentief. Der Tonfall mit dem er Johnys Namen ausgesprochen hatte, mahnte ihn zur Vorsicht.

»Is vor einer Woche ausgezogen«, sagte er »Was gibt's denn, Detective?«

Plötzlich schien der Jüngere das Interesse an dem Klingelknopf verloren zu haben. Er drängelte sich dem Dicken in den Wanst und sprach mit einschneidender Stimme Seine Augen quollen hervor. »Mister Riot. Wir vermuten, dass Sie Konta…«

Mit erhobener Hand fegte der Dicker ihm das Wort vor dem Gesicht weg.

»Halt!« blaffte er und sah seinen Kollegen streng an. »Wer stellt hier die Fragen?«

Der Jüngere sah verwirrt aus, sagte aber nichts.

»Genau«, sagte der Dicke. »Das bin nämlich ich.«

Dann drückte er den Jungen zur Seite und wandte sich wieder Johny zu, der gelangweilt im Türrahmen lehnte und mit einer Schachtel Zigaretten spielte.

»Mister Riot, verzeihen Sie uns die frühe Störung.«

Johny winkte ab. »Ich schlaf sowieso nie.«

Der Dicke nickte verstehend. »Wir sind von der Kriminalpolizei. Ich bin Detective Dean Weiss und mein Kollege hier ist Officer Kyle Lunch.« Lunch nickte übertrieben, als er seinen Namen hörte, und lugte hinter seinem Vorgesetzten hervor. Weiss machte eine kurze Pause, weil er wahrscheinlich dachte, dass Johny sich die Namen merken wollte oder irgendetwas in der Art. Dann sprach er weiter.

»Wir würden uns gerne mit Ihnen unterhalten. Es geht um eine Sache, in der wir ermitteln; vielleicht könnten Sie uns behilflich sein.« Er musterte Johny. Als keine Antwort kam, sagte er: »Dürfen wir reinkommen?«

Johny kniff die Augen zusammen und bewegte sich nicht von der Stelle. So schnell wollte er ihnen nun auch keinen Freischein geben. Zumal er es hasste, Cops in seiner Bude zu haben – den Geruch bekam man Tage lang nicht mehr aus den Möbeln heraus. Weiss legte seinen Hundeblick auf, der weitestgehend dem eines alten Berner Sennen glich, und Johny nicht sehr überzeugte.

»Fünf Minuten, Mister Riot.« versprach der Detective. »Dann sind wir auch schon wieder weg und Sie können getrost Ihren Beschäftigungen nachgehen.«

Die Art wie er das Wort ‘Beschäftigung’ aussprach gefiel Johny schon wieder nicht und er ließ sich für seine Antwort Zeit.

»Ich denke nicht, dass es etwas gibt, das wir nicht auch hier draußen auf dem Flur besprechen könnten, Mister Weiss.«

Er zog eine Zigarette aus der Packung, beobachtete sie einen Moment lang und steckte sie sich dann auf die Unterlippe.

»Sie haben nicht zufällig Feuer dabei?«

Weiss schüttelte den Kopf, doch Johny nahm es ihm nicht ab; seiner Stimme nach zu urteilen, rauchte Weiss mindestens doppelt so lange und viel wie Johny, aber er sah Lunch an, der daraufhin ein Päckchen Streichhölzer zückte und eines davon anriss. Johny dankte nuschelnd und ließ sich von Lunch die Zigarette in seinem Mund entfachen. Während Lunch das Hölzchen auswedelte und Johny ein paar Züge rauchte, ergriff Weiss das Wort.

»Ich denke, dass wir darüber lieber drinnen reden wollen, Mister Riot. Sagen wir mal, es geht um etwas diskretes. Sie verstehen das sicher.«

Johny schüttelte den Kopf und stieß eine große Wolke Qualm aus, die den beiden die Gesichter vernebelte.

»Muss ja nicht jeder hier im Flur gleich mitkriegen, wo Sie die vergangene Nacht für Unfrieden gesorgt haben, nicht?«

Johny verbarg seine Überraschung in einem langen Zug an seiner Zigarette. »Mister Weiss: Ich wiederum denke, dass ich nicht den blassesten Schimmer habe, was Sie meinen könnten, und dass es nichts gibt, das wir nicht genauso gut hier draußen besprechen könnten.« Er atmete aus und sprach durch eine Wolke Qualm. »Aber ich habe meine Oma für heut versprochen, artig zu sein.« Er stieß sich vom Türrahmen ab. »Kommen Sie schon rein. Soll ja keiner das Elend verantworten.« Er drehte sich um und ging in die Wohnung zurück. Weiss und Lunch folgten ihm wie zwei Pinguine.

»Kann ich Ihnen etwas zu trinken anbieten?« kam Johnys Stimme aus der Küche, während die beiden Männer im Wohnraum standen und sich umsahen. Lunch rief: »Gerne, Mister Riot!« Weiss sagte nichts und wippte auf seinen Fußspitzen. Einen Augenblick später kam Johny dazu und hatte zwei Gläser mit Whizzky, eines in jeder Hand. Eines davon gab er Lunch, der sich nickend bedankte, aus dem anderen nahm er selbst sofort einen Schluck.

»Nehmen Sie doch Platz«, bot er an und ging zum großen Fenster, um es auf Kipp zu stellen. Im Raum stand die Luft wie in einem tropischen Regenwald. Lunch und Weiss sahen beide zu dem einzigen Sessel hinüber und nach einem weiteren Augenblick nahm Weiss Platz. In seinem langen Mantel wirkte es nicht sehr gemütlich. Johny lehnte sich in den Türrahmen zur Küche und sah interessiert in sein Glas. Lunch glotze aus dem Fenster, als ob im nächsten Moment Neujahr gefeiert werden würde. Stattdessen piepte ein Baustellenfahrzeug vorbei.

»So«, sagte Johny und nahm einen Schluck aus seinem Glas. »Schießen Sie los, Detective. Was kann der Onkel für Sie tun?«

Dean Weiss lehnte sich vor und stoppte erst, als sein dicker Bauch ihn aufhielt. »Mister Riot«, sagte er langsam und deutlich. »Reden wir nicht lange um den heißen Brei herum. Wie mein Kollege bereits anmerken wollte...« Er zeigte auf Lunch, der zufrieden an seinem Torkler nippte. »... Vermuten wir, dass Sie Kontakt zu einer Person haben oder zumindest hatten, deren gegenwärtiger Aufenthaltsort uns sehr interessieren würde –

selbstredend im Namen des Gesetzes und selbstverständlich auch der Allgemeinheit.«

Johny zog die Augenbrauen hoch, spielte den Überrascht-Interessierten. Redete der etwa von Jaco? »Ich bin ganz Ohr, Detective. Wen könnten Sie meinen?«

Weiss sah ihn forschend an und als Johny nichts weiter sagte, fuhr er fort. »Ihnen sagt der Name Jacquomo Baltimore etwas, Mister Riot?«

Volltreffer. Johny hasste solche Besuche und die einhergehenden Fragen. Zumal er Detective Weiss und seinem Kollegen Kyle Lunch noch nie begegnet war und er keine Ahnung hatte wie gerissen die beiden wirklich waren. Möglicherweise verwickelten sie ihn in ein zweideutiges Gespräch und zogen ihm ganz andere Informationen aus der Nase, als er bedacht war zu bewahren. Bullen konnten zuweilen ziemlich unangenehm sein. Es war klug von ihnen gewesen, am so frühen Morgen hier aufzutauchen. Johny war tatsächlich noch nicht ganz auf der Höhe was komplexe und konzentrierte Diskussionen anging. Die beiden hatten ihre Hausaufgaben gemacht und ihn wahrscheinlich bereits seit einiger Zeit observiert.

Wer weiß, was sie wussten.

»Ist ihm etwa etwas zugestoßen?« fragte er.

Weiss zuckte mit den Schultern. »Das würden wir ja gerne herausfinden. Wie kommen Sie darauf, dass ihm etwas zugestoßen sein könnte.«

Zack! Genau das meinte Johny. Mindestens Weiss war ein gerissener alter Fuchs was solcherlei Gespräche und diplomatische Fallschlingen anging.

Johny blickte in sein Glas, las etwas in der goldbraunen Flüssigkeit und sah Weiss genau in die Augen.

»Ich hatte das Ihrem Tonfall entnommen. Ihm geht es also gut. Das beruhigt mich.«

Weiss schüttelte erneut den Kopf. Jetzt sah Lunch auf und fuhr mit seinem Glas durch die Luft.

»Das wüssten wir zugegeben auch gerne, Mister Riot. Leider haben wir ein Problem mit besagtem Jacquomo Baltimore.«

Weiss unterbrach ihn. »Er ist nirgendwo aufzuspüren.«

Johny tat überrascht. »Ach… Das ist ja was. Aber nicht verboten, oder?« Er sah die beiden Polizisten lächelnd an und nippte an seinem Getränk. »Nun, ich habe ihn jedenfalls eine kleine Ewigkeit nicht mehr gesehen, noch von ihm gehört. Keine Ahnung, wo er sich aufhalten könnte, was er tut. Wie lange suchen Sie denn schon nach ihm?«

Lunch setzte zum Sprechen an, doch Weiss fuhr ihm unwirsch dazwischen. »Sie scheinen es nicht richtig zu verstehen, Mister Riot. Ihr Freund ist nicht einfach unangemeldet in den Urlaub gefahren oder so, nein, er wird einfach von den falschen Leuten vermisst, das ist es, was uns Sorgen bereitet. Sein Name fällt in letzter Zeit besorgniserregend häufig in zweifelhaften Kreisen. Das gibt uns Grund zu der Annahme, dass er in etwas verwickelt ist, dass nicht ganz koscher ist.« Der Detective beugte sich vor und wieder zurück. Wie ein Öltanker schwappte er in Johnys Sessel. »Nun, wir wollten ihn selbst fragen, doch er ist unauffindbar.«

Johny schluckte seinen Torkler runter. »Haben Sie es denn schon bei seinen Verwandten versucht?« Das war ein nutzloser Tipp, aber er ließ Johny so wirken, als hätte er keine Ahnung, worum es ging. Wahrscheinlich würde er mehr interessante Dinge über Jaco in diesem Verhör erfahren, als die beiden Cops es ahnten.

»Natürlich haben wir das, Herrgott!« wetterte Weiss und fuchtelte mit seiner Hand. »Wir haben seinen Vater, den alten Baltimore, befragt. Dem war das alles angeblich neu. Dieser alte Spinner wusste noch nicht einmal selbst, dass sein Sohn verschwunden ist, untergetaucht oder längst vor die Hunde gegangen. Was auch immer, der tat unwissend. Und viel mehr Kontakt zu noch lebenden Familienmitgliedern konnten wir auch gar nicht aufnehmen. Die in Frage kommende Liste ist kurz.«

Johny fragte sich, ob sie etwas von Jesse wussten.

Lunch faltete seine Hände und ließ die Gelenke knacken. »Wir haben herausgefunden, dass er eine Schwester hat.«

Da war sie ja schon, dachte Johny. Kein gutes Zeichen.

»Und?« fragte er mit gespielter Ungeduld.

Lunch sah bekümmert aus. »Keine Spur von der jungen Dame. Alles ein bisschen seltsam, nicht wahr?«

Weiss und Lunch sahen Johny an, als ob er des Rätsels Lösung oder besser gleich Jaco und Jesse selbst bei sich unter dem Teppich versteckt hätte.

»Wenn Sie es schon sagen…«, meinte er und ging in die Küche, um sich ein paar Eiswürfel für seinen Whizzky zu holen. »Alles ein bisschen seltsam…« Er wollte sich nichts vormachen, die beiden Polizisten versuchten, ihn auflaufen zu lassen. Und sie spielten ihr Spiel noch nicht einmal sonderlich bescheiden.

Weiss zog ein Etui mit langen Zigarillos hervor und entnahm eine der dünnen Zigaretten. Er besann sich kurz und bat dann Lunch um ein Streichholz. Sein Kollege zückte erneut seine kleine Packung und half dem Detective aus. Weiss nahm ein paar Züge auf Lunge und richtete sich dann auf Johny aus.

»Und Sie sind sich ganz sicher, dass Ihnen keine dieser beiden Personen in der letzten Zeit über den Weg gelaufen ist, Mister Riot?« Er klang wie eine fette Schlange. Johny hätte es nicht gewundert, wenn Weiss es seinen Nutten nachts mit gespaltener Zunge machte. Er schwenkte sein Glas und sah zum Fenster hinaus. Draußen grub sich hinter den nächsten paar Gebäudeblocks die Sonne hervor und verfilzte die Stadt mit blassem, feuchtem Licht.

»Ich bezweifle es zumindest, Mister Weiss. Sie fragen offenbar den Falschen.«

Lunch lächelte boshaft. Der Detective kratzte sich am Kopf.

»Nein, Mister Riot. Wir fragen nie die falschen. Und Sie erst recht nicht.« Der junge Officer kam einen Schritt auf Johny zu. »Was halten Sie uns vor? Wir wissen, dass man Sie mit der jungen Baltimore gesehen hat. Erzählen Sie uns das mal genauer!«

Johny schnaubte. »Quatsch! Nur weil Sie glauben, das hier wäre Ihr großer Auftritt, Lunch, hängen Sie mir noch lange nichts an. Ich muss mich sehr entschuldigen, aber…« Er unterbrach sich, sah auf die Uhr in der Küche. »Wie es aussieht, sind

Ihre fünf Minuten um. Und das mindestens für jeden von Ihnen.«

Weiss stand sogar auf – ein offenbar anstrengender Akt –, machte aber keinerlei Anstalten zu gehen.

»Ich muss mich für meinen Kollegen entschuldigen«, sagte er schnippisch. »Lunch hat manchmal diese Gabe, Dinge zu erkennen, die andere noch nicht sehen können.« Er sah Johny herausfordernd an. »Mir ist egal, was Sie tun oder nicht, Riot! Aber eins will ich Ihnen sagen. Hier riecht was verdammt angebrannt. Und ob das ihr schlechtes Gewissen oder nur Lunchs mieses Aftershave ist, das kann ich zwar jetzt noch nicht genau sagen, aber glauben Sie mir eins, das nächste Mal, wenn wir uns sehen, weiß ich es bestimmt.«

Er nickte Lunch zu und stapfte zur Haustür. Auf der Kommode im Flur drückte er sein stinkendes Zigarillo in einen gläsernen Aschenbecher.

»Guten Tag, Mister Riot«, verabschiedete er sich.

Lunch war Johny vorausgegangen.

»Gleichfalls, Detective«, sagte Johny.

Lunch drängelte sich an ihm vorbei und verließ hinter seinem Kollegen die Wohnung, nicht ohne Johny ein letztes Mal misstrauisch zu mustern. Johny wartete einen Augenblick, bis die zwei den Flur herunter geschlurft waren, er den Aufzug rumpeln hörte, und schob dann die Tür zu. »Fickvögel.«

Er ging zurück in seine Wohnung, stellte sein Glas auf der Anrichte ab und stützte sich mit seinen Händen auf die Fensterbank. Unten hörte er die schwere Haustür ins Schloss knallen und sah einen Augenblick später die beiden Polizisten über die Straße gehen. Lunch redete offenbar erregt auf den Detective ein, der ihn aber zu ignorieren schien. Der dicke Mann hatte seinen eigenen Kopf. Johny vermutete, dass er knallhart sein konnte, wenn es ihm darauf ankam. Sie stiegen in einen Zivilwagen am unteren Ende der Straße und bewegten sich nicht von der Stelle. Johny beobachtete das Auto eine Zeit lang und war sich sicher, dass sie ihn von da unten aus genauso anschauten. Dann beließ er es dabei und ging ins Bad, um sich zu rasieren.

Als er sich zehn Minuten später den übrig gebliebenen Rasierschaum aus dem Gesicht rieb, warf er einen erneuten Blick aus dem Fenster. Der Wagen war fort.

☼

HAZELWOOD. ES DÄMMERT NOCH.

Draußen vor den vibrierenden Wänden des Sensenrief hatten sich zwei Mädels gehörig in die Wolle bekommen und versuchten sich gegenseitig die Augen auszukratzen oder die Haare auszurupfen. Johny konnte kein Wort von dem, was sie da kreischten, verstehen und nutzte die Zeit, um sich ein Streichholz an einem gelben Müllcontainer anzureißen, um sich eine Zigarette anzündete, die faul in seinem offen stehenden Mund klebte. Es war kalt und sein Atem kondensierte blass.

Während er mit der Faust gegen die wummernde Stahltür des Vordereingangs hämmerte, spratzte und schmatzte die bunt leuchtende Leuchtschlangenreklame des Sensenrief über seinem Kopf und er tappte mit dem Fuß zum, gedämpft durch die dicken Wände dampfenden, Rhythmus der Musik von drinnen. Er hatte zuhause keinen Schnaps mehr gefunden und war deswegen auf drei Flaschen Bier ausgewichen, die er schnell noch eingekippt hatte, um in Stimmung für das Wauszburger Nachtleben zu kommen. Klar, dass er hier noch einen Blick vorbeiwagen musste – hatte ihn nun inzwischen nicht nur Siggi, der hagere Mikadoligist, darauf aufmerksam gemacht, dass sich hier eine geheimnisvolle Kontaktperson Jacos herumtrieb, nein, auch Nick hatte ihm was auf den AB gequatscht, das ihn neugierig gemacht hatte, mal wieder in der alten Billardspelunke nach dem Rechten zu sehen – möglicherweise würde er hier noch Chaz treffen, der sich mutterseelenallein über den verschmierten Rand seines Glases beugte... Man konnte ja nie wissen, was so passierte. Kratzend scharrte die kleine Türsichtluke in Brusthöhe vor ihm herunter und Johny musste etwas in die Knie gehen, um hindurch sehen zu können. Auf der anderen Seite blinzelte ein enges Augenpaar, das auch das eines dicken Gorillas hätte sein können.

»Wenn das nicht der alte Johny is!« grölte es zu ihm heraus. »Ewig nicht gesehen, du altes Aas!« brüllte die Stimme gegen die Musik drinnen an. Johny nickte geduldig und nahm die Zigarette aus dem Mund.

»Jepp, ich bin es! Lange nicht gesehen, Urs«, sagte er in den Schlitz und roch seine eigene Bierfahne. Er nahm die Zigarette wieder in den Mund. Urs blinzelte wieder. Johny nickte ihm zu. »Darf ich rein? Oder was?«

Urs war nie der Schnellste gewesen. Aber gerade eben deshalb schätzte man ihn wohl auch so in seinem Beruf als Türsteher, oder eher Hinter-der-Tür-Steher.

»Klar, Johny —« Wieder blinzelten die kleinen Augen von Urs. »Jedenfalls, wenn du das Passwort weißt…«

Johny konnte nicht mehr als diese kleinen geäderten Augen und etwas gelbschweißiges Gesicht darum erkennen, das durch den Schlitz nach draußen zu quellen schien.

»Was für ein gottverdammtes Passwort denn, Urs? Willst du mich verscheißern? Seit wann seid ihr denn in die Riege der Selektivclubs aufgestiegen?«

Urs grinste wohl dumm, jedenfalls sah Johny, dass sich seine Augen verengten.

»Komm schon, mach jetzt keinen Auftritt, Mann.« sagte er zu Urs, der ihn wohl verscheißern wollte. »Das Passwort ist *Arschloch*, was denn sonst? Lass mich rein!«

»Okay.« grinste Urs. »Du kannst rein. Aber nur weil ich ne Ausnahme mache, klar, Johnyboy?«

Sein Gesicht verschwand, das Guckloch schrammte wieder zu und erneut hörte Johny nur das gedämpfte Rumoren der Musik und das nervtötende Geschnatter der zankenden Tussis bei den Müllcontainern.

Die Tür brach staubend aus dem Putz und darin erschien Urs, wie ein fetter Haufen von Kerl, der feist grinsend den Weg versperrte.

165

»Lass dich drücken, Johnyboy!« feixte er und breitete die Arme aus.

»Nehehe!« wieherte Johny und wich Urs' Attacke aus. Der starke Mann stank verdächtig nach Pisse und Johny war sich nicht sicher, ob es sein Aftershave war oder möglicherweise der Hund, mit dem er neuerdings schlief. »Das letzte Mal, als ich mit dir Kuscheln musste, bin ich hinterher auf der Intensivstation aufgewacht. Heute verzichte ich darauf. Danke.«

Urs sah wie ein beleidigtes Riesenbaby aus.

»Oh Manno… Aber na gut, Johny, ein andern Mal vielleicht.« Zum Ersatz hieb er ihm derbe auf die Schulter und zog ihn rein.

»Immer reinspaziert in die gute Stube!« Er betrachtete Johny von oben bis unten und deutete einen Boxschlag in seinen Bauch an. Johny zuckte zusammen und fast fiel ihm die Zigarette aus dem Mund. Mit erschrecktem Gesichtsausdruck wedelte er mit dem erhobenen Zeigefinger vor Urs' rotem Pizzagesicht.

»Ha! Bist ja ganz schön dick geworden, was, Johnyboy?« dröhnte der ausgelassen.

»Schnauze, Urs!«

»Ach übrigens, Johny: Wir ham jetzt Rauchverbot, wusstest du schon?«

Johny verlor fast schon wieder seine Kippe. »WAS?! Das gilt aber doch nur für die anderen, stimmt's?« Wäre er bloß nie hergekommen…

Urs drosch ihm noch einmal auf die Schulter und gedrückt schlich sich Johny an ihm vorbei den gedrungenen Eingangsbereich hinab. Urs lachte laut und hielt sich den Wanst, damit er nicht aus seiner Hose fallen konnte.

»Wie seh'n uns, Johnyboy!« johlte er ihm nach und verschwand aus Johnys Blickfeld, der bei den wuchernden Garderobenstangen in das wogende Menschengetümmel der Kneipe drang. Wie heißer Atem ballte sich hier die verbrauchte Luft und schlug ähnlich einem nassen Saunahandtuch über ihm zusammen. Das bläulich gedimmte Licht ließ die Körperkonturen der Gäste im Rauch- und Nebeldunst des niedrigen Saals verschwimmen und hinten auf der Eckbühne krümmte sich Hugh

Bailey über seiner abgewetzten Gitarre und lullte sich selbst, seine fast einschlafende Band *The Midnighttroubled Boilers*, und die Gäste des Sensenrief mit schwermütigem Blues ein. Johny freute sich grimmig; es gab doch immer noch Orte auf dieser miesen Welt, die sich von den üblen Geschichten da draußen nicht im Geringsten anfichen ließen - dieser Laden gehörte als einer der wenigen dazu. Das schätzte er ungemein. Auf seinem Weg zur Theke im rechten Teil des großen Saals drängte er sich durch eine Gruppe heißblütig tanzender Mädchen, die sich wie menschliche Schlangen umeinander wanden. Eine von ihnen durchbohrte ihn mit ihren wie Wachs glänzenden Augen und schlang sich ungebeten um seinen Hals. Johny trat ihr ungeschickt auf den Füßen herum und mit verständnislosem Blick stieß sie sich wieder von ihm. Was für ein Abenteuer – sie gestikulierte ihm schlaksig hinterher und er drückte sich an anderen Gästen vorbei die zwei flachen Stufen zur Bar hoch, wo er zwischen den vielen Schultern und Hinterköpfen Jacob erkannte, der bärtig und wie ein Stier seine Kiefer mahlend dahinter stand. Als sich ihre Blicke im finsteren Dickicht der Musik, der Menschen und des blauen Dämmers trafen sah er wie Jacob erstaunte innehielt seinen Kautabak zu mampfen und grob zwei Typen auf der anderen Seite der Theke auseinanderdrängte.

»Johny Riot, alter Teufel!« brüllte Jacob mit donnernder Stimme und rotzte einen dicken, braunen Klumpen Tabak aus - etwas von der groben Masse lief ihm das vermutlich kratzige Kinn herab.

Johny hob die Hand zum Gruß. »Jacob! Alte Barschlampe!« grinste er und sie gaben sich klatschend die Hände. »Läuft deine Bruchbude hier so mies wie immer?«

Jacob kaute aufgeregt und hektisch auf seinem Prim. »Verdammte Scheiße, Johny, kann mich nicht beklagen, oder?« Er griff hinter sich und drosch urplötzlich zwei dicke Gläser und eine Flasche Johnnie Torkler zwischen die feucht glitzernden Whizzkyringe auf der Theke. Genau, was sie jetzt brauchten. Während er einschenkte, gaben Hugh und seine Jungs auf ihrer engen Bühne alles. Bailey selbst war es, der sich über die von

Kabeln, Bierflaschen und Dreck bewucherte Bühne wälzte und dabei wie ein Besessener auf seiner abgestoßenen Stratz schrubbte. Johny erkannte den Song – *Seven Bridges beyond You*, der Hugh Bailey-Klassiker schlechthin. Allein das in Livesituationen gut und gern auf sechzehn oder mehr Minuten gestreckte, und schwer alkoholgetränkte Gitarrensolo brachte selbst die unerschütterlichste Kneipengemeinde zum Schwitzen. Die sich wie ein lahmes Tier dahinschleppenden Bassläufe prügelten zu dem (stets kaum merkbar dem Taktmaß seiner Bandkollegen hinterherhinkenden) Gerumpel des Schlagzeugs auf das Publikum ein. Hugh wand sich wie ein angeschossener Drogenjunkie über die Bretter des Bühnenpodests und verhedderte sich gekonnt im eigenen Kabelwust, der aus den unzähligen Verstärkertürmen und Monitorboxen spross. Während er sich noch mit seiner Show abstrampelte, schlugen Johny und Jacob ihre gut gefüllten Gläser zusammen und stürzten den Torkler ihre gierigen Kehlen herab. WAM! knallten sie die beiden Trinkgefäße beinahe synchron auf die Theke zurück, beäugten sich kurz skeptisch, und lachten dann wie zwei vollkommen Bescheuerte.

»Ham uns ja ne Ewigkeit nich gesehen, Johnyboy!« kaute Jacob und goss ihnen verschwenderisch nach. Johny kaute auf seiner Zigarette herum und brüllte über die Theke hinweg. »Du sagst es, Jacop! Wie ich sehe kommt ihr gut zurecht. Aber hör mal: Urs steht drüben und stinkt schlimmer als deine defekten Klos! Ist das nicht schlecht fürs Geschäft?«

Jacob spukte seinen braunen Saft aus. »Ney!« grunzte er. »Das passt mir gut in den Kram, musst du wissen, Johny. Tauchen in letzter Zeit seltsame Gestalten in der Stadt auf – hatte ein paar Mal Ärger mit so welchen. Aber Urs hält jetzt die Augen besonders auf.«

»Hab ich wohl gemerkt.« sagte Johny nachdenklich. »was meinst du denn für Ärger?«

Jacob sah sich misstrauisch um und verzog seine dicken bärtigen Lippen wölfisch. »Ich geb's ja nur ungern zu, Johny, aber hier gab's doch tatsächlich Stress mit diesen Hosenscheißern von der Genossenhaft! Die kriechen wie die Ratten aus den Löchern der Stadt...« Er stützte sich mit seinem haarigen Unterarm über die Theke zu Johny und sprach etwas leiser, als hätte er Angst, jemand hätte ihnen bei dieser Lautstärke, die Hugh Bailey veranstaltete, lauschen können. »Da ist Krieg im Kommen, Johnyboy, das lass dir mal von nem alten Haudegen wie mir gesagt sein!« Er schob sich wieder zurück und sah Johny griesgrämig an.

»Und ob du's wissen willst, oder nicht«, sagte Johny. »Genau deswegen bin ich hier. Wollte dich mal so ein bisschen aushören, was so los ist.«

Jacob kniff die Augen zusammen. »Biste da in was Unangenehmes rein geraten, oder was?«

Johny nickte mürrisch. »Du sagst es. Hast du vielleicht was für mich?«

»Yeah!« Jacob schnaubte einen Brocken Tabak aus, der wie immer irgendwo hinter die Theke platschte. »Gibt Gerüchte und so was. Geschichten von nem Mann – Jackie *Noctobre* nennen sie ihn. Das ist der Dämon, Mann, Johny, der hat mehr auf seinem Konto drauf, als du in zehn Jahren, und ich rede hier nicht von Geld, Alter, ich rede von verdammten Leichen. Der pflastert damit sogar den Weg, den er morgens zu seinem Briefkasten geht, Scheiße. Macht die Leute hier in der Gegend ziemlich nervös, verstehst du?« Jacob beugte sich vor. »Zugegeben, sogar *ich* bin schon am überlegen, ob es nicht besser wäre die Stadt für ein zwei Monate zu verlassen.« Er zeigte mit dem Daumen hinter seiner Theke nach unten. »Da unten kocht es in letzter Zeit. Und das hat nichts mit was zum Essen zutun, Scheiße, Johny.«

Johny lehnte mit seinen Ellbogen auf dem nassen Holz der Theke und hörte seinem alten Sandkastenfreund aufmerksam zu. Und was der da zu erzählen hatte, machte ihn hellhöriger als ein verdammtes Frettchen. Wer oder was dieser Jackie Noctobre auch immer war, offenbar hielt er sich für eine ganz schön gescheite Nummer. Wenn Jacob schon die Socken voll hatte, dann kam das nicht von ungefähr. Und möglicherweise bestand eine Verbindung zu Jacos Tod...

»Nun mach aber mal halblang, Jake!« rief er gegen das Getöse der Band an. »Was für Leute stehen denn so auf seiner Abschussliste? Weißt du da was Genaueres?«

Jacob zerknautschte sein Gesicht wie ein alter Mops und leckte sich die spröden Lippen. »Scheiße, Johny…«, knurrte er durch seinen dunklen Vollbart hindurch. »Ich wünschte, ich wüsste nicht halb so viel wie jetzt, aber ich glaub wir hocken alle im gleichen Boot, also erzähl ich dir, was ich weiß. Drauf geschissen, Mann.« Er kaute seinen Priem kräftig durch. Im Saal explodierte das Applausfeuerwerk für Hugh Bailey und seine Truppe, die im Quietschen der Rückkopplungen ihrer Instrumente auf der Bühne standen und eine ihrer zahlreichen Zugaben aus dem Repertoire kramten – *Maybe I lost my Bluebag last Night* krächzte Hugh unverwechselbar in das Mikrophon und schmiss der kochenden Meute an der Bühne einige kleine Saitenzaubereien hin.

»Hab gehört, dass die Genossenhaft neue Feinde hat. Irgendwelche Vögel von außerhalb der Stadt. Scheint ne harte Truppe zu sein«, berichtete Jacob mit deutlichem Unbehagen in seiner tiefen Stimme. »Nenn es Bandenkrieg, oder Triadenschlacht oder wie auch immer, Johny, aber hör mir zu: Die braten sich hier im Moment auf offener Flamme, wenn du verstehst, was ich meine, klar? Die schleppen ihre Opfer nicht mal mehr in Säcken weg, nee, da muss es irgendwo ne große Grube geben, wo se die allesamt reinschmeißen wie die Ratten, Mann. Keine schöne Sache.« Er fuhr sich mit dem Unterarm wie mit einem Handfeger über den Mund und sprach weiter. »Hab neulich gesehen, wie sich zwei hinten bei den Mülltonnen abgeknallt haben. Hab so getan, als gäb' es mich nicht; ham mich auch nich bemerkt, die Schweine. Am nächsten Tag war's dann, als wär' nix gewesen. Keine Spuren, keine Leiche. Kannste nichts machen, Johnyboy. Das sind Profis.«

Johny hörte ihm zu und versuchte sich zu konzentrieren. Jacob löste sich vom Tresen und zapfte einem Kerl mit Pferdeschwanz, der neben Johny aufgetaucht war, ein schaumiges

Bier, das er ihm in die Pranke drückte. Der Kerl verzog sich zufrieden.

»Keine Ahnung, was du davon hältst, aber ich werd in Zukunft vorsichtig sein, Mann«, raunte Jacob Johny zu. Dieser grübelte über das Gehörte und suchte nach einem sinnigen Zusammenhang zu den Geschehnissen, derer er in den letzten Tagen und Nächten Zeuge geworden war. Zum einen hatte er den Mord an Jaco – vielleicht war der in die Mühlen dieser zwei rivalisierenden Gruppen geraten, es ergäbe immerhin einen Funken von Motiv, aber wer wusste das schon so genau. Und Jaco selbst konnte es ja leider nicht mehr verraten. Andererseits hatte er ja noch den direkten Tipp von Siggi, Jacos Mikadokollegen, der ihm von dieser Kellnerin berichtet hatte – die hier im Sensenrief arbeitete... angeblich. Wofür man in einem Laden wie diesem allerdings eine Kellnerin benötigte, war ihm noch nicht klar.

»Jacop, sag mal, hast du hier n Mädchen, das für dich ab und an mal so was wie einen Kellnerjob übernimmt?«

Statt einer Antwort zuckte Jacob mit den Schultern, während er einem seiner Kunden half, seinen Durst löschen oder einfach den Spaß an Whizzky zu befriedigen.

»Jeden Mittwoch gibt's hier abends so was in der Art, ja. Ist eh nie viel los, da hab ich ein paar Leute für Lau eingestellt, die so tun, als ob sie was zu tun hätten.« Er grübelte mit seinen dicken Fingern im Bart zwirbelnd. »Und n Mädel is auch dabei, stimmt. Wieso? Willst du ihre Nummer?« Er grinste wölfisch.

»N Name wäre mir lieber«, sagte Johny und steckte sich eine neue Zigarette an.

»War doch bloß n Scherz, Mann«, lachte Jacob und wischte eines seiner gespülten Gläser halbwegs trocken, um es dann zu den anderen ins Regal hinter sich zu stellen. »Ich hab ihre Nummer gar nicht.«

Johny verdrehte die Augen. »Wäre mir trotzdem ziemlich wichtig, was über sie herauszubekommen.«

Jacob sah skeptisch aus. »Wieso?«

»Ist nur persönliches Interesse.« Johny wollte den alten Kneipenwirt nicht noch mehr irritieren. »Also. Hast du was über sie?«

Jacob wiegte seinen Kopf hin und her. »Naja. Ihren Namen vergesse ich andauernd, aber frag doch mal Fidi, der weiß bestimmt mehr. Sie machen das zusammen, am Mittwoch immer, das. Der kann dir bestimmt helfen.« Er schien das Gespräch für beendet zu halten. »Jetzt noch n Bier oder was?«

Johny nahm ihm die bereits geöffnete Flasche ab und trank einen langen Schluck daraus.

»Und wo finde ich diesen Fidi?«

Jacob sah ihn ratlos an. »Zuhause? Keine Ahnung, Mann. Heute ist nicht Mittwoch.«

Johny sah seinen Kumpel schräg über den Hals seiner Flasche an. »Das hilft mir ja jetzt auch wieder sensationell weiter, Jacop.«

»Keine Ursache.«

»Ey, ich muss mal pissen! Darf ich mal?« Johny zeigte fragend in die Richtung der Personaltoiletten.

Jacob nickte. »Klar, bedien dich!«

Johny leerte sein Bier und tippte sich an den Hut.

»Mach's gut!« rief Jacob und Johny ging.

Die so genannten Personalräume waren ein Euphemismus an sich. Papiere, Ordner und Bücher lagen überall. Auf dem mattgrau getigerten Linoleumboden standen rücksichtslos verstreut überquellende Kartons, einfarbig bedruckte Holzkisten, in denen staubige Wein- und Whizzkyflaschen standen, und es gab einen unter dem ganzen Kram nur noch ansatzweise zu erahnenden Schreibtisch, auf dessen Deckplatte die seltsamsten Dinge wucherten. Ein klobiges, vergilbtes Faxgerät piepte leise vor sich hin und streckte seine, wahrscheinlich seit Wochen gesammelten, Dokumente wie eine weiße Zunge heraus – sie wellte sich bereits auf dem Fußboden zu einem beträchtlichen Haufen zusammen.

Johny suchte sich auf Zehenspitzen balancierend einen weg durch das bürokratisch-gastronomische Chaos und gelangte auf die andere Seite des fast quadratischen Raums. An der Decke flimmerte eine einzelne nackte Glühlampe, deren gelbes Licht kaum weiter als bis zum Glas ihres eigenen Leuchtkörpers gelangte. Vier enge Treppenstufen trennten das Büro von einem tiefer gelegenen Flur, der dunkel hinabführte. Bereits auf den stufen wuchs abgetretener, olivgrüner Nadelfilz, der sich bis zum Ende des schmalen Ganges fortzog. Johny tastete in den Schacht hinab nach einem Lichtschalter, fühlte eine Erhebung und knipste das Licht an. Summend sprang eine Leuchtstoffröhre unter der niedrigen Decke an und strich die Wände mit kalkweißem Licht. De Flur war nur kurz und gedrungen, mehr als drei Türen hätte er ohnehin nicht beherbergen können, und so war es auch. Zwei der schmalen Holzpforten waren rechts eingelassen worden, gleich gegenüber und dazwischen gab es eine Dritte und dazu etwas breitere. Johny sah rechts die zwei Personaltoiletten, erst Damen dann Herren. Dem stilisierten Männchen war mit Filzstift ein dicker Pimmel hingemalt worden, der den Freiraum zwischen seinen Beinen füllte. Als Äquivalent dazu hatte das Frauchensymbol einen übergroßen Melonenbusen verpasst bekommen. Wie kindisch, dachte Johny, musste aber genauso grinsen, wie es jeder getan hätte.

Er ging die Stufen herunter und lauschte. Außer der entfernt rumpelnden Musik aus dem Sensenrief hörte er nichts. Ob dieser Fidi überhaupt da war? Er drückte die Tür der Herrentoilette auf. Er blickte in ein kleines Kabuff, das mikrobisch gefliest worden war und gerade einmal eine Zelle mit Sitzklo, ein Pissoir samt Defekt-Schild, ein Waschbecken und einen zertrümmerten Spiegel beinhaltete. Über dem Panoramafliesenspiegel war die teilweise mit freskenhaften Schimmelmustern überzogene Tapete in irgendeinem grässlichen Türkiston gestrichen worden. Außer Johnys eigenem zersplittertem Spiegelbild war aber niemand da. Das krause Lichtschachtfenster stand auf Kipp und ließ einen leisen Windhauch hinein. Johny verließ das Klo wieder. Hinter sich schloss er die Tür und wandte sich der Damentoilette zu. Ob Fidi sich hier drin versteckte?

»Hey! Jemand hier?!« rief er probehalber. »Ich komme jetzt rein!« Nichts geschah. Gleichgültig ging er rüber und öffnete die Tür mit dem Frauensymbol darauf. Sie quietschte gequält und blieb auf dem Boden stecken. Der Spalt, der entstanden war, reichte gerade aus, um sich hindurch zu quetschen. Aber Johny wollte da eigentlich überhaupt nicht hinein.

»Hallo? Fidi?« fragte er, doch wieder kam keine Antwort. Seltsam. Vielleicht hatte sich Jacob ja geirrt und sein dubioser Fidi war gar nicht hier. Schade, dachte Johny und wollte gerade wieder gehen.

Als er die widerspenstige Tür wieder zuzog, schepperte es.

»Hupps!« sagte er und lugte noch einmal durch den Spalt. Dann knallte irgendetwas mit Getöse zusammen.

»Mmmbf! Grrrmbl!« ertönte es. Die dritte Tür! Sie trug kein Schild, das sie identifizierte. Johny drückte sich an die Wand hinter sich, schob sich daran entlang, bis er den Rahmen des verbliebenen Ausgangs erreicht hatte. Eigenartige Geräusche waren dahinter. Ein Schaben und ein Scharren. Etwas klimperte. Johny horchte. Wieder eine Stimme. »Mmmmbb! Mmmbfl!«

Lärmend brach etwas gegen die Tür – ein Körper? Sie vibrierte in ihren Angeln und wellte sich nach außen. Johny drehte sich herum, zog seine Jenk & Rupert, entsicherte sie und trat gegen die Tür. Sie wog schwer gegen seinen Tritt und es gab erst einen Höllenrumms, bevor sie aufschwang und den Weg freigab. Johny legte an, wand sich hinein und ging in die Hocke. Da lag jemand auf dem Boden! Zusammengekrümmt. Aber er lebte.

»Mmmmnnhk!«

Geknebelt!

Johny war sofort da, drehte den Mann herum. Blut war auf dem Boden, auf dem Körper, im Gesicht des Mannes, der mit einer Handvoll Toilettenpapier zum Schweigen gestopft war. Speichel rann aus der chlorfrei gebleichten Papiermasse hervor. Johny fischte es ihm mit dem Lauf seiner Pistole aus dem Mund – ein gefährliches Unterfangen, das viel Fingerspitzengefühl erforderte. Das Gesicht des Mannes war bleich und Schweiß perlte ihm auf Stirn und Oberlippe.

»Was ist hier los?« fragte Johny in Ermangelung eines besseren Einfalls. »Wer war das?«

Der Blutende öffnete den Mund. »Oktober...« verstand Johny.

»Was?«

»*Jackie*!«

»Scheiße! - Sind Sie Fidi!?«

Der Kerl nickte. Seine Augen waren schon halb geschlossen, aus seiner Brust troff dunkelrotes Blut.

»Okay. Ganz ruhig, Mann. Das wird schon wieder. Ich hol Ihnen Hilfe...«

Fünf Minuten später war es Jacob, der neben Fidi kniete, den karierten Putzlappen noch in der haarigen Hand.

»Was das denn für ne Sauerei!«

Johny half dem untersetzten Barkeeper, Fidis schlaffen Körper auf ein schmales Sofa zu heben. Dann öffnete der Mann seine Augen. Ein schaumiges Blubbern kam hervor und Fidi krächzte unverständliches Zeug. Jacob sah Johny fragend an.

»Was will er?«

»Vielleicht einen Schluck Whizzky?«

Fidi wand sich auf dem Sofa. »Chrrrlll«, stieß er hervor.

Johny schob Jacob zur Seite und kniete sich neben den schwer verletzten Mann auf den Boden. Dessen Blick war matt und irrte irgendwo im Raum herum. Johny näherte sich seinem Gesicht. Er lauschte.

»Enjado«, röchelte er.

Nicht schon wieder! Bevor Johny etwas sagen konnte, begann es hinter ihnen zu piepen. Das alte Faxgerät in Jacobs Büro hustete eine einzelne Seite hervor. Der Barkeeper sah Johny misstrauisch an, schlug sich seinen Lappen über den Unterarm, und ging zu der zufrieden piependen Maschine herüber. Kurz las er, dann riss er das Fax unsauber ab.

»Was steht drauf?« wollte Johny wissen.

Jacob schüttelte den Kopf. »Ich kann's nicht lesen!«

»Bist du Analphabet, oder was?« Johny schnappte ihm den Zettel aus glattem Thermopapier weg. Tatsache. Der Absender hatte sich nicht viel Mühe gegeben, seine Botschaft leserlich zu gestalten.

»Verdammte Linkshänder«, grummelte Jacob und kümmerte sich um Fidi, der verdächtig ruhig auf dem Sofa lag. Johny versuchte die krakeligen Buchstaben auf dem Blatt zu entziffern. Es war nur ein Satz.

»Johny!« Jacob sah ihn an. »Ich glaub, er ist tot.«

Johny senkte das Fax und ging zu Fidi. Er hielt dem Mann einen Finger ans Ohr.

»Du hast Recht«, sagte er. »Er hört nichts mehr.«

Jacob stand auf, kreuzigte sich falsch und legte Fidi seinen Lappen über die Augen. »Und? Hast du raus, was da steht?«

Johny hob das Fax und zerknüllte es mit einer Hand.

»Ja. Es sagt: Oktober wird kommen.«

HONDON. STUNDEN SPÄTER.

Die hohen Bürobauten Hondons stachen in den lediglich von künstlichem Licht erhellten Himmel und zauberten mit ihren unzähligen erleuchteten Fenstern einen trügerischen Sternenhimmel an das Firmament.

Johny parkte den Warrior an den Straßenrand und ließ den Motor aus. Der Regen prasselte stakkatós auf das Wagendach und verdampfte über der langen Motorhaube des Veteranen. Draußen summte die nächtliche Stadt.

Er zog den Schlüssel, kickte die Tür auf und stieg aus. Der bittere Duft von nassem Asphalt kroch ihm in die Nase und als er den Wagen umrundete, trat er über einen Gullyschacht hinweg, der stinkenden Dunst ausatmende. Vor ihm drängten sich die mehrstöckigen Gebäude einer Ladenzeile an den

Bürgersteig und Johny las die teils knisternden Neonröhrenschriftzüge, die für die unterschiedlichsten Dienstleistungen warben. *Vacancy* stand da unter anderem und Johny setzte sich in Bewegung. Drinnen hinter der gelben Tür bezog er für zwei seiner letzten knittrigen Scheine ein lappiges Zimmer mit wieder gelben Wänden und wusch sich den Tag vom Körper runter. Teile der gleichförmig riechenden, aussehenden und klingenden Nacht sah er stumm in den Spiegel und blickte wie selbstverständlich durch sein eigenes mürrisches Widerbild hindurch. Er musste daran denken, wie es wohl im Moment für Jesse war – irgendwo, allein, ängstlich... Ob sie die Hoffnung auf Rettung wohl längst aufgegeben hatte? Sie war nur allzu plötzlich von ihm gerissen worden, als dass er die Härte der Situation rasch genug hatte erkennen können. Nun auch noch der zweite Mord. Die Sache mit Chaz und diesem merkwürdigen Phantom Dawn Mondey. Dann noch Jackie Octobre, der Killer im Schatten. Er fuhr sich mit seiner kalten Hand durch das Haar. Es wurde Zeit dafür, etwas strenger vorzugehen. Die Sache mit Jaco konnte warten. Hier ging es um Leben oder Tot – und bei seinem alten Kumpel hatte sich das auf leidvolle Weise bereits entschieden...

Er würde morgen den General anrufen und ihm ein wenig die schleimigen Fäden aus der verrotzten Nase ziehen müssen. Dass das keine schöne Sache werden würde, war ihm klar, doch hatte sich einiges getan, und ihm war jede Information Recht. Möglicherweise würde der alte Baltimore noch etwas mehr über diese Gespenster wissen – Dawn Mondey und Jackie Octobre.

Mit diesen Überlegungen im Kopf ging er zu Bett. Sie ließen ihn nur schwer los, kreisten in seinem schlafvernebelten Bewusstsein und bescherten ihm bizarre Träume, in denen alle Beteiligten dieser unangenehmen Angelegenheit um ihn herumtanzten und ihn mit grölendem Lachen verhöhnten.

Schließlich, früh im Morgen, schlief er ein.

☼

SPAM LUD DURCH. Es wurde Zeit. Das Magazin gluckste zufrieden im Lauf seines Gewehrs. Draußen war das Rauschen des Regens und Spam wusste, der Nebel kroch über das Land. Hier drinnen war es warm. Spams improvisiertes Feuer half dabei, die Scheune trocken zu halten. Seit Stunden eilte er nun schon von einer Seite des großen Holzgebäudes zur anderen und versicherte sich, dass niemand ohne sein Wissen eindringen konnte, und dass seine Vorbereitungen auch funktionieren würden, wenn es dann doch einmal so weit sein würde. Diese Enjado! Spam wusste nichts mit ihnen anzufangen. Außer abschießen und ausplündern. Aber sonst…

»Hey Spam! Hast du Lust auf ne Runde Backgammon?«

Brannigan unterdrückte die aufkommenden Erinnerungen. Schon damals hatte er Dorys nicht geantwortet. Sie sollte nicht wissen, dass er ein Verlierer war, was Gesellschaftsspiele anging. Und Backgammon hatte er noch nie kapiert. Draußen krachte es. Sofort sprang Spam in sein Versteck. Es war soweit – sie kamen ihn holen. In Spams Augen purer Selbstmord!

Wieder krachte es. Diesmal lauter. Die Wände der Scheune zitterten und Heufäden rieselten vom Dachboden zu ihm herunter. Die Enjado-Jungs würden einen warmen Empfang bekommen. Sollten sie nur kommen. Und danach war dieser Shawn Been dran! Sein alter Erzfeind. Schon zu Kindergartenzeiten hatten sie sich tagtäglich in die Haare bekommen. Spam fürchtete diese Begegnung nicht, ganz im Gegenteil, er suchte sie. Seit zehn Jahren verfolgte er Been nun schon durch Raum und Zeit. Bald würde es soweit sein!

Das Gebäude erzitterte wie unter dem Schlag eines Zyklopen. Das Tor nach Süden sprang auf und eine Horde dunkel vermummter Gewehrmänner stürmte in das Innere der Scheune. Sie liefen umher, traten das erschrocken flackernde Feuer aus und hielten nach Spam Ausschau. Doch sie wurden erst fündig, als es bereits zu spät war. Brannigan sprang unter dem Haufen Heu hervor und ballerte eine erste Salve Konkavgeschosse in die Gruppe verdutzter Männer. Wie spanische Jazztänzer zuckten sie durch den monotonen Takt seiner 49er Vollautomatik. Dann ließ er sie zu Boden fallen wie ein Kind sein Spielzeug – und damit ist nicht die Waffe gemeint. Fünfzehn weitere Männer warteten noch frisch verpackt und ordentlich abgezählt auf ihre Portion Blei für heute. Und sie kamen pünktlich. Spam schnappte sich das Ende seines Taus, kickte den Hebel um und sauste mit angelegter Waffe in die Höh'. Dabei ließ er den Inhalt eines ganzen Magazins ins Erdgeschoss prasseln. Die Männer hatten keine Chance. Sie wurden zerrupft wie ein Haufen Hundekacke im Eishagelregen. Oben rollte er sich auf den Dachboden, robbte durch das Heu und kam auf der anderen Seite hervor. Gerade richtig. Unten schafften zwei Schergen ein stationäres Geschütz herein. Spam pfiff. Als sie dumm nach oben glotzten, nahm er die Finger aus dem Mund und lächelte ihnen zu. »N paar Körner gefällig?«

Dann geriet er ins Wanken, als der Dachboden unter seinen sorgsam geschnürten Stiefeln bebte. Die Scheune brach zusammen! Draußen knatterte der Regen auf das Dach und Spams Silhouette zerfranste im Feuerpilz der Explosion. Die Wände der Scheune flogen wie an mächtigen Seilen gezogen auseinander, das Dach klappte wie ein Kartenhaus zusammen und begrub alles unter sich, das nicht hatte fliehen können.

Spam kroch rußgeschwärzt aus dem Schornstein hervor und führte sein Gewehr mit durchgezogenem Abzug einmal um dreihundertsechzig Grad im Kreis. Reine Prophylaxe. Das Wasser malte schlangenförmige Muster in den Ruß auf seinem Körper. Die letzten Männer flohen wie eine zersprengte Herde Schafe und verloren sich im Schleier des Nebels. Spam zupfte ein neues Magazin hervor, klickte es in das Gewehr und steckte sich den sorgsam aufbewahrten Stummel seiner letzten Zigarre in den Mundwinkel. An einem kleinen Schwelbrand entzündete er ihn und paffte einige dicke Wolken Qualm in die Luft.

»Mach dich auf was gefasst, Shawn.«

HONDON. TAGS DARAUF.

Bleischwer knisterte der Regen auf das Wellblechdach der Dönerbude, an der Johny im frierenden Abend stand. Vor einer halben Stunde, als er noch durch die tiefen Straßen von Hondon geirrt war und über den unerwarteten Besuch der Polizei am frühen Morgen und die beinahe Begegnung mit Jackie Octobre in Jacobs Sensenrief gegrübelt hatte, hatte es leicht begonnen zu Nieseln. Kaum eine Handvoll Minuten später hatte das Wetter begonnen, radikal um sich zu schlagen und sich nach und nach zu einem brutalen Regenstakkato entwickelt. Überall sah es so aus, als ob die Wolken Unmengen von Wasser durch ein Küchensieb auf die Erde prasseln ließen. Johny wusste, Wolken benutzten keine Küchensiebe – trotzdem fand er die Vorstellung gelungen bildhaft.

Inzwischen stand er tropfnass, aber einigermaßen entspannt, an einem der schiefen Plastiktische von *Christos internationale Spezialitäten*, wie sich die unter einem alten Autobahnzubringer errichtete Bude nannte, und mampfte eine... Wie sollte es anders sein: Pommes-Schranke. Währenddessen wartete er, dass sein Hut trocknete und schaute auf die Straße, auf der schwarze Autos wie fette Käfer durch die Wassermassen pflügten. Die Scheinwerferstrahlen stachen wie Lanzen aus Licht in den von fetten Gewitterwolken verdunkelten Abend und wurden von dem Gekritzel der Regenschauer zerrissen. Johny sah zulange hin und erntete damit den Anblick bizarrer Muster, die sich in seine Netzhäute brannten. Ein Polizeiwagen plärrte flackern vorbei. Irgendwie wurde Johny den Verdacht nicht los, dass Weiss und Lunch ihm die Sache mit Jaco anhängen wollten. Womöglich verdächtigten sie ihn des Mordes. Gut, Johny war unschuldig, daran ließ sich nichts rütteln. Allerdings war nur zu lästig, dass inzwischen auch noch Jesse verschwunden war.

Eines blieb seltsam. Wie waren die beiden Schwachkopf-Cops bloß ausgerechnet auf ihn gekommen?

Johny stach nach einer Pommes und rührte damit in Mayonnaise und Ketchup herum bis sie mit beidem getränkt war. Vom Dach der kleinen Imbissbude floss das Regenwasser herab und gluckste im Gully neben seinen Füßen davon.

Möglicherweise, dachte Johny, hatten die beiden Polizisten ihn irgendwo in einer ihrer verstaubten Akten ausgegraben oder etwas über den General von ihm gehört. Was vermutlich Unsinn war, denn dieser hätte den Kollegen von der Streife nie auch nur den kleinsten Infobrocken hingeworfen. Was Johny daran erinnerte, dass der alte Baltimore ihn bereits indirekt vor der Polizei gewarnt hatte. Warum auch immer. Johny wollte auf der Hut sein, was den Detective und seinen Kollegen anging.

Er biss noch einmal kräftig in die Pommes, kaute, schmeckte und sah dann misstrauisch auf die kleine Pappschale in seiner Hand. Da aalte sich doch tatsächlich eine Made in der Mayo – quietschfidel und munter. Beziehungsweise, es handelte sich nur noch um die Hälfte der Made. Die andere Hälfte befand sich… o_O

Christo, der muntere Budenwirt, bemerkte Johnys Stutzen und unterbrach sich dabei, irgendetwas auf seiner Spüle zu zermanschen, das nicht gut roch und auch nicht gut aussah, und sagte witzig grinsend: »Is Pommesmade, ey?! Gut Kalzium! Haha!«

»Sprouuuutz!!« Johny kotzte seinen gelblich matschigen Mundinhalt geräuschvoll auf den Bürgersteig aus, wo dieser sofort von den reißenden Strömen des abfließenden Regenwassers mitgerissen wurde und in einen überlaufenden Gullyschacht strudelte. Den Rest der Pommes warf er samt Schale und Plastikpieker auf ein vorbeifahrendes Auto. Dann wandte er sich dem liebenswürdig grinsenden Christo zu und registrierte nur am Rande, wie Reifen quietschten, ein Steuer herum gerissen wurde, mehrere Wagen laut krachend ineinander barsten und ein Mann durch die Windschutzscheibe seines Wagens katapultiert wurde, um anschließend durch die Frontscheibe eines entgegenkommenden Wagens zu splittern und dort auf einer glanzbusigen Blondine mit schicken Beinen und ultraknappem Minirock zu landen, die sich gerade die Fußnägel lackierte. Fazit: Anschnallen vergessen lohnt sich gelegentlich also doch.[29]

Johny griff sich Christo an seinem fettigen Ziegenbart und zerrte ihn über die Theke zu sich nach draußen.

»Eey! Is' halt Tequiladöner, oder waas?!« protestierte dieser lauthals nach Knoblauch stinkend. Offensichtlich hatte er die Problematik nicht erfasst. Johny war das alles zu blöd. Was für ein Scheißtag. Er zog seine Kanone, drückte sie Christo an die ölige Schläfe, drückte ab und verteilte dessen Hirn großzügig über den Schweinefleischspieß. Und über den Putenspieß auch.

»Voilá!« sagte er. Neue Würzmischung kreiert! Hat sich quasi ausgedönert! Nach getanem Werk drehte er sich um und besah sich matt die Straßenkulisse: Ein abgerissener Hydrant sprühte Wasserfontänen in die diesige Luft, mehrere zerdellte Autos gaben ein Alarmanlagen-Hupkonzert, einige Menschen fluchten, andere schrieen verzweifelt nach Hilfe, wieder andere sagten gar nix mehr und in der Ferne hörte man das Martinshorn des herannahenden Rettungswagens.

Dann grabschte Johny sich seinen Hut von Christos mit Blut bespritzter Theke, langte sich ein Bündel Fünfer aus der Kassen-

---

[29] *Ich möchte hier einen besonderen Dank an meinen Vater aussprechen... ausschreiben... Für ein Vorkommnis in meiner Jugend, das mich sehr prägte und zu dem werden ließ, was ich heute bin. Ich war damals noch ein ganz kleiner Koautor... Vielleicht acht oder neun Jahre alt. Ich spielte mit meinem Bruder zusammen mit kleinen Metallautos und wir gaben so ziemlich die ganze Zeit Geräusche von uns, die in etwa so klangen: Neeeen!!! Neeeeeeeeeeen!!! Neeeeeeeheeeeeeeeeeeen!!! Squiiiiiiieeeeeetsch!!!!!! BRSCH!!!!!! Uuuuuuiieeeeeeee!!!!! Neeeeeeeen!!! Neeeeeeheeeeeeeeeeeen!!!*
Den Rest dürfen Sie sich selbst ausmalen – und keine Bescheidenheit was die Farben angeht. Buntstifte finden Sie, wenn Sie die Super-Special-Extra-Extended-Edition dieses Wunderwerks besitzen, im Geheimfach zwischen Seite 311 und 320. Einfach mal auf gut Glück rausreißen. Wenn nix passiert... Pech gehabt. Aber ich komme vom eigentlichen Thema ab. Also, mein Vater betritt den Raum, sieht uns beide (meinen Bruder und mich) streng an und sagt: »Man muss nicht ständig: Uuuuuuuuuueeeeee! Brsch!!!!! Squietsch! Und so was machen, hört ihr? Man kann auch sagen: Es kommt ein Wagen mit Reifengequietsche und die Ecke.«
*Mein Bruder und ich sahen uns daraufhin an. Gegenseitiges Einverständnis. Der Vater wurde ausgelacht. Der Vater gab uns Hausarrest und nahm die Spielsachen weg. Wir suchten uns was Neues zum Spielen und schlugen versuchsweise mal die Wohnzimmerscheibe ein. Der Vater wollte uns noch mehr Hausarrest geben. Der Vater sah ein, dass noch mehr Hausarrest sehr unwirtschaftlich sei und fesselte uns im Wald an einen Baum. Eine Woche lang. Währenddessen wurde mein Bruder von einem Wolf gebissen und ich von einer Fledermaus. Den Rest können Sie sich wieder selbst überlegen, oder auf DVD ausleihen. Wie dem auch sei: Ohne die Lehren meines Vaters hätte ich Ihnen diesen netten kleinen Verkehrsunfall niemals in hochauflösender Grafik und in **Golbi Sigital** präsentieren können.*

schuhschachtel und ging seelenruhig zwischen den Fahrzeug-
wracks hindurch auf die andere Straßenseite, wo er in eine andere Avenue bog[30].

Welcher Idiot ist denn an so was Schuld, dachte er und zündete sich hinter vorgehaltener Hand eine Zigarette an. Der Regen
ballerte ihm auf den Hut und seine Kleider hingen nass an ihm
herab. Als er die Seitenstraße anschließend verließ, schlenderte
er eine etwas schmalere, kaum befahrene Straße entlang, an
deren Ende Hondons beeindruckender Dom aufragte. Warum
nicht ein ruhiges Plätzchen aufsuchen und in Ruhe nachdenken
und eine rauchen? Wenn er Glück hatte, wog Johny ab, verkauf-
ten sie ihm auch eine Buddel Whizzky.

Er blickte nach oben, zu den Dächern der Häuser, dorthin, wo
das viele Nass herkam. Die Regenrinnen waren hoffnungslos
überlastet und liefen literweise über. Laut klatschte das Wasser
dann in trüben Blasen auf den Boden und spritzte an Johnys
Hosenbeine.

Ein junger Mann rannte auf der anderen Straßenseite in die
entgegen gesetzte Richtung. Er hielt sich eine dicke Zeitung über
den Kopf, damit die Frisur bei seiner Ankunft, wo auch immer,
nicht völlig ruiniert sein würde. Seine Halbschuhe aus garantiert
echtem Lederimitat versuchten vergebens, die zahlreichen Pfützen zu umtänzeln.

Schließlich erreichte Johny sein Ziel. Er duckte sich nutzlos
vor einem grellen Blitz und hastete die ausgetretenen Stufen
zum gewaltigen Portal des Hondoner Doms hoch und warf
noch einen kritischen Blick in den Himmel, bevor er die Klinke
runterdrückte und die schwere Türe aufschob.

---

[30] *Merken Sie was? Ich habe den Windschutzscheibenmann und die heiße Blondine mit den Fußnägeln
gar nicht weiter erwähnt. Ist Ihnen aufgefallen, oder? Na? Na?! NA?!? Sagen Sie jetzt bloß nichts
Falsches. Wenn Sie »Ey nö! Hab ich nich!« sagen, heißt das, dass Sie unser Buch nicht konzentriert
lesen. Und das wiederum heißt, dass Sie dieses Buch gar nicht verdient haben!!! Jawoll!!! Schmarot-
zer! Nein, die Szene, in der die beiden inmitten brennender Autos und spritzenden Wassers splitterfa-
sernackt Sex auf dem Fahrersitz haben und sich dabei gegenseitig zu enormen Höhepunkten ansta-
cheln und den Sex ihres Lebens haben - Ja, also die Szene haben wir raus gelassen. Mensch! Dies
Buch lesen auch Kinder. Würden Sie wollen, dass Ihre Kinder so was lesen? Na, sehen Sie. Und
außerdem soll hier keiner meinen, dass das hier so ein kleines, schmuddeliges Schundheftchen ist, in
dem es außer Sex und Gewalt nichts Lesenswertes zu entdecken gäbe. Dies ist ein seriöses Buch.
Ihr (angeblich) zu Recht aufgebrachte Koautor*

Ein Donnerschlag dröhnte, als er den Türflügel hinter sich zuzog. Aus dem Regenschleier schlurfte ein Penner hervor. Dabei hatte er seine ganze Habe, sowie einer Plastiktüte voller billigen Fusel[31]. Er murmelte lallend seltsames Zeug vor sich hin und schob sich um eine Straßenecke, wo er heimlich onanieren wollte. Johny schritt inzwischen triefend durch die Kirche und schloss die kleine, eiserne Pforte hinter sich, die zwischen zwei kniehohen Maueransätzen eingelassen war und den gedrungenen Eingangsbereich von dem riesigen Mittelschiff trennte. Er rückte seinen Hut in den Nacken, um besser nach oben sehen zu können, und steckte sich eine neue Zigarette an. Es war dunkel hier drinnen. Neben ihm räusperte sich jemand.

»Mein Sohn, es ist Brauch, mit unbedecktem Haupte vor den Herrn zu treten. Und das Rauchen ist hier drinnen leider Gottes auch verboten«, sprach ein junger Priester von vielleicht dreißig Jahren, der plötzlich wie aus dem Nichts neben Johny erschien – sein Gesicht war recht kahl und seine Augenbrauen sehr schmal und dunkel. Er lächelte milde.

»Pater«, sagte Johny »Ich habe noch nicht vor, vor deinen Herrn zu treten. Und wenn es irgendwann einmal soweit sein sollte, dann gewiss nicht ohne meinen Hut. Und das Rauchen lass ich mir schon gar nicht verbieten.« Er zog an seiner Zigarette und aschte in seiner Hutkrempe ab.

»Amen.« Mit diesem Wort schob er den traurig dreinblickenden Priester zur Seite und ging durch einen der weiten Gänge in Richtung Altar. Als er vorne ankam, tat er noch einen letzten Zug, ließ dann den Zigarettenstummel in die Büchse für die Kollekte fallen und setzte sich auf eine der unbequemen Holzbänke mit der harten Rückenlehne.

Eine Zeitlang schaute er sich das Altarbild an. Das Übliche. Irgendwelche nackten und halbnackten, abgemagerten Heinis standen in Gruppen zusammen, zeigten auf irgendwas, machten erstaunte, traurige oder wütende Gesichter und einer hatte immer das Pech, am Kreuz hängen zu müssen und märtyrerisch zu

---

[31] *Lieber Koautor: Wo ist da der Unterschied?*

gucken. Verblichene Farben in Erdtönen, viel Gold. Wie bereits erwähnt: das Übliche. Nichts, was Johny wirklich überzeugt hätte. Er war heute in der Laune nachzudenken. Er saß da und sann über die Menschheit nach und darüber, wie viele Dummheiten sie schon gemacht hatte, wie viele Kriege im Namen Gottes schon geführt worden waren und warum man, sobald jemand mal am Kreuz endete, gleich eine Religion ins Leben rufen musste, die die nächsten zigtausend Jahre damit verbrachte, um ihren Heiland zu trauern, ihn anzubeten, sich die Knie auf den rauen Kirchfliesen wund zu schürfen und anderen Religionen möglichst häufig in den Arsch zu treten. Andererseits griff diese Tradition auch in so vielen anderen Bereichen des Lebens. Betrachtete er seinen eigenen Weg, so unterschied sich dieser nicht allzu sehr von vielen anderen radikalen Formen, das Dasein zu bestreiten. Johny hatte das Glück gehabt, die Chance bekommen zu haben, sich von ganz unten hoch zu boxen, an die Oberfläche zu robben und den begrenzten Horizont seiner Jugend hinter sich zu lassen. Dennoch: Es gab Eigenschaften, die er hatte, die sich ein Leben lang nicht würden ablegen lassen. Eigentlich viel zu spät hörte er die Stimme hinter sich. Sie klang vertraut.

»Hallo Johny.«

»Servus Reepe«, sagte Johny, ohne sich umzudrehen.

Eine schlanke Frau, die nicht ganz das Attribut groß gewachsen verdient hatte, setzte sich neben Johny auf die Bank und schwieg. Er bewegte sich nicht und schwieg ebenfalls. Aus dem Augenwinkel bemerkte er jedoch sehr genau, wie sie ihn musterte. Die tiefen dunklen Augen fuhren neugierig an seinem Gesicht auf und ab und nahmen jede Veränderung in seiner Mimik wahr.

»Zigarette?« fragte Johny und hielt Reepe eine zerknickte Schachtel hin, aus der das Gelbliche eines Filters ragte. Er vermied es noch immer, sie direkt anzusehen, erkannte aber trotzdem wie sie ihren Kopf und die langen nussbraunen Haaren schüttelte.

»Du müsstest eigentlich wissen, dass ich nicht rauche, Johny.«

Er nickte langsam, als ob er sich an etwas erinnern würde, das er lange vergessen hatte. Oder auch nur verdrängt hatte.

»Vielleicht ist das so.« sagte er und zog sich die Zigarette selbst aus der Schachtel.

»Ja, so ist das«, sagte sie mit wohlklingender Stimme und Johny fiel auf, dass sie lächelte. Er schwieg weiter. Stieß den Rauch aus seinen Lungen, der als graue Wolke in das hohe Kirchenzelt aufstieg. Sie schwieg ebenso und irgendwie hatte er das Gefühl, dass sie nicht ganz so zufällig hier war, wie sie versuchte es wirken zu lassen. Doch warum sollte es nicht so sein?

»Unglaublich«, murrte er. »So ein Sauwetter draußen.«

Schließlich war es schon damals immer *er* gewesen, der sich in ihrer Nähe auf den Schlips getreten gefühlt hatte – seit damals hatte er nie wieder eines von diesen schmucklosen Dingern angerührt und trug seitdem an ihrer statt schwarze Hosenträger über seinen Hemden. Die Funktionalität machte den fehlenden Chic mehr als wett. Er beugte sich vor und stützte sich mit den Handgelenken auf seine Oberschenkel. Die Hände faltete er zusammen, die Zigarette behielt er im Mundwinkel, höflicherweise in dem von Reepe abgewandten.

»Und, Riot? Wie geht es dir so?« Ihre Stimme klang irgendwie unpassend amüsiert. Johny stöhnte, drehte sich zu ihr um und sah ihr ins Gesicht. Sie lächelte tatsächlich. Unglaublich, wie er diesen Gesichtsausdruck gleichermaßen längst über und doch vermisst hatte. Reepe war hübsch wie immer. Ihr Mund hatte leicht nach oben gezogene Winkel, die in geschlitzten Grübchen endeten, und ihre Wangenknochen sahen wie eh und je kleinen Wölkchen ähnlich. Ihr Haar hatte sich etwas verändert. Es hing zum schlichten Pferdeschwanz gebunden über ihre rechte Schulter und war Strähnenweise etwas heller geworden. Oder sie hatte es tönen oder färben oder was auch immer lassen. Aber Johny fand sie attraktiv – nach wie vor. Sie war eine der wenigen Frauen auf diesem gottverlassenen Planeten (und das in einer Kirche), allein deren Optik ihn schon begeistern konnte. Zu seinem steten Unglück kam nur hinzu, dass sie ihn auch sonst mit ihrem beißenden Zynismus und ihrem perfekt durchgezogenem Desinteresse an allem und jeden zu faszinieren wusste. Das war bereits damals so gewesen; doch heute hatte er damit längst abgeschlossen. Dennoch würgte es ihn ein wenig, sie hier so unvermittelt neben sich zu sehen. Sie ließ ihn stets eines jener Gefühle haben, trocken und unnütz zu sein, solange man nicht auf ihr herumtrampelte. Damit hatte er heute kein Problem mehr. Er würde ihr diesen Wunsch nur allzu gern erfüllen.

»Gut geht es mir, Reepe. Gut«, sagte er monoton und sah zurück zwischen seinen Knien hindurch auf den zinnoberroten Fliesenboden. Sie lächelte wieder ihr nichts sagendes, überlegendes Lächeln. »Das freut mich zu hören, Johny. Was machst du so?«

»Ich trinke. Wie geht's Jarred?«

Im gleichen Moment, den Johny das gefragt hatte, bereute er schon, dass er es überhaupt getan hatte. Es war einfach so heraus gekommen. Obwohl es ihn sofort danach gedrängt hatte, das zu fragen, seit Reepe hier aufgetaucht war, hatte er nichts weniger gewollt, als *darauf* zu sprechen zu kommen. Es war doch immer wieder die gleiche Leier. Das traurige Lied vom männlichen Stolz. Armselig. Das Holz unter seinem Hintern knackte und vibrierte, als Reepe sich bewegte. Natürlich hatte er auch Reepe auf dem falschen Fuß erwischt. Sie nestelte sich gereizt an ihrer Kleidung – aus offensichtlicher Verlegenheit.

»Er… Tja!« sagte sie und der Hohn in ihren Worten schwoll wie ein Kürbis vor der Ernte. »Jarred! Ha!« Sie stieß einen künstlichen Lacher aus. Vielleicht sollte es herablassend klingen. »Weißt du, wir haben uns getrennt.«

Johny reagierte nicht, starrte nur den Boden zwischen seinen Schuhen an; fuhr immer wieder die Bahnen der Fugen auf und ab, als ob es dort etwas zu entdecken gegeben hätte.

Dann sah er sie an. »Du hast ihn sitzen lassen!«

Reepe richtete sich auf und starrte in den hinteren Teil der Kirche, wo der Priester, den Johny schon kennen gelernt hatte, einige Kerzen betreute. Sie waren wahrscheinlich sehr fromm.

»Das willst du doch überhaupt nicht wissen, Johny«, kläffte sie ihn an. Ihr Blick stach in irgendetwas herum, das weit weg lag. »Was tut es schon zur Sache, was *du* über mich und Jarred weißt. Du kannst dich doch noch erinnern, oder? Er war ein Vollidiot.«

Johny machte ein ablehnendes Geräusch und zog zischend an seiner Zigarette. Der junge Priester sah argwöhnisch zu ihnen herüber, aber er konnte nicht hören, was sie redeten. Johny luchste sie an. »Wie jeder deiner Kerle! Na, wenigstens bist du konsequent was das angeht.« Ein »Aber er wohl immer noch besser als ich...« konnte er sich nicht verkneifen. Und sofort wünschte er sich, es wäre nichts so, dass man seine eigenen Worte einfach aus der Luft radieren konnte, um sie ungeschehen zu machen. Reepe lachte überrascht auf und ihre Stimme klang ernsthaft wütend: »Was soll das denn heißen?!« fauchte sie. »Er war halt einfach ein Idiot wie jeder andere auch. Viel Schwanz, kein Verstand. Und dabei komplett anders als...« Sie brach ihren Ausbruch ab. Eine peinliche Stille entwickelte sich. Johny hasste es, mit ihr zu streiten. Andererseits gab es sonst nichts, zu dem er fähig gewesen wäre. Dummer Junge!

»Anders als *was*?« fragte er gereizt.

»Anders als du!«

Er sah sie schräg an.

»?«

»!«

Er schluckte. Die nächste Frage quälte ihn schon jetzt. Deshalb ließ er sie aus. Die Antwort käme ohnehin nicht – wie sie nie gekommen war. An diesem Punkt waren sie so oft schon gewesen. Vielleicht ein paar Dutzend Male zu oft, um es noch einmal durchzuproben. Verdammte Scheiße! Er griff sich an den Kehlkopf, massierte sich die Kehle und ließ seine Gedanken und Worte als bläuliche Rauchfahne aus seinen Nasenlöchern und dem halb geöffneten Mund entweichen.

»Was willst du überhaupt von mir?« war seine Frage. »Ich kann nur hoffen, dass es dein schlechtes Gewissen ist. Hast du Geschenke mitgebracht?«

Sie hüstelte künstlich. Es klang ironisch. »Weder noch, du Klugscheißer.«

Er lachte. Irgendwie in ihm brannte das Verlangen, sie zu verprügeln, solange sie es durchhielt – oder vielmehr er. Es war die alte Angst, ihr unterlegen zu sein, ein ungeschriebenes Gesetz, das ihre Bekanntschaft schon immer bestimmt hatte. Besser war es, diesen Konflikt auf eine physische Ebene zu zerren, und sie zu verhauen, bis es ein für alle Mal geklärt war. Reepe warf ihr Haar mit einem Schwenk ihres Kopfes hinter ihren Rücken – es sah bedauerlich hinreißend aus. Selbst ihre Schultern waren für Johny in einer ganz bestimmten Weise erregend. Sie roch so unangenehm zornig und unbefriedigt. Welch Wonne es ihm gewesen wäre, sie zu nehmen, gleich hier, gleich jetzt. Alle Konsequenzen wegzuficken. Und ihr dabei möglichst viel Demütigung entgegenzuschleudern. Und wäre nicht anders gewesen, als dass es ihr gefallen hätte. Doch er beherrschte sich und rauchte stattdessen stumm seine Zigarette auf. Sehr artig. Knecht Huprecht und sein karottengeiler Esel wären stolz gewesen.

Reepes Worte holten ihn aus seinen Fantasien zurück. »Ich kam rein zufällig vorbei«, log sie und strich sich durch das Haar, wobei sich ihr Zopf löste und sie das Band, das ihn locker zusammengehalten hatte, über ihren Handrücken stülpte. Johny sah sich das an und deutete dann mit seiner Zigarette, an deren Ende sich eine lange Spitze Asche gebildet hatte, wedelnd auf sie, als sei sie ein Objekt. »Wolltest bloß mal wieder ne Runde beten, oder was?« Es kam ziemlich trocken und klang auch sonst ganz gut, wie Johny feststellte, und sogar Reepe musste überraschend lachen. Das nervte Johny irgendwie, andererseits gefiel es ihm. Aber ihre Freude war sein Verderben.

»Quatsch, Johny Riot«, grinste sie. »Du solltest mich besser kennen. Ich bade in keinen religiösen Obsessionen, halte nur sporadisch die übliche Achtung der wichtigsten Gebote und paar interessanten Sünden, die es gibt, instand. Erinnerst du dich? Ich bin's, die olle Reepe!« Sie lächelte ihn selbstbewusst an und blinzelte einmal mit beiden Augen gleichzeitig – ekelhaft, das machen nur alte Männer mit trauriger ausnahmeder wenigen jungen, die sich gerne dafür halten. Ihre schwarzen Pupillen spiegelten kleine Leuchtreflexe wider. Johny ließ statt einer Antwort seine Zigarette auf den Boden fallen, wo er ihren schwach glimmenden Rest austrat. Im Hintergrund zuckte der Priester krampfhaft zusammen, traute sich aber nicht, etwas zu sagen. Besonders diese Frau machte ihn nervös. Er war ein furchtsamer Mann. Außerdem musste das Weihwasser ausgewechselt werden – selbst darin schwamm eine erloschene Kippe.

»Ok, Reepe«, sagte Johny, der dämlichen Spielchen überdrüssig. »Was ist los? Warum tauchst du hier einfach so auf? Bist du mir gefolgt? Observierst du mich? Willst du was Bestimmtes? Brauchst du Geld? Sind dir die Dildos ausgegangen? Oder suchst du einfach nur wieder einen Dummen, den du nerven kannst? Ganz ehrlich, Schätzchen. Ich hab so gar keine Lust auf deine Storys!«

Unbestimmter Weise schienen sie seine Worte zu treffen. Sie kniff die Augen zusammen und atmete sichtlich angespannt ein.

»Hör mal zu, Riot«, zischte sie. »Pass auf, was du sagst, denn es ist nicht alles witzig, worüber du dich freuen kannst. Nicht alles, wie du vermutlich noch bis heute denkst, geht so spurlos an mir vorbei, wie dein Eindruck wohl sein mag. Um das ein für alle Mal klarzustellen: Ja, ich habe mich für vor vier Jahren für Jarred entschieden. Ja, das fiel mir damals nicht besonders schwer und ja: Du solltest endlich kapieren, dass das weniger allein an dir lag, als vielmehr an den Umständen, die dich stets begleiten. Nicht alles, was ich tue, finde ich im Nachhinein richtig, wobei ich das Gefühl habe, dass *du* das genaue Gegenteil davon denkst.« Sie holte Luft. »Begreifst du das?« Sie sah ihn schmollend an. »Auch *ich* mache Fehler!«

Sie war deutlich aufgebracht und ihre Brust hob und senkte sich aufgeregt, schließlich hatte sie kaum eine Pause zwischen ihren Sätzen gemacht. Johny fand, dass auch in ihr etwas verborgen war, das die schmutzige Vergangenheit nie ganz verarbeitet hatte. Er sah sie einen Moment lang stumm an und überlegte.

»Was glotzt du denn jetzt wieder so?« schnappte sie ihn an und war etwas Rot im Gesicht »Ich kann es nicht ab, wenn man mich so anstarrt, wenn ich… ich…«

»… wenn du dich so aufführst?« fragte Johny.

Statt einer Antwort senkte sie ihren Kopf und rieb sich grob in ihren Augen. Das kannte er noch von früher, als sie sich öfter gestritten hatten. Hatte sich denn nichts geändert? Johny fühlte sich plötzlich auch wie ein Idiot. Das hatte er nicht gewollt. Machte sie das aus jedem Mann? Einen Idioten?

»Reepe…« Er versuchte versöhnlich zu klingen. Sie rieb sich weiterhin angestrengt die Augen. Es hatte eher idiotisch geklungen.

»Reepe… Es tut mir Leid, was ich sage.«

Sie hob ihren Kopf und funkelte ihn mit ihren fast schwarzen Augen an. »Genau«, sagte sie leise aber bestimmt. »Du tust dir immer nur selbst Leid, Johny Riot!«

»Bitte?!« fragte er erstaunt.

»Vergiss es. Ich habe nur eben gedacht, dass sich offenbar nie etwas zwischen uns ändern wird. Es ist halt einfach so. Du willst mich immer nur als das sehen, was ich überhaupt nicht bin.« Sie wandte sich von ihm ab. Johny hielt das für übertreiben absichtlich und reagierte nicht darauf. Stattdessen versuchte er es auf die vernünftige Art und Weise, er wollte sich einfach ein einziges Mal richtig zusammen reißen können. Und wenn schon nicht für sie, dann wenigstens für sich.

»Also… Denkst du nicht, dass wir ausnahmsweise zu Abwechslung anständig miteinander sprechen sollten?«

Sie sah ihn nicht an. »Ich habe das Gefühl, wir sprechen sowieso nicht die gleiche Sprache Also was soll's?!«

Johny runzelte die Stirn. »Vielleicht ja doch und ich kann nur nicht damit umgehen, dass jemand so… klug ist… wie ich.«

Sie versteifte sich, entspannte sie sich dann wieder und ließ ihre Schultern sinken. »Weit klüger als du…«, sagte sie leise.

»Nie im Leben«, zweifelte Johny mürbe lachend an ihrem Einwand. Sie atmete hörbar ein und drehte sich wieder um. Er nahm sich zusammen und erbarmte sich eines angedeuteten Lächelns. Ihre Blicke trafen sich und stachen ineinander. Es gab den Versuch einer stummen Versöhnung. Fürs Erste. Dann guckte Reepe weg und sprach wie zu einem Unsichtbaren. »Wenn du so klug bist, wie du dir einbildest, dann wird dich ja auch sicher nicht überraschen, weswegen ich hier aufgekreuzt bin – zu allem Überdruss auch noch an so einem Ort.«

Johny schüttelte den Kopf. »Du hast im Lotto gewonnen und wolltest es mir als erstes verraten?« Was er sagte, klang so wenig einleuchtend, wie es sollte. In Wirklichkeit hatte Johny natürlich mindestens einen handfesten Verdacht, warum Reepe hier aufgetaucht war, aber diese Mutmaßungen wollte er im Moment lieber noch für sich behalten. Wenn es wirklich wichtig war, würde sie früher oder später schon mit der Wahrheit rüberkommen.

»Ich will nicht lange um den heißen Brei herum reden, Johny.« Er sah sie verdutzt an. »Erzähl mir nicht so was!«

»Hey!« ermahnte sie ihn. »Also, man hört so Sachen… Zum Beispiel, dass du dich mit komischen Leuten einlassen würdest. Mal abgesehen davon, dass ich nicht behaupten kann, dass mir das ganz egal wäre, habe ich gute Gründe, dich danach zu fragen.« Johny fand, sie kaute doch um den heißen Brei herum. Sehr heißen Brei, wie er hinzufügen musste und er wollte mit dem, was er preisgab, vorsichtig sein.

»Das ist alles?« Er knirschte mit den Zähnen. Schnell legte er eine Zigarette nach. »So sehr kann dich *das* allein doch nicht beschäftigen. Komm schon, Reepe. Du erzähltest was von Gerüchten. Was erzählt man sich noch so über mich in deinen schäbigen Freundeskreisen.«

Sie sah an ihm vorbei.

»So dumm es auch klingen mag, wenn ich mich deshalb hier mit dir streite…«, erklärte sie. »aber ich bin hellhörig geworden, als mir zu Ohren kam, dass du dich wieder mit der Baltimoresippe eingelassen hast. Ich dachte seit der Sache mit John und

Brenda damals wäre das Thema durch?« Sie versuchte ihre Neugierde zu verbergen indem sie an ihrem Finger kaute. Irgendwie paradox.

Johny ging auf sie ein. »Das Thema ist bestimmt durch. Der alte General hat damit abgeschlossen. Und mit mir hatte es nie viel zu tun. Was willst du eigentlich von mir hören? Komm mal zum Punkt, Reepe.«

Sie druckste herum. »… Man hat dich mit der jungen Baltimore gesehen, Johny.«

Er zog die Luft ein und sah Reepe mit offenem Mund an. »Und? Ist das verboten?« Dann zündete er sich seine neue Zigarette an.

Reepe lachte bitter. »Du hast ja keine Ahnung, Johny, worauf du dich da eingelassen hast.«

Er paffte sie an. Gewissermaßen erfreute ihn daran, dass sie das nicht ausstehen konnte. Aber nun ignorierte sie es und kniff abgebrüht die Augen zu engen Schlitzen zusammen.

»Pah! Was kümmert es dich, was *ich* mit der ›jungen Baltimore‹ zu Schaffen hab? Sag mal, willst du mich auf den Arm nehmen? Ist es schlussendlich etwa Eifersucht, die dich hertreibt, Süße?« Er grinste schäbig. »Irgendwie muss es schon mehr sein, um dich hier her zu locken, Reepe – das hier ist Hondon. Also spuck's aus, und zwar ruckzuck, sonst trete ich aus Langeweile noch in diese Kirche ein.«

Draußen über dem Dach des Gebäudes donnerte es. Der Regen prasselte noch immer erbittert nieder und stimmte Johny ein wenig gemütlich. Ein Blitz erhellte den Raum für den Bruchteil einer Sekunde zu zuckender Lebendigkeit und verwandelte Reepes hübsches Gesicht in eine kalt wirkende Fratze. Urplötzlich bekam er ein leicht ungutes Gefühl. Reepe nestelte an ihrer Kleidung. Sie trug vorwiegend dunkle Sachen, eine schlichte schwarze Jeans und einen eng anliegenden Pullover. Die Sachen waren nicht einmal nass. Warum eigentlich nicht, dachte Johny.

Sie sah ihn an. »Johny - «, sprach sie tonlos. »Was hast du mit ihr angestellt?«

Er erschrak nur innerlich. Äußerlich hatte Johny inzwischen gelernt, sich nichts anmerken zu lassen, wenn man ihn ertappte. Sie erwischte ihn eiskalt und das wusste sie, auch wenn man es ihm nicht ansah.

»Was redest du da?!« hakte er nach.

Sie schielte ihn fragend an. »Das, was du hörst! Also stell dich nicht so an! Ich will wissen, was mit Jesse Baltimore geschehen ist?« Ihre Stimme klang für Johnys Maßstäbe gereizt. Was ging hier vor sich? Wollte sie ihm was anhängen? Steckte sie etwa mit Weiss und seinem Trotteladjutanten unter einer lauschigen Decke?

»Ich stelle dir nur eine ganz einfache Frage, Johny: Was hast du mit Jesse Baltimore angestellt? Hast du sie umgebracht? Wie ihren Bruder?!«

Johny zog energisch den Kopf zurück. »Shit!« brummte er. »Was hast du denn auf einmal für eine Erkenntnis?«

Reepe lächelte geschlitzt. Ihre Augen wurden groß. Johny fiel ihr Haar auf. Es war knochentrocken.

»Um dir kurz auf die Sprünge zu helfen«, erklärte sie. »Am Tag nach Jacquomos Tod hast du Jesse, seine jüngere Schwester, kennen gelernt. Erinnerst du dich?«

Johny schob nachdenklich seine Unterlippe vor und sagte nichts. Das stimmte soweit. Woher sie das wohl wusste? Reepe ignorierte sein Schweigen und fuhr fort. »Du gingst mit ihr durch die Stadt und hast einige Leute aufgemischt. Deine ewig krakelige Handschrift ist unverkennbar! Später hat man euch zusammen mit jemandem von der Konkurrenz erwischt. Ich muss dir zugute halten, dass du dich mit denen nicht so gut gestellt hast, wie offensichtlich mit Jacos Schwester.«

Johny dachte daran, dass sie mit Konkurrenz wahrscheinlich Gutmann und seine Schergen meinte.

»Wart mal, Reepe«, unterbrach er sie und unterstrich seine Worte mit einem Wedeln der Zigarette, die er in der linken Hand hielt und nicht mehr rauchte, seit sie ihm diese sonderbaren Vorhaltungen machte.

»Wer will das gesehen haben? Wen interessiert das? Ich wusste bis vor ein paar Tagen und Nächten nicht einen Scheiß von Jacos Schwester, die so plötzlich aufgetaucht ist wie die Löcher in den Menschen. Dass ich von seinem Tod etwas geahnt hätte, kann mir auch niemand vorhalten. Ich meine, guck dir den Typen doch an! *So was* mach *ich* nicht! Der alte Baltimore hat mich lediglich um einen kleinen Gefallen gebeten, und wobei es darum geht, geht niemanden sonst was an. Und überhaupt! Was ist an Jacquomos Schwester so verkehrt? Sie ist eigentlich ne ganz Nette.«

Reepe lachte. Doch es klang wenig belustigt. »Dein Problem, Johny, ist, dass niemand außer dir offenbar Jacos Leiche gesehen hat.«

Johny sah sie mit verständnislosem Blick an.

Reepe fuhr fort. »Jacos Leiche… Sie ist nicht da. Und das heißt, sie existiert für alle anderen außer dir nicht. Und genau das stimmt einige Leute sehr unruhig.«

Johny hob die Hände wie abwehrend. »Nicht mein Problem. Ruf doch den General an und frag ihn, ob du für deine ominösen Freunde ein Stückchen von Jaco bekommen kannst, auf das sie sich dann einen runterholen können. Mir scheißegal!« Das letzte Wort formte er mit seinen Lippen überdeutlich nach. Er wurde brummig. Reepe verwirrte ihn. Hier ging etwas ganz und gar Abgekartetes vor sich. Wer, zum Henker, hatte diese Frau gewordenen Albtraum zu ihm geschickt, um ihn erst mit alten Trauergeschichten zu martern und dann auch noch mit den absonderlichsten Anschuldigungen zu traktieren?

Reepe seufzte. »Und Johny… Du hast da noch ein Problem.«

Er legte den Kopf auf die Seite und signalisierte so ein interessiertes Lauschen. Was konnte denn jetzt noch kommen? Warum verdächtigten ihn auf ein Mal von allen Seiten Leute, Jaco und Jesse auf dem Gewissen zu haben? Was oder besser wer, wollte ihm das anhängen? Und weshalb? Ruhig sah er Reepe in die Augen. »Ich bin ganz Ohr, *Reepe*«, betonte er.

Plötzlich bewegte sich etwas im hinteren Teil der Kirche. Johny sah es über die Schulter von Reepe. Jemanden kam näher. Erst hielt er die Gestalt für den nervtötenden Schleicher von Priester, der ihn schon die ganze Zeit über nicht aus den Augen gelassen hatte, aber dann sah Johny, dass es nicht der Diener Gottes war, der da auf sie zukam. Mehrere Männer erschienen aus den zahlreichen Ecken und Winkeln der großen Kirche, die sich mehr als dazu anboten, sich vor neugierigen Augen zu verbergen. Er blickte sich unmerklich um und begann schon die näher kommenden Personen zu zählen, doch dann wandte er sich wieder an Reepe, die still und gelassen vor ihm saß.

»Was soll das denn werden? Wollt ihr mich verprügeln? Traust du dich jetzt schon nicht mehr allein gegen mich? Hast die Hosen voll, was? Eigentlich schade drum, muss teuer gewesen sein, der gute Zwirn.«

Reepe sah ihn ruhig an. Sie lächelte.

»Ich weiß doch, wie störrisch du manchmal bist, Johny.«

Er verzog das Gesicht.

»Und dann diese paar Vögel hier? Willst du mich beleidigen?«

Sie lachte ein bisschen.

»Red keinen Unsinn, Johny. Du bist nicht unbesiegbar, das solltest du nicht vergessen. Außerdem habe ich nicht vor, dich verprügeln zu lassen. Du brauchst mir einfach nur zu sagen, was ich wissen will. Dann passiert dir nichts.«

Johny schnippte seine Zigarette weg.

»Ich weiß von Nichts.«

Gelassen beobachtete er die grimmig wirkenden Männer, die um ihn und Reepe herum Aufstellung nahmen. Es waren anspruchslose Schläger. Sechs an der Zahl. Sie hatten schlichte dunkle Stoffhosen an und kurzärmelige weiße Hemden, deren Bünde sich um beeindruckende Muskeln spannten. Amateure. Er grüßte einen nach dem anderen von ihnen, indem er höflich an die Krempe seines Huts tippte. Sie reagierten in keinster Weise. Anfänger.

»Sie ist nicht, wer du glaubst.«

Johny wandte sich wieder Reepe zu, die immer noch still lächelnd neben ihm saß und ihre Beine eng zusammengerückt hatte. Irgendwie wirkte sie nicht ganz so ruhig, wie sie es wohl gerne wollte. Sie sah ihm nicht unverwandt in die Augen, wich seinem Blick gelegentlich aus.

Johny fragte: »Was meinst du damit?«

»Ganz einfach. Jesse ist nicht Jacquomos Schwester.«

…

Johny konnte sich nicht helfen. Irgendwie wurde er den verdammten Gedanken nicht los, dass ihn alle nur noch vereiern wollten. Jesse sollte nicht die Schwester von Jaco sein? Hatte man ihm also einen Spitzel aufgedrängt? Hatte man ihm etwa bereits etwas angehängt, ohne dass er es gemerkt hatte?

»Hier erzählt doch jeder, was er will. Ich glaube erstmal überhaupt nichts mehr«, sagte er deshalb und griff nach seiner Packung mit Kippen, die in seiner Brusttasche steckte.

Reepe sah ihm mit argwöhnischem Blick zu. »Hör jetzt endlich auf, so cool zu tun, Johny. Das bist du nicht!«

Die Schachtel Zigaretten war leer…

»Dann hör du auf, mir was vorzulügen, Reepe. Ich hab es satt, im Dunkeln zu tappen. Denk was du willst, aber zieh mich nicht in deinen Dreck mit rein. Was auch immer du am Stecken hast. Ich lass mir nichts anhängen! Pasta, Schätzchen.«

Mit übertriebener Mimik versuchte er einem der Laienbügelwäscheleger um sich herum klar zu machen, dass er keine Kippen mehr hatte und gerne eine geschnorrt hätte. Er erntete keine Reaktion. »Dilettanten«, murrte er.

»Ich brauch mich nicht zu belügen, Johny«, sagte Reepe. »Im Dreck steckst hier du allein! Und zwar tiefer als ich dachte.«

Aha, erkannte Johny, jetzt kommt sie endlich zur Sache.

Reepe rieb sich energisch die Augenbrauen. »Ich werde es dir erklären. Vielleicht hilft dir das auf die Sprünge, du Narr.«

»Das werden wir sehen.«

»Ja, hoffe ich. Für dich… Pass auf. Im Grunde ist mir diese Jesse piepegal, verstehst du? Aber ganz gleich wer sie ist, ihr angeblicher Bruder hat etwas, das mich mehr interessiert als dein blinder Stolz, oder was auch immer es ist, das dich so störrisch macht, Johny.«

Johny sah sie gespannt an. »Mein Stolz hat dich je interessiert?«

»Halt den Mund! Jacquomo Baltimore hat etwas gewusst, das ist dir sicherlich klar.«

Nein, dachte Johny, aber er sagte diesbezüglich nichts. Er war bisher davon ausgegangen, dass Jaco Schulden gehabt hatte und deshalb abgemurkst worden war, weil er sie nicht hatte bezahlen können. Eine tödliche Information hingegen veränderte die gesamte Ausgangslage, ja, das ganze Motiv für den Mord.

Reepe sprach eindringlich. »Und nun ist er tot, Johny. Und als wäre das nicht unpassend genug, obendrein ist er verschwunden. Das heißt, das was er gewusst hat, ist entweder mit ihm zu den Fischen gegangen oder jemand anderes trägt das Geheimnis mit sich. An sich wäre das nicht so schlimm, doch die Unsicherheit, das Risiko, sein Wissen könne in Falsche Ohren geraten, zu falschen Zwecken benutzt werden, die machen nicht nur mir Sorgen. Die halbe Stadt sucht danach! Verdammt, Johny, das ist nicht witzig!«

Johny nickte zustimmend. »Klar, ich meine, bei *dem* Wert. Ich bin mir sicher, dass er nicht lange verschwunden geblieben wäre.«

Ein sauberer Bluff zur rechten Zeit war manchmal unersetzbar – er hatte keine Ahnung wovon sie da sprach. Eine Information? Das wäre höchstinteressant.

Reepe ließ nicht locker. »Genau. Johny, du hast es erfasst. Glückwunsch! Und jetzt, da du schlussendlich doch noch im Bilde bist, wirst du mir verraten, wo du sie versteckt hast. Oder hast du sie gar längst um die Ecke gebracht? Was wusste sie? Hast du es weiter verraten? Ich will es jetzt endlich wissen! Sag es mir!!!«

Er nahm sich den Hut ab und fuhr sich mit der Hand durch das dicke Haar, das stets so wirkte, als sei es seit ein paar Monaten aus der letzten Frisur gewachsen.

»Sagen wir mal, ich habe sie nicht umgebracht. Und auch nicht versteckt.«

Reepe fauchte ihn an: »Verarsch mich nicht! Wo ist sie?! Johny, es reicht! Du bist nicht in der Position, mir etwas vorzumachen.«

Er setzte sich den Hut wieder auf und sah sie treudoof an.

»Hab's vergessen.«

Reepes Blick verlor an Härte. Irgendwie hatte er noch immer den Eindruck, dass sie ihm was vormachte.

»Echt. Kein Quatsch«, sagte er mit den Schultern zuckend.

»Johny! Was soll das jetzt wieder heißen? Wie kann man denn so etwas einfach vergessen?«

Johny betrachtete die Jungs um ihn und Reepe herum. Dann schmatzte er, als ob er etwas sagen wollte, räusperte sich und lehnte sich schließlich zurück, um seine Arme auf der Lehne der Holzbank auszubreiten.

Er fragte sie: »Enjado. Was sagt dir das?«

Aus Reepes Gesicht fiel alle Barschheit, sie sackte erschöpft zusammen und ließ den Kopf hin und her baumeln, als sei sie eine Marionette, deren Besitzer die Lust verloren hatte, mit ihr zu spielen. Vielleicht war Enjado ein Begriff, der die Leute einschlafen ließ, grübelte er.

»Johny, Johny…«, flüsterte Reepe mit matt klingender Stimme.

Johny streckte sich und wollte aufstehen, da ihm die Beine vom langen Sitzen wehtaten. Doch noch bevor er sich aufgerichtet hatte, landete eine haarige Pranke auf seinem Kopf und presste ihn zurück auf die Bank. Einer der Burschen grunzte hinter Johny. Ausnahmsweise ließ er sich das gefallen und setzte sich artig wieder auf den Hosenboden. Wo sollte er schon großartig hingehen? Draußen regnete es noch immer; gelegentlich erhellten sogar gleißende Gewitterblitze das Innere der Kirche und der stets nachfolgende Donner brüllte einschüchternd vor den massiven Mauern des gewaltigen Gebäudes. Wieso also schon gehen? Wenn es hier wenigstens einen Zigarettenautomaten gegeben hätte, dachte er wehmütig.

Reepe winkte müde ab.

»Lasst ihn. Ist schon in Ordnung.«

Widerwillig entfernte sich die haarige Hand von Johnys Schulter. Penibel putzte er sie ab. Reepe richtete sich in der Bank auf und sah in die Runde. »Enjado…«, sagte sie leise und es wirkte, als ob sie sich an etwas lang Vergangenes erinnerte.

»Dieses Wort…«

Johny schüttelte den Kopf. »Was ist damit?«

Reepe kniff die Augen zusammen. »Wo hast du das her? Erzähl.«

Johny guckte unbedarft. »Gehört. Von diversen. Ist das etwa wichtig?«

Sie sah ihn an und wirkte müder als zuvor. »Du hast ja echt rein gar keine Ahnung, Johny.«

»Reepe, nimm's mir nicht übel, aber genau aus dem Grund kann ich dir da nicht helfen, was auch immer du angestellt hast. Ich habe nicht den blassesten Schimmer, was vor sich geht. Und mal ehrlich, ob Jesse nun Jacos Schwester ist, oder nicht, oder was auch immer… Ich glaube kaum, dass sie das dafür Kaliber hätte, mordend um die Blocks zu ziehen.«

Reepe starrte ihn mit herabhängenden Lidern an. Dann lachte sie erstickt. »Du hast keine Ahnung, Johny… Du hast ja keine Ahnung…«

Johny registrierte es leider einen Augenblick zu spät. Die gleichsam wütend, wie auch erschöpft wirkende Reepe hatte ihn einfach zu sehr abgelenkt – man sollte nie einer nett anzuschauenden Frau trauen, die einen einfach so anquatscht, als wäre nichts gewesen –, das geht häufig in die Hose. Dazu kamen noch die sechs stupiden Schläger, die sie mitgebracht hatte, und die ihm die Sicht genommen hatte. Johny war einfach gut darin, anderen die Schuld an seiner Misere zu geben. Seit jeher war sein Motto gewesen und geblieben: »Fehler? Die machen andere!« Oder wie jetzt: Er hatte einfach nicht mehr richtig aufgepasst. Und da war nur eine Sache, die ihn sich das verzeihen ließ, denn weder Reepe, noch die Idioten in ihrem Schlepptau hatten etwas bemerkt.

Aber Johny merkte es doch. Nur eben leider zu spät. Was nicht heißen soll, dass ihn das irgendwie nervös machte, nein, nie, nie im Leben.

Durch das mächtige Schiff der Kirche zog ein kalter Windhauch und die Kerzen im hinteren Teil der Kapelle erloschen auf einen Schlag wie die Flammen einer Geburtstagstorte, die erfolgreich ausgeblasen wurden und der stets etwas aufgebrachte, mit Sicherheit inzwischen unter Bluthochdruck leidende, Priester war plötzlich wie vom Erdboden verschluckt gewesen. Eben hatte er doch noch da hinten gestanden …

Stille. Johnys Augen wurden schmal zusammengekniffen. Als ob er auf diese Weise besser sehen könnte.

Er lies seinen konzentrierten Blick in die Runde schweifen, während Reepe ihren Kopf in den Nacken legte und zur Decke starrte. Sie schien müde.

Einer der Schläger kaute auf einem Zahnstocher herum und als er Johnys Blick bemerkte breitete er die Arme aus, drehte die Handflächen nach oben und zuckte die Stirn runzelnd seine Schultern.

Johnys Blick ging weiter, glitt an den anderen Hagestolzen vorbei und zog durch die Schatten. Unterdessen sprach er leise zu Reepe.

»Sag mal, Reepe…«

»Was denn?!« gab sie zurück, wie jemand, der kurz vorm Einschlafen noch einmal angesprochen wurde.

»Seit wann regnet es eigentlich draußen?« fragte er.

Reepe sah ihn mit leicht offenem Mund an, blickte an sich herunter und schüttelte knapp den Kopf.

»Johny, du musst nicht alles wissen, okay?« gab sie schroff zurück.

Er schenkte ihr einen verzeihenden Blick.

»Doch Schätzchen, in diesem Fall schon. Also, mach keinen Stress und sag schon. Warum seid ihr nicht nass geregnet, wie all die, die hier vor dem Regen Schutz suchen würden – so wie ich zum Beispiel?« Seine Stimme lies keinen Widerspruch zu.

»Warum, zum Teufel…« Reepe legte ihre Stirn in Falten.

Da war es gewesen. Johny hatte es nur ganz flüchtig wahrgenommen. Einer der vielen kantigen Schatten in den ebenso vielen düsteren Winkeln der Kirche hatte sich nahezu unmerklich bewegt. Wie ein kurzes Flackern. Wer auch immer, er, oder schlimmer: sie waren nicht übel im Versteckspielen, dachte Johny. Einer von Reepes Schlägern stand in unmittelbarer Nähe und hatte offenbar nichts gemerkt. Einer der stummen Schatten hinter ihm verlängerte sich, streckte sich, wuchs hinter einer Säule hervor, gleich einem Tentakel wand er sich nach seinem Opfer, umfloss den Schläger wie eine riesige Pfütze schwärzester Tinte und dann…

war er verschwunden. Still und heimlich. Als hätte es ihn nie gegeben.

»Reepe…«, Johny sprach absolut konsonant.

»WAS?« erwiderte sie fast ebenso betont.

Er zog die Mundwinkel nach unten – es sah enttäuscht aus.

»Du hast grad so was gesagt wie, dass ich hier in der Scheiße sitz, nicht wahr?«

»Ja… UND?«

Ihre Augen waren groß und irgendwie ehrlich. Das ernüchterte Johny. Sie hatte anscheinend nicht die geringste Ahnung.

»Das ist nicht ganz korrekt«, sagte er. »Es müsste heißen: *Wir* sitzen in der Scheiße. Nämlich du, die Bastarde, die du mitgeschleppt hast, und ich – wir haben wohl alle nicht allzu gut aufgepasst, wie mir scheint.«

Reepe ließ ihren schlanken Unterkiefer locker.

»Und das soll heißen?«

»Dass wir nicht mehr länger unter uns sind.«

Johny sprach ganz ruhig und noch immer sehr leise. Mit einem Mal schoss Reepe aus ihrer blättrigen Sitzhaltung hoch und drehte sich aufgebracht um. Ihre Hand glitt gleichzeitig und wie von selbst unter ihre Jacke.

»Hank!«

Ihre Schlägertruppe registrierte die Bewegung und begab sich wie ein Mann in Alarmpose. Der Zahnstocherkauer hörte auf zu kauen und sah sich um.

»Hank ist nicht mehr da, Boss.«

Sie drehte sich zurück zu Johny.

»Was wird hier gespielt?«

Johny wackelte. »Genau *das* möchte *ich* von *dir* wissen.«

…

Dann ging alles ganz schnell.

Aus den Schatten ertönte das rapide, knatternde Feuern mehrerer Maschinenpistolen, das von den hohen Wänden der Kirche grell widerhallte. Funken sprühendes Mündungsfeuer zerriss die Dunkelheit und verwandelte die Bewegungen der Anwesenden in ein schemenhaftes Zucken. Mehrere Gestalten traten aus ihrer Deckung hervor und eröffneten das Kreuzfeuer. Irgendwie gelang es Johny, der ersten Salve nicht zum Opfer zu fallen, was eher etwas mit Glück als denn Fähigkeit zusammenhängen mochte. Er wand sich von seiner Bank und eilte geduckt in Richtung des Altars. Um ihn herum rissen aberhunderte von Kugeln Stücke aus den Holzbänken und etliche rasiermesserscharfe Splitter mutierten zu schmerzhaften Schrapnellgeschossen, wovon sich eines in Johnys linken Handrücken fraß. Für den Moment ignorierte er den brennenden Schmerz und rannte taumelnd weiter. Wie ein Irrer flankte er über die bereits völlig zerschossenen Bänke hinweg und gleich einem Weltmeister im Hürdenlauf absolvierte er den Parcours mir Bravour. Um ihn herum tobte das Inferno. Reepes wortkarge Schläger suchten schnell, aber unprofessionell, Schutz hinter Säulen oder in Bankreihen und zogen ihrerseits klobige Handfeuerwaffen hervor und schossen irgendwo in die Dunkelheit – ob sie etwas trafen blieb unklar, höchstwahrscheinlich beteiligten sie sich lediglich an der morbiden Demolierung des Interieurs. Johny warf sich hinter den Altar und keine Handbreit neben seinem Kopf zerriss eine Kugel das Haupt des Heilands, der jetzt von seinem leidvollen Gesichtsausdruck erlöst schien. Ein Regen aus Holz-, Stein- und Metallpartikeln ging auf ihn nieder und Salve um

Salve donnerte krachend über ihn hinweg. Er lies sich auf den harten Marmorboden sinken und presste sich mit dem Rücken gegen die Hinterseite des Altars. Er schob seinen Hut in den Nacken, checkte seine Zigarettenpackung (immer noch leer) und zog seine Jenk&Rupert 9mm aus dem Hosenbund. Schnell legte er sie neben sein Knie, biss mit gefletschten Zähnen in den Holzsplitter, der aus seiner Hand hervorragte, zerrte ihn heraus und spuckte ihn weg. Anschließend riss einen Fetzen blutroten Stoffes aus einem Zierstück am Altar und wickelte es um seine stark nässende Hand.

Dann wartete er.

Innerhalb kürzester Zeit roch die sakrale Luft beißend nach Pulverdampf und verzweifelte Todesschreie gellten durch die heiligen Reihen, über die sich der dichte marmorne Staub zerschossener Säulen und Wände legte. Im nahen Umfeld Johnys zerrupften immer mehr Kugeln das antike Altarbild, das bestimmt ein Vermögen wert gewesen war. Er fühlte sich wie das vermeintliche Opfer eines Messerwerfers, der seine Silhouette mit seinen Wurfgeschossen nachzeichnete. Einer der Männer, die Reepe mitgebracht hatte, lugte hinter einer Säule hervor und erblickte Johny, der seinerseits gerade hinter dem Altar hervorblinzelte. Der Mann überlegte nicht lang, rannte ungelenk los, feuerte wild hinter sich, und stürmte auf Johnys Versteck zu.

Verpiss dich, du Wichser, dachte Johny und bangte um seine wirkungsvolle Deckung – der Typ wollte sie offenbar für sich und Johny war sich sicher, dass er kurzen Prozess machen würde. Rasch überlegte er, ob er den Typen einfach über den Haufen ballern sollte, doch das Problem löste sich von selbst. Die ganze Aktion war von vornherein zum Scheitern verurteilt gewesen. Eine Maschinenpistolensalve erwischte den Schläger im Rücken und ließ ihn wie eine groteske Ballerina eine Pirouette drehen und zu Boden gehen. Er schmetterte mit voller Wucht gegen ein Taufbecken und riss es um. Das Wasser platschte zu Boden und verband sich zischend mit dem erhitzten Dreck, der überall herumlag. Johny warf einen gehetzten Blick um die andere Ecke des Altars. Inzwischen kämpften nur noch zwei von

Reepes Wollschlägern mit den unsichtbaren Angreifern. Sie schossen den Inhalt ihrer Magazine wahllos in die Dunkelheit und trafen einen Scheiß. Für Johny sah es so aus, als würde es am Ende der Runde wohl null zu sechs stehen – mindestens. Jedenfalls, wenn er nicht bald eingreifen würde. Reepe selbst saß mit den Händen über dem Kopf geduckt in der Bankreihe, in der sie bis vor kurzem noch dieses unendlich aufschlussreiche Gespräch mit Johny geführt hatte. Ab und an verließ sie ihre bereits bedrohlich ramponierte Deckung, um ein paar gezielte Schüsse abzugeben, bisher jedoch ohne Erfolg. Johny nahm an, dass die unbekannten Aggressoren vermutlich ungeschoren davon kamen, denn sie hatten das Terrain eindeutig auf ihrer Seite. Es handelte sich offenbar um ordentlich durchorganisierte Experten und es blieb bloß eine Frage der Zeit, bis auch Reepe Kanonenfutter werden würde. Verdammt! Das war nicht in Johnys Absicht. An sich konnte sie ihm egal sein, doch es gab zu viele interessante Punkte in ihren Ausführungen von vorhin, als dass er sie jetzt schon aufgeben wollte. Eigentlich saß er hier sicher und trocken hinter dem Altar und es gab kaum einen Grund für ihn, da noch mal herauszugehen. Es wäre quasi der sichere Tot gewesen – höchstens eines Siebes würdig. Und das für eine Frau, die wenige Minuten nach ihrem ersten Wiedersehen gleich rumgezickt hatte? Klang nicht grade vernünftig in Johnys Ohren. Aber er wollte sich mit ihr noch über ein paar Dinge unterhalten, also überlegte er sich Plan B…

Aus dem Sitzen schraubte er sich hoch, lud seine Waffe mit der verletzten Hand durch und trat, sofort das Feuer eröffnend, hinter dem Altar hervor. Draußen offenbarte sich ihm ein regelrechtes Schlachtfeld, überall lagen die Körper der einsilbigen Prügeljungs von Reepe und badeten im Staub – mit flüchtigem Blick zählte er fünf von ihnen. Blutspritzer verzierten die Wände und das Mobiliar. Johny streute seine Kugeln bewusst grob und den gesamten Raum abdeckend, bis das Magazin fast leer war und ging mit erhobener Waffe schnellen Schrittes auf Reepe zu. Erst musste er sich selber Feuerschutz geben, doch dann knallten schon die ersten geistesgegenwärtigen Schüsse aus Reepes

Kanone hervor, die ihn unterstützen. Von seinen Gegnern war kaum etwas zu erkennen und er ging davon aus, keinen zu erwischen, aber sie sollten ihn wenigstens von seiner miesesten Seite kennen lernen. Haken schlagend und sich rollend oder auch mal durch den Dreck kriechend bewegte er sich voran und kam Reepe immer näher. Als er endlich bei ihr angekommen war, stieß seine Jenk&Rupert nur noch ein kaltes Klicken hervor – sie war leer. Er duckte sich hinter die schon ziemlich zerschossene Bank und lud nach.

Einer der zwei übrigen Schläger schaute gerade über die Bank, hinter der er saß und eröffnete wild das Feuer. Die Dunkelheit dankte es ihm, indem sie einen Hagel Kugeln ausspuckte, die ihn hart in den Torso trafen und unter Ächzen zusammensacken ließen.

»Na Johny, kommst du auch noch mal vorbei? Ich dachte schon, der feine Herr hätte bereits sauber die Flucht ergriffen«, giftete Reepe Johny an, doch man sah in ihrem Blick, dass sie erleichtert war, ihn zu sehen.

»Naja, ich hätte dir genug Grips zugetraut, möglichst schnell aus dieser Bude zu flüchten, bevor die Typen den ganzen Laden zerpflücken. Aber anscheinend hat's dafür nicht gereicht. Somit muss ich wohl doch noch mal ran. Aber ich hab nicht vor, hier den Helden zu machen. Wir hauen ab. Und zwar jetzt!«

Noch bevor Reepe groß widersprechen konnte, ergriff er ihren Arm und zog sie geduckt hinter sich her, zum Rand ihrer Reihe. Dabei waren ihm diese verflixten Bänke zum darauf Niederknien im Weg. Er warf einen flüchtigen Blick über die Schulter und sah grade noch, wie der verbleibende Schläger hinter seiner Säule hervor sprang und laut brüllend das Feuer eröffnen wollte. »Hei Jaaaaaa!!!«

Klick. Klick.

Munition alle.

Vollidiot.

Manche hatten es einfach nicht besser verdient. Johny rannte weiter. Er konnte sich denken, was jetzt kam und wollte sich den Anblick sparen. Das laute schmerzerfüllte Gebrüll des

Schlägers und das Peitschen der Maschinenpistolensalven bestätigten ihn in seiner Annahme. Zusammen mit Reepe stürmte er die zwei Stufen zum Altar hoch und gab noch einige letzte Schüsse über die Schulter ab, bevor sie in Deckung gingen.

»Und jetzt?« jappste Reepe.

»Keine Ahnung.«

Auch Johny atmete schwer.

»Raus hier! Und zwar flott, würde ich mal sagen. Ich glaub kaum, dass die Jungs da draußen jetzt auf dem Absatz kehrt machen und sagen: Jo, der Blutzoll für heute Nacht ist entrichtet, wir gehen dann mal nach Hause, ›Verbotene Diebe‹ gucken. Oder siehst du das anders?« fragte Johny.

»Hey Johny, das ist nicht der Zeitpunkt für dumme Witze«, nörgelte Reepe. Er kniff die Augen zusammen und überprüfte seine Hand, deren improvisierter Verband sich inzwischen mit seinem Blut vollgesogen hatte.

»Schätzchen, für sinnlose und in keiner Weise hilfreiche Beanstandungen aber auch nicht.«

Reepe sah skeptisch auf seine Hand und wollte etwas sagen, doch sie behielt es für sich. »Zum Henker, Johny, was jetzt?!«

»Die Holztür da drüben!« Johny deutete an die gewaltige Rückwand der Kirche. Die kleine Tür lag nur wenige Meter entfernt, allerdings war die Strecke, die sie bis dahin zu überbrücken hatten unwegsam und ungeschützt.

»Hmpf. Hast du keine bessere Idee?« fragte Reepe.

»Du vielleicht? Kannst dich ja taufen lassen und dann um Kirchenasyl bitten. Allerdings kann ich den Herrn Pastor grad nirgendwo sehen.«

»Idiot. Und außerdem bin ich getauft.«

»Was, echt? Hätte ich nie gedacht. Bei deinem… ausschweifenden Lebensstil.«

»Willst du jetzt hier mit mir über die Fehler meines Lebens diskutieren oder langsam mal zu Potte kommen?« fragte Reepe gereizt. Johny hob die Schultern.

»Wie du meinst. Auf drei. Eins, zwei, drei…«, sagte er und stürzte los. Reepe zog er hinterher.

Das Krachen der Salven kam einem Konzert gleich und überall um sie herum spritzte Putz und Mörtel aus den Wänden; Fenster gingen zu Bruch. Eine Kugel schrammte sengend an Johnys linkem Bein vorbei und er schnaubte kurz auf. Mit einem Mal spürte er etwas an seiner Hand schwer werden. Reepe stolperte und im gleichen Moment schob sich eine vermummte Gestalt mit vorgehaltener Waffe in Johnys Blickfeld. In nur wenigen Sekunden entschied sich Johny für seine Intuition, um dieser misslichen Lage zu entkommen. Er ließ sich von Reepes Gewicht mit zu Boden zerren und kickte im selben Augenblick nach einem Brocken Marmor, der aus einer griesgrämigen Statuette gebrochen war. Zwar tat ihm der kräftige Tritt gegen das schwere Gestein ordentlich weh, doch der Anblick des Vermummten mit der MP, der den Stein voll in die Fresse bekam, war diesen Schmerz mehr als wert. Noch mehr wert als das war allerdings das Überleben, das Johny sich damit sicherte, denn gegen die MP hätte er keine Chance gehabt. Reepe schrie irgendwo hinter ihm und er verlor ihre Hand, als er über den dreckigen Boden rutschte und irgendwie die Orientierung zu behalten versuchte. Wie eine Schildkröte wirbelte er umher und feuerte einige Schüsse in Richtung Tür ab – reine Prophylaxe. Dann bekam er wieder Halt und riss sich an einem purpurnen Vorhand aus Samt hoch, der sein Gewicht nicht hielt und weit oben über den bunten Kirchenfenstern aus seiner Halterung barst. Um ihn herum kamen drei in schwarzen Kampfuniformen gekleidete Männer aus ihren Verstecken hervor und hoben ihre Waffen, um damit auf ihn einzuprügeln. Johny duckte sich halbherzig unter einem Hieb weg und bekam ihn auf das Schulterblatt. Dafür trat er dem Angreifer mit aller Wucht gegen das Schienbein, das dumpf wegknickte und den Mann einstweilen kampfunfähig machte. Bevor er sich dem nächsten widmen konnte, löste sich das Problem von selbst. Nämlich in Form des purpurnen Vorhangs, der wie ein sperriges Gladiatorennetz auf Johny und die zwei Soldaten niederging. Noch bevor es ihn verschlang, sah Johny, wie Reepe sich mit einem der gesichtslosen Soldaten abmühte, der ihr am Bein zog. Anschließend war es Schwarz um ihn und er kämpfte gegen den fetten Stoff, der sich über ihn legte und zu erdrücken drohte, denn das Ding war so riesig, dass es wie ein ausgewachsener Mann wog. Johny drosch mit seinen Fäusten um sich und traf das eine oder andere, dessen er sich nicht sicher war, ob es das mochte oder nicht. Dann ergriffen seine fuchtelnden Hände plötzlich den Saum des sakralen Behanges und er wirbelte ihn über seinen Kopf weg. Genau im richtigen Moment, um einem der dunklen Soldaten gegenüberzustehen, dem das Gleiche gelungen war, der aber im Gegensatz zu Johny nicht die Geistesgegenwart besaß, erschrocken sein Knie hochzureißen und im Schritt des Gegenübers zu versenken. In Zukunft würde er es sich merken, was man tat, wenn man in eine vergleichbare Situation gelangte. Johny schmetterte dem armen Mann noch seinen Ellbogen in den Nacken, dann war Schicht.

Zehn Schritte neben sich sah er einen auffallend kleinen Schuh am Boden liegen, der seinem ursprünglichen Zweck entgegen im aufgerissenen Atemschlitz eines Soldaten steckte, der sich nicht mehr bewegte. Die Besitzerin des Schuhs war nirgendwo zu sehen.

»Reepe?!« rief Johny durch das Getöse, das weiterhin in der Kirche den Ton angab. Ein Blick über die Schulter verriet ihm, dass im vorderen Bereich des Gebäudes der Kampf in vollem Gange weiter gefochten wurde. Von irgendwoher stürmten inzwischen immer neue Männer mit Pistolen hervor und warfen sich auf die inzwischen ihre eigene Deckung zerschießenden Soldaten. Diese feuerten und schlugen um sich, was das Zeug hielt, doch irgendwie hatte Johny den Eindruck, dass der Kampf im Begriff war zu kippen. Zu wessen Gunsten und mit welchen Folgen für ihn selbst, das konnte er nicht absehen, und im Grunde war er auch gar nicht so scharf darauf, es heraus zu finden.

»Reepe?! Wo steckst du, verdammt?« rief er und sah sich gehetzt um.

Dann fiel sein Blick auf die kleine Holztür am Ende des Gangs hinter dem Altar – sie stand offen und wollte just wieder zurück ins Schloss zu schwingen. Ungeachtet aller Gefahr rannte Johny los und sprang und flankte hastig über die Trümmer der Kirche, die überall herumlagen.

In vollem Lauf prallte er mit der Schulter gegen die Tür und mit ihr in den dahinter liegenden Raum. Er warf noch einen letzten flüchtigen Blick über die Schulter: Der Boden war ein Meer aus Blut und Gesteinssplittern, tote Leiber lagen in abstrakten Körperhaltungen über den Lehnen der Bänke oder abscheulich verdreht auf dem Boden. Wände und Säulen waren mit Einschusslöchern und kleinen Kratern nur so überseht. Erschöpft und hart atmend beugte Johny sich vor und stützte sich auf die goldene Klinke der noch offen stehenden Tür. Mit der verletzten Hand betastete er seine Seite, unter den Rippen verfärbte ein dunkelroter Streifen sein Hemd rot.

Und dann traten sie aus der Dunkelheit.

Eine Gruppe von nicht mehr als vier Männern, die auf Johny zukamen.

Johny schmetterte die Tür ins Schloss.

»Johny! Ich…«

Es war Reepe, die von einem der Männer fest am Arm gehalten wurde und sich in seinem Griff wand. Batsch! Er scheuerte ihr eine und sie starrte ihn wütend an. Blut lief aus ihrem Mundwinkel. Johny machte einen Schritt vor, doch seine Entschlossenheit wurde von Reepes Peiniger gebremst indem er ihr drohend ein gezacktes Bowiemesser an den Hals hielt. Er sah so aus, als ob er nur darauf warten würde, die Schärfe seiner Klinge am weichen Fleisch von Reepes Hals testen zu wollen.

»Gib mir einen Grund, Arschgeige, und ich prüfe gleich mal den Schärfezustand meiner neuen Klinge – und zwar an diesem Püppchen hier!«

Johny sah den Kerl aus zusammengekniffenen Augen an. Er wirkte etwas grotesk. Er hielt sich übertrieben gerade und steif, machte einen durch und durch athletischen Eindruck. Von Kopf bis Fuß war er in Schwarz gekleidet und seine Haare waren bis auf erste graue Strähnen ebenso pechschwarz.

»Und jetzt lass fein brav die Kanone fallen, Arschgeige.«

Johny zögerte und sofort bellte der Kerl los.

»Fallenlassen! Und zwar hopp!«

Gleichzeitig ritzte er an Reepes Hals herum.

»Wäre doch zu schade um den schönen, schlanken Hals deiner kleinen Freundin hier, nicht wahr?«

Reepe fauchte. Bis er ihr wehtat und sie verstummte.

»Schnauze, Püppi!«

Johny ließ seine Waffe fallen und kickte sie auf ein Zeichen des Kerls hin zu der Gruppe Männer rüber. Eine der vermummten Gestalten nahm sie auf und verstaute sie in einer Tasche.

»Hör zu. Du bist ein paar Schritte zu weit gegangen, Arschgeige«, sagte der Mann und biss die Zähne zusammen. »Wenn ich nicht andere Anweisungen hätte, würde es jetzt hier und auf der Stelle für dich zu Ende gehen, kapiert? Also, wenn dir dein Scheißleben und das deiner kleinen Freundin hier auch nur noch einen Dreck wert ist, dann komm mir nicht mehr in die Quere, sonst fang ich nämlich an, es persönlich zu nehmen. Hast du das gefressen, Arschgeige?!«

Johny sah zu Boden und zuckte die Schultern. Er fragte sich was für ein Deppenkommando man ihm da geschickt hatte, ersparte sich allerdings die Frage danach – die Antwort kannte er bereits, Arschgeige.

»Bist du taub, oder was?« schnappte der Kerl ihn an. »Ob du das gefressen hast, hab ich gefragt, du Arschgeige?!«

Johny setzte seinen besten Hundeblick auf und sah ihm fest in die Augen. Ganz leicht schüttelte er den Kopf.

Zornesröte stieg in das Gesicht seines Gegenübers. Seine Arme begannen zu zittern und das Messer schrammte bedrohlich an Reepes Hals. Seine Männer wichen Zentimeter für Zentimeter hinter ihm weg.

Dann beruhigte er sich wieder.

Er steckte das Messer weg und riss Reepe herum, die zu stolpern drohte und sich widerspenstig wand. Ein Biest.

»Also, vergiss nicht, Arschgeige. Es wird persönlich zwischen dir und mir, wenn du weiter Ärger machst. Verstanden?!«

Johny klopfte den Staub von seinem Hut, der vor ihm am Boden lag und setzte ihn dann auf. Der andere starrte ihn an. Johny atmete hörbar ein und setzte zum Sprechen an.

»Falls es soweit kommen sollte… Denk dir schon mal dein Sprüchlein aus, das du in den Staub hauchen willst, wenn es soweit ist.«

Sein neuer Freund gab sich gelassen, aber die Wut kochte in ihm – ein offenbar eher aufbrausendes Temperament, wie Johny feststellte.

»Deine Kleine hier nehm ich mit. Vielleicht erinnert dich das immer schön an den Ernst der Situation, Arschgeige.«

Er lachte kehlig und zusammen mit seinen Männern und Reepe verschwand er im Dunkel des Gangs, der sich in das Innere der Kirche bohrte.

Johny wartete noch einen Augenblick, wandte sich um und eilte dann zurück durch den Hauptteil der Kirche, der inzwischen ruhig und still dalag (bis auf den wehrufend daknienden Priester, der unterwürfig Stoßgebete gen Himmel sandte). Diesmal wollte Johny sich das Mädel nicht wieder direkt vor der Nase wegschnappen lassen, das war ihm klar. Jesse war ihm schon genug, jetzt auch noch Reepe. Wo sollte das nur hinführen?

☼

Johny sprintete über die Trümmer hinweg, rammte verwirrt glotzende Passanten zur Seite, schmiss sich durch eine mannshohe Fensterscheibe, die zu einem Damenunterbekleidungsgeschäft gehörte, rappelte sich wieder auf, rutschte über die Motorhaube eines hupenden und quietschenden Taxis, sprang mehr als dass er rannte eine Rolltreppe hinab und hüpfte im letzten Moment über einen kleinen Skiwawa, der schrill kläffend von seinem Frauchen an der Leine zurückgerissen wurde. Der

Wagen mit Reepe und ihren Entführern[32] schlitterte eiernd um die Häuserecken und gab sich alle Mühe, mit Vollgas durch die Straßen zu brettern. Doch Johny ließ nicht locker; mit aller Energie, die ihm zur Verfügung stand, verfolgte er die schwarze Karosse und kämpfte sich durch die Stadt. Wenn er sie verloren haben würde, bevor sie die verstopfte Innenstadt verlassen hatten, stünde es um seine Chancen deutlich schlechter als überhaupt, den Wagen jemals einzuholen. Er benötige dringend ebenfalls einen fahrbaren Untersatz. Zwar war es überall voll mit welchen, doch konnte Johny sich nicht recht entscheiden, mit welchem er die Verfolgung weiterhin aufnehmen sollte. Es gab einfach viel zu viele von diesen Karren. Gerade als er sich durch eine Gruppe gewaltbereiter Jugendlicher geprügelt hatte und fast gestolpert wäre, nahm er im Augenwinkel einen lindgrünen Reflex wahr. Das war es! Ein hässlich melittafarbener DB-7 hielt samt zornigem Fahrer vor einer gerade auf Rot gesprungenen Ampel und wartete mit wummernder Maschine auf freie Fahrt. Johny fing sein Straucheln und stürmte auf den flachen Sportwagen zu. Weiter hinten auf der Kreuzung hämmerte sich die dunkle Limousine der Männer in Schwarz durch den Verkehr. Die Jungs nahmen keine Rücksicht auf eventuelle zivile Verluste – sie schienen diese sogar als nette Dreingabe geradezu provozieren zu wollen. Bevor Johny noch auf zehn Meter an den DB-7 herankam, sprang die Ampel auf Orange und der Führer des Wagens trampelte wie besessen auf das Gaspedal und brauste mit quietschenden Reifen los. Johny sah noch, dass er links blinkte und somit in gleicher Richtung wie die schwarze Limousine abbog. Fluchend rannte er rücksichtslos mit den Armen rudernd über die sechsspurige Straße und erntete ein wildes Hup- und Bremsinferno, das ihn für den Moment jedoch vollkommen peripher ergriff. Rüde Beleidigungen und Verwünschungen wurden ihm nachgebrüllt, doch zu einer entsprechen-

---

[32] *Gerade noch rechtzeitig hatte er die Rückseite des großen Kirchengebäudes erreicht, um beobachten zu können, wie die Männer Reepe in eine dunkle Limousine stießen, selbst hinterher steigen und dann davon fuhren. Er war ihnen gefolgt, doch irgendwann musste es soweit gekommen sein, dass sie ihn entdeckt hatten, denn sie traten urplötzlich aufs Gas und rauschten los. Mitten in den Verkehr, runter nach Downtown.*

den Reaktion hatte Johny keine Zeit, zudem er ja auch keine Jenk & Rupert mehr dabei hatte. Auf der anderen Straßenseite eröffnete sich vor ihm ein schmaler, verdreckter Durchlass zwischen zwei Gebäuden und lud ihn zum Abkürzen ein. Wie von der Tarantel gestochen jagte er über einen verdutzt blickenden, bärtigen Penner hinweg und zertrat aus Versehen dessen letzten Vorrat an billigem Fusel. Auf der anderen Seite der schattigen Häuserschlucht erkannte er noch gerade rechtzeitig, wie sich der schwarze Wagen auf der gegenüberliegenden Straßenseite rücksichtslos durch den Gegenverkehr schlängelte. Als Johny wieder ins muffige Großstadtlicht trat, hielt genau vor seiner Nase der mildgrün glitzernde DBseven und sein Fahrer bekam noch nicht einmal richtig mit, wie er aus seinem Gefährt gezerrt wurde und selbiges mit Johny am Steuer, Qualm und Gummigestank zurücklassend, von dannen raste.

»Gib mir dein Auto, deine Schlüssel und verpiss dich!«

…

Halsbrecherisch wirbelte Johny mit dem dröhnend aufjaulenden Gefährt durch die Straßen. Seit Blick hatte sich an das Heck der dunklen Limousine geheftet und er war gewillt, dieses nicht mehr zu verlieren. Er musste Reepe da rausholen – koste es was es wolle. War ja ohnehin nicht seine Karosse, die auf dem Spiel stand. Die Tachonadel hopste auf und ab, als Johny den Wagen brutal durch die sich müde dahinschleppenden Automobile der übrigen Verkehrsteilnehmer jagte. Dreihundert Kilometer in der Stunde stand da am Ende der Anzeige, doch noch war an solche Tempi nicht zu denken, der dichte Feierabendverkehr vermied, dass Johny zu sehr beschleunigte. Wild riss er das Lenkrad hin und wieder her, als er versuchte, den dunklen Wagen vor sich einzuholen. Noch lagen gut ein halbes Dutzend anderer Vehikel zwischen ihnen, doch Johny nutzte jede Chance, die sich ihm auch nur für einen Sekundenbruchteil bot, um zu überholen. Dafür wagte er auch Abstecher auf die Gegenfahrbahn, welche stets mit lautem Hupen und schrillem Reifenquietschen quittiert wurden. Aus dem Radio ballerte irgendeine Wutkapelle ihren martialischen Song und feuerte Johny nur noch stärker an, Gas zu geben. Mit schlitterndem Heck raste er die 56. Süd runter und drückte durch. Der Wagen katapultierte ihn mit hundertachtzig Sachen an einem alten Schkôda Brummel vorbei und fädelte sich knapp vor der silbernen Rostlaube wieder in die Spur ein. Die schwarze Limousine fegte um eine Ecke. Einbahnstraße. Dicht beparkt. Johny reagierte wie ein Wiesel. Mit aller Kraft zwirbelte er das Steuer herum und zog die Handbremse. Der Wagen grunzte auf und warf sich um neunzig Grad herum. Der Schkôda brach aus, was Johny noch im Rückspiegel sah, und schlingerte sich drehend gegen ein paar andere parkende und nicht parkende Autos und blieb schließlich schwankend stehen. Johny riss sich zusammen und bugsierte den DBseven durch die enge Straße, an deren Ende er den schwarzen Wagen bereits weiter nach links fahren sah. Verdammt, da saß ein Könner am Steuer, wurde es ihm klar und er trat auf die Tube. Als er wieder auf die nächste breite Straße schleuderte, hämmerte er auf seine Hupe ein und brüllte laut aus dem geöffneten Fenster: »Achtung! Weg da!!«. Wie in Zeitlupe nahm er erst jetzt den schweren Lastzug wahr, der sich mit donnerndem Warnhorn auf ihn zuwälzte. Das Einzige was Johny noch sah, war der mannshohe Kühlergrill des motorisierten Ungetüms, das trotz aller Bremsbemühungen unhaltbar auf ihn zugebrettert kam. Mit unmenschlichen Reflexen brachte Johny es dennoch fertig, vollkommen vom Adrenalin gesteuert, seinen Wagen aus der Bresche des Lastzugs zu hieven und unversehrt durch den Verkehr zu rutschen. Angehalten wurde er schließlich von einem dünnen Laternenpfahl, der sofort einknickte und eine beträchtliche Delle in die Beifahrerseite des DBseven drückte. Unbeachtet dessen wischte sich Johny das Blut aus dem Gesicht, das von seiner Stirn rann und ihm die Sicht zu nehmen drohte. Er musste sich eine Platzwunde zugezogen haben als er auf das Lenkrad geprallt war. Zähnefletschend prügelte er den Rückwärtsgang ein und rüpelte den Wagen zurück auf die Straße, nur um sofort wieder auf das Gaspedal zu trampeln. Auf dem Bürgersteig sprang ein Typ an seinen Wagen und klopfte wie wild an das Fenster.

»Hey! Sie!« rief er. »Haben Sie den Verstand verloren? Alles OK da drinnen?!«

Johny zeigte ihm eine unmissverständliche Geste der Unsympathie und fletschte die Zähne.

»Fahr zur Hölle, du Wichser!« knurrte er wütend und suchte die Straße herunter nach seinem Antagonisten. Er war nirgends zu sehen. Die Sonne stand bereits tief über der Skyline der Stadt und blinzelte ihm hinter den hohen Gebäuden im Süden hervor zu. Wenn sie irgendwo in eine der vielen Seitenstraßen abgebogen waren, dann hatte er jetzt kaum noch eine Chance sie wieder einzuholen.

»Scheiße!« schrie Johny und schlug auf den Beifahrersitz. »Scheiße! Scheiße! Scheiße!«

Mit einer Hand am Steuer würgte er seine ramponierte Karre durch den Verkehr und äugte aufmerksam in jede Seitenstraße. Nichts. Das Blut aus der Stirnwunde gerann über und in seinen Augenbrauen. Er rieb es weg, so gut es ging und besah sich die Ausmaße der Verletzung im Rückspiegel – es hielt sich in Grenzen, würde aber behandelt werden müssen. Da war aber noch etwas im Rückspiegel zu erkennen, was seine Aufmerksamkeit auf sich zog. Ein Lichtreflex stach Johny ins Auge. Das schwarz polierte Heck einer verdächtig demolierten Limousine drückte sich ein paar Straßen zurück in eine Parklücke und blieb stehen. Misstrauisch die Nase rümpfend kurbelte Johny seine Karosse in die nächste Gasse und blieb mit tuckerndem Motor stehen. Im rechten Rückspiegel konnte er das schwarze Auto beobachten. Eine Zeit lang tat sich nichts und wegen der dunkel getönten Fensterscheiben erkannte er auch nicht, was sich im Inneren der Limousine tat. Spätestens als sich eine der Beifahrertüren öffnete und sich ein Mann in schwarzer Uniform daraus erhob, war sich Johny sicher. Das waren Reepes Entführer. Was für ein Glück – die Penner waren bestimmt inzwischen einmal um den Block gegurkt und sich nun in Sicherheit geahnt. Johny beobachtete sie weiter. Der Uniformierte betrat einen der unzähligen Läden jenseits des breiten Bürgersteigs und kam nur wenige Augenblicke zurück. Er winkte dem schwarzen Wagen und blieb bei der

Tür des Geschäfts, die er offen hielt. Er wirkte hektisch und beobachtete die Umgebung mit flinken Augen. Johny vermied es, jetzt auszusteigen und die Ganoven zu stellen. Sie hätten ihn sofort erkannt und die Flucht ergriffen. Sollten sie sich doch erst einmal sicher fühlen – diesmal waren sie dran mit Fehler machen. Die Rücktüren der Limousine sprangen auf und der aggressive Typ mit den graumelierten Haaren stieg aus. Dann zerrte er eine junge Frau aus dem Inneren des Wagens – Reepe! Johny konnte derbe Beschimpfungen von ihren Lippen ablesen und musste bitter lächeln, als er sah, wie sie mit aller Kraft um sich schlug und trat. Die Typen hatten alle Hände voll zu tun, sie mit sich rüber in den Laden zu bewegen. Als sie verschwunden waren, blieb der Uniformierte an der Tür zurück, wartete noch einen Moment und lief dann zu der dunklen Limousine hinüber, stieg ein, parkte aus und verschwand im Branden des Verkehr. Johny überlegte konzentriert. Was würden die Typen hier vorhaben. Hatten sie hier ihr Versteck oder gehörte der Besuch eines Geschäfts zum Flucht- und Ablenkungsmanöver? Viel Zeit wollte er sich mit seinen Kombinationen nicht lassen, also rieb sich Johny noch einmal die trockenen Blutkrusten von seiner Stirn und drückte die Wunde mit einem Taschentuch sauber. Dann presste er sich seinen Hut tief über die Stirn, so dass man die Verletzung nicht mehr erkennen konnte; sein Gesicht möglichst auch nicht. Dann ließ er den Motor des DBseven aus, nahm die Schlüssel an sich, wischte alles, was er mit seinen Händen berührt hatte ab und stieg aus. In einer Stunde würde es bereits dunkel sein und solange wollte er sowieso nicht bei dem gestohlenen Wagen bleiben. Zwar bezweifelte er, dass der eigentliche Besitzer des Wagens, ihn erkannt hatte. Dennoch wollte er auf Nummer sicher gehen – noch war schließlich die Gelegenheit dazu. Alles was ihm jetzt noch fehlte, war natürlich die Polizei mit einem rachsüchtigen Yuppie im Schlepptau. Jetzt war die Stadt noch so, wie er sie mochte. Laut, verstopft und anonym. Sie bot genug Deckung, um nicht länger als nötig aufzufallen. Mit dem Hut tief in der Stirn wühlte Johny sich über den belebten Bürgersteig zwei Gebäude weit die Straße zurück und blieb in einigem Abstand von dem Laden stehen, in dem Reepe und ihre Entführer verschwunden waren. Wie das schäbige Werbeschild über dem Eingang verriet, handelte es sich hierbei um einen Waschsalon. An sich war das nicht schlimm, jedoch der Name des Inhabers ließ Johny mürrisch werden. Da stand ein Name, und der war offensichtlich skinesisch.

»Hat man mit denen denn nur noch Ärger?« sagte er und blickte sich suchend um. Neben einem Hydranten und einem Zeitungsautomaten stand zum Glück ein zerbeulter Zigarettenautomat.

»Wurde aber auch Zeit«, knurrte er und suchte sein Kleingeld zusammen. Als er genug beisammen hatte, zählte er es in den Automaten und erhielt zwei Packungen Gamel. Konnte ja keiner wissen, wie lange er wieder warten müsste, bis die nächste Gelegenheit kam, welche zu kaufen. Bis auf eine verstaute die Zigaretten in seinen Taschen und zündete sich die erste sofort an. Solange er sie rauchte, lehnte er gemütlich an dem Automaten und hielt potentielle Kunden fern. Musste an seinem allgemein ramponierten Äußeren liegen und der Tatsache, dass er seit Tagen nicht mehr ordentlich gepennt und sich auch nicht mehr rasiert hatte. Dann zertrat er die Kippe auf dem Bordstein und kickte den Stummel in einen Gullyschacht, der ihn bereitwillig aufnahm.

»Dann woll'n wa mal«, sagte er und betrat betont unauffällig den skinesischen Waschsalon.

☼

SPAM HATTE JETZT EIN MOTORRAD. Und die von der Enjado eins weniger. Am Horizont schwelte ein dichter Mischwald im Feuer der untergehenden Sonne. Unter den dicken Reifen der mattschwarzen Triumph glühte die Straße. Getragen vom sonoren Knurren der Maschine ritt Brannigan über den Highway. Die Straße gabelte sich und er wählte einen weniger befestigten Feldweg in Richtung Norden. Ein Straßenschild an der Kreuzung blieb allein zurück. Dreihundert Kilometer: Wauszburg. Spam fuhr ohne Helm und obwohl es Herbst war natürlich mit nacktem Oberkörper. Am Ende der Straße, da, wo sie wie ein Pfeil in der Naht zwischen Himmel und Erde steckte, erschien ein dunkler Fleck. Bald überholte Spam einen Lastzug, der über das Land donnerte. Er grüßte dem Fahrer – ein in Regenbogenfarben irisierendes Nummernschild hinter der Frontscheibe verriet, dass es Herbert war, der den Lastzug steuerte. Herbert legte seine Hand um die Leine für das Horn und ließ es krachen. Spam drehte am Gas und schoss davon. Seine Maschine grollte auf. In Gedanken sah sich Spam Shawn gegenüber. Shawn hatte sich seit damals verändert. Zu einem Teil jedenfalls. Sein Körper war zu dem eines erwachsenen Mannes herangewachsen, der ungelenk und wie ein Blödmann durch die Gegend zappelte. Spam freute sich darauf, seine neue Art der Elektroschocktherapie an diesem Hampelmann auszuprobieren. Das Gesicht seines Feindes war jedoch das des kleinen Jungen geblieben, den er noch von damals kannte. Ein verschlagener Bub mit roten Ohren, rotziger Nase und trotzigem Blick. Es würde Spam eine Freude sein, dem Gör den Schalk auszutreiben! Ein für alle Mal.

Eine Stunde später: Spam kickte den Ständer seiner Maschine herunter und betrat die Gaststube. Er mochte diese Absteigen, doch ein Bett wollte er nicht. Nur Zigarren, Streichhölzer, eine Flasche Holzpolitur und den Schlüssel für das Toilettenhäuschen hinten im Hof. Als er spülte, fiel ihm ein, was Dorys gesagt hatte, bevor er aufgebrochen war.

»Und denk immer daran, Brannigan! Gut geschissen ist halb gewonnen.«

Er sah sie vor sich. Ein Mordsweib! Und dieser Arsch. Heidewitzka, Herr Kapitän! Den verdreckten Schlüssel ließ er im Schloss hängen. Die Sonne zerfloss irgendwo im Süden. Kein gutes Zeichen. Spam schüttete die Politur in den Tank der Triumph, nahm den letzten Schluck selbst und sattelte auf. Bei seiner Abfahrt grüßte er Herbert, der inzwischen aufgeholt hatte und im Gasthof einkehrte. Alles was blieb, war eine gelbe Wolke Staub und Sand, die über den Gasthof wehte, als er mit drummernder Maschine verschwand.

»Guten Abend. Hier ist KaydoubleudoyoubleyouBeetooSpace und es spricht Karen Dunst. Am gestrigen Tag gab es einen Zwischenfall in Port Boil im Süden unserer wunderbaren Stadt. Ein noch immer flüchtiger Verdächtiger, der unter dem Namen Spam Brannigan bekannt ist, verwüstete die Lobby einer namhaften Edelhotelkette – der Eigner kommentierte die entstandenen Schäden als eklatant und durch nichts in der Welt zu verantworten. Sein Anwalt brach angesichts dieser Tragödie schockiert zusammen (er konnte später mit Hilfe einer Prise Riechsalz reanimiert werden, steht der Öffentlichkeit jedoch bis auf weiteres nicht zur Verfügung). Augenzeugenberichten zufolge war es zwischen dem Verdächtigen und einigen Mitgliedern der ansässigen Wohlfahrtsgemeinde zu einer Streitigkeit gekommen, die in ihrem Verlauf auch nicht vor Gewalttätigkeit scheute und schlussendlich in Form einer brutalen Schlägerei eskalierte. Brannigan war am frühen Abend des gestrigen Tages in der Lobby erschienen und ohne jegliche Vorwarnung auf die ahnungslose Gruppe Männer losgegangen. Drei der sechs Männer kamen mit dem Leben davon, zwei von ihnen erlagen Stunden später im Kreise ihrer Familien den schweren Wunden, die ausschließlich dieser Auseinandersetzung zuzuschreiben waren. Der einzig Überlebende ist noch jetzt in der Gewalt des Verdächtigen. Es gibt jedoch keinen Kontakt zum Geiselnehmer. Bei der entführten Person handele es sich um Vladimir Poolitzer, den Vorsitzenden des stadtbekannten Unterweltsyndikats Raibbeisen, so ein Pressesprecher der Wohlfahrtsgemeinde Enjado & Co. Experten zufolge handele es sich hierbei möglicherweise nicht um eine willkürliche Tat, sondern um einen filigran geplanten und minutiös ausgeführten Rachefeldzug seitens des Verdächtigten Brannigan. Verschiedene Strafverteidiger meldeten sich bereits für einen potentiellen Prozess in der Zukunft an. Und jetzt geht es wie immer weiter mit Jack Steinbrerg und dem Wetter. Hallo Jack, was hast du denn heute Schönes parat für uns Freunde der Sonne, haha ha... bla bla bla...

Spam trat das Fernsehgerät aus. Poolitzer murmelte etwas in seinen Knebel (eine zerknautschte Flasche Prima™ Holzpolitur) und starrte Spam aus weit aufgerissenen Augen an.

»Interessiert dich etwa das Wetter?« fragte Brannigan und ging zu Poolitzer rüber, der fett und schweißig glänzend in seinem zerrissenen Anzug auf dem von Ratten und Wühlmäusen zerrupften Sofa saß. »Hier. Schalt doch selber durch, du Wurst«, sagte er und legte dem Mann den Schalter in den Schoß. Dabei sah er, dass Poolitzer sich eingestrullt hatte. Pfui, dachte Spam, sagte aber nichts dazu. Stattdessen ging er ins Bad, klebte sich den falschen Bart aus dem 70er-Retroladen auf die Oberlippe, tupfte die dazu passenden Koteletten an seine Wangen, strich sich mit Honig und Eigelb das Haar in den Nacken und setzte eine glitzernde Sonnenbrille mit Hang zur Übergröße auf. Saubere Verkleidung. Niemand würde etwas bemerken. Als er aus dem Bad zurückkam, hatte Poolitzer es geschafft, mit seiner Nase den Fernsehapparat wieder einzuschalten, doch im Zuge der dafür notwendigen Verrenkungen war er vom Sofa gerutscht und lag dank seiner Fesseln zur Unbeweglichkeit

TIME FOR A RIOT

verdammt da. Auf dem Bildschirm lief Discovery. Zwei Elche paarten sich gerade lautstark, doch zwei wackere Touristen aus Marsch waren zur Stelle und versuchten die Tiere davon abzu-halten – die Reaktion der gestörten Elche sah vergnüglich aus. Spam lachte. Dann lupfte er Poolitzer vom Boden auf und stopf-te ihn zurück auf das Sofa. Er tatschte ihm auf den halbkahlen Kopf und ging zur Tür.

»Wenn ich in zwei Stunden nicht zurück bin…«, sagte er zu dem unsicher dreinblickenden Mann. »Zapp durch. Hast vier-hundert Kanäle da drin.«

Er drückte die Klinke runter und verließ das Zimmer. Poolit-zer jammerte ihm hinterher. Draußen hörte man nur Discovery.

CHAPTER SIX

DIE STRASSE RUNTER. „HWANGS CLEANING PALACE"

Die automatischen Schiebetüren des Waschsalons glitten quietschend auseinander, als Johny den Waschraum betrat. Feuchter Dunst quoll ihm entgegen und seine Schuhe klickten kalt auf dem gefliesten Boden. Nur das monotone Surren und Rumpeln der zahllosen Waschmaschinen, die an den Wänden und mitten im Raum aufgereiht standen, keuchte ihm entgegen. Langsam setzte er einen Fuß vor den anderen und ging achtsam durch die Reihen der Waschmaschinen, warf jeder einen skeptischen Blick zu und schritt dann weiter. Bis auf eine struppige, ausgelaugte Hausfrau mit Karokopftuch, die vor einer der Maschinen hockte und in der »Alten-Revue« las, war der Raum völlig leer. Keine Spur von Reepe, geschweige denn von ihren Entführern.

Scheiße, dachte Johny, warum können Frauen nicht *einmal* auf sich selbst aufpassen?

Er zog eine zerknitterte Packung Kippen aus einer seiner Jackentaschen, warf einen Blick rein, stellte fest, dass sie leer war und schleuderte die Packung resigniert auf eine ahnungslos vor sich hinrumpelnde Waschmaschine, die das aber nicht weiter zu kümmern schien. Die Hausfrau hingegen schon, denn sie löste ihr zerknittertes Gesicht von den Zeilen ihrer faltigen Lektüre und warf Johny einen vorwurfsvollen Blick zu, den dieser aber gar nicht bemerkte, da er gerade damit beschäftigt war, eine seiner neuen Packungen anzubrechen. Ah, das erste Mal war für jede neue Zigarettenpackung etwas Besonderes. Johny lupfte sich einen der funkelniegelnagelneuen Glimmstängel lässig in den Mundwinkel, riss an der Wechselmaschine ein Streichholz an, entfachte geduldig und inhalierte. Ein lautes Räuspern erfüllte den Raum. Johny sah die Hausfrau aufgelegt an, sparte sich aber das gereizte »WAS is, Muddi?!«

Sein Blick sprach Bände. Die Hausfrau deutete wortlos auf das Nichtraucherschild über sich und Johny ärgerte sich, seine Kanone nicht mehr dabei zuhaben. Er ignorierte die Alte einfach. Statt einen Streit zu beginnen, ging er weiter den langen Waschmaschinengang entlang, begleitet von dem ewig eintönigen Poltern der Maschinen. In fast allen Maschinen schwappte das milchige Waschwasser im Kreis und jedes dieser trüben Augen starrte ihn hypnotisch an. Wo hielten sich bloß die Heerscharen von Besitzern der Klamotten auf?

Am Ende des Raumes wehte ein billiger, blauer Plastikvorhang im warmen Dunst. Johny trat lautlos an ihn heran und zog ihn mit einem Ruck zur Seite. Ein weiterer, allerdings viel kleinerer Raum voller Waschmittel und Reinigungsutensilien präsentierte sich. Es roch durchdringend nach Seife. Johny rümpfte irritiert die Nase.

»Hallo? Sie da?!« erklang es mahnend aus dem Waschsalon. »Jetzt ist's mir aber genug. Erst werfen Sie Ihren Müll hier hin, dann rauchen Sie einfach und jetzt gehen Sie auch noch durch den Vorhang, wo doch unübersehbar über dem Durchgang steht: *privat*!« motzte die alte Hausfrau aufgebracht.

Johny drehte sich um. »Ich blick ja nicht, warum Sie meinen, dass Sie das alles hier was angeht…«, erwiderte er.

»… Und verdahhmt noch mal, sehr privat sieht mir der Raum ja nicht aus«, stellte er zudem messerscharf fest.

»Also, ich geh jetzt jedenfalls da rein, egal, was Sie davon halten. Und wer weiß… Vielleicht *bin* ich ja privat!« Dann drehte er sich um und ging in den kleinen Raum. An der gegenüberliegenden Wand befand sich eine Tür, auf die Johny zielsicher zuhielt.

»Hallo, Arschgeige!«

Mist, dachte Johny. Glatt vergessen, alle Winkel des Raumes zu checken. Die Alte hatte ihn so dermaßen aufgeregt, dass er das glatt vergessen hatte. Nun stand sie hinter ihm und rupfte sich das Kopftuch vom Kopf. Darunter kam ein grau melierter Bürstenschnitt zum Vorschein.

»Hätte ja nicht damit gerechnet, dass wir uns so schnell wieder sehen würden«, sagte Johny zu dem in Altweiberkleider gepressten Kerl, der breitbeinig in der Tür zum Waschsalon stand und ihm den Weg versperrte. »Haste dir schon dein Sprüchlein ausgedacht?« Er nahm die Hand von der Klinke.

Der Kerl verzerrte sein Gesicht. »Ha! Nicht ICH werde hier heute in den Rasen beißen, sondern DU!« ereiferte er sich und Johny fragte sich, wo hatte er seine Jungs gelassen? Lauerten sie noch irgendwo, um ihn anzufallen?

»Ins Gras…«, verbesserte Johny ihn höflich.

»Was?!« Der Typ hatte nicht kapiert.

»Es heißt verdammt noch mal `ins *Gras* beißen´! Kann doch nicht so schwer sein!«

Er hatte schlichtweg keinen Bock auf diesen Penner. Das schien der zu riechen und palaverte gleich weiter auf ihn ein.

»Du glaubst, du bist schlau, was? Das wird dir aber nix nützen. Ich reiß dir nämlich jetzt mal ungepflegt den Arsch auf, du kleiner Wichtigtuer, du… du…«

Johny konnte sich schon denken, nach welchem Wort der Mann gerade so verbissen suchte.

»…Arschgeige?« schlug er trocken vor.

Der Typ lief rot an.

»Genau! Harr! Arschgeigeeee!!!«

Blitzartig zückte er ein Messer und sprang Johny damit an. Dieser reagierte augenblicklich mit einem Arschgeigen-Kick, der den Typen direkt am linken Kiefer traf, was der mit einem hässlichen Krachen quittierte. Gebrochen. Der Typ wirbelte vom Schwung des Tritts getragen um die eigene Achse und Johny nutzte die Chance, setzte nach und bügelte die Visage des Affen in die weiße Wand, worauf es eine Art matschiges Knacken gab, das nicht unbedingt von der Wand kommen musste, obwohl auch diese erhebliche Putzdellen einfuhr. Der arme Mann hätte vermutlich am liebsten vor Schmerz geschrien aber mit dem schiefen Kiefer war es um diese Opportunität wohl Essig. Also blieb es bei einigen erstickten Schmerzenslauten, die direkt seiner Kehle entfuhren.

»Hbrgll! Fhmmmlk! Braa!« Aus seinem Gesicht sprudelte Blut.

»Na Sportsfreund, wie sieht's denn jetzt mit deinem Sprüchlein aus?« fragte Johny. »Wär doch ne prima Gelegenheit es aufzusagen, findest du nicht?«

Der Kerl starrte auf seinen eigenen Gesichtsabdruck im weichen Gips der Wand.

»Naja, vielleicht denkst du noch ein paar Minuten drüber nach - ich will da mal nicht so sein. Inzwischen könntest du mir mal zu verstehen geben, wo sich deine unfähigen Kumpels mit meiner Freundin verkrochen haben«, knurrte er und äffte die zerbröselte Fresse seines Gegenübers nach. »Fenn dufs chafst!«

Johny packte ihn und zog seinen Kopf mit einem Ruck herum. Die Nase war ordentlich eingedellt und sein Gesicht sowie die ehemals weiße Wand waren gleichermaßen mit Blut verschmiert. Seine Augen glitten zur Tür, die anscheinend auf eine Straße an der Rückseite des Waschsalons führte. Als Johny nicht reagierte nahm er den Arm dazu und deutete schlapp in Richtung Ausgang.

»Ach? Sind sie tatsächlich durch die Tür raus?« sagte Johny.

»Hättest mich doch gar nicht so lange aufhalten müssen, nur um mir das zu sagen. Ich war doch ohnehin auf dem rechten Weg.«

Der Typ schnaufte nervös, befummelte seine demolierte Visage. Johny redete weiter. »Ach, und bevor ich's vergesse: Wo hast du eigentlich meine Kanone gelassen?« fragte er und fing an, die Klamotten von Detschgesichts abzuklopfen, während er ihn am ausgestreckten Arm aufrecht hielt.

»Na, Hallooo!« freute Johny sich, als er seine geliebte Jenk & Rupert in der Innentasche der schwarzen Jacke des Mannes wieder fand. Weißhaar schnaufte entrüstet. Es wirkte grotesk.

»Also zurück zu dir«, griff Johny die etwas einseitige Konversation noch einmal auf. »Wo sind sie denn jetzt hin, deine Sandkastenkumpane?«

Das Gesicht sah Johny irgendwie missförmig an. Blut rann dem Mann aus sozusagen jeder naturgemäßen Öffnung im Gesicht – dazu noch aus einigen neuen, die da eigentlich nicht hingehörten.

»Hm... Ich hab leider nicht ewig Zeit, deshalb muss ich die Sache etwas beschleunigen«, sagte Johny, zuckte die Achseln und ließ den Mann wie einen Sack nasser Kartoffeln zu Boden plumpsen, wo er sich wie ein leckender Fahrradschlauch wand.

Der Typ gab noch immer Klagelaute von sich und schluchzte in einer Tour vor sich hin. Würde er noch sprechen können, hätte er sicher so etwas gesagt wie: »Hey, Kumpel, das war doch alles nurn dummer Scherz. Ich hab's doch nicht so gemeint.« Oder er käme mit irgendwelchen billigen Schuldzuweisungen wie »Das war alles nicht meine Schuld. So glaube mir doch! Die anderen haben mich gezwungen mitzumachen.« Naja, oder er hätte womöglich den ganzen perfiden Plan seines Obermotzes ausgeplaudert - soweit dieser ihm denn bekannt gewesen wäre.

Stattdessen fuchtelte er nur mit seinem Arm in Richtung Tür.

»Sie sind also da raus, ja?« Johny hatte langsam genug von der Quatscherei. Der Kerl nickte matt. Seine Augen schlossen sich bereits immer wieder und er bekam sie bestenfalls halb auf, wenn Johny ihn ansprach.

»Na, dann lass ich dich jetzt mal in Ruhe ausschlafen. Oder ist noch was wichtiges?«

Der Typ sah ihn verwirrt an. »Mmbff! Brmmbl!« stieß er hervor, irgendetwas stimmte mit seinen Zähnen nicht.

»Hast du nen Gymnastikball verschluckt, oder was? Red mal ordentlich«, fuhr Johny ihn an, ging auf die Knie und schüttelte ihn am Kragen durch. Die Arschgeige wand sich in seinem Griff.

»MBBFFFLL! BRMBBLLL!!!«

Johny sah ihn mitleidig an. »Mann, ich verstehe echt kein Wort, was du da brabbelst, du Fehlschlag!«

Er ließ ihn fallen und sah rüber zu der Tür, die offen in der Wand stand, und verließ den Raum.

Johny trat in den Schatten einer Seitenstraße hinaus, die sich linkerhand endlos in grauen Nebel verlor. An ihrer jeweiligen

Fahrbahnbegrenzung säumten sie leblos dastehende Wagen. Es war eine dieser Straßen, in die man auf der Suche nach einem Parkplatz fährt, obwohl man von vornherein weiß, dass sie mit Sicherheit komplett zugeparkt sein wird. Alle hundert Meter krängte sich der verbogene Schlauch einer Feuerleiter an den dunklen Fassaden der hohen Gebäude herab.

Er schnippte sich eine Zigarette aus dem Päckchen und zündete sie geduldig an.

Rechts, wo der Verkehr und die Fußgänger auf einer der großen Hauptverkehrsstraßen ähnlich einem automatischen Laufband vorbeizogen, endete die Einbahnstraße nach gut einhundert Metern. Dort hinab bemerkte er die Autoren, die keine fünf Meter weiter an der Wand rechterhand des Eingangs lehnten und trübselig die noch frisch schwelenden Löcher in ihren Hüten untersuchten. Als sie ihn bemerkten und er zu ihnen hinüberging, guckten sie ihn beide etwas entwürdigt an – besonders der Koautor. Aber dann wollten sie doch nicht so sein und äugten geknickt auf die andere Straßenseite rüber, wo ein scheinbar unauffälliger Mann an der Ecke stand und konzentriert in einer bunten, großflächigen Tageszeitung las - vermutlich dem *Malabambulaner*, oder einem ähnlichen Käseblatt.

Wortlos kniff er sich einmal kurz in die Hutkrempe und verabschiedete sich so von den Autoren, die sich wieder wehmütig ihren Hüten widmeten. Johny schlenderte wie nichts Böses planend zu der lesenden Person hinüber und pfiff eine heitere Melodey, die ihm dazu einfiel. Der Lesende schielte über den Rand seiner Zeitung, sah Johny, verkniff die Augen, klappte die Blätter des *Malabambulaners* zusammen und ging steif um die nächste Ecke - dann war er weg. Johny hustete, beschleunigte seine Schritte, schnippte seine erst jüngst entfachte Zigarette in die Gosse und eilte um dieselbe Ecke. Sofort schallte ihm der Großstadtlärm entgegen und Menschen drängten sich wie eine breiig fluide Masse um ihn. Weiter hinten sah er den Kerl im Gedränge davon treiben.

»Hey!« rief er, doch schien der gutmütige Ton seiner Stimme den Mann nicht allzu sehr in Begeisterung zu versetzen – stattdessen sah er sich gehetzt um, lies die Zeitung fallen und rannte los. Das alles nahezu gleichzeitig. Johny reagierte sofort und sprintete seinerseits los. Der Mann hastete den beklemmenden Bürgersteig hinunter, schubste zeternde Leute um und drängte sich an den zahllosen Autos, stummen Zeugen aus Blech und Stahl, vorbei. Johny hinterher. Die Farben der Vehikel und der Graffitis an den Wänden flashten an ihm vorbei.

Klack! Klack! Klack! Seine Schuhe hämmerten auf die Betonplatten des Bürgersteigs.

Der Mann kam an eine weitere, abzweigende Nebenstraße und strudelte und rutschte um die Ecke. Johny preschte hinterher, rutschte aber in der Kurve aus, verlor die Balance und kegelte einige Meter am Boden weiter, bis er von einem parkenden Auto gebremst wurde – gut, dass es nicht anders herum gewesen war.

»Verdaahmt!« fluchte Johny. »Wenn ich den erwische…«

Er kramte seinen Hut auf und eilte weiter. Der Flüchtende hatte inzwischen einen beträchtlichen Vorsprung herauslaufen können und Johny musste seine Anstrengungen verdoppeln, um nicht komplett den Anschluss zu verlieren.

Klack! Klack! Klack!

Johny sah, wie der Typ eine alte Frau anrempelte, die mit zwei Einkaufstaschen bewährt, in entgegen gesetzter Richtung vor sich hinschlurfte und daraufhin einem geistesgegenwärtigen Passanten in die Arme plumpste, um dort geschockt hängen zu bleiben.

Mieser Penner, dachte Johny. Jäh kam ein junger Mann zwischen den Autos hervorgeeilt. Offenbar war er spät dran. Bei der Arbeit hatte es mal wieder länger gedauert und er hatte noch einen Blumenstrauß besorgt, damit seine Freundin nicht schon wieder sauer auf ihn sein würde. Was er in wenigen Minuten erfahren sollte: Seine Freundin hatte ihn eh schon abgeschrieben, rechnete mit einer gehörigen Verspätung und tobte gerade mit ihrem Ersatzlover durchs Bett. Aber wen interessiert das? Johny jedenfalls musste einen gehörigen Satz zur Seite machen, um den Typen nicht umzurammen und tackelte stattdessen erneut die alte Frau nieder, die sich just aus den helfenden Armen des Passanten aufgerichtet hatte. Sie landete wuchtig und einigermaßen überrascht auf dem gut gepolsterten Hinterteil, während ihre Einkäufe sich anschickten, die Herrschaft über die Straße zu erringen. Egal. Johny musste weiter. Keine Zeit.

Er sah, wie der Typ durch eine große Holztür auf der linken Seite der Gebäude jagte. Dort angekommen, stürmte auch Johny durch die Tür und stand von einem Moment auf den nächsten in völliger Dunkelheit. Ein dunkler Flur, eine Diele oder so was. Johny gewöhnte sich langsam an die Dunkelheit und konnte ein hölzernes Treppenhaus erkennen, dass sich in die Höhe schraubte. Von oben schien gleißendes Licht herunter[33].

Dann hörte Johny nur noch das trockene Knallen einer abgefeuerten Handfeuerwaffe. Er reagierte sofort und nahm die Beine in die Hand..., was zugegebener Maßen ziemlich bescheuert aussah, da er unkoordiniert auf dem Boden herumbosselte.

Johny reagierte. Er sprang auf und eilte geduckt zur Treppe und begann mit dem Aufstieg. Springend nahm er zwei bis drei Stufen auf einmal. Gleichzeitig fand er die Zeit, seine alte Jenk & Rupert herauszunesteln und schoss damit blind nach oben. Die Projektile fraßen sich dumpf in irgendwelches Holz und Staub und Putzsplitter nieselten auf ihn herunter. Der hinterhältige Schütze keuchte überrascht, begegnete dem schnellen Geräusch von Johnys Schuhen auf dem alten Holz mit Argwohn, stellte das Feuer ein und lief seinerseits die Treppe weiter Richtung Dach. Johny kämpfte sich wie vom Teufel gehetzt hinauf, fand allerdings noch genügend Zeit, einen Gedanken darauf zu ver(sch)wenden, zu überlegen, mit dem Rauchen aufzuhören.

---

[33] *Jetzt kommt bestimmt: »Ey, wenn da 'n Lichtstrahl ist, warum steht Johny dann in kompletter Dunkelheit?« Erstens: Wir sind empört, dass Sie uns überhaupt in Frage stellen, sind aber im Stande, darüber hinweg zu sehen. Wir wollen trotzdem nicht so sein und eine Erklärung liefern: Johny steht inmitten dieses Lichtstrahls in völliger Finsternis – für ihn jedenfalls. Sie sollten das mal ausprobieren. Und sie werden feststellen, dass trotz Licht um Sie herum alles pechschwarz bleibt. Warum das so ist? Das liegt an den bisweilen trägen adaptiven Fähigkeiten unserer Sehorgane. Ansonsten fragen Sie Ihren Optiker.*
Ihr viel wissendes aber von der vielen Fragerei auch etwas entnervtes Autoren-Team

Als er im zweiten Stock ankam, wurde eine Tür aufgerissen und ein verkatertes Gesicht lugte in das Zwielicht des Treppenhauses hinaus.

»Was'n lous hier?!« lärmte das säufernasige Gesicht.

Johny gab weiter Fersengeld, ohne den Gestörten weiter zu beachten.

»Öi!« blökte der neugierige Hausbewohner. »So gehd dat aba nich, hier! Wir leben schließlich in einm zivi… zisi… zidi… also … in nem ordentlichen Land. Also hört gefälligst mit dem Krach auf. Sonst ruf ich die Bullen!«

Eine Kugel schlug krachend neben seinem Gesicht ein, worauf hin es sich Potzblitz! zurück in seine Wohnung trollte, mit dem Gedanken spielend, die Flasche Fusel heute schon etwas früher anzubrechen. War ja schließlich ein Notfall.

Währenddessen knarzte das altersschwache Treppenhaus unter Johnys schnellen Schritten. Über sich hörte er das Keuchen des fliehenden Mannes. Johny kämpfte verbissen um Anschluss – dann, auf ein Mal, hörte er seine Schritte allein im Treppenhaus widerhallen.

Zögern. Rütteln. Lautes Fluchen: »Fuck!«

Johny grinste und erklomm den nächsten Absatz mit zwei großen Sprüngen, während er seine Kanone nachlud und das gleiche Magazin gleich darauf ins Ungewiss ballerte.

Der Flüchtende befand sich in einer Sackgasse, er stand offensichtlich vor einer verschlossenen Tür.

Johny zuckte zusammen!

Mehrere schnelle Schüsse. Verfehlt! …

Dann verstand er, dass sie nicht ihm gegolten hatten. Ein metallisches Klirren und ein triumphierender Ruf dröhnten von oben zu ihm herab. Der Kerl hatte das ihm den Weg versperrende Schloss in Feinstaub zerpustet. Ein lautes Krachen ertönte und helles Licht pulschte in das Treppenhaus. Johny nahm die letzte Treppe mit der Hand an dem Geländer und erreichte die fast aus den Angeln getretene Tür – sie schwang an ihm gerade erst wieder entgegen.

Jetzt nur nichts überstürzen…

Langsam setzte er einen Fuß durch den Türrahmen und wartete – nichts geschah. Seine Befürchtung, dass sich sein Antagonist dort draußen auf dem Dach verschanzt hatte und nur auf
den Augenblick wartete, dass Johny herausgestürzt kam, ge-
blendet vom grellen Licht (Adaption wieder!), ließ ihn vorsichtig
sein. Zögernd hielt er seinen Hut vor – weiterhin geschah nichts.
Da!

Das Geräusch von knirschendem Kies. Er betrat das Dach. Eine laue Brise umwehte ihn.

Johny sah den Typen sofort. Dieser trieb mit übertriebenen
Armbewegungen auf das andere Ende des Plateaus zu, erreichte
die Kante, zögerte keine Sekunde …

und sprang! Der Wind pfiff um seine Ohren.

Johny sah, wie er mit einem unsanften Aufprall auf dem
nächsten Dach an kam, ungeschickt zu Boden rollte, sich wieder
hoch kämpfte und weiter strauchelte.

…

»Auch das noch.« Johny resignierte. Diese Hüpferei von Dach
zu Dach war einfach noch nie sein Fall gewesen.

Er nahm Anlauf, sprintete die zehn Meter über die Plattform,
hielt seinen Hut fest und setzte ebenfalls über den Abgrund
zwischen den beiden Häusern hinweg. Unter ihm gähnte der
Abgrund. Der Abstand betrug vielleicht gerade einmal zwei
Meter, doch der Sprung über das Ungewiss entpuppte sich als
besonderer Thrill.

Als er auf der anderen Seite aufklatschte, brannte ein stechen-
der Schmerz von seinen Knöcheln durch seine Knie bis in die
Hüfte hoch.

Das machte ihn nur noch wütender. Er baute sich auf, hetzte
los, überquerte das folgende Dach sprang über den nächsten
Abgrund und prallte auf dem Haus auf- doch diesmal handelte
es sich dabei nicht wie zuvor um ein Flachdach. Mit entsetztem
Blick verloren seine glatten Schuhsohlen den Halt auf den stei-
len Ziegeln und jeder seiner ungelenken Schrittversuche, beförderte den Halt unter seinen Füßen schlitternd in die Tiefe. Johny
stand wie ein ungeübter Pelikan auf dem Giebel des angrenzen-

den Hauses und kämpfte um sein Gleichgewicht – das lose Dachwerk unterstützte ihn dabei eher gegenteilig. Er warf seinen Kopf herum, blickte furchtsam hinab und sah es schon passieren…

Ein Stockwerk unter ihm sprang ein dreckiges Fenster auf und eine alte Dame beugte sich daraus hervor. Sie sah forsch zu Johny nach oben, der Halt suchend auf dem Giebel tanzte, und hielt ihm den Zeigefinger hin.

»Junger Mann!« krakeelte sie. »Runter von meinem Dach! Und zwar ein bisschen plötzlich – oder ich ruf die Feuerwehr und lasse Sie da runter spritzen, Sie Lausebengel!«

Johny sah sie flehend an. »Bitte, Ma'am, tun Sie sich keinen Zwang an! Nur sagen Sie denen freundlicherweise, dass sie mit dem Hubschrauber kommen sollen – lange halt ich das nicht mehr aus!«

Er schlidderte ein bedrohliches Stück auf den rutschigen Ziegeln hinab und fing sich an der dürren Antennenkonstruktion, die aus dem roten Giebeldach wuchs.

Als die Alte das sah, wurde sie fuchsteufelswild.

»Finger weg da!« keifte sie ihn an. » Ich guck grad Tennis! Hieb gegen Abgasi – und Sie verstellen mir alles!«

Sie verschwand kurz im Inneren ihrer Wohnung und Johny atmete erleichtert auf – eine Sorge weniger!

Doch zu früh gefreut! Da erschien der puterrote Kopf der alten Frau erneut und glotzte ihn an, als sei er der Leibhaftige.

»Weg! Lassen Sie meine Antenne los! Schnee! Nichts als Schnee! Ich kann nichts mehr erkennen! Hieb gegen Abgasi! Was denken Sie sich denn? Dass ich…« Ihr Kreischen hielt inne.

Johny erklomm sicheren Boden und fummelte sich aus der hoffnungslos verbogenen Antenne frei.

Er zog seinen Hut und rief zu ihr hinab. »Ich bitte vielmals um Verzeihung, Ma'am. Steigen Sie doch auf Satellit um, wenn es Ihnen nicht passt, mit der Antenne – ist doch eh alles Kacke so!«

Er zog sich mit einer letzten Anstrengung über das Spitzdach und nutzte oben die Aussicht, um den Flüchtenden zu entdecken, der ein Haus weiter an einem Fahnenmast verschnaufte, dessen Wimpel für Biewernagerfutter warb. Ihre Blicke trafen sich und sofort wandte der Kerl sich um und eilte weiter.

»Ich will doch bloß reden!!« brüllte Johny ihm nach, besann sich kurz, und feuerte dann einige Kugeln aus seiner Jenk & Rupert hinter dem Typen her, der sie wie bei einem Spießrutenlauf umschiffte. Betonsplitter spritzten neben seinen Schuhen aus dem nächsten Dachplateau.

»Nur halt auf meine Art und Weise«, sagte er zu sich selbst und lud nach.

Als er wieder hochsah, konnte Johny das Ziel des Typen sehen. Auf zwei Dächern weiter hockte ein Helikopter mit sich träge drehenden Rotorblättern.

Johny rutschte das Spitzdach herunter und nutzte die federnden Eigenschaften der Regenrinne, um sich auf das nächste Gebäude zu katapultieren. Er befand sich auf einer Linie mit seinem Gegner…

Der Flüchtende rannte mittlerweile auf den letzten Abgrund zu, der ihn noch von dem Helikopter und der sicheren Rettung trennte. Seine Sehnen spannten sich zum entscheidenden Sprung, Adrenalin pulste durch seinen Körper.

Er grinste über das ganze Gesicht, als er sich abstieß geschafft! Die Welt stand still. Kein Geräusch.

Wie in Zeitlupe sah er, dass sich die Rotoren schneller drehten. Dann durchbrach ein Knall seine Fantasie, der selbst den anschwellenden Rotorenlärm übertönte.

Der Mann spürte, wie ihm etwas den Rücken zerriss. Schmerz raste durch seinen Körper. Plötzlich war alles wieder da. Er hörte den Rotorenlärm dröhnen und alles lief wieder in Echtzeit vor seinen Augen ab. Seine Flugbahn veränderte sich. Die Wand des anderen Gebäudes flog auf ihn zu und er schmetterte volle Breitseite dagegen. Er spürte wie sein Jochbein zersplitterte, versuchte sich verzweifelt an der nackten Klinkermauer zu halten, hatte keine Kraft mehr…

Wie in einem Traum fiel er rückwärts in die Tiefe, sah den blauen Himmel über sich, Wolken, die Sonne.

Ein Schwarm Vögel stob vorbei.

Schluss.

…

Johny trat an den Abgrund, die rauchende Waffe noch in der Hand. Er blickte auf den blutigen Haufen Menschenmatsch vier Stockwerke unter sich hinab. Und auf die Leute, die sich eilig darum versammelten und begannen in die Höhe zu gaffen. Er machte ein paar Schritte zurück, nahm Anlauf und setzte über den letzten Abgrund hinweg. Als er landete, ragte ein Schornstein zwischen ihm und dem Helikopter aus dem Beton und bot ihm ein wenig Deckung. Er wartete einen Moment, prüfte das Magazin, richtete sich dann auf und ging schnellen Schrittes auf den Helikopter zu.

Ein dunkel gekleideter Mann stand davor – groß, stark, martialisch. Er hielt Reepe brutal an den Haaren fest.

In der freien Hand hielt er eine großkalibrige Handfeuerwaffe in den Himmel gereckt, als hätte er gerade Wachteln abgeknallt. Reepe war geknebelt, aber Johny konnte an ihrem Gesichtsausdruck erkennen, was sie jetzt gerne gesagt, oder noch viel wichtiger, was sie jetzt gerne getan hätte.

Erschöpft ging er auf die beiden zu – die Waffe erhoben und auf das Gesicht des Unbekannten gerichtet.

»AH! HAR HAR HAR HAR!!! WHYHAHAHAH!!!« brüllte der unbekannte Mann und zog Reepe näher zu sich heran; sie quietschte empört.

»JOHNY RIOT ALSO. Endlich sehe ich dich von Angesicht zu Angesicht! *Du* bist also der Gauner, der seine Finger in so allerhand meiner Angelegenheiten drin hat, was?! Wie man hört und wie man auch sieht. JAJA, sehr eindrucksvoll, muss ich schon sagen. Du hast einige meiner besten Männer aus dem Weg geräumt. Das stimmt mich nicht gerade dankbar.«

Ein fieses Grinsen umspielte seine geschlitzten Mundwinkel. Er hatte offenbar eine verdammt noch mal stattliche Portion Selbstbewusstsein, die für das dämliche Geblök von Nöten war, was er hier veranstaltete, dachte Johny. Anfänger…

»Und du bist?« rief er über das Schnurren der Rotoren hinweg, zog seine Packung mit den Fluppen aus der Tasche und steckte sich eine an.

Auffordernd hielt er sie auch dem Schreihals hin.

»Danke, nein. Nichtraucher«, grinste dieser selbstgefällig. Johny dachte sich seinen Teil.

»Tja, also was deine besten Männer angeht…«, erklärte er zwischen zwei Zügen, »Die kann ich dir per General Logistics nachsenden, wenn du magst. Sollte nicht viel Porto machen, sind alles kleine Teile.«

Sein Gegenüber zerrte Reepe an den Haaren und sie ließ es sich wohl oder übel gefallen.

»HA! Vergiss die Bande – alles Idioten. Brauch ich nicht mehr. Ich hab jetzt die hier! WAHAHAHA!!!« Wieder riss er an Reepe herum. Allmählich hörte es auf, schön zu sein.

»Mein Name ist Alec Treva… Sorry.« Er fuhr sich mit seinem Handrücken oder der Kanone über den Mund, als hätte er sich verschluckt. »Ich heiße Been. Shawn Been. Aber das wird dir wohl nix sagen, Junge«, brüllte er hinzu.

Warum sind heut bloß alle Nichtraucher? fragte sich Johny und hielt Reepe die Packung hin. Diese verdrehte nur die Augen. Er musste grinsen. Später ja vielleicht.

»HEY!!« mischte Been sich ein. »Schluss jetzt, ihr Turteltäubchen.« Dann hielt er ihr seine Wumme drohend an den Kehlkopf. »Pass auf Mann! Ich werd jetzt mit deinem Mädel hier in den Hubschrauber steigen und abhauen. Und wenn du ganz viel Glück hast und keine Mucken veranstaltest, dann wirst du das Glück haben, hier stehen bleiben und uns fein hinterher sehen zu dürfen, kapiert?! Also, versuch keinen Mist, sonst…«

Er lies den Satz unvollendet und begnügte sich lediglich damit, Reepe erneut an den Haaren zu ziehen. Johny sog feinschmeckerisch an seiner Zigarette, bevor er zu sprechen begann. »Ist ja alles schön und gut… Nur warum habe ich das Gefühl, dass ihr nur auf mich gewartet habt? Ihr hättet längst weg sein können.«

Been grinste. »Ich konnte es mir einfach nicht entgehen lassen, dich mal kennen zu lernen, was? Außerdem – wusstest du schon? Jetzt fehlt mir nur noch eine von den drei reizenden Damen, um die du dich so vergeblich mühst…« Er hielt kurz inne und nickte dann gierig. »Upps, hab ich da jetzt was verraten? Na egal!! Fette Beute! WRAHAHAHARR!!!«

Er winkte mit Reepes Kopf und grinste ihn irre an. »Komm und hol sie dir, wenn du kannst, Johny!«

Als er das gesagt hatte, hob er unvermittelt seine Waffe und schoss Johny ins Bein. Dieser sackte mit zusammengebissenen Zähnen zu Boden.

»Das war für meine Männer«, fauchte Been und stieg dann in den Helikopter. Reepe stieß er unwirsch vor sich her.

Johny knirschte: »Nicht so eilig, Been«, hob seine Waffe und schoss.

Zielsicher trat die Kugel nur Millimeter zwischen Reepe und Been durch den Stahl des Hubschraubers. Verdutzt guckte Been ihn an. Mit so etwas hatte er nicht gerechnet.

»Wir sehen uns wieder«, rief Johny kniend und sog an seiner Zigarette.

»Wenn du deine Süßen wieder sehen willst… Ja!«

Been lachte grölend und gab dem Piloten ein Zeichen und die Motoren der Maschine röhrten. Der Helikopter hob ab. Johny drehte sich auf den Rücken, um ihn zu beobachten. Sein Bein schmerzte, Reepe war ihm wieder durch die Lappen gegangen und mit Been schien ein weiterer vollkommen übergeschnappter Spinner an den Spieltisch getreten zu sein. Was hatte das alles zu bedeuten? Drei Mädchen… Gehörte Been zur Genossenhaft? Johny konnte sich nicht des Eindrucks erwehren, dass die ganze Angelegenheit längst die Fesseln seiner Auffassung des kriminellen Milieus Wauszburgs gesprengt hatten. Und wie gern nur würde er sich jetzt einer wohlverdienten Ohnmacht hingeben.

Wie gern diesen ganzen Scheiß sich selbst überlassen.

…

ABER!

Nicht!

Jetzt!

Reepe saß in diesem verdammten Hubschrauber und sie brauchte ihn. Außerdem bestand so eine Möglichkeit, über den Verbleib von Jesse schlau zu werden. Offenbar steckte Shawn Been in der ganzen Kacke mit mindestens einem Stiefel mit drin. Irgendwer wollte ihn fertig machen, das verstand Johny nun. Nur warum? Es ergab noch so wenig Sinn! Verdammt, er musste sie da rausholen! Koste es, was es wolle! Er raffte sich auf und begutachtete sein Bein.

Bist ein verdaahmtes Weichei, dachte Johny über sich selbst. Ist doch nur ein kleiner Kratzer! Er zog sein Stofftaschentuch aus der Tasche und wickelte es stramm um die Streifschusswunde. Das musste fürs Erste reichen. Er richtete sich auf. Schmerzen. Das galt nicht. Dafür war jetzt keine Zeit. Er humpelte über den körnigen Beton des Daches zu dem kleinen Häuschen mit der Tür darin, die zu der Treppe führte und polterte sie hinab. Unten angekommen stolperte er durch eine Tür und direkt auf eine viel befahrene Straße. Um ihn herum brach ein wildes Hupkonzert aus.

»Blöder Penner!« brüllte der Fahrer eines SUV. Johnys Blick eilte zwischen dem Verkehr hindurch. Dann hörte er ein vertrautes, lautes Röhren, wirbelte herum und sah, wie ein blitzender Indian auf ihn zugeschossen kam. Metallicblau. Ralleystreifen. Dann das Quietschen der blockierenden Reifen. Das Monstrum kam wenige Zentimeter vor Johny zum Stillstand. Bedrohlich wummernd stand der Sportwagen vor Johny. Er ging zur Fahrertür und zog sie mit einem Ruck auf. Hinter dem stehenden Indian begann ein erneutes wildes Huporchester. Aus dem Inneren des Wagens sah Johny eine junge Frau an. Er seufzte resignierend und stellte sich ihr vor. »Ma'am... Ich bin Ihr neuer Chauffeur[34].«

...

---

[34] *Alternativsatz: »Ma'am... Ich bin Ihr neuer Friseur.«*

Mit wild quietschenden Reifen wirbelte der kräftige Indian um seine eigene Achse und schoss davon. Johny konnte den Hubschrauber noch am Himmel sehen und jagte ihm unnachgiebig hinterher. Der Motor des Indians brüllte befriedigt auf und schoss dem Heli hinterher. Johny heftete seinen Blick an den Hubschrauber. Dann sah er auf die Straße. Keinen Moment zu früh. Vor ihm bremste grade ein dicker LKW, mit langen Baumstämmen beladen, und Johny kurbelte wie wild am Lenkrad. Quietschend brach der Indian zur Seite aus. Ab in den Gegenverkehr. Die Scheinwerfer des Gegenverkehrs stachen in Johnys Augen. Wildes Hupen. Dann wieder Ausweichen. Der Indian schrammte kreischend an einem Kleinwagen vorbei, der von der Wucht sofort in den Gegenverkehr geworfen wurde. Johny schielte in den Rückspiegel. Der Kleinwagen wurde wie Ball zwischen den verschiedenen Fahrzeugen hin- und hergeschleudert. Metall kreischte, Blech beulte, lautes Hupen dominierte die Geräuschkulisse. Johny war voll konzentriert, zwängte den Indian durch den Gegenverkehr. Ein LKW lies dröhnend sein Horn erklingen, während er auf Johny zuraste. Dieser riss das Steuer wieder herum und tauchte zurück in seine Fahrspur. Ein Motorradfahrer, der grade zum Überholen eines PKW ansetzte wurde wie eine Murmel aus der Bahn gerissen und jagte schlingernd durch die verschiedenen Fahrspuren, buckelte auf den Bürgersteig und rammte schlussendlich splitternd durch das Schaufenster eines Schnapsladens. Johny bretterte weiter, tänzelte mit dem Indian durch die verschiedenen Fahrspuren und behielt dabei bestmöglich den Hubschrauber im Auge. Vor ihm schaltete eine Ampel auf rot.

»Fuck!!« fluchte Johny und stieg in die Bremse, kurbelte am Lenkrad und hupte wie besenkt. Der Wagen schlingerte und tat seinen Unwillen damit kund, dass er einer Reihe von parkenden Autos die Rückspiegel abrasierte. Krachend und splitternd fetzten die Kleinteile in alle Richtungen davon.

Kyle Lunch trommelte mit den Fingern ungeduldig auf dem Lenkrad.

»Alter, wo bleibt der Fettsack? Ich hab Kohldampf«, muffelte er vor sich hin. Er lauschte auf den Verkehr. Ungeheuer viel Gehupe heute. Dann legte die Frau aus der Zentrale mit ihrer sexy Stimme los: »10-45, 11-27 und 11-18 ... C13 in der Hammet Street.«

Wow, dachte Lunch. Verdammt viel los. Kurz glotzte er nur dumpf vor sich hin.

»Hey, das ist ja gleich hier in Gegend!«

Im gleichen Moment zog Detective Dean Weiss keuchend und schnaufend die Tür auf und lies sich mit einem zufriedenen Seufzen in den Lederimitatssitz sacken.

»So, endlich fottern«, sagte er und drückte Lunch einen Pott mit skinesischem Fastfood in die Hände.

»Hier, Curry für dich und...« Beim Anblick der Portion, die er für sich behielt, bekam er große Augen. »... Und extra viel und doppelt gewürzt für mich«, brummte er zufrieden. Die Getränke wurden strategisch günstig auf dem Armaturenbrett stationiert.

Lunch griff zu. »Hey, Chef, hier ist der Teufel los«, begann Lunch mampfend. »Großeinsatz direkt hier um die Ecke – Hammet Street.«

»Mir egal«, schmatzte Weiss. »Jetzt wird gefottert.«

Lunch kämpfte gerade mit der skinesischen Esskultur, in Form seltsamer Esskügelchen, und guckte gelangweilt in den Rückspiegel, als er sah, wie ein Motorradfahrer quer durch alle Bahnen jagte, über den Bürgersteig hopste und in einen Schnapsladen bretterte.

»Hey Chef, haben Sie das gesehen? So ein verrückter Hund.« ereiferte Lunch sich.

Weiss gierte einen Happen herunter. »Nein ich hab nichts gesehen und du auch nicht. Wir ham Mittagspause, also hau rein, bevor's kalt wird«, antwortete er unbeeindruckt. Lunch hingegen konnte die Augen jetzt nicht mehr vom Verkehr nehmen. Vor ihnen schaltete eine Ampel auf rot. Plötzlich brach die Hölle los, ein massiger Rord Indian schlingerte laut hupend aus seiner

Bahn und rammte krachen an parkenden Fahrzeugen vorbei. Lunch sah in den Rückspiegel, in dem der Indian herangerast kam. Dann zuckte er zusammen, als es den Außenspiegel, wie von einem gewaltigen Hieb erfasst, wegfetzte. Lunch warf sein Essen über die Schulter auf den Rücksitz, wo es sich zu einer haufigen Lache verteilte. Das erregte Weiss' Aufmerksamkeit.

»Hey, was hast du…«, begann er entrüstet. Aber Lunch drehte schon den Zündschlüssel um, trat das Gaspedal bis zum Boden durch und lies die Kupplung fliegen. Die alte Rostlaube machte einen gewaltigen Satz und sprang in den Verkehr, während sich Weiss' Essen über dessen Hemd, dessen Coke (light), über das Armaturenbrett spritzte und Lunchs Sprite sich auf seiner Hose verteilte.

»Shit!« fluchte Lunch, während sich Weiss nur krampfhaft am Türgriff festklammerte. Lunch hämmerte wie der Henker los, schubste einen Roller in den Gegenverkehr und verlor auch noch den rechten Rückspiegel, als er an einem Linienbus vorbeischrammte.

»Lernt ihr so was jetzt auf der Polizeischule?!« keuchte Weiss.

Lunch schüttelte den Kopf. »So was lernt man auf keiner Schule…«, antwortete er abgehackt, während er sich durch den Verkehr schlängelte. »… So was lernt man auf der Straße.«

Weiss schnaubte, aber Lunch wusste noch mehr.

»320 PS sind ein guter Lehrer. Entweder man beherrscht sie, oder sie beherrschen dich.«

Wie auf ein Kommando trat Lunch noch mal kräftig drauf, preschte über eine rote Ampel und tatschte einen von rechts herannahenden Kleinwagen aus der Bahn, der krachend an einem Ampelpfeiler endete.

»Womit willst du das erklären?!« fragte Weiss.

»Naja, das am Steuer von dem Indian…«, begann Lunch.

»Ja?« fragte Weiss.

»Tja… Das ist dieser Riot«, gab Lunch zurück.

»Im Ernst?« Weiss konnte es nicht fassen.

Lunch nahm eine Hand vom Steuer und schaltete hoch.

»Naja… Sah ihm zumindest ähnlich«, grinste er.

TIME FOR A RIOT

Weiss überlegte kurz, riss die Handschuhfachklappe vor seinen Knien auf, kramte darin zwischen einem gut geführten Süßigkeiten-Notvorrat, zog triumphierend das Magnetblaulicht heraus, befreite es von einem geschmolzenen Smart-Riegel und stempelte es aus dem offenen Fenster auf das Dach des Zivilwagens. Lunch grinste wieder, schaltete runter und rummste dem Indian mit Schwung hinten rein.

Johny sah in den Rückspiegel. Irgendeine Karre war mit Schwung losgefahren und verfolgte ihn jetzt. Vermutlich Bullen. Er schaltete runter, scherte nach rechts aus und schnitt einen 911-Boxser, dessen Kotflügel er bei der Gelegenheit unsanft tangierte. Funken sprühten und Metal kreischte unwillig. Der 911er fing lautstark an zu hupen, und der weißhaarige Besitzer fuchtelte seine kümmerliche Faust wütend aus dem Fenster. Scheißegal.

Johny blickte suchend an den Himmel. Der Helikopter flog immer noch geradeaus. Dann suchte er im Rückspiegel und zuckte zusammen; mit einem Mal rammte die Rostlaube hinter ihm, schwungvoll in sein Heck.

Johny konnte jetzt erkennen, wer da hinter ihm herjagte: Detective Weiss und Lunch. Und Lunch schien fürs Steuer ein offensichtlich besseres Händchen zu haben, als für die Klingel.

»Woll'n doch mal seh'n...«, brummte Johny, schaltete wieder runter, trat durch und ging in den Gegenverkehr, der sofort wieder laut zu hupen begann und in alle Richtungen auszuweichen versuchte. Johny erkannte am linken Fahrbahnrand einen maskierten Mann, der aus einer Bank gerannt kam – dicke Geldsäcke in beiden Händen. Dann brach einer der Wagen, die Johny auswichen, aus und katapultierte den Mann mit dem ausladenden Heck von den Füßen.

»Jeden Tag eine gute Tat...«, murmelte Johny, blickte wieder zum Himmel, sah, dass der Hubschrauber geradeaus weiterflog, erkannte allerdings erst im allerletzten Moment, dass die Straße in einer T-Kreuzung endete.

Verzweifelt riss er die Handbremse hoch und das Lenkrad herum. Quietschend und qualmend schlitterte der Indian um die Kurve. Die Cops hinter ihm konnten aufgrund des Qualms seiner Reifen nicht die Hand vor Augen mehr sehen und gruben ihre Karosse volle Möhre durch die Glasdoppeltür einer Boutique. Johny nudelte schon wieder am Lenkrad, nahm einem LKW die Vorfahrt, welcher laut grölend bremste und sich über die gesamte Fahrbahnbreite querstellte. Dann hatte Johny den Hubschrauber wieder in der Linse, befand sich jetzt aber auf einer kleineren Straße, und hundert Meter vor ihm stand ein Möbellaster, dessen Warnblinker ihn hämisch anfunkelten. Er zögerte keine Sekunde, flippte zwischen zwei parkenden Fahrzeugen hindurch auf den Bürgersteig und hielt die Hupe gedrückt. Er sah nur noch schreiende, wild umher springende Menschen. Aber er konnte augenblicklich einfach nicht bremsen. Wenn er den Helikopter jetzt verlor, würde er ihn nie wieder finden. Als er am Möbelwagen vorbei war, rauschte er wieder auf die Straße und zwang somit einen weiteren lästigen Rollerfahrer, selbige zu verlassen. Er blickte in den Rückspiegel, sah wie der Roller über den Gehweg holperte, bestimmt erleichtert, alles unbeschadet überstanden zu haben, da sprang plötzlich der Wagen mit den zwei hartnäckigen Polizisten aus einer Glastür und holzte den Rollerfahrer mit Schwung um, raste dann allerdings selbst krachend und Splitter in aller Herrgottsländer sprühend in einen alten Militärjeep und verteile Glaspartikel und schlechtes skinesisches Essen über die ganze Straße. Johny hörte Schüsse.

»Geben die denn nie auf?«

Detective Weiss kroch aus dem Wrack hervor, wuchtete sich auf seine Beine, stand breitbeinig formlos auf der Straße und feuerte mit einem Trommelrevolver hinter Johnys Indian her. Ein lauter Knall ertönte, als einer der Hinterreifen platzte. Der Indian brach wie ein wildes Pferd aus, krachte mal links, mal rechts in auf den Seitenstreifen parkende Autos, dann hatte Johny ihn wieder unter Kontrolle und gelangte auf eine besser ausgebaute Straße. Er beschleunigte und jagte den Wagen die

Straße hinab am Ortsschild vorbei. Ab jetzt ließ er die Stadt hinter sich. Von nun an ging es hinaus aufs Land.

Der Helikopter flatterte ungefähr zwei Kilometer vor ihm in südlicher Richtung. Johny trat aufs Gas und rumpelte, vom rhythmischen Ploppen des geplatzten Reifens begleitet, hinter dem Heli her. Dann soff der Wagen ab.

☼

»Scheiße!« fluchte Johny. Dass diese Kerle auch immer die Falschen erwischen mussten! Johny hätte Detective Weiss und seinen Trotteladjutanten Kyle Lunch am liebsten gleich auf der Straße verprügelt, dummerweise hielten sie ihm ihre Bleipusten mit allergrößtem Argwohn unter die Nase. Wie sehr diese Deppen die Situation mal wieder missverstanden. Typisch. Johny jagte die Bösen, die Cops jagten ihn. Wahre Helden.

»Na, Mister Riot? Haben wir in letzter Zeit wohl zu viele Spam Brannigan-Fime geguckt, was?« witzelte Weiss und watschelte auf ihn zu, während sein Kollege Lunch Johny nicht aus den Augen ließ – die Waffe stur auf seine Stirn gerichtet.

Johny kramte sich eine Zigarette hervor und ließ sich von Weiss Feuer geben. Lunch konnte diesmal nicht, er musste ja zielen.

»Ja klar, Boss«, zischte Johny und kratzte sich an der Kehle. »Ich hab mich maßlos überschätzt.«

Detective Weiss verstaute sein goldenes Zippo.

»Na schön. Und wie wollen Sie das hier erklären?« Er deutete die Straße hinunter.

Johny stutzte. »Was denn, Detective?«

Weiss wabbelte erregt. »Einen halben Kilometer zurück ist der Teufel los! Sie haben bei Ihrer Raserei die halbe Stadt zerlegt, mein Gott! Wer soll dafür aufkommen?«

Johny fand, dass der Detective nicht so wütend wirkte, wie er es in Anbetracht der Zerstörungsausmaße eigentlich hätte sein müssen. Ganz im Gegenteil, der alte Sack schien an sich halten zu müssen, um nicht darüber zu lachen.

»Kommen Sie schon, Weiss. Ich hatte es eilig. Ein Bewerbungsgespräch. Die nehmen Pünktlichkeit sehr ernst.«

Lunch wollte auch was sagen. »Stimmt, Boss. Das haben sie uns auf der Akademie auch immer gesagt.«

»Fresse!«

Lunch ließ die Waffe sinken und guckte dumm. »Aber...«

»Und steck die Wumme weg. Ich denke, Mister Riot hier ist uns was schuldig, ist es nicht so?« Weiss giftete Johny an.

Lunch zuckte mit den Schultern. »Ich dachte, wir könnten ihn auf frischer Tat ertappen und dann ein paar Schüsse... Peng! Peng! Peng! Es zum Beispiel wie Selbstmord aussehen lassen, oder...«

Detective Weiss stöhnte. Johny hatte fast Mitleid mit dem Mann.

»Lunch!« sagte Weiss. »Stecken Sie einfach die Pistole weg, halten Sie die Klappe, holen Sie den Wagen, fahren Sie mich nach Hause, kaufen Sie sich was zu essen, gehen Sie mit dem Hund Gassi, gießen Sie die Blumen in meinem Büro, scheißen Sie sich ein, holen Sie sich einen runter... Tun Sie einfach, was Sie wollen. Aber: ...« Er hob einen dicken kurzen Finger. »Labern Sie mich nicht mit Ihrer Kacke voll. Mir reicht's!«

Lunch schluckte sichtbar. »Aber der Wagen ist doch...«

»Ich weiß, dass Sie die Mühle zu Müll gefahren haben! Trotzdem holen! Und zwar Zacki!«

Lunch ging einige Schritte zurück. »Na gut... Ich geh ja schon.«

Weiss atmete erleichtert aus.

»Aber vielleicht ein Unfall...?«

Der Detective ignorierte seinen Kollegen und Johny beobachtete den jungen Polizisten, wie er um den nächsten Häuserblock stiefelte, um den zerschrotteten Wagen zu holen. Er befürchtete, dass dem ehrgeizigen Jungspund das auch noch gelingen würde. Weiss sah ihn an und schien zu überlegen.

»Mister Riot. Jetzt zu Ihnen. Es gibt Gründe, die mir unweigerlich aufzeigen, dass Sie in gehörigem Schlamassel stecken. Und, wissen Sie was? Sie haben Glück!« Er steckte sich ein dünnes Zigarillo an. »Mich interessiert das nämlich brennend, was Ihnen Sorgen bereitet. Ich würde gerne mit Ihnen darüber sprechen. Und ich bin mir sicher, dass Ihnen bewusst ist, dass es nicht viel gibt, das Ihnen noch viel größeren Schlamassel bereiten könnte, als nicht vernünftig zu sein, und mir zu sagen, was ich wissen will. Verstehen wir uns?«

Obwohl sich der Detective etwas umständlich ausgedrückt hatte, kapierte Johny ganz genau, was der dicke Bulle von ihm wollte. Offenbar erhoffte er sich ein paar Insiderinfos im Fall Baltimore. Dafür versuchte er Johny weisszumachen, dass er ihn im Gegenzug dieser informellen Bezahlung davonkommen lassen würde. Johny kannte diese Methode. Ein kaum auszuschlagendes Angebot, schließlich hatten Sie ihn auf frischer Tat dabei ertappt, einen ganzen Straßenzug in Schutt und Asche zu legen. Eine wirklich peinliche Situation, das war ihm schon klar. Allerdings wusste er andererseits genauso gut, dass es möglicherweise nichts helfen würde, dem Detective was vorzulügen – jedenfalls nicht ihm selbst. Kein Wunder, dass Weiss Lunch weggeschickt hatte, begab er sich hier doch auf absolut korrupte Pfade, was seinem jungen Kollegen mit Sicherheit übel aufgestoßen hätte. Nun, Johny war sich nicht sicher, wie er sich aus dieser Misere zu winden hatte. Es stand nicht gut für ihn. Er entschied sich, die Entscheidung Weiss zu überlassen.

»Also gut, Domian«, sagte er und die Zigarette zwischen seinen Lippen tanzte auf den Worten. »Mit welcher Geschichte kann ich Ihnen den Tag versüßen?«

Der Detective rümpfte die Nase. »Hörn Sie zu, Riot. Dass Sie mit dem jungen Baltimore nichts am Hut haben (als er das sagte, schielte er kurz auf Johnys Kopfbedeckung…) glaub ich Ihnen sowieso nicht, aber es will mir egal sein – für den Moment jedenfalls. Es hat sich ergeben, dass wir in einer ganz anderen Sache herumstochern. Ich bin mir sicher, Ihnen sagt der Name Jackie Octobre etwas.«

Mal wieder musste Johny feststellen, dass der Detective keine Fragen stellte, sondern einzig und allein Feststellungen machte, die er gelegentlich einfach so wie Fragen klingen ließ.

»Jackie Octobre?« sagte Johny. »Stimmt. War der nicht letztes Jahr im Feuerwehrmannkalender? Seltsam, hätte Sie gar nicht so eingeschätzt, Detective.«

Weiss überging Johnys Albernheit und kam einen Schritt näher. Fast stieß seine Wampe an Johnys Bauch. »Riot. Wir können das ganze jetzt und hier auf der Straße in fünf Minuten klären… Oder Sie fahren fein mit aufs Revier, wenn Ihnen das lieber ist.«

Johny spielte den Großzügigen. »Solange ich nicht das Taxi bezahlen muss.«

Weiss schwieg.

»Na gut, Detective. Spaß beiseite. Jackie Octobre…« Er zog an seiner Zigarette. »Ich kann nicht leugnen, dass mir dieser Name bekannt ist. Leider verhält es sich so, dass ich selbst bisher nicht die Ehre hatte, diesem tapferen Recken über die Schulter blicken zu dürfen, wenn Sie verstehen was ich meine. Aber ich wüsste da jemanden, der sich sicher freuen würde, mit Ihnen einen kleinen Plausch über den guten Jackie zu halten.«

Der Detective schnippte die Asche von seinem Zigarillo und nickte.

»Wie wär's, Dec? Ein, zwei Namen im Tausch gegen meine weiße Weste.«

Auch Johny formulierte seinen Vorschlag nicht als Frage. Er drehte den Spieß um. Weiss bekam die einmalige Gelegenheit, zuzuschlagen, und Johny laufen zu lassen, anderenfalls würde er leer ausgehen und stattdessen Johny einsacken, was ihm auch nicht mehr als einen Haufen unliebsamen Papierkram einbringen würde. Der Detective hasste Papierkram.

»Schießen sie los, Riot. Und lassen Sie es so klingen, als ob ich es aus Ihnen herausgeprügelt hätte.«

Johny grinste. »Ich will nicht wie eine Petze klingen, aber da ist jemand, dem Sie mal auf den Zahn fühlen sollten. Eine junge Dame vermutlich. Hab sie selbst noch nicht getroffen. Man munkelt viel in gewissen Kreisen... Sozusagen der heiße Tipp der Woche, Detective.«

»Machen Sie's kurz, Mann. Bevor dieser Trottel Lunch hier wieder auftaucht. Sonst überleg ich mir doch noch n feines Plätzchen in einer unserer Zellen für Sie. Raus mit der Sprache. Der Name. Was wissen Sie?«

Johny zupfte sich eine neue Zigarette hervor und spielte mit ihr.

»Dawn Mondey.«

Weiss glotzte ihn an. »Und? Adresse, Telefon, Haarfarbe, Körbchengröße...«

»Quatschen Sie keinen Kram, Weiss! Versuchen Sie's bei der Genossenhaft. Wenn Ihnen jemand wirklich helfen kann, dann sind das die. Und weil heute Ihr Glückstag ist, pack ich noch einen Bonus mit drauf.«

Weiss schien unbeeindruckt. »Ihren Hund?«

»Nein. Checken Sie Ihre lausige Kartei mal nach dem Namen Shawn Been. Könnte interessant werden. Nicht nur für Sie.«

Weiss zog einen kleinen ledernen Notizblock hervor und schmierte was mit Bleistift hinein.

»Bean mit ea?«

»Keine Ahnung, Dec. Darf ich jetzt gehen?«

Weiss steckte seine Notizen ein. »Verpissen Sie sich endlich, Riot! Und erzählen Sie fein all Ihren Freunden, dass der dicke Weiss Sie nicht erwischt hat, als Sie abgehauen sind. Ich kümmere mich derweil um diese zwei Vogelscheuchen hier. Und glauben Sie bloß nicht, dass ich mich verarschen lasse. Ich weiß, wo Sie wohnen.«

Weiss grinste feist und zog seine Kanone unter der Achsel hervor und entsicherte sie auffällig. Johny wollte nicht wissen, was der Detective da sonst noch so alles aufbewahrte und in welchem Zustand es sich befand.

»Ich meld mich dann bei Ihnen, wenn ich was herausgefunden habe, Riot.«

Johny lächelte schief und tippte sich zum Abschied an den Hut. »Kann's noch gar nicht erwarten, Detective.« Dann drehte er sich um. Der Detective räusperte sich. In der einen Hand schwelte sein Zigarillo, am Ende seines anderen dicken Arms hing sein kurzläufiger Colt. Die tiefe Abendsonne glänzte an dem beleibten Mann vorbei. Er sprach. »Übrigens: Ich war noch nie gut im Zählen…«

☼

DERRENZHILL. ORTSZEIT.

Jamie reichte Johny eine Tasse mit dunkler, heißer Flüssigkeit. »Ist das Bier?«, fragte er müde.

Sie schüttelte ihren hübschen Kopf. »Nein, Johny. Das ist Kaffee. Bier ist doch nicht warm…« Sie lächelte.

Er nahm ihr die Tasse dankbar nickend ab und schnupperte mit zerknautschtem Gesicht am dunkel spiegelnden Inhalt. Roch wie Kacke. Und Johny war sich nicht einmal sicher, ob er jetzt nicht doch lieber ein Glas Whizzky gehabt hätte. Vorsichtig nahm er einen Minischluck. Mist, heiß!

»Mhh, lecker«, sagte er und stellte die Tasse auf den gläsernen Tisch zwischen seinen Knien. Jamie freute sich.

Nachdem Detective Weiss ihn laufen gelassen hatte, war Johny ziellos durch die Stadt geirrt. Hatte den Jungs vor Mickeys Laden Hallo gesagt und hatte mit dem Gedanken gespielt, kurz bei Jacob vorbeizuschauen. Irgendwie war ihm das aber alles Spinne gewesen. Heute hatte er keine Lust mehr auf Aufregung, Action, Ballereien, Verfolgungsjagden oder dergleichen. Zu guter letzt war er zurück zum skinesischen Waschsalon gestiefelt, um Jesses Warrior abzuholen. Die Kiste stand da, wie er sie zurückgelassen hatte, nur dass ihm irgendjemand mit seinem Finger in die Dreckschicht auf der Motorhaube geschrieben hatte, dass er blöd und schwul sei. Johny beließ diese kryptische Botschaft unversehrt und fuhr los. Später war er wie von allein in Derrenzhill gestrandet, hatte geparkt und war zu Fuß in Richtung Jamies Wohnung gelatscht. Hier schien ihm der einzig ruhige Ort in der ganzen Stadt zu sein. Was für ein Segen. Nun saß er auf der hellen Couch in ihrem Wohnzimmer und ließ sich verhätscheln. Es stand ganz außer Frage, wie sehr die junge Jamie einen Narren an ihm gefressen hatte. Und obendrein war sie in der Lage, ihm so mancherlei Wunsch von den Augen abzulesen. Er brauchte sie dazu nicht einmal direkt anzusehen. Vielleicht war es einfach ihr Wesen, gut zu tun.

Seit einer der zwei Stunden auf ihrer Couch schob er nun schon den ohnehin längst überfälligen Anruf bei General Fitzgerald Baltimore vor sich her. Er nahm sich zum Ziel, seine letzte Tasse Kaffee für heute auszutrinken, und Jamie dann zu fragen, ob er ihr Telefon benutzen könnte. Somit kam es, dass er den geleerten Becher auf den Tisch abstellte und sie darum bat, ihm einen Anruf zu gestatten. Sie gewährte ihm diesen bescheidenen Wunsch und überreichte ihm zunächst einen alten Küchenmixer, doch es sollte nur ein Scherz sein. Auf Johnys spöttisches Grinsen hin, rückte sie einen grauen Apparat heraus, der noch mit altertümlich anmutender Wählscheibe und klapprigen Drückknöpfen ausgestattet war. Johny rief erst heimlich eine 0190er-Nummer an, hörte kurz Bridget beim Bügeln und Masturbieren zu, wählte dann jedoch die Vermittlung und erkundigte sich bei seinem zugeteilten Angestellten Rainer Hirsch nach der Nummer von General Baltimore. Es stellte sich als kein Problem heraus, die Nummer zu bekommen. Nachdem er ein weiteres Mal gewählt hatte und Jamie den Raum verlassen hatte, um anderswo in ihrer Wohnung einer wichtigen Aufgabe nachzugehen, meldete sich auch schon die kernige Stimme des Generals.

»Baltimore!« bellte es aus der Hörmuschel und Johny hielt sie etwas von seinem Ohr weg. Der alte General hatte seinen befehlsgewohnten Ton nie ablegen können.

»General?« sagte Johny. »Hier Riot.«

»Ehrlich?« schepperte die telefonverzerrte Stimme des General. »Wer behauptet das?«

»Vadder Abraham.«

»Wer ist das?«

»Johny Riot natürlich!«

»Ach was... Äh. Johny? Bist du's.«

Gespräche mit dem General verebbten schnell, wenn man nicht geschickt gegen die eigentümliche Eloquenz des alten Baltimore anzusteuern wusste. Johny begriff das schnell.

»Es geht um den Fall, General. Jaco, die Genossenhaft und so weiter. Sie erinnern sich?«

Baltimore sprach nicht sofort. Erst klang es so, als knisterte jemand in Cellophan verpackte Pralinen auseinander, oder ähnliches, dann: »Aah! Johny! Du bist es! Ham ja eine Ewigkeit nix voneinander gehört, was?! Wie geht's so? Alles senkrecht?«

Johny verzog genervt das Gesicht – gut, dass der General es nicht sehen konnte, wie sehr ihm das Geplauder mit ihm auf die Nerven ging. Johny mochte es ohnehin nicht, zu telefonieren. Er hatte die Leute grundsätzlich lieber von Auge zu Auge vor sich stehen oder noch besser vor der Mündung seiner Jenk & Rupert[35].

»Jaja, General. Alles in Ordnung hier. Deshalb rufe ich aber auch nicht an. Es geht um etwas ganz anderes...«

Ehe er weiter kam, unterbrach ihn der redewütige Baltimore.

»Oha!«

»Ja«, sagte Johny. »Passen Sie auf. Folgendes. Im Zuge meiner Nachforschungen kreuzen meine Wege zuweilen die zugegebener Maßen einiger sehr merkwürdiger Gestalten. Könnte Ihre Hilfe gebrauchen, General. Oder zumindest etwas ähnliches.«

Der General am anderen Ende der Leitung schien gerade etwas zu essen, jedenfalls schmatzte er genüsslich, während Johny sprach. »Schieß los, Johny«, nuschelte er und es raschelte etwas in der Leitung.

Johny wollte sich davon nicht irritieren lassen und legte los. »General, es wäre möglich, dass Jaco auf die Rechnung eines gewissen Jackie Octobre geht. Nennen ihn auch Noctobre. Den Namen schon mal irgendwo gehört?«

---

[35] *Warum er den General dann nie besuchte, ist auch dem Autor bis heute noch nicht klar geworden...*

Der General war noch einen Augenblick mit etwas in seinem Mund beschäftigt, dann antwortete er schmatzend. »Nein, tut mir leid, Johny. Nie gehört. Sag mal, haben wir nicht erst August?«

»Fast… ja«, kommentierte Johny.

»Cool. Aber ich kenne den Typen trotzdem nicht. Was hat er denn ausgefressen?«

Statt zu antworten, schüttelte Johny nur den Kopf. Dann sagte er: »Es ist nur so ein Verdacht. Der Name geistert durch die Stadt, ein ähnliches Phantom wie Ihre Dawn Mondey. Niemand weiß was Genaueres.«

»Hast du es mal bei der Agentur für Arbeit versucht?« Der General schmatzte.

»Ich habe da noch was, General«, sagte Johny. »Mir ist ein Kerl in die Quere gekommen. Shawn Been. Schon mal gehört?«

»Ja, klar!« antwortete der alte Baltimore. »Das ist doch so einer aus dem Fernsehen, nicht wahr? Kam da nicht erst letzte Wochen dieser Film… Moment, ich hab's gleich…«

Johny hätte fast geschrieen. »Nein. Nicht *der*. Den meine ich doch gar nicht.«

»Wen denn dann?«

»Ach, wissen Sie was, General?«

»Nö.«

»Vergessen Sie's.«

»Ok.«

»Also«, sagte Johny gedehnt. »Da ist noch mehr.«

»Ich hab ja Zeit«, erklärte der General peripher. Wieder raschelte es verdächtig in der Leitung.

»Jesse ist entführt worden.«

… Es entstand eine Pause.

Dann hörte Johny etwas knuspern. Er sah den General deutlich vor sich. Mit einer Tüte billiger Cracker, die er seinem Hund gemopst hatte, der nun darben musste.

»Erzähl keinen Scheiß, Johny!«

»Mach ich nicht. Ich habe keine Ahnung und Beweise, aber ich vermute, die Vögel von der Genossenhaft haben sie eingesackt.

Und wenn nicht die, dann können es wohl nur diese anderen Spinner von der Enjado gewesen sein.«

»Ahr!« stieß die Hörmuschel den verzerrten Ruf des Generals aus. »Johny! Wie konnte das passieren!? Ich meine... Also, verdammt! Du hattest doch den Auftrag...«

Johny unterbrach den alten Baltimore. »Machen Sie es kurz, General. Ich hab nicht den ganzen Tag Lust, hier an der Strippe zu hängen und nichts unternehmen zu können. Jesse ist in Gefahr!«

Es raschelte erneut in der Leitung und Johny hörte den General gedämpft atmen.

»Ok, Johny. Versuch es mal im *Kookookaboo!* in Wauszburg Harbor. Da trifft sich heutzutage der ganze Abschaum. Wenn du was herausbekommen willst, dann versuch es dort.«

Johny wollte auflegen, doch der General sprach weiter.

»Und Johny...«

»Ja?«

»Halt die Ohren steif, Junge.«

☼

Kaum dass er aufgelegt hatte, betrat Jamie den Raum. Sie trug ihr Haar offen und der Hauch eines Lächelns schmiegte sich um ihre Mundwinkel. Johny hätte nicht erraten können, wie alt sie war. Vielleicht... keine Ahnung. Er konnte auch nicht einschätzen, wie viel sie von dem, in das er verwickelt war, erraten konnte, doch sie sah so aus, als sei sie besorgt.

»Bin schon fertig mit Telefonieren«, sagte er und griff zu seiner Tasse Kaffee. »Oh, schon leer...«

Jamie nickte zufrieden. »Möchtest du noch eine?«

Johny bejahte. »Danke.«

Zusammen saßen sie auf dem Sofa und tranken stumm. Er genoss die Zeit, in der er einfach mal nichts sagen musste. Es war schön, jemanden neben sich sitzen zu haben, mit dem man genauso gut schweigen konnte, wie reden – aber nur, wenn es darauf ankam. Also schwiegen sie einfach. Sie redeten nicht einmal über Gott und die Welt. Wenn Johny hinterher versuchte, sich daran zu erinnern, was es gewesen war, das ihm so gut getan hatte, dann wäre es mit Sicherheit die Stille gewesen. Das wortlose Einverständnis zwischen ihm und Jamie, dass es wichtigeres gab als Reden. Es gab... Vielleicht hätte er sie gern geküsst. Vielleicht aber auch erst später. Dann nahm sie ihm die Entscheidung ab. Ihr Bett war weich und quietschte gern. Und fast hätte er deswegen den glücklicherweise hartnäckigen MHL-Boten überhört, der draußen vor der Tür stand und den Klingelapparat einem ausführlichen Belastungstest unterzog.

»Telegramm für Mister Riot!« blechte es aus der Gegensprechanlage und Jamie sah Johny verwirrt an. Er zeigte auf sich. »Meint wohl mich.«

Sie nickte wortlos. Rarr, wie verführerisch, dachte er und zog sich eine ihrer Leggins an. Es waren lila Flugzeuge darauf abgebildet.

»Ich hab ja nich' den ganzen Taag Zeit!!« schnaubte der hagere Eilbote in seinen dunklen Schnauzbart, als Johny die Tür öffnete und das Telegramm entgegen gedrückt bekam. Es war schlimm mitgenommen und sah aus, als käme es direkt und auf allen nur erdenklichen Umwegen aus Tschetschenien oder von noch weiter jwd.

»Mhh... Okay«, murmelte Johny und las den Absender. Es war keiner notiert. Der Bote stand noch immer da und sah ihn forsch an. Johny fragte sich, ob er auf Trinkgeld wartete, da grabbelte ihm der in die traditionellen Farben (Grün und Braun) der MHL gekleidete Mann auch schon dazwischen.

»Hier!« keifte er. »Sehn Se das?!«

Johny guckte. Der andere spießte ihn mit seinen kleinen, aggressiven Augen geradezu auf. »Ham wa ja gaa nich' gern, wenn die Leutz da keenen Absender druffschreiben, wa?! Ne ganz moderne Unsitte ist das!«

Johny hatte keine Lust, sich zu streiten. »N glatter Skandal«, knurrte er und verstaute den Umschlag im labberigen Bund seiner farbenfrohen Beinkleider. »Aber danke trotzdem.« Er grübelte. Wer schickte ihm eigentlich Post zu Jamie nach Hause? Ein Stalker? Er wollte fragen.

»Bloß wie…« –

»Ha!« Der vorwitzige Postbüdel schnitt ihm das Wort ab. Sein dürrer Finger schnellte vor und piekte Johny fast ins Auge.

»P Eee S!« stieß er hervor. »Persönlicher-Express-Einschreiben-Service!« Seine Augen funkelten geheimnisvoll. »Wiir kriegen Sie. Egal, wo Sie sich verstecken. Flosse drauf!«

Er hielt Johny seine ausgestreckte Handfläche hin, riss sie weg, bevor Johny müde einschlagen konnte, grinste schief, drehte sich auf dem Absatz um, stürmte den Weg zurück, den er gekommen war, und war schon verschwunden. Schneller flitzte nur Horny Gómez, der wilde Steppenbilch aus dem Kinderprogramm.

Johny schloss die Tür und fragte sich zu Recht, ausgerechnet *wer* ihm hierher ein Telegramm senden ließ. Es gab ohnehin nicht viele Personen, die es auf sich nahmen, ihm Briefe zu schicken. Er selbst war kein großer Schreiber – er konnte viel besser ausmalen. Aber dieses Telegramm hatte es trotzdem geschafft, und das sogar per Eilbote. Jemand schien es ernsthaft eilig zu haben, ihn zu erreichen. Wer konnte es nur sein?

»Warum machst du den Umschlag nicht auf?« Jamie erschien in der Tür zum Bad. Ihr Duft geriet ihm in die Nase. Im Hintergrund plätscherte Wasser. Er sah sie zerknirscht an und begutachtete das gelblich braune Papier in seinen Händen mit einer Mischung aus Neugierde und Abneigung.

»Hast du Angst, es könnte wichtiger sein, als das hier?« Sie lächelte – mit einem Anflug lüsterner Laszivität. Johny trat auf der Stelle. Und nickte.

Jamie schüttelte amüsiert den Kopf. Ihr Haar war etwas verklebt und strich strähnig über ihre geraden Schultern. »Oder brauchst du einen Brieföffner?«

Ihr Körper war auffallend wohltrainiert. Für ihr sanftes Wesen hatte sie überraschende Robustheit bewiesen. Johny hatte sich selten dermaßen hart und groß erlebt; wie ein Zaunpfahl war er sich vorgekommen, als er zwischen ihren griffigen Schenkeln gewütet hatte. Mit pochend angespanntem Hals hatte sie sich ihm preisgegeben, ihn wollend empfangen und heiß verzehrt. Am ganzen Stück sozusagen. Ihm war es wie das Bohren in der Ambrosia der Gefühle vorgekommen, sie hatte es seines Erachtens als Kampf gesehen. Gern hätte er sie auf der Stelle in die Dusche gedrängt, doch er unterbrach den kurzen schwebenden Moment und riss den Umschlag unvorsichtig auf. Jamie kam näher und lugte ihm über die Schulter mit hinein. Wie fleischgewordene Fingerhüte streiften ihre Brustwarzen seinen Rücken. Es war nur ein Blatt Papier darin. Sauber und ohne Knicke zog Johny es heraus und las. Als er fertig war wusste er auch wer der Absender war. Das Telegramm enthielt eine aufschlussreiche Botschaft von niemand anderem als Detective Dean Weiss, der Johny dadurch (im Gegenzug zu den Informationen bezüglich Shawn Been und Dawn Mondey) eine brisante Information in Hinblick auf Jacquomo Baltimore zuschanzte. Natürlich lies der Detective es nicht zu, dass man ihm in Zukunft diesen kleinen kriminalistischen Seitensprung anrechnen konnte, und beließ das Scheiben anonym. Wahrscheinlich hatte er es sogar von seinem Kollegen, diesem Trottel Kyle Lunch abgeben lassen. Johny war nun um ein Detail entscheidend schlauer als zuvor. Dennoch wusste er noch nicht, wie er es konkret einzuordnen hatte. Aber immerhin, jedes zusätzliche Teil des großen Puzzles, das sich korrekt in das Gesamtbild fügte, ließ die Lösung anschaulicher werden. Jamie hob ihren Kopf von dem Dokument, als Johny es sinken ließ. Sie sah ihn an.

»Wer ist denn dieser Baltimore?« fragte sie. »Doch nicht etwa der Sohn von…«

Johny biss nachdenklich auf seiner Unterlippe herum. »Doch. Genau der…«, murmelte er und spürte fast nicht, wie sie seinen Nacken liebkoste.

»Und er ist tot?«

»Jepp. Hatte Schulden.«

Jamie überlegte. »Aber da steht doch, dass er ein Agent war. Ist das so was wie ein… Spitzel?«

Johny nickte geistesabwesend. Jaco war also für Weiss undercover gewesen. Nun schwamm er bei den Fischen. Kein Wunder, dass der Dec etwas von seinem Verschwinden gewusst hatte. Da halfen auch die Versuche des alten Generals nicht viel, die Polizei außen vor zu halten, wenn sie längst mit seinem Sohn unter einer Decke steckten. Offenbar war selbst der Mikadoverein ein inszenierter Deckmantel gewesen, der Jaco in das System der Genossenhaft eingeschleust hatte. Endlich wusste Johny auch mehr über dieses mysteriöse Wort, das ihm immer wieder begegnet war. Enjado. Tatsächlich nannte sich so ein lokal ansässiges Unterweltsyndikat. Und es lag mit der Genossenhaft im Clinch. So erklärte es jedenfalls Weiss' Schreiben. Ein Bandenkrieg also. Nun, das erklärte einiges. Wo in solchen Kreisen gehobelt wurde, fielen eben schon mal dicke Späne. Armer Jaco. Johny stopfte das Dokument zurück in den Umschlag und spülte es das Klo herunter. Jamie war indes in das Schlafzimmer gegangen. Er legte sich zu ihr und beobachtete ihren Körper. Schön. Er entspannte sich und sie schmiegte sich, an seiner von den letzten Tagen und Wochen mitgenommenen Haut nuckelnd, an ihn heran. Schließlich erlagen sie sich ein weiteres Mal. Er hätte das nie von ihr gedacht. Jamie war zu einem derart unbefleckten Liebespiel fähig, dass es fast unheimlich wurde. Ihre zuckenden Sehnen und Muskeln bewiesen die hochgradige Anspannung ihres hervorragend knetbaren und glatthäutigen Körpers. Er hielt all die weiblich gewordenen Träume eines Mannes verborgen – nur, um mit einem Male mit all der Pracht und Flut der Gefühle ungeniert zu erblühen.

Jetzt, da Johny neben ihr lag und ihrer samtenen Haut all die Konzentration schenkte, die im hitzigen Balgen ihrer Kopulation hatte zurückstecken müssen, da gab es nichts Besseres mehr. Sie hatte ihn sogar nach der kleinen Unterbrechung durch das Telegramm mit einem prallen Glas glitzernden Whizzkys gelockt. Nur eines blieb seltsam. Dass sich der Detective mit Johny treffen wollte, war es nicht allein. Es war der Ort, den der Dec vorschlug, der Johny verdächtig vorkam. Das *Kookookaboo!* Schon heute Abend. Und das war alles.

KAPITEL VII

WAUSZBURG SCHLIEF.

Der Herbst blühte in all seiner kühlen Pracht. Und Nacht bedeutete dieses Jahr nicht Schwarz, sondern Grau. Der aschfarbe-
ne Nieselregen stieß mit jedem noch so kleinen Reflex von Licht
zusammen. Wie grelle Pfeile schossen sie durch die feuchte
Hafenluft von Wauszburg Süd. Das dunkel verfärbte Laub klei-
dete die Straßen in einen matschigen Mantel, der unter jedem
Schritt blubberte und schmatzte.

Johny Riot kam um die Ecke eines Lagerhauskomplexes der
Raibbeisen – Backsteinmauermosaike umrahmten seine dunkle
Silhouette. Der Asphalt roch sauer und glitzerte wie ein körni-
ger Spiegel. Wagen schlichen wie führerlos vorbei. Weit im Westen brüllten Flugzeugturbinen, ein stählernes Kreuz schmetterte
in den wolkenbehangenen Himmel.

Südlicher schlug das Wasser wie faltiges Zellophan gegen die
Kaimauern der großen Hafenbecken. In einer müden Endlos-
schleife fraß es sich geduldig schwappend in die Fundamente
der Stadt. Das Straßenschild zitterte im klirrenden Wind, die
ehern betupfte Stange vibrierte wie unter einem unsichtbaren
Strom, sirrte und summte betäubend. Johny sah zu ihrem im
Regen verschleierten Ende hinauf. Gleich einem lückenhaften
Puzzle klafften gezackte Honiggläser in den von grauen Regen-
schleiern bestrichenen Mauern des Hafenviertels. Her war er
richtig. Wauszburg Harbor.

Johny krallte seine linke Faust in die Tasche des dunkelbrau-
nen Cargomantels zusammen, der sich borstig um seine Gestalt
spannte. Im warmen Tunnel des Stoffes kratzte er am gemuster-
ten Griff seiner entsicherten Jenk&Rupert. Eins wusste er nun
mit Sicherheit: Er war zwischen die Fronten geraten! Diese Stadt
zitterte im Krieg zweier rivalisierender Unterweltorganisatio-
nen. Alles deutete darauf hin, dass sich die Raibbeisen Genos-

senhaft und die geheimnisvollen Hintermänner des Enjado-Syndikats auf eine finale Konfrontation vorbereiteten. Dass Johny bereits beiden dieser Gruppen gehörig auf den Füßen rumgetrampelt hatte, war nun klar wie Kotze. Ihre Bemühungen, ihn loszuwerden, würden sich verdichten. Er brauchte der Vermutung, dass Jaco Baltimore Schulden bei einer dieser Vereinigungen gemacht hatte, nicht mehr nachgehen. Die Hinweise zeigten mittlerweile deutlich auf eine Verbindung zu Dawn Mondey. War sie es gewesen, die Jaco an Bord gezogen hatte? Mit Sicherheit ließ sich nur sagen, dass Jacos Spielschulden eine Inszenierung seitens seines Undercovereinsatzes gewesen waren. Was auch immer. Die Sache war zu Ende. Wie es schlussendlich dazu gekommen war, wusste er nicht. Jacos Tarnung musste aufgeflogen sein. Vielleicht würde er heute Nacht mehr erfahren, wenn er Weiss traf. Denn wer auch immer es gewesen war, der Jaco umgelegt hatte, nun stand Jesses Leben auf dem Spiel. Ihr Bruder war schlampig erledigt worden und hatte sein Geheimnis mit dem letzten Atemhauch an die arme Jesse weitergeben können. Freilich, das Mädchen hatte mit dieser Information entweder wenig anfangen können, oder sie in ihrem Entsetzen vollkommen unterdrückt oder verdrängt. Nun wollte sie der Mörder jedoch aus dem Verkehr ziehen. Da verwunderte es Johny wenig, dass sie ein begehrtes Gut gewesen war. Er schlussfolgerte, dass sich jeder noch so mickrige Gangster in der Stadt an ihre Fersen geheftet hatte, um sie zu schnappen, bevor es ein anderer tat. Wer sie in seiner Gewalt hatte, war in der Lage horrende Mengen Geld vom Mörder Jacos zu erpressen. Johny war Gutmann begegnet. Die Lösung dieses Problems war auf seine Kappe gegangen, doch er war sich sicher, dass die Genossenhaft ihrerseits Leute ausgesandt hatte, um das Problem in den Griff zu bekommen. Stichwort: Jackie Octobre. Auf der anderen Seite stand Shawn Been, ein Mann der Enjado. Beide wahrscheinlich nicht aus der Stadt. Nun, welche Rolle spielte Johny? Der glänzende Ritter, der das Mädchen aus den Fängen der bösen Buben befreite? Ihm gefiel die Rolle. Und sei es um Jesse. Sie war es einfach wert, gerettet zu werden! In Gedanken ging Johny die Leute durch, die in die ganze Sache verwickelt waren. Den General hielt er für harmlos. Jacob klammerte er aus. Unsicher war er sich bei Reepe. War sie in der Kirche aufgeschlagen, um Johny auf die Seite der Genossenhaft zu ziehen? Ihre Sympathisierungsversuche waren lächerlich gewesen. Ein ungeschickter Versuch, ihn mit dieser Frau zu ködern – er war schlussendlich nach hinten losgegangen. Johny entschied, dass es Enjado-Schergen gewesen waren, die Reepe und ihren Schlägern dazwischen gefunkt hatten. Es war eindeutig gewesen, wer die Hosen angehabt hatte. Enjado und Raibbeisen rangen um den Hirsch. Und Johny wollte sich ein gutes Stück aus dem Braten schneiden, bevor alles weg gegammelt war.

Das wenige Bare, das er noch gehabt hatte, ging für eine Flasche Whizzky und zwei Packen Zigaretten einer kratzig schmeckenden Marke drauf. Danach prellte er in der bequemen Eckbank eines schnieken Restaurants die Zeche für ein verdächtig günstiges Essen und verschreckte den Kellner mit unter dem weißen Tischtuch hervorglitzernder Kanone, die nicht einmal geladen war. Dank vollem Magen und erwärmter Glieder war danach ein pickliger Yuppie bestohlen worden – vierhundert Tacken und eine feine neue Lederbrieftasche. Jetzt hatte er auch wieder Munition. Johny kannte das Kookookaboo natürlich. Was nicht im Geringsten etwas damit zu tun hatte, dass er gerne dort aufschlug. Es war in all den Jahren, die er in Wauszburg verbracht hatte, vielleicht auch nur ein einziges Mal passiert. Andererseits würde sein Auftauchen somit kaum für Aufsehen sorgen – man kannte sein Gesicht ohnehin nicht. Dafür würde man es nach der heutigen Nacht nie wieder vergessen können.

☼

Im gedrungenen Eingangsbereich des Etablissements wurzelte ein stummer Diener. Wie ein Pilz wuchs er aus dem krummen Dielenboden des Entrees hervor, behangen mit dicken Mänteln und vielen Hüten. Dazwischen knisterte das Wortgeprassel der Gäste. Der dunkle Balkenwald unter der Decke war wie ein Federkiel in das konturlose Blauschwarz der Tinte getaucht worden. Und so auch die Mäntel und Hüte an den Garderoben, und genau wie der müde Pianist, der sich nach langer Nacht erfahren im nebligen Kneipenazur wiegte, als er mit müden Lidern nach den schönsten Tasten suchte. Unter dem ersten Stockwerk gurrte das Gebälk, alt und duldsam beobachtete es die Besucher der Bar im Souterrano – dem Kookookaboo. Draußen standen feingliedrig kunstvoll geschmiedete Tische und Stühle zwischen den duftenden Reben. Gäste passierten mit auf Stein klickenden Sohlen. Spitze Absätze unter roten Cocktailkleidern stachen zwischen dem schartigen Blaubasalt in jahrhundertealten Stadtdreck und das gedämpfte Nuscheln der Nachtschwärmer schwirrte als einschläfernder Klangteppich zwischen dem warmen Dunst der vielen Körper.

Die Tür nach innen stand offen und der idyllische Pianoswing zwängte sich durch das Murmeln und Lachen der lauteren Stammkunden. Drinnen roch es nach Whizzky. Der auf zwei Ebenen aufgeteilte Raum war weitläufig; eine Empore umschlang ihn gleich einer schlummernden Python. Vor der Bühne saßen bessere Gäste im Indigo des Zigarettenqualms und inhalierten den Schweiß ihrer Sitznachbarn und die verbrauchte Luft. Es wurde viel gelacht und geklopft. Ab und an die Rufe eines besonders emphatischen Gastes. Kellner unterschiedlicher Hautfarben, gut gekleidet in Schwarz und Weiß, trieben gewandt durch die wabenartigen Freiräume zwischen den Tischen. Sie brauchten den Fußboden nicht sehen, sie kannten die schnellsten Wege. Die bunten Lichtreflexe einer Spiegelkugel zitterten auf dem Schiff von Flügel, der erhöht und abseits stand. Die Lautstärke floss von ihrem Höhepunkt bei der Bar abwärts in die übrigen Flächen des Kookookaboo. Einsame Männer tranken sich um ihr Vermögen und den Verstand, leichte Mädchen klommen gierig an ihren Freiern empor – wimmelten um deren alkoholgeschwängerte Aufmerksamkeit. Falsche Topase in echten Laternen benetzten blass die gelegten Frisuren und das hochgesteckte Haar. Man könnte sagen, es herrschte eine genüssliche von Postprohibitionsstimmung. Pinguinfarbene Frackträger standen gönnerisch umher, Gläser in ihren Händen schwenkten den safranfarbenen Whizzky.

Draußen krachte irgendetwas oder irgendjemand zusammen. Staub wirbelte wie dicke Wolle durch die Tür herein und vermischte sich mit lachenden Gästen und stickiger Luft. Pärchen oder nicht tanzten im hinteren Drittel vor der Bühne bis ein Mikrofon knackte und einen schrillen Pfiff durch den Raum kreischte. Die blitzenden Zähne eines Mannes kündigten Suzanne an. »Jerome.« Ein Grinsen, ein Kopfnicken und ein Fingerzeig - der Pianist griff wohlwollend in die Tasten, fand brummende Töne, den einen oder anderen Akkord, kunstvoll am schaurig Atonalen entlang navigierend, verschluckte, die Melodie – der Song war wohl bekannt: *The show must go on.*

Johny hielt sich auf der zweiten Ebene, drei Stufen hoch, an der Säule unter der Empore, die jene dicken Verbrecherfische oben halten sollte, auf. Seine Ellbogen klebten rücklings auf dem Bistrotisch. Eine junge Kookookoobanerin strich ihm um die Knie, hielt ihn für die übrigen jüngeren Männer, die herkamen. Sie roch nach Zimt und Wallander. Sie tat nur ihren Job. Johny wusste das, dennoch war er nicht in der Laune, ihr den Gefallen zu tun. So gut es jeweils ging, schob er sich an ihr vorbei. Er wollte den Auftritt von Suzanne beobachten, schloss die Augen bis zu einem Spalt und nippte an seinem Glas mit Johnny T. Sie klang so atemberaubend, wie sie aussah – eine rare Kombination in den Etablissements Wauszburgs. Jerome der müde Pianist grub in den Eingeweiden des Pianos, zerrte den Blues hervor und Johny rann der Schweiß an seiner Brust und den Rippen hinab. Weiter unten und vorne bei der Bühne saßen Männer, die johlten und kantige Fäuste in die rauchgeschwängerte Luft über ihren Köpfen schwangen. Suzanne verschwand im Veilchen der Vorhänge und erschien wieder im Florín. Flieder tatschte nach ihr, Jerome trieb sie an. Der Klavierlack des Bodens unter ihren baren Füßen gaukelte einen Blick nach oben vor. Sie wusste, was die Meute zum Kochen brachte. Johny zuckte irritiert und schlang den letzten Schluck Johnny hinab, setzte das Glas sauber auf der Bistrotischfläche eines Nachbartisches ab, und griff nach dem Mädchen neben sich. Sie gierte ihn aus großen Augen an. Ihre Haut hatte einen goldig braunen Ton und ihre Augen brannten hellblau aus dem schöndumpfen Gesicht. Ihre Wangenmuskeln verbreiterten ihr Gesicht, als er ihr in den Schenkel kniff. Sie wand sich vor ihm.

»Verzieh dich, Süße«, zerkaute Johny ihr seine Worte nahe vor ihrem glatten Gesicht. Er wollte sie jetzt nicht und sie versprühte weiße Spucke, als sie ihn beleidigte.

»Kamór!!« schimpfte sie und flatterte in den blauen Dunst jenseits der Tische und rutschte in eine der bananenrunden Polsterbänke, wo ein grauhaariger Sack sie willkommen in Anspruch nahm. Johny sah ihr nach und sie stierte ihn durch das dunkle Licht gallig an. Ihre Augen gleißten unzufrieden. Er griff erneut zu seinem Glas, doch es war noch immer leer. Einem vorbeiwieselnden Kellner zupfte er ein gefülltes vom Tablett.

Als er es hob, beobachtete er über den Rand des Glases, wie im hinteren Teil des Saals getanzt wurde. Es gab zu viele hübsche Mädchen, als dass er sich nur für eines hätte entscheiden können – es wäre den anderen gegenüber schlichtweg unfair gewesen. Gerade als er das Glas abstellen wollte, erklang hinter ihm eine Stimme. »Sie werden der Freundlichkeit einer jungen Dame nicht gerade gerecht, Mister Riot.«

Neben ihm ballte sich in der stickigen Luft die Gestalt eines Mannes zusammen. Er sah ungemein gewalttätig aus, war bärtig, hatte stecknadelkopfgroße Augen und einen ausladenden Kiefer, der unentwegt etwas im Inneren seines Mundes zu zermalmen schien. Seine Stimme war so sanft wie der Glanz eines gestriegelten Pferds. Johny zog aus dem Nichts eine Zigarette hervor, grub sie sich in den Mund, und riss neben sich am Pfosten der Bar ein Streichholz an, das spitz aufloderte. Knisternd entfachte er die Spitze seiner Zigarette und stieß bläulichen Qualm aus Mundwinkel und Nasenlöchern.

»Ich tanze eben nicht gern kookookooban, mein Freund.«

Der Fremde sah ihn aus traurigen Augen an. »Machen Sie sich keine Vorwürfe, Mister Riot. Es war nur ein Angebot. Derlei legen wir Ihnen keine Zwänge auf.« Er wandte sich um und hob eine flache Hand. »Bitte folgen Sie mir nun, Mister Riot.«

Johny ließ eine steile Falte zwischen seinen Augen entstehen und sog die Wangen zusammen. »Wer lädt mich denn ein - wenn ich fragen darf.«

Der Fremde blieb so ausdruckslos wie bisher und seine angenehme Stimme behielt ihren Ton.

»Dürfen Sie«, sprach er. »Und nun kommen Sie.«

Wie durch eine flauschig wogende Strömung trieb Johny dem straff sitzenden Anzug des Bärtigen hinterher und beobachtete die tanzenden Gäste des Kookookaboo. Gleich in einem zähen Äther gefangen, bewegten sie sich wie in Zeitlupe, eisern von der Trägheit der Nacht und im dahintriefenden Sud der Sekunden und Minuten und Stunden, die sie hier verbrachten und von einander träumten, hinab gesogen. Grüne, Gelbe und violette Lichtlanzen zerhackten ihre Schritte, Drehungen, Hüpfer, so als wenn Krechn um ein Feuer tanzten, schemenhafte Menschenscheiben wurden zerschnitten und wieder gefügt. Johny sah Lachende und Schweigende, junge Mädchen mit geschlossenen Augen, Männer mit ihren zu großen Händen auf ihre wiegenden Hüften geklebt oder auf ihre Schultern verwachsen. Er drückte sich seinen Hut auf den Kopf und aschte immer wieder ab, nur um das Ziehen zu können, was im Gedränge von seiner Kippe übrig blieb. Wie eine Schlange wand er sich durch das Gewimmel und folgte dem Mann vor ihm, der wie ein Schiff durch die Wogen schaukelte.

Am anderen Ende der Tanzfläche schoben sie sich an den Tischen mit den grimmigen Herren vorbei. Oben auf der Empore sah er Gestalten stehen. Sie schienen anteilslos anwesend zu sein, weder Freund der Musik noch der ausgelassenen Gesellschaft. Möglicherweise Leibwachen.

Johny sah den Kerl mit dem Bart vor sich und folgte seinem Wink zwei schnelle Schritte eine kurze Treppe hinab, die zu den Toiletten führte, nahm am Ende der schlecht beleuchteten Kreuzung jedoch nicht den Weg nach rechts, sondern bog links herum ab. Der Gang endete vor einer Tür an der ein kleines schlichtes Messingschild in Großbuchstaben das Wort »Privat« kundgab. Der bärtige Kerl stand bereits daneben und hielt sie für Johny offen. Er nickte ihm zu, doch der Zottige verzog keine Miene. »Mister Riot«, sagte er wohlwollend, als Johny schon durch die Tür war. »Am Ende rechts.«

Als Johny durch die Tür getreten war, strich sie sanft über den Teppich zurück und fiel mit einem zurückhaltenden Klicken ins Schloss. Vor ihm verbreitete sich der Gang. Bei der sparsamen Dekoration hatte man sich Mühe gegeben elegant zu wirken. Viele kleine nahtlos in die Decke eingelassene Leuchten schmierten konische Lichtflecken an die cremefarbenen Wände. Die Musik aus dem *Kookookaboo!* drang nur noch gedämpft herein. Eine buschige Palmenpflanze wuchs aus einem großen Topf. Die Stille und Trockenheit des Flurs vor Johny war fast auf der Zunge zu schmecken. Bis auf einen weiteren Knick am Ende des Flurs und einen uferloseren Treppenaufgang zu seiner Linken war der Gang kahl; es gab keine Bilder oder Fenster noch sonstige Verzierungen – alles wirkte ausgesucht schlicht und beruhigend, hatte etwas vom warmen Äquivalent klinischer Sterilität. Möglicherweise ein gewollt trügerischer Eindruck. Johny drehte sich um und sah gegen die Tür, durch die er gekommen war. Sie gab ihm irgendwie das Gefühl, von der Welt und ihrem Treiben abgeschirmt zu sein. Und seltsam isoliert. Nicht nur, dass hier hinten alles leiser war als da draußen, er war auch vollkommen allein, ganz im Gegenteil zu dem Gedränge von eben. Eine einsame Befremdlichkeit, wie er fand. Wer auch immer ihn in Empfang nehmen wollte, versteckte sich hier wie der obligate Superbösewicht in einem alten Agentenfilm, der es einfach noch nicht besser hatte wissen können.

Trotz seines unguten Eindrucks ging er den Flur hinab und um die Ecke; nicht ohne angestrengt zu horchen – doch da war nichts. Vor ihm nur wieder eine Tür. Gemasertes braunes Holz. Kirsche möglicherweise. Er griff nach dem Türknauf, hielt kurz inne und drehte ihn dann um. Er war schwergängig.

Detective Weiss drehte sich um, als Johny die Tür schloss. Sein Gesicht lag hinter dem beißenden Tanggestank seines Zigarillos verborgen und Johny konnte weder Freude, noch Feindseligkeit erkennen.

»Riot!« paffte der Detective und kam auf Johny zu. »Hat Hatch Sie also wohlbehalten hergeführt.« Wie immer nutzte er seine ihm ganz eigentümliche Art der Rhetorik. Johny rieb sich das Kinn und schob seinen Hut zu Recht. Weiss wies auf einen klobigen Clubsessel, der zusammen mit einigen anderen seiner Gattung im rechten Teil des akustisch sonderbaren Raums stand.

»Setzen Sie sich, Mister Riot.«

Johny nahm das Angebot an. Der Detective blieb stehen und rauchte. Hinten im Zimmer waren Jalousien vor einer Reihe von flachen Fenstern hinab gelassen worden. Es gab ausschließlich indirekte Beleuchtung, Qualm waberte unter der Decke. Detective Weiss schien schon länger hier zu sein. Der Raum hatte die offensichtliche Funktion eines Büros. Es standen Aktenschränke herum, aus denen Papierbündel hervorquollen, es gab einen wuchtigen Schreibtisch, und… eine kleine Pyramide Überwachungsmonitore, die blaustichige Bilder des *Kookookaboos!* Und anderer Räumlichkeiten zeigten.

»Hey Dec!« sagte Johny zur Begrüßung. »Wo ist denn Ihr unvermeidlicher Kollege? Habe Sie ihn absichtlich zu Hause gelassen, oder hat seine Mami ihm verboten, so spät noch raus zu gehen?«

Weiss sah auf und nickte bedächtig über dem Rauch seines Zigarillos. »Sie meinen Lunch! Ja! Der hat für heute einmal Urlaub bekommen. Wir wollten nicht, dass ihm das alles zu Kopf steigt.« Weiss zog einmal tief. »Ich glaube er feiert den Geburtstag seines Hundes, oder so was in der Art. Völlig harmlos der Mann. Machen Sie sich da keine Sorgen, Mister Riot.«

Johny nahm das zur Kenntnis. »Ich habe Ihr Schreiben erhalten. Überraschend pünktlich und, sagen wir einmal, zu einem ungünstigen Zeitpunkt, aber sehr interessant. Ich nehme an, Sie haben mich nicht herbestellt, um mich mit Bekanntem zu langweilen…«

Der dicke Detective knöpfte an seinem Anzug herum. Es war warm hier drin und stickige Luft erschwerte das Atmen. Johnys Augen brannten. Er schuf Abhilfe, indem er sich selbst eine Zigarette anzündete.

»Korrekt«, lobte Weiss. »Da haben Sie Recht, Riot. Jetzt da Sie eingeweiht sind, rückt es Sie in ein ganz anderes Licht. Sie sind nützlicher geworden, als ich gedacht hätte.« Er strich sich mit einer Hand über den Mund.

»Was bedeutet das?« fragte Johny. Irgendwie war ihm das unheimlich. Dieses Zimmer trug das übrige dazu bei, dass er sich unwohl fühlte. Was plante der Detective?

»Ich habe die Namen überprüft, die Sie mir genannt haben. Mondey und Been.«

Johny ersparte es sich, eine entsprechende Nachfrage zu stellen. Er ließ Weiss seine Zeit.

»Wie Sie sich vielleicht selber schon gedacht haben, sind diese beiden Witzfiguren unseren Freunden von Enjado und Raibbeisen zuzuordnen. Nun, ich habe mich ein bisschen umgehört und bin mir sicher, dass dieser Shawn Been der höchstbezahlte Killer der Enjado ist. Außerdem…« Er holte Luft und sein Bauch wölbte sich bedrohlich. »Nehmen wir an, dass er der Mörder Jacquomo Baltimores ist. Trifft das zu, macht ihn das zum prominentesten Mann dieses Falles. Jedenfalls für mich. Was diese Dawn Mondey angeht tappe ich im Dunkeln. Wie dem auch sei, man hört was munkeln, dass sie für die Akquise bei der Genossenhaft zuständig sei.«

Johny ahnte es. Diese Frau köderte die neuen Leute an Bord.

»Vielleicht hat sie Jaco reingeholt...«, überlegte er und sah, wie Weiss nickte. Der dicke Mann ging im Raum auf und ab.

»Das könnte man annehmen, Riot«, sagte er. »Aber es ist nicht so. Wir haben ihn über diesen Mikadoverein reingeschleust. Eine Scheißidee, wenn Sie mich fragen, aber egal. Was diese Frau betrifft, bin ich mir fast sicher, dass sie es war, die ihn endgültig hat auflaufen lassen.«

Johny schwante Böses. »Eine Doppelagentin sozusagen?«

Weiss zeigte auf Johny. »So ist es. Sie arbeitet für beide. Primär allerdings für Enjado. Und jetzt ist unser Mann tot.«

»Was für ein Pech«, murmelte Johny. »Aber haben Sie sich schon mal nach ihrem Motiv gefragt?«

Weiss winkte ab. »Drauf geschissen. Da unten herrscht Krieg, Riot. Die beißen sich alle gegenseitig in den Arsch. Ich verwette mein Feuerzeug drauf, dass es da mehr Überläufer gibt als korrupte Cops in ganz Wauszburg!«

Eine gewagte Wette, dachte Johny. Im Großen und Ganzen stimmte er dem allerdings zu. Wenn zwei Organisationen sich zofften, ging in vielen Fällen kein klarer Sieger aus derlei Auseinandersetzungen hervor. Vielmehr verquickten sich die ideologischen Grenzen und Mitglieder beider Syndikate zu einem neuen System. Nichts änderte sich. Es gab einfach einen Haufen Tote und einen neuen Boss, der über allem stand. Ganz einfach. Demokratie war für die ein Fremdwort – das Recht des Stärkeren und Gerissenen galt da unten tausendmal mehr.

»Was denken Sie, werden Sie jetzt tun, Weiss?« fragte Johny und musterte den Dec. Der stand hinter dem Schreibtisch und beobachtete die Monitore. Deren blaues Licht beschien sein fettes Gesicht. Wie ein milchiger Schleier floss es über seine Haut.

»Nicht ich, Riot«, erklärte er süffisant und sah von den Bildschirmen auf. »Sie werden etwas tun.«

»Dafür haben Sie mich also kommen lassen?« Johny kannte die Nummer. Allmählich wurde es heiß. »Ich hasse Undercoverjobs.«

TIME FOR A RIOT

Weiss lächelte schmierig. »Ist auch gar nicht mehr nötig, Riot. Die kommen schon ganz von allein zu Ihnen.«

Johny stand auf und stellte sich zum Detective, der noch immer die Monitore im Auge behielt. Sie gaben keinen Ton wieder, sonst hätte er sicher früher verstanden, was Weiss meinte. Drüben im *Kookookaboo!* war die Hölle los.

DAS HAUPTQUARTIER DER ENJADO EXPLODIERTE.

Für Spam war es nicht schwer gewesen, es ausfindig zu machen. In Poolitzers Jacketttasche hatte er ein Kärtchen mit der genauen Anschrift und Adresse gefunden. Fünfzehn Minuten nachdem er das Zimmer verlassen hatte, stieg er aus einem gelben Taxi und bezahlte den Fahrer mit seiner Faust. Das Taxi fuhr weg. Spam stand auf dem Bürgersteig und niemand erkannte ihn. Die eiligen Leute flossen ganz genauso um ihn herum, wie um jeden anderen, der sich ihnen im Weg befand. Die Verkleidung funktionierte hundertprozentig. Spam war zufrieden. Er steckte sich seinen Zigarrenstummel in den Mund und entfachte ihn mit seinem Hippo. Ein Blick auf die Taschenuhr verriet ihm, dass es bald dunkel werden würde. Schön, dachte er, denn dann sieht es immer so gut aus, wenn etwas zünftig in die Luft fliegt. Die Farben kommen einfach besser zur Geltung.

Spam drängelte sich durch die Leute und betrat das Enjadogebäude. Eine gemütliche Empfangshalle lag vor ihm, doch keine Menschenseele war zu sehen.

»Verstecken sich wohl schon alle«, murrte Spam und schnippte die Asche von seiner Zigarre in die Erde einer Zierpflanze. Es gab viele Spiegel. In einigen davon sah er sich selbst. Bravo, dachte er. Ein wahrer Prachtkerl. Nur die Schuhe mochte er nicht und er hätte lieber seine bewährten Stiefel an den Füßen gehabt. Aber was tat man nicht schon alles, um unerkannt zu bleiben. Das hier hatte nicht wirklich etwas mit gutem Aussehen zu tun. Vielleicht würde sich dennoch eine bessere Lösung finden – für die Zukunft jedenfalls.

Er ging durch den Raum und passierte eine Gruppe von Sesseln. Sie sahen harmlos aus. Ein Sofa stand auch dabei. Dahinter wuchs eine Säule aus dem Boden oder aus der Decke und in dem Moment, als Spam an dieser vorbei glitt, wurde er entdeckt. Es machte *Ping!* und zwei junge Burschen vom Wachdienst standen plötzlich in der offenen Tür des Aufzugs. Sie erkannten Spam erst, als er seine 45er Prime to Prime zückte und es ihnen sozusagen schlagartig durch den Kopf gehen ließ. Dann fielen sie zurück in die Aufzugskabine und sahen aus, als hielten sie dort ein Nickerchen. Der Kabinentür gelang es auch nach mehreren beharrlichen Versuchen nicht, sich zu schließen. Spam musste erst hingehen und die beiden Männer zurecht treten, damit es passte. Dann ließ er den Aufzug in den letzten Stock fahren – dafür drückte er mit der Mündung seiner Waffe auf die Schaltfläche 34. Die Tür schloss sich und Spam hörte, wie der Fahrstuhl empor gezogen wurde. Spam selbst fuhr nicht mit dem Lift, stattdessen ging er zum Treppenhaus. Auf dem Weg nach oben begegneten ihm nur wenige Personen. Und diese paar waren alle zu sehr damit beschäftigt, der Arbeit aus dem Weg zu gehen, als dass sie Zeit gefunden hätten, sich zu fragen, wer Spam wohl sei und was er hier wollte.

Brannigan hingegen hielt gleich zwei Erklärungen parat, die das erläutern sollten, wäre er dennoch gefragt worden. »Hallo. Ich bin von der Gewerbeaufsicht und kontrolliere die Feuermelder. Sieht übrigens nicht gut aus, wenn Sie mich fragen« war die eine. Wenn er damit nicht auf Einverständnis traf, hatte er für Notfälle noch den guten alten Kinnhaken mitgebracht – ein mörderisches Gerät! Doch er blieb unbehelligt und als er den dreiunddreißigsten Stock erreicht hatte, schlug er die Scheibe vor dem Feuermelder ein und drückte den schwarzen Knopf dahinter mit seinem Ellbogen ein. Das schrille Pfeifen der Alarmsirenen erklang; es schellte und trillerte überall im Gebäude und er wusste, dass er noch circa zehn Minuten Zeit hatte, den Job zu Ende zu bringen und zu verduften, bevor Feuerwehr und Bullerei eintrafen. Er sprintete die letzte Treppe zum Vierunddreißigsten hinauf, wartete hinter der Feuerschutztür und ließ die ersten Flüchtenden an sich vorbeikreischen. Sie stürmten die Treppe herunter. Als der erste Ansturm nachließ, drängte Spam sich an ihnen vorbei und maß raschen Schrittes einen Gang hinab, der am Ende einen Knick machte. Zig Bürozellen ließ er links und rechts liegen, dann feuerte er ein paar Mal aus der Deckung heraus um die Ecke, hörte es zweimal dumpf krachen und trat hervor. Zwei Körper lagen da, als hätten sie es immer getan. Spam klopfte aus der Hocke an die große Flügeltür aus Edelholz. Sofort wurde sie knackend perforiert. Die Kugeln sausten über Spams eingezogenen Kopf hinweg und fraßen sich in die Tapezierung der Wände. Er trat die Tür auf, schlang sich hinein und warf sich zu Boden. Allein diesem Manöver hatte er es zu verdanken, dass er nicht draufging. Dafür starrte ihn das schreckensweite Augenpaar eines Schützen an, der nicht einmal mehr bemerken sollte, dass sein Magazin ohnehin keine Kugel mehr für Brannigan übrig gehabt hätte.

Das Büro war größer als Spams Bude zuhause. Enjado stand von vier starken Männern flankiert in der hintersten Ecke und wollte sich gerade verpissen, als Spam rief: »Hey! Enjado!«

Die vier Männer hatten Nerven aus Stahl. Sie wussten, würde auch nur einer von ihnen ungeduldig werden, mit der falschen Wimper zucken oder auch nur eine einzige falsche Bewegung machen, wären sie alle tot. Und dass schneller als gleichzeitig. Enjado hielt inne. Es zuckte dem bösen Mann im Gesicht. Brannigan sog an seinem Zigarrenstummel. »Ich komme nicht deinetwegen«, verriet er gelassen.

Enjado wirkte nervös. »Weswegen kommst du dann, Brannigan?!« keifte er. »Mein Geburtstag kann es ja nicht sein. Der war schon letzten Monat.«

Spam zog an seiner Zigarre. Es qualmte in der Form eines Totenkopfes, der langsam zur Decke zog. Die Sirenen kreischten. »Alles Gute nachträglich, Enjado«, sagte er und ging auf die fünf Männer zu. Die vier Leibwachen behielten weiterhin die Nerven und machten ihm respektvoll Platz. Spam baute sich vor dem bösen Mann in ihrer Mitte auf und zog ein weiteres Mal an seiner Zigarre. »Du weißt weshalb ich komme.«

Enjados Augen verengten sich. Es sah noch böser aus, als ohnehin schon. »Shawn ist nicht hier! Du machst mir umsonst den ganzen Ärger!« Er griff zur Klinke der Tür in seinem Rücken. Spam vermutete dahinter einen prominenten Fluchtweg. Er stemmte seinen Arm dagegen und drückte die Tür wieder zu. Enjado fauchte wütend. »Er ist nicht einmal in der Stadt! Was willst du hier, Brannigan?«

»Na, ein bisschen alte Freunde besuchen, dachte ich mir so«, erklärte Spam und kam Enjado noch etwas näher, als dem lieb war. »Sag mir einfach nur, wo und wann ich ihn finden kann und schon bin ich weg.«

Enjado knurrte etwas Unverständliches. »Ich hasse es, meine eigenen Männer zu verpfeifen. Aber ich habe wohl kaum eine andere Wahl…«

Spam nickte. »So ist es.«

Der böse Mann winkte seine vier Leibwächter weg. »Verschwindet, ihr Idioten!« herrschte er sie an und sie schlichen sich durch die Tür davon, aus der Spam gekommen war.

»Komm nächste Woche zum alten Treffpunkt, Brannigan. Du kennst ihn doch noch von damals. Dann kannst du dir holen, was du haben willst.«

Spam ließ die Tür einen Spalt auf. »Bravo. Das war's dann auch schon, mein Lieber.« Er schob Enjado zur Seite und zog die Tür ganz auf, um einen Schritt ins jenseitige Dunkle zu tun. Dann drehte er sich noch einmal um. Sein Gesicht wuchs aus den Schatten. »Und Enjado. Dass mir keine Klagen kommen, ja?«

Er deutete einen dankenden Gruß mit zwei Fingern an und verschwand. Dann kam er ein weiteres Mal zum Vorschein. »Fast hätt' ich es vergessen«, grinste er. »Hab da noch was für dich, Alter.« Er drückte dem bösen Mann ein in Geschenkpapier gewickeltes Päckchen in die Hände. Es hatte sogar eine Schleife oben drauf. Dann war er fort. Enjado blieb allein zurück. Bei ihm nur das Grellen der Sirenen. Unten auf den Straßen zuckten die Blaulichter der Feuerwehrwagen durch den Abend. Die Sonne ging unter. Das Geschenk in seinen Händen vibrierte seltsam.

Als Spam auf dem Dach des Nachbargebäudes stand, begann es zu brennen. Und es hätte kaum schöner sein können; im bunten Kostüm des Abends und hinter den ausgerollten Leitern der Feuerwehr explodierte das gesamte Dachgeschoss des Enjadogebäudes. Die Detonation malte einen rotorangenen Feuerkreis in die Luft über der Stadt und ließ einen herrlichen Splitterregen aus Beton und Scherben in die evakuierten Straßen nieder regnen. Spam stemmte zufrieden die Fäuste in seine Hüften und verstaute seinen Zigarrenstummel in der Brusttasche. Wenn sich jemand versuchen würde zu erinnern, wäre da nichts, außer einem pünktlich ausgelösten Feueralarm und fünf vermissten Männern, von denen auch weiterhin jede Spur fehlen würde. Spam wusste, Enjado würde fallen. Heute mehr denn je, hatte er in das Schicksal dieser Stadt eingegriffen, auch das wusste er. Und nächste Woche schon würde alles sein Ende finden.

☼

Johny beobachtete Monitor sieben. Drei Gestalten standen wie Grabsteine im Eingangsbereich des *Kookookaboo!* – schwarze Mäntel, schwarze Hüte. Sie machten nicht den Eindruck, gekommen zu sein, um sich zu amüsieren. Auf Bildschirm vier tanzte die Menge unbeirrt. Das Licht eines müde im Takt der Musik zuckenden Stroboskops ließ den Blick auf die Gäste wie eine Diashow in Schwarzweiß erscheinen. Die Menschen unten im *Kookookaboo!* nahmen den Auftritt der Gruppe auffällig unpassend gekleideter Männer allenfalls am Rande wahr. Suzanne gab ihr Bestes. Ihre hellbraune Hautfarbe glänzte wie teurer Lack und wurde vom bläulichen Licht der Scheinwerfer wie in einen dichten Mantel gekleidet. Plötzlich standen Maschinengewehre in den Händen der grimmigen Neuankömmlinge. Erst war kein Laut zu hören, die Mündungsfeuer verloren sich beinahe im surrealen Licht des *Kookookaboo!* und erst nach vier, acht

Takten begann ihr Gebrüll den Rhythmus des Piano zu zerhacken.

Vor Johnys Augen zerhackten die Kugeln auf dem Bildschirm das Mobiliar und die Anwesenden unten im Club. Seine Nerven waren zum Zerreißen gespannt. Unwirklicher Weise hörte er das Knattern der Maschinengewehre lediglich gedämpft durch die Wände bis nach hier hinten.

Ein Kugelhagel jagte den Nächsten, die Geschosse zerrissen die Luft wie ein Schwarm wütender Hornissen, zerfetzten Holz, Mörtel, Putz, Glas, Knochen und Fleisch. Noch schien keines der Opfer in spe etwas zu bemerken. Die Musik war laut und eindringlich, hielt die Menschen in ihrem warmen, einlullenden Griff. Eine blonde Frau in einem giftgrünen Kleid, die einer der Salven am nächsten stand, wurde von den Projektilen erfasst und war wie von starken Händen hochgestemmt – mit aller Gemächlichkeit hob ihr Körper vom Boden ab, ein fassungsloser Ausdruck auf ihrem jungen Gesicht, schwebte sie einen Moment lang wie schwerelos in der Waagerechte und brach dann in einen kleinen, runden Glastisch, der wie dafür gemacht geräuschvoll in tausend Teile zerbarst. Ihr fassungsloser Begleiter starrte ihr hinterher, schockiert, nicht glaubend, dass es da gerade sein hübsches Geleit zerrissen hatte. Schon kam der nächste gnadenlose Kugelhagel angerast. Wie um Zugabe heischend – ein Sturm winziger, todbringender Geschosse. Alles im Schneckentempo. Die Begleitung wie gelähmt. Dann, zu spät! Die Geschosse durchsiebten ihn, völlig mühelos. Er stürzte, wie ein gefällter Baum, landete auf den Tischbeinen eines umgekippten Möbels, welche sich bequem durch seinen Torso bohrten. Wie ein mit Blut verklebtes Gladiatorennetz sprang sein Körpersaft die Gäste in seiner Nähe an und überzog sie mit einem stinkenden warmen Fleischbrei.

Die Gewehre rissen an ihren drei Schützen, emanzipierten sich von deren Kontrolle. Die Salven reisten kannibalisch durch den Saal, Schnapsflaschen detonierten, die Glassplitter, spitze Schrapnelle, wühlten sich in das Gesicht eines Mannes und entrissen ihm gellende Schmerzensschreie. Die Kugeln nahmen keine Notiz. Pausenlos hatzten sie weiter, rasten die Wände hoch, rangen den Gästen stakkatöse Bewegungen ab, die an perfiden Jazzdance gemahnten. Mörtel, Baustoff und Kalk spritzen in alle Richtungen davon. Eine Wasserleitung wurde getroffen und das kalte Nass besprenkelte eine Gruppe Yuppies, die sich in dieses Etablissement verirrt hatte. Wütend und erschrocken sprang einer von ihnen auf, wollte sich empören, da fiel der nächste Projektilregen und zerrupfte in von Brustkorb bis Hals, schmetterte ihn in die Tische und Stühle zurück, die er, eine lange rote Spur hinter sich herziehend, zerbersten und umkippen ließ. Wie von Krähen zerpflückte Vogelscheuchen zappelten immer mehr Menschen im Takt der schwarz glänzenden Tommytrompeten der drei finsteren Musiker. Einige Kugeln trafen die Discokugel, angezogen wie Motten vom Licht, bliesen sie einen kurzen Moment auf – sie spratzte auseinander, zerbrach in Abermillionen kleiner Teile, die wie glitzernder Regen auf die feierlich gekleideten Gäste niedergingen – die, die noch immer nichts von dem plötzlichen Überfall mitbekommen hatten – und vermischte sich mit deren weiß-rot gesprenkelter Haut. Eine von ihnen hielt bereits ihren zweiten zur Unkenntlichkeit zerschossenen Freund in den Armen, tanzte noch immer, hatte nichts gemerkt. Andere Tanzende bewegten sich zuckend, wie an einem Krampfanfall leidend hin und her, ihre Bewegungen diktiert von dem Takt der Kugeln, die in ihren Rücken trommelten. Das Blei fuhr wie eine Sense durch die Menge. Stellenweise gingen ganze Reihen wie beim Bowling nieder. Blut spritzte und endlich... endlich brach Panik aus. Schreie gesellten sich wie atonaler Gesang zum Hämmern der Maschinengewehre, kreischten, brüllten, jammerten, weinten. Ein disharmonisches Crescendo der morbiden Art. Sie rannten in alle Richtungen, wie bei die Flucht einer Vieherde preschten die Gäste los, traten nieder, was ihnen in den Weg kam, ohne Rücksicht auf Verluste.

Einige Zuhälter, die sich an einem Nischentisch mit Alkohol und leichten Mädchen eingedeckt hatten zogen ihre Kanonen, sprangen auf die Tische und Stühle und erwiderten das Feuer.

Tafeln und Speisen wurden umgeworfen und als Deckung gesucht. Gläser zerplatzten und spritzten teure Drinks durch die gelblich flackernde Luft. Es roch verbrannt. Eine Schneise der Gegenwehr entstand und die Session fand auf zwei Seiten statt. Doch die Kugeln der großkalibrigen Gewehre ließen sich auch von solch provisorischer Deckung nicht aufhalten. Wie eine explodierende Perlenschnur zeichnete sich Salve um Salve auf dem Boden und der Einrichtung ab. Einer der Tische verwandelte sich innerhalb von Sekunden in ein Sieb. Zwei Schützen, die dahinter Schutz gesucht hatten, wurden komplett samt ihrer verhängnisvollen Bedeckung zerlegt – im grellen Kaleidoskop der detonierenden Luft verschwammen ihre Überreste mit dem Holz und wurden zur Unkenntlichkeit zermalmt. Der Schädel des einen wurde förmlich in zwei Hälften gesägt, der andere blickte schockiert auf seinen, aus dem geöffneten Bauch quellenden Darmschlauch.

Weiss geiferte etwas Unhörbares und stieß Johny an. »Die hau'n aufn Putz, was?!« Er lachte verzerrt.

»Heilige Scheiße!« murmelte Johny und sah auf die Monitore, die nunmehr nichts anderes als gestörtes Farbrauschen und grelle Lichtspielereien zeigten. Die Tür zum Büro wurde aufgestoßen und Hatch erschien. Er sah sie aus weiten Augen an. »Detective!«

»Verdammt noch mal!« dröhnte Weiss. »Unternehmt etwas! Schnell!! Oder sollen die uns den ganzen Laden zerlegen?«

Johny beobachtete Hatch. Der sah gar nicht so aus, als interessiere ihn der Club sonderlich. Vermutlich wartete er nur auf das passende Wort des Detective, um Halsüberkopf die Flucht zu ergreifen. Auf Monitor zwei steuerte die Show ihren Höhepunkt an…

Die Sängerin Suzanne stand fassungslos auf der Bühne. Sie glaubte nicht was hier geschah. Warum? Warum sie? Sie hatte sich extra schön gemacht für diesen Abend – ihr großer Auftritt im angesagtesten Club der Stadt. Und nun so etwas. Warum geschah das nicht jemand anderem? Ihr waren alle egal, nur sie selbst wollte nicht einsehen, dass es hier auch für sie zu Ende sein sollte. Eine einzelne Träne rollte ihre Wange herunter. Das Krachen der Gewehre, das Fauchen der Kugeln, die Schreie und den Lärm hörte sie schon nicht mehr. Nur den brennenden Schmerz spürte sie noch, als die Kugeln mühelos ihr Kleid durchdrangen, ihren Körper darunter mit einem körnigen Muster bemalten und schließlich zu biologischer Pampe zerstampften. Dann sackte sie zusammen – ohne schön zu sein. Der Raum drehte sich um sie. Der Boden walzte ihr entgegen. *There're Times the Show won't go on.*

Irgendwann hörte es auf. Ähnlich plötzlich wie es begonnen hatte, ebbten die letzten Salven ab und die drei Killer stapften durch den Saal, um die letzten wimmernden Bündel mit dem Fuß anzutreten und ihnen gegebenenfalls ein paar Kugeln zu spendieren. Die Bar lag in Trümmern, der Barkeeper war über der Theke zusammengesackt, den Mixbecher noch in der schlaffen Hand – schaumig troff Bloody Mary daraus hervor. Das vorerst Letzte, das Johny sah, war die pechschwarze Silhouette von Detective Weiss vor dem braunrotgelbgoldvioletten Detonationspilz, der den Laden in krachende Schutt und Asche zerlegte. Dann zischten die Monitore synchron und schalteten ab.

Die Antwort war die gezackte Kaskade der zwei Portaltüren, die sich, in orangeweiße Fransen implodierend, durch die verschwommene Gruppe Männer fraß.

»Soviel zu *diesem* Plan!« vermerkte Johny.

Weiss spie ein schmutziges »Damn!« aus. Sein Zigarillo rollte über den Boden und erlosch.

Sie rückten an. Rauchende Gestalten mit im Regen emporgereckten Schirmen – *Black Magazines*. Das Karussell kam wieder in Schwung! Bleiwespen summten durch die klumpige Luft und zerfetzten auch den letzten Schein von edlem Interieur. Sie waren auf dem Weg nach hinten…

»Irgendwer wird uns das alles ersetzen müssen!« gurrte Weiss gegen das Inferno an und sein bunt gerahmter Schatten stob am Feuer des *Kookookaboo!* vorbei. Johny ließ die Angreifer mit einigen Schüssen auseinanderspritzen. Sagenhaft, was die hier veranstalteten. Draußen wurden die Straßen gefegt. Es goss aus allen Schleusen des Himmels und innerhalb weniger Sekunden sog er sich voll wie ein Straßenköter. Um die angrenzenden Gebäude schrillten Sirenen und Schüsse. Blinkende Feuerreflexe luchsten um die Ecken.

»Steigen Sie schon ein, Riot!« Es war der Detective, der im Schwarz der Nacht hinter dem Schleier des Regens verschwunden war und nun mit einem stahlfarbenen Dienstwagen neben Johny in einer Pfütze hielt. »Nicht, dass Sie sich noch ne Erkältung einfangen«, feixte der dicke Detective. Er klemmte wie ein pralles Bonbon zwischen Sitz und Steuer und trat auf das Gaspedal. Vor ihnen war nur der Regen, vom Schrubben der Zwillingswischer quietschend zerrissen.

Alles ging dem Ende entgegen. Johny Riot spürte es deutlich. Weiss setzte ihn an einer belebten Straßenecke ab und verschwand mit dem stahlgrauen Wagen im Getümmel der Straßen, um ihn zu verstecken. Johny wartete und anschließend brandeten sie wie ein Stück Treibholz durch die Stadt. Es gab nicht mehr viel zu tun. Die Geschehnisse nahmen schon länger ihren Lauf, ohne dass es irgendetwas gab, das sie davon abhielt. Wie der Detective gesagt hatte, »Es gibt immer einen Punkt in der ganzen Angelegenheit, da können Sie tun und machen, was Sie wollen, Riot, es ändert nicht im Geringsten etwas daran, wie es am Ende kommen wird«. Und er hatte Recht. Die Raibbeisen stand der Enjado im finalen Gefecht gegenüber. Und ganz anders als man es erwartet hätte, fand diese Konfrontation nicht auf dem offenen Schlachtfeld statt, nein, sie ging versteckt von statten, manifestierte sich in kleinen Bandenkriegen, Drogen- und Spielgeschäften, Auftragsmorden und Entführungen. Der eine kleine Punkt, an dem das Gleichgewicht vollends umkippte, den konnte keiner erkennen oder bewusst herbeiführen. Es konnte einer der ganz großen Coups sein oder nur ein mickrig kleiner Tierladenüberfall, der den Status Quo zerschmetterte wie eine Lawine das schutzlose Bergdorf. Johny würde von nun an das tun, was am schlausten war. Er würde die Ereignisse beobachten und sich dann nehmen, was ihm gefiel, dann, am Ende, wenn alles vorüber war, würde er sich all das aus den rauchenden Trümmern frei wühlen. Jesse zum Beispiel. Reepe war ihm egal. Sollte sie zur Hölle fahren.

Sie fuhren mit dem Bus irgendwo hin und er dachte über die letzten Worte des Detective nach. »Geben Sie sich keine Mühe, Riot« hatte er gelacht. »Nächste Woche ist alles vorbei. Ich hab so was schon das ein oder andere Mal mitgemacht. Und glauben Sie mir, das hier ist beileibe nicht das schlimmste Mal. Damals, als Jed Horrible noch wahr – ach du meine Güte! Naja, was red ich…« Viel Nährwert hatte sein Gerede nicht gehabt. Bis zu diesem einen Satz: »Ich hab da noch n Tipp für Sie, Riot!«

☼

TIME FOR A RIOT

IRGENDWO IN WAUSZBURG. EINE MIESE MÜTZE VOLL SCHLAF SPÄTER.

Als die Nacht endlich den Tag freiließ, gab es für Johny kaum noch die Vorstellung eines peinlicheren Erwachens. In den dicken Armen von Detective Weiss lag er zusammengerollt wie ein Hund unter dem festlich geschmückten Weihnachtsbaum. Im Schutt des unbewohnten Zimmers im brüchigen Altbau, der auch das *Rico's* beherbergte. Und tatsächlich: Es schneite zum ersten Mal in diesem Jahr. Er wand sich stöhnend aus seinem nach Schweiß, Fleisch und Haaren stinkenden Lager und streckte sich angeekelt. Die unterbewusst stürmenden Sünden der vergangenen Nacht ließen sich nicht abrütteln – Johny fror. Wäre es eine kräftige Farbige gewesen, noch so übel riechend, ein Haufen Müll oder der Abfallmorast eines miesen skinesischen Restaurants – nichts wäre so schlimm gewesen, wie in der Umarmung des Detective zu erwachen.

»Arr! Riot!« wetterte Weiss, als er zwinkernd hochkam. »Sie sind ein grässlicher Teddyersatz.«

Johny kratzte sich an den Stellen seiner Kopfhaut, an denen es juckte, mache verfehlte er. In seinen Zähnen schien ein Parasit zu brüten. Seine Kleidung fühlte sich nach Abfluss an. Er antwortete dem Detective nicht und ging zu der stumpfen Spüle, wo er sich ein klirrend kaltes Rinnsal über die rissigen Hände träufeln ließ. Es gab einen zerbrochenen Spiegel, der sein Gesicht wahrscheinlich noch schonungsvoller darstellte, als es eigentlich aussah. Er rotzte zwei, dreimal sämig in das Becken und versuchte den schaumigen Schleim wegzuspülen. Weiss wuchtete sich wie ein gestrandeter Wal hoch und pisste in Johnys Augenwinkeln in eine Ecke bis es dampfte. Danach gingen sie runter ins *Rico's* und ließen sich zwei Portionen Speck und Eier mit Bohnen bringen. Im Anschluss an diese mittelmäßige Mahlzeit verschwand Weiss für zwanzig Minuten auf dem Klo. Als er zurückkam begleitete ihn eine Wolke von frischem Kotduft. Außerdem hatte er die neuste Ausgabe des *Daily Beagle* dabei. Wahrscheinlich hatte er die in dem Toilettenhäuschen gefunden, dem er zugesetzt hatte.

»Steht was interessantes drin?« fragte Riot und kratzte mit seiner Gabel in den Essensresten auf seinem Teller herum bis es die Form eines Fisches hatte.

»In Wallander streiken die Maurer«, muffte Weiss und schmetterte das zusammengefaltete Blatt auf die Tischdecke.

Johny fuhr sich mit der flachen Hand über die Nasenspitze. »Was haben Sie jetzt vor, Weiss?«

Der dicke Detective wog seinen rotgesichtigen Schädel auf den Schultern in und her – einen Hals hatte er fast nicht. Er schmatzte genüsslich. »Wie ich es Ihnen erzählt habe, Riot.« Er kramte ein Zigarillo hervor und entfachte es umständlich zwischen seinen kleinen Zähnen. »Erst einmal knöpfe ich mir Lunch vor. Dann mach ich Feierabend. Meine Frau brät heut abend Truthahn.« Er paffte einige dralle Wolken Qualm hervor, die zwischen ihm und Johny über dem Tisch hochzogen und von einem Deckenventilator zerfetzt wurden. »Das kann man sich nicht entgehen lassen.«

Johny schob seinen Teller in Richtung Tischmitte und lehnte sich in seinem Stuhl zurück.

»Und was habe ich zu tun…?«

Eine in Schürze und Kopftuch gepackte Kellnerin kam mit Zigarette im Mundwinkel zu ihnen an den Tisch geschlurft und stapelte die Teller und das Besteck auf ihren schwieligen Unterarm zusammen.

»Hat's geschmeckt, Jungs?« knurrte sie.

»Wie immer, Dolores!« prahlte Weiss grinsend. »Ein Festschmaus!«

Als sie ging langte er ihr auf den Arsch. Es klatschte obszön. Einen Moment lang glotzte er der Kellnerin noch nach, dann wandte er sich wieder Johny zu.

»Sie…« überlegte er, als ob er es erst noch in seinem Gedächtnis suchen müsste, »Sie tun genau, was ich Ihnen sagen werde, Riot.«

Johny sah ihn mit der Gespanntheit eines gerissenen Einweggummis an.

»Und das wäre?«

Weiss massierte sich den prallen Wanst. »Hörn Sie, Riot, seit ich bei der Polizei bin, hat es immer Vorteile für mich gehabt, früher auf der anderen Seite gearbeitet zu haben und meine Kröten mit den schmutzigen Geschäften der dicken Bosse verdient zu haben. Bevor ich Adjutant und später Detective wurde, habe ich für diverse Gaunerbanden die dreckigen Jobs erledigt. Geldeintreiben, Leibwächterdienste, Auftragsmord, was Sie wollen. Ich war für alles zu haben. Hat mir später immer gut getan, die Leute zu kennen, die Namen, die Hierarchien und so weiter.« Er strahlte eine Übelkeit erregende Bequemlichkeit aus während er das erzählte. »In meinem jetzigen Job ist es gut, Connections zu haben. Die Hälfte aller Cops in Wauszburg ist korrupt bis hoch zum Scheitel, Riot. Machen wir uns nichts vor. So läuft der Hase nun mal. Man muss die Chancen einfach erkennen und nutzen. So hab ich mich immer mit den Jungs von damals warm gehalten. Bis heute. Und siehe da: Ich hab es zum dekorierten Detective gemacht und einige der alten Spinner aus meinen Gangsterzeiten sind inzwischen zu den ganz dicken Bossen aufgestiegen.« Wieder nutzte er eine kleine Pause, um sich die Plauze zu kraulen. Johny hatte es irgendwie geahnt. Der Detective steckte genauso mit drin, wie eigentlich jeder, dem er in den letzten Tagen begegnet war. Was für ein Zufall.

»Jedenfalls…«, nahm Weiss den Faden wieder auf. »Geht es mir um Folgendes, Riot. Ich kenne die Regeln, die da unten gelten. Ich kenne die Leute und die miesen Gepflogenheiten mit denen sie untereinander ihren Spaß haben. Aber hin und wieder muss ich meine Großzügigkeit ein wenig zügeln und in das Spiel eingreifen. Sozusagen aufpassen, dass die Kerls nicht größenwahnsinnig werden. Ich kann ihnen eine Menge durchgehen lassen und sie danken es mir gut. Aber! Hin und wieder brauchen sie einen Dämpfer, der ihnen ihre Grenzen zeigt. Na! Und wer kommt mir da rechter als Sie, Riot? Verstehen Sie mich?«

Johny verstand ihn. Es war immer das gleiche Spiel. Die deckten sich alle gegenseitig – Bullen wie Ganoven. Und jeder sahnte dabei ab.

»Also. Passen Sie gut auf, Riot. Es gibt einen Treffpunkt. Da werden Sie heute Nacht erwartet. Ich kann Ihnen nur raten, nicht zu kneifen. Trommeln Sie ein paar Männer zusammen, legen Sie sich eine Hintertür zurecht und passen Sie auf sich auf. Mir ist egal, wie die Sache ausgeht, nur richten Sie so viel Schaden an, wie nur möglich ist.«

Weiss beendete seinen Satz mit einem satten Aufstoßen und blies seinen Bohnenatem in die zusammengerollte Faust vor dem Mund. Johny massierte seine Augenbrauen. Er war müde und das fette Essen lag ihm wie ein Dreißigtonner im Magen.

»Sie geben mir niemanden mit?« fragte er, doch allein seine Worte klangen so kraftlos, dass er befürchtete, der Detective würde sie überhören.

»Ich kann mich da nicht mehr einmischen, als ich es bereits getan habe, Riot.« betonte der Dicke. »Sie wissen ja, Lunch ist ein Idiot und würde ihnen mehr vermasseln, als helfen, und ich…« Er trommelte sich wie ein Gorilla auf die Brust. »Ich muss mich um den Truthahn meiner Gattin kümmern.«

Johny kaute auf etwas, das in seinem Mund übrig geblieben war. Es flutschte ihm immer wieder zwischen den Zähnen hindurch.

»Also bin ich ganz auf mich allein gestellt…« An sich war das kein Problem. Er würde schon mit den Schergen der Genossenhaft und auch den Enjado-Leuten klar kommen. Aber irgendwie hatte er das Gefühl, dass man ihn einen anderen Kampf als den seinen ausfechten ließ. Man hatte ihn benutzt. Womöglich schon länger, als er dachte.

»In Ordnung, Weiss«, stöhnte er und griff zur dünnen Papierserviette, die unter seinem Teller zum Vorschein gekommen war, als Dolores abgedeckt hatte. »Ich kümmere mich darum. Heute Abend.«

»Sie sind n wahrer Goldjunge, Riot«, kehlte Weiss und stand auf. »Und immer schön dran denken«, sagte er spöttisch, während er an Johny vorbeiging und ihm die Schulter tätschelte. »Ich hab n Auge auf Sie!«

Grölend vor Lachen stampfte er davon, hielt bei der Theke, schäkerte kurz mit der abgebrühten Dolores, knetete einige Scheine hin, und verschwand mit dem Bimmeln der Tür.

Johny begann er zu trinken. Und blieb noch lange sitzen.

☼

Sie hatten seine Bude längst zerlegt. Es sah aus wie seit mindestens drei Tagen. Aber es konnte noch nicht so lange her sein. Die Tür war in der Mitte durchgebrochen worden wie mit einem Rammbock oder einem Stemmeisen so etwas. Drinnen hatten sie alles zerlegt, was ihnen in den Weg gekommen war. Johny vermutete, dass sie ihn gesucht hatten. Wahrscheinlich waren sie nachts gekommen, hatten gehofft, dass sie ihn im Schlaf überraschen würden. Flaschen lagen zerschlagen auf dem Teppich. Der Fernseher war eingetreten worden, die Telefonleitung aus der Wand gerissen, sein Bett durchwühlt und die Matratze aufgeschlitzt. Überall lagen Zeitschriften, Bücher und andere Papiere, dazwischen Pfützen von Whizzky und Bier. Außerdem roch es nach Pisse. Im Bad sah Johny, dass sein WC verstopft worden war – mit einer ganzen Rolle Klopapier, die inzwischen als aufgequollener Klumpen im brackigen Wasser dümpelte. Wer weiß, was sie da noch so alles reingepfropft hatten. Er ging ins Wohnzimmer und kramte aus seinem Notversteck eine letzte Flasche Torkler hervor und drehte den Verschluss ab. Er goss sich kein Glas voll, denn die lagen allesamt als Scherben und Glassplitter verteilt auf dem Boden der Küche. Die Schranktüren standen noch offen. Als er ausgetrunken hatte, öffnete er das Fenster im Wohnzimmer und kühler Wind blies die Vorhänge auseinander. Die Stadt lugte ihm wie ein hässliches Gemälde entgegen. Der Verkehr summte vorbei. Hier gab es nichts mehr zu tun. Ohne Telefon und ohne die Lust, aufzuräumen, verließ Johny seine Wohnung und schlenderte mit der Flasche in der Hand die Straßen des Viertels auf und ab.

Weiss hatte ihm den so genannten Treffpunkt vage beschrieben. Dennoch kannte er den Ort. Irgendwann schleuderte er die halb leere Flasche Whizzky in einen Hinterhof, wo sie zerschellte und ein zorniger Hund kläffend an seiner Kette zerrte. Für heute Abend würde er einen klaren Kopf benötigen, er durfte sich jetzt nicht betrinken. Dafür blieb danach noch Zeit.

Er hatte sich das folgendermaßen ausgemalt. Shawn Been und ein jeweiliger Mittelsmann der Genossenhaft würden sich mit ihrem mordlustigen Gefolge treffen, um ihre Beute auszutauschen. Been hatte Reepe anzubieten. Johny hoffte, dass der Gegenwert in Jesse gerechnet werden würde. Sobald es zum Austausch käme, würde ihm schon etwas einfallen, wie er sie da rausbekommen würde. Gegebenenfalls bekam er immerhin eine neue Spur. Was danach geschehen würde, sah er nicht als sein Bier an. Er kam an einer Telefonzelle vorbei und hielt inne. Vielleicht wäre es gar keine so schlechte Idee, ein paar seiner Jungs zusammenzutrommeln, genauso wie der Detective es vorgeschlagen hatte. Er zählte das Kleingeld aus seinen Taschen zusammen und ließ es nach und nach in den Münzschlitz sickern. Dann machte er ein paar Anrufe.

☼

EIN PAAR KLEINE INTERMEZZi.
Captain Ginn Toxic hatte kein Telefon. Dennoch erreichte Johny ihn über die Funkstation seines Schiffs, als er gerade hinter der klobigen Bugkrempe Deckung gefunden hatte und sich anschickte, einen weiteren Feuerstoß über das ramponierte Material seiner Maschine hinweg zu jagen. Schnell erledigte er dieses Vorhaben noch, beobachtete diebisch grinsend wie seine Feinde auseinanderspritzten, und langte dann nach innen, um den Knopf für die Lautsprecheranlage zu betätigen.

»Krematorium Toxic – was kann ich für Sie einäschern?«

Johny hörte es laut scheppern, knallen und krachen, bevor er die Stimme des Caps zwischen den ganzen Störgeräuschen erkennen konnte.

»Hey! Toxic!« rief er in die Hörmuschel und draußen an der Telefonzelle beschleunigte ein adretter Yuppie seine Schritte, als er sich vor Johnys lauten Worten erschrak.

»Johny?« krakeelte der Captain zurück und für einen Moment klang es so, als schlachte er ein Schwein. Dann war Ruhe und Johny nutzte die Gelegenheit, zu sprechen.

»Heute Abend schon was vor?«

»Ich?!« Toxic feuerte eine Salve ab. *Mupf!* Sie hatte getroffen… irgendetwas… organisches.

»Bist du in der Stadt?!« fragte Johny.

Eine Antwort kam nicht sofort. Zuerst erledigte der Captain noch etwas, das Johnys Mutmaßung zufolge nach Waffengewalt klang.

»Nee!« kam dann. »Aber ich kann's noch schaffen, wenn ich mich jetzt auf den Weg mache. Wieso? Schmeißt du ne Party?«

Johny nickte, doch der Cap konnte es nicht sehen. »So ungefähr, Toxic. Um die gleiche Zeit wie immer. Du weißt schon wo. Und bring ruhig Freunde mit, alles klar?« Das waren die geheimen Codeworte für Notfälle. Hatte Toxic vielleicht schon etwas in der Art geahnt? Dumm war er ja nicht geboren worden.

»Okidoki!« sagte Toxic und lud nach. »Ich bin so gut wie unterwegs. Bis dann!«

Sie legten gleichzeitig auf.

Nicks neues Mobiltelefon vibrierte sonor auf der Tischplatte zwischen ihm und Jane, die gerade mit dem Messer ein Brötchen zerteilte.

»Na, wer kann das denn sein…«, überlegte er mit vollem, kauendem Mund und legte sein Brötchen mit Edelsalami auf den Teller zurück. Er schluckte und sah Jane an. Sie zwinkerte ihm aufmunternd zu.

»Nimm schon ab.«

Er schluckte herunter, wischte sich die schmierigen Finger unauffällig an Tischdecke und Sitzkissen ab, und griff nach dem zierlichen Gerät, das irgendeine Nummer aus Wauszburg anzeigte. Es schüttelte sich noch ein zwei Sekunden in seiner Hand, dann nahm er ab.

»Tempest.«

»Ja.«

»Ach, was für ein Zufall.«

»Ja. Ja. Nein. Gut. Gerade begann mir langweilig zu werden.«

Jane horchte auf. Nick nickte ihr besänftigend zu. Dann lachte er.

»Wie schön.«

»Nein, wir essen grad.«

Jane kaute misstrauisch.

»Ist nicht schlimm.« Nick sah sie an. »Nein! Sie wird es verstehen«, beteuerte er grinsend.

Jane legte ihm gegenüber den Kopf schief. Ihr Mund stand etwas offen und sie vergaß zu kauen. Sie zeigte mit einem Finger auf sich.

»Nee, nich für dich«, erklärte Nick schnell und an sie gerichtet. »Alles klar, ich komme natürlich gerne. Wurde ja auch Zeit.«

Er nahm das kleine Gerät von seinem Ohr und drückte den Knopf, um die Verbindung zu beenden. Jane saß ihm neugierig gegenüber und fragte: »Wer war das? Sind wir eingeladen worden?«

Nick sah sie freundlich an. »Jepp. S'war Johny. Er hat zum Showdown geladen.«

Sie sah verdutzt aus. »Jetzt schon? Etwa heute Abend?«

Er nickte zustimmend.

Sie staunte. »Das ging aber schnell.«

»Hat aber länger gedauert als letztes Mal«, erinnerte sich Nick.

Sie aßen auf, verließen das Haus und nahmen den Wagen. Sie würden gerade pünktlich kommen.

CHAZ ASHLIN SCHLIEF.

Er träumte von Apfelbäumen, die im Wind auf einer von Hügel gewölbten Wiese wehten. Frische, halbvergorene Früchte lagen überall und er musste barfuss gehen. Immer wieder zertrat er einen der matschigen Bälle und glitt aus. Er war nackt. Da war noch jemand. Nur ein Schemen, der immer wieder sanft kichernd an ihm vorbeihuschte. Drehte er sich um, war es weg. Ganz gleich, welche Richtung er einschlug, stets erhaschte er nur einen undeutlichen Blick auf die Gestalt. Unter einem besonders großen Baum suchte er Rast. An den borkigen Stamm gelehnt offenbarte sich ihm das Herz seines Traums. Dawn wuchs vor ihm aus dem Boden. Auch sie war nackt. Ihr unverhüllter Körper schmeichelte seinen Sinnen. Doch irgendetwas stimmte nicht mit ihr. Sie hatte keine Beine. Stattdessen einen Stamm. Und an Stelle ihrer Brüste baumelten rote Äpfel an ihr herab! Was für ein Schreck. Ihre Haare waren grüne und gelbe und rote Blätter, die bei jeder Bewegung raschelten. Er versuchte aufzustehen, sie zu berühren, wollte sich davon überzeugen, ob… Dann erschrak er. Es war nicht mehr Dawn, die vor ihm aus der Wiese spross. Mit einem Male war da Captain Ginn Toxic, der einen wilden Eber verprügelte. Der Eber hatte rosa Fell und eine bunte Karnevalstüte auf dem Kopf, die mit einem dünnen Gummiband an seinen Hauern befestigt war. Offenbar stritten sie sich. Toxic sah betrunken aus. Bevor Chaz etwas rufen konnte, verschmolzen die beiden Figuren zu einem grotesken Bündel, das sich balgte und wand und… Nick und Jane! Sie zogen beide zankend an einem blauen Handtuch und… ein Mann kam, mit einer riesenhaften Schere, die er auf und zu zwacken ließ… O nein! Er würde doch nicht etwa!

Mit einem Male war Ruhe. Die Wiese war weg, die Bäume verdorrten in Zeitraffer, die Äpfel am Boden bekamen Gesichter und kleine astförmige Beinchen, die trabten in militärisch präziser Formation auf Chaz zu, der sich nicht bewegen konnte. Ein Donnergrollen erklang vom Horizont, der das Meer zu sein schien. Kein Himmel, nur Wasser, gleich hätten sie ihn erreicht, die Apfelarmee! Eine gewaltige Flutwelle goldbrauner Flüssigkeit schwappte auf Chaz zu! Genau vor seinem Gesicht gurgelte ein Ozean aus Whizzky. Er würde ihn verschlingen! Verzehren, ertränken…

Er öffnete die Augen und eine ruhige Stimme drang zwischen die Watte in seinen Ohren. Die Decke knipste an und aus; Licht und ein Bellen.

»Wach auf.« … »Chaz, wach auf!« … »Komm schon. Es ist fast halb eins durch!«

Er atmete tief und gleichmäßig.

»Da ist ein Anruf für dich!«

Er fühlte ein Bett unter sich. Hatte er nur schlecht geträumt?

»Du musst schon herkommen, sonst legt der nette Mann von der MHL wieder auf.«

Schade eigentlich. Um die Flut von Whizzky, dachte er.

»CHAZ!!«

DIE MÄNNER ERFUHREN NIE VON DER KONSEQUENZ IHRES FEHLERS.

Kein Wunder, wer machte sich schon Gedanken über ein Richtig und ein Falsch, schon während er geboren wurde. So vorausschauend konnte niemand sein. Spam verstand das, konnte aber kein Mitleid entwickeln. Denn genau in diesem Augenblick brach um ihn herum das Feuerwerk seines Lebens los. Keine volle Sekunde nachdem die vier Männer zu seinen Seiten wie nasse Säcke voller Kartoffeln zu Boden gegangen waren, war die Luft geschwängert von Blei. Der Magazininhalt gleich eines Dutzends Waffen entleerte sich nahezu simultan und mit der Präzision einer Kompanie Synchronschwimmer in seine Richtung und hatte nichts anderes im Sinn, als die Luft, die er atmete, in Feuer zu verwandeln. Spams Gehirn hatte dennoch genug Zeit, sich daran zu erinnern, wie er in diese Bredouille geraten war. Erst zwölf Stunden zuvor hatte es sich begeben, dass er Enjado höchstpersönlich umgelegt hatte – indirekt jedenfalls. Zusammen mit dem prunkvollen Gebäude, das den gleichen Namen wie der Kopf der Organisation trug, zerstaubte er selbst und damit alles, was die Enjado symbolisierte in den Straßen der Stadt. Nur die Sirenen der Feuerwehr blieben. Und etwas Schutt und Asche. Seitdem hatte Spam sich auf das hier vorbereitet. Emotional war da nicht viel Investition von Nöten gewesen, vielmehr hatte er noch einmal seine 45.er *Prime to Prime* zerlegt, geputzt und wieder zusammengesetzt, anschließend seine Stiefel auf Hochglanz gebracht und zu guter letzt Dorys angerufen. Sie hatten einen Treffpunkt abgemacht, wenn dies alles vorbei war. Und nun war es dem Ende näher, als jemals zuvor. Nur nicht ganz so, wie Brannigan sich das vorgestellt hatte. Irgendwie hatte er sich verzettelt. Nur womit, das war ihm noch immer nicht so ganz klar. Allzu viel Zeit, darüber nachzugrübeln blieb ihm auch nicht mehr, dann hätte sich das Problem von ganz allein gelöst. Zuerst hatte er ein Taxi angehalten, war die Straßen auf und ab gefahren, hatte sich vergewissert, dass ihm niemand folgte. Dann, als er sich dessen gewahr wurde, stieg er vier Blocks nahe dem alten Treffpunkt aus und zahlte das erste und wahrscheinlich letzte Mal in seinem Leben großzügig. Dann war er in einen Bäckerladen gestiefelt und hatte sich eine neue Zigarre gekauft und nach Munition gefragt. Man hatte ihm nur teilweise aushelfen können. Vielleicht war es an diesem Punkt zu früh gewesen, doch jetzt, im Nachhinein, dachte Spam, dass es da bereits angefangen hatte. Die Pechsträhne. Einen Kilometer weiter, zwei Hundehaufen mehr im Profil seiner frisch gewienerten Stiefel und dann noch diverse Ladehemmungen später war er zu der Einsicht gekommen, dass heute nicht sein Tag war. Und dabei war heute eigentlich im Grunde *genau* sein Tag! Nur schien der Tag damit nicht ganz einverstanden zu sein. Nun, hin oder her, wie man es drehte und wand, Spam war sauer. Und auch dieses Bataillon von Leibwachen und Putzfrauen würde ihn nicht mehr davon abhalten, Shawn in seine Finger zu bekommen und ein für alle Mal zu erledigen. Keine Kugel dieser Welt! Kein mutiger Mann dieser Welt! Und auch keine Explosion dieser Welt würde imstande sein, ihn von seinem Unterfangen abzuhalten. Um keinen Preis. Basta Pasta!

Er knirschte mit den Zähnen, rutschte zu Boden, grub sich durch den Haufen bewusstloser oder toter Männer, die bereits das Parkett schmückten, und entging damit gerade noch rechtzeitig dem ersten Projektilgeschwader seiner Gegner. Eine weitere Sekunde ging auf sein Konto und noch bevor sich der Rauch lichtete, zuckten zwei Männer in den Reihen der schwarzen Anzüge zusammen und fielen um, wie Spargel bei der Ernte. Die übrigen zehn oder fünfzehn standen sich plötzlich angsterfüllt im Weg herum und einige versuchten, sich feige davonzuschleichen. Sie waren die nächsten, die es erwischte. Spam wuchs wie aus dem Nichts und kringelte ihnen die Hälse um. Die anderen hörten nur das trockene Geräusch knackender Wirbel. Einige verloren vollkommen die Nerven, ballerten sinnlos in den Rauch und trafen entweder eine Wand, ein Möbel oder einen ihrer eigenen Leute. Sie demoralisierten sich selbst. Spam war's nur Recht. So hatte er genug Zeit, sich den nächsten vorzuknöpfen. Plötzlich stand er vor ihm und nahm dem verdutzten Mann die eigene Pistole weg.

»Was willst n mit der Spritzpistole, hä?« knurrte er ihm entgegen und drückte dem verwirrten Mann den Lauf der Waffe soweit in den staunenden Mund, dass er daran erstickte. Wie ein Irrer zerrte der Bursche an dem Griff der Pistole, doch es war nichts zu machen – das Korn hatte sich in seinem Gaumensegel verkeilt. Die Schmerzen, es mitsamt dem Stahl herauszureißen, waren zu groß.

Der Qualm im niedrigen Raum lichtete sich und die letzten Männer, es waren neun an der Zahl, husteten und strampelten die letzten Rauchfahnen zur Seite. Sie hofften, ihren Feind besser erkennen zu können, bauten auf ihre Überzahl, doch da war nichts, als sie wieder klar sehen konnten. Sie sahen nur einer nach dem anderen sich selbst gegenseitig in die ratlosen Gesichter. Der Teufel war fort. Nur die Tür zum Dach stand offen.

Die Treppe kam Spam endlos vor. Wie ein Schlauch aus Beton und Eisen drehte sich das Bauwerk um ihn herum nach unten. Ihm war, als erklomm er das riesenhafte Gewinde einer Bohrung – einer sauberen Bohrung mitten in das Herz seines Feindes. Am Ende wartete Shawn Been. Unter ihm waren Rufe. Doch keiner lief ihm nach. Wie bereits gesagt, lebensmüde waren sie nicht. Irgendwann erzitterte die Treppe unter seinen Stiefeln, ein Vibrieren, das sich durch das ganze Gebäude fortsetzte. Sie hatten mit der Sprengung begonnen. Fast wäre Spam zu langsam gewesen, doch der Anblick der Feuersäule, die ihm die Treppe hoch hinterher stürmte, beschleunigte seine Schritte noch ein letztes Mal.

Das kleine Wellblechhüttchen, in das die Treppe zum Dach endete, wurde wie ein Jojo in die Luft gezupft und verschwand irgendwo in den nachbarlichen Straßenschluchten. Darunter hechtete die Gestalt Brannigans hervor und nur einen Augenblick nach seinem Erscheinen ejakulierte eine fauchende Flammenbrunst aus dem Loch im Boden des Flachdachs. Die Feuersäule wuchs wie ein Pilz in den Himmel und war kilometerweit zu sehen. Unten in den Straßen spritzten kreischende Menschen durch die Gegend und ein Hydrant platzte voller Tatendrang auseinander – gleich einer frischen Blüte im Frühjahr.

Shawn Been stand mit flatternder Kleidung auf der Kufe eines in der Druckwelle der Detonation schaukelnden Helikopters und klammerte sich fest. Sein Gesicht war verzerrt. Die brüllenden Rotoren der Maschine zerzausten sein Haar, wirbelten Steinchen und andere Explosionsüberreste auf. Spam stand da und starrte auf Been. Dieser gestikulierte in Richtung Pilotenkanzel und der Helikopter hüpfte ein paar Meter in die Höhe.

»Shawn!« kehlte Brannigan und zeigte mit dem ausgestreckten Finger nach dem Mann in Schwarz. »Du bleibst hier!«

Been wandte sich ihm zu und sah damit wenig einverstanden aus. Er rief etwas in das Innere des Hubschraubers und die Rotoren jaulten auf, um den Stahlkäfer weiter in die Luft zu heben. Spam ging auf Been zu. Er würde keinen weiteren Aufschub dulden. Diesmal nicht. Da half auch keine Flucht mehr. Es würde enden. Heute Nacht. Hier. Jetzt.

»Komm freiwillig herunter...«, sagte er zu Shawn, als er nahe genug gekommen war. Die Kufen des Flügelblättlers kreischten Funken sprühend über die Brüstung des Daches. Der Sturm der Rotoren drückte Spam zurück. »... Oder ich komme hoch und hol mir dich selber.«

Been sah ihn an. »Nie im Leben, Spam! Ich bin doch nicht bescheuert.« Er ließ seine Zähne sehen und bellte sein irres Gelächter dazwischen hervor. »Du hast zwar Enjado aus dem Weg geräumt, aber mich kriegst du nie! Jetzt bin ich der Boss!! Und du wirst hier sterben!«

Der Helikopter stieg auf. Fast drei Meter über Spams Füßen schwebte er in der diesigen Luft. Brannigan zog seine Prime to Prime hervor. Als er Shawn anvisierte, blickte er in die Mündung einer seriengleichen Waffe. Es war so, wie es immer gewesen war. Doch ab heute würde es für den Rest aller Zeiten anders werden.

»Mit gehört jetzt alles!« keifte Been und schaukelte an der Seite des Hubschraubers. Sein Gesichtsausdruck war gleich dem eines vollkommen Durchgeknallten. Mit dem Unterschied, dass vollkommen Durchgeknallte nicht so gefährlich waren wie Been.

»Nicht, wenn ich es dir jetzt wieder wegnehme«, erklärte Spam und behielt Shawn in der Kimme seiner Waffe im Auge.

»Du kannst mich nicht umbringen!« kreischte Been und fuchtelte mit seiner Pistole. »Du kannst es nicht! Du hast es nie gekonnt und du wirst es auch heute nicht können! Niemand kann das!«

Spam zögerte. Er wusste nicht warum. Es waren nicht die Worte Beens. Es war...

Der Helikopter erhob sich und vorbei am Gerör der Rotoren drang Beens krankes Lachen an Spams Ohren. Nein! Ab heute würde Schluss damit sein! Kein Tag mehr würde so sein wie die bisherigen. Er war es leid. Leid immer nur hinter ihm her zu sein. Jeden Tag unterwegs. Jeden Tag Menschen umzubringen, die ihm im Weg standen. Heute musste es ein Ende finden. Als er Shawn in die Augen sah, waren sie schon so weit weg, dass er sie kaum noch erkennen konnte.

»*Du kannst es nicht!*« hallte die Stimme Beens durch seinen Kopf und er sah, wie sich der Körper des Mannes, den er Zeit seines Lebens gejagt hatte, zu den Worten schüttelte und rüttelte, sich bog vor Lachen. Dieses Lachen...

»Irrtum«, sagte Spam und als ob Been es gehört hätte – plötzlich hielt er inne auf der Kufe des Helikopters. Für einen Moment war alles still. Kein Motorenlärm, keine Explosionen, kein hirnverbranntes Lachen. Es war einfach nur so still wie in einem Grab. Schließlich erlöste Spam die Zeit von ihrer Starre und drückte ab. Das einzelne Geschoss zerfetzte die Luft zwischen ihm und Been. Es benötigte den Bruchteil einer Sekunde – und Spam sah, wie Shawn zusammenfuhr. Ein kurzer Schreck, dann der Sturz. Wie Schnappschüsse nahm er den Fall seines alten Kontrahenten wahr. Und wie ein Band dehnte sich der letzte Blick zwischen ihren Augen. Dann verschwand er im Nebel der Tiefe. Kein Schrei, kein Aufschlag. Er war einfach fort.

Der Rest war nur noch Kindergeburtstag. Und eine Zigarre.

TIME FOR A RIOT

GERAUME ZEIT SPÄTER. AN ORT UND STELLE.

»Also, wer auch immer, aber er ist dir wohl zuvor gekommen, Johnyboy«, kaute Captain Ginn Toxic um den saftigen Priem in seinen Backen herum. Und wo er Recht hatte, hatte er nun mal Recht. Johny kratzte sich am Ellbogen. Irgendwie stimmte hier was nicht. Der Treffpunkt war zwar der Treffpunkt. Aber er war leer. Kein Shawn Been, keine Reepe, keine Enjado, keine Genossen. Nichts. Wo steckten die alle? War er etwa zu spät gekommen? Oder noch peinlicher: zu früh? Ratlos sah er in die Runde. Auf dem alten Parkdeck wehte nur der pfeifende Wind seine Runden. Sie waren allein.

»Hey, Johny!« Es war Chaz, der einige Meter gegangen war, um über die Brüstung nach unten in die summenden Straßen der Stadt zu spucken. »Hier liegt was rum.«

Toxic war vor Johny da und kniete sich zu dem kleinen dunklen Gegenstand auf den Boden.

»Glüht noch«, erkannte er fachmännisch und hielt das Ende eines aschebetupften Zigarrenstummels in die Höhe, so dass ihn alle sehen konnten. »Is vielleicht ne halbe Stunde her, länger nich.« Er steckte sich das Teil in den Mund und sog daran.

»Pfui! Tox!« zischte Chaz und schlug ihm den Stummel zwischen den Lippen weg. »Lass das!«

»Wieso?« maulte der Captain und ging beleidigt zur anderen Seite des Parkdecks. Dahin, wo sich bereits das Moos durch den brüchigen Beton gefressen hatte und wie ein grüner Pelz aus dem Gestein wucherte. Sie ließen ihn.

»Haben wir was verpasst?« fragte Nick und sah Johny an. Er hielt Jane im Arm und sie fröstelte sichtlich.

»Scheint ganz so«, meinte sie und zerrte an Nick. »Ich will jedenfalls nach hause zurück. Oder jedenfalls woanders hin. Hier ist's blöd.«

Chaz stand neben ihr und äffte sie nach. »Ne ne ne ne nee!« machte er.

Johny überlegte. Vielleicht hatte sich Weiss doch geirrt. Möglicherweise ging der Deal erst morgen über die Bühne. Oder war bereits gestern schon drüber stolziert, ohne dass er es gewusst hatte. Es grämte ihn, dass er nicht wusste, was zu tun war.

»Keine Ahnung, Leute«, sagte er und klaubte sich eine Zigarette aus der Brusttasche. »Ich war mir ziemlich sicher.«

Toxic stand mit einem Mal neben ihm und klopfte ihm auf die Schulter. »Nimm's nich so wild, Junge«, tönte er großväterlich. »Das kann jedem Mal passieren. Damals auf Ölgom Sieben is mir das auch mal vorgekommen. Tja, und dann… äh… hab ich vergessen. Hm… egal.«

»Aber was ist jetzt mit Jesse?« erkundigte sich Jane. »Ist sie tot?«

Die anderen schwiegen. Johny runzelte die Stirn. Er musste zugeben, dass es möglich wäre, doch seine Intuition stieß ihn immer wieder in eine andere Richtung, wenn er daran dachte, wie sie längst irgendwo vergammelte und er nichts davon wissen sollte.

»Wahrscheinlich lassen sie den Deal jetzt woanders steigen, oder es ist ihnen was dazwischen gekommen«, meinte Chaz und trat nach einem Steinchen, das arglos herumlag.

»Ja. Oder sie wollen uns nur ärgern«, meinte Nick zustimmend. Johny war das alles keine große Hilfe.

»Hey Leute«, sagte er matt. »Ihr könnt nach Hause gehen. Ich bleibe noch hier und warte. Vielleicht…« Er verstummte.

»Vielleicht was?« fragte Tox und kaute auf irgendetwas in seinem Mund.

Johny winkte ab und klatschte dann reibend in die Hände. »Was soll's. Ihr braucht hier nicht mit in der Kälte herum sitzen. Ich warte bis Mitternacht und verzieh mich dann auch, wenn nichts mehr passiert.«

»Und dann?« Nick sah irritiert in die Runde.

»Dann knöpf ich mir diesen Detective vor. Der hat das verzapft. Außerdem ist er mein bester Draht zu dem ganzen Schlamassel. Ich werd schon was aus ihm herausbekommen.«

Jane lachte. »Da mache ich mir auch keine Sorgen!«

Nick stimmte dem zu. »Yes! Wenn Jay sich was in den Kopf gesetzt hat, dann zieht er es auch durch.«

Sie freuten sich alle, nahmen Johny in den Arm, verabschiedeten sich und verschwanden. Als Johny allein und mit wehendem Haar auf dem Flachdach saß, war nur noch der Captain da. Johny versuchte, sich gegen den harschen Wind eine Zigarette anzuzünden, doch es wollte nicht klappen, so oft er sich auch ein Streichholz anriss – immer wieder erlosch es.

»Hier«, knurrte der Cap und hielt ihm die sichere Flamme eines Hippos unter die Spitze seiner Zigarette.

»Danke«, dankte Johny und paffte.

Eine Zeit passierte nichts. Einige Vögelschwärme krähten vorbei und ein Flugzeug startete im Süden der Stadt.

»Warum haust du nicht auch ab, Tox?«

Der Captain zuckte mit den Schultern.

»Hast nix mehr vor, oder was?« Johny grinste um den Filter seiner Zigarette herum so gut es ging.

»Nee. Für diese Woche bin ich durch. Aber ich glaube, ich schau mal bei Freunden vorbei, wenn's dir nichts ausmacht.«

»Johny wunderte sich. »Du hast Freunde in der Stadt?«

»Klar! N Dutzend!«

»Na dann.«

»Tschüß.«

»Hau ab, Mann.«

Toxic winkte zum Abschied und sprang dann cool über die Brüstung des Gebäudes. Er würde es überleben.

Um ein Uhr nachts verließ Johny die Hoffnung, dass noch etwas passieren würde, und er ging nach Hause. Auf dem Weg dorthin fiel ihm ein, wie wenig Lust er hatte, seinen Saustall aufzuräumen, und so wandte er sich in eine andere Richtung.

☼

DERRENZHILL.

Jamie machte gerade etwas zu trinken, als er an ihre Tür klopfte. Sie öffnete ihm vorsichtig und ließ ihn erst rein, als sie sich sicher war, dass er es tatsächlich war und dazu allein.

»Warum so misstrauisch?« erkundigte sich Johny und fiel erschöpft und durchgefroren in einen Sessel neben ihrem Fernseher. Darin lief ein Magazin. Sie brachte ihm eine Tasse Tee. Er schmeckte leicht nach Whizzky.

Sie sah ihn etwas erschöpft an. »Ich habe heute zwei Männer gesehen.« Johny wurde hellhörig und sie fuhr fort. »Ich fürchte, sie beobachten mich. Ich hatte Angst, sie stünden vor meiner Tür.« Sie ließ sich auf dem großen Sofa gegenüber von Johny nieder und zog sich zu einer hübschen Kugel zusammen.

»Wie sahen die denn aus?« Johny hatte sofort gleich mehrere Verdächtige, die für derlei Observation in Frage kamen.

Jamie schien zu überlegen, wie sie die Kerle am treffendsten beschreiben könnte. »Ein ungleiches Paar«, sagte sie schließlich. »Ein Dicker und ein Normaler. Sie haben Hüte und essen den ganzen Tag. Ich weiß nicht...« Wieder überlegte sie »... Vielleicht Polizisten? Oder Genossen?« Sie hob ratlos die Schultern.

»Detective Weiss und sein Kollege Kyle Lunch vielleicht? Klingt genau nach den beiden Trotteln.«

»Von dem der Brief kam?«

Johny nickte. »Wahrscheinlich. Sie sind mir bestimmt gefolgt, als ich letztes Mal herkam. Jetzt weiten sie ihre Untersuchungen auch schon auf meine privaten Kontakte aus. Als ob die sonst nichts hätten, in das sie ihre Nasen stecken könnten.«

Er trank seinen Tee und machte sich in dem Sessel breit.

»Was wirst du jetzt tun, Johny?« fragte Jamie.

Er hatte diese Frage in letzter Zeit oft gehört. Allmählich ermüdete es ihn, darauf keine Antwort zu haben, und so beschloss er, sich für das nächste Mal eine zu Recht zu legen.

»Naja, ich glaube, ich verlasse für ne Weile die Stadt... So verwirrend das alles sein mag, aber von da draußen gibt es vielleicht einen anderen Blick auf die Dinge. Ich glaube, ein bisschen frische Luft könnte den Nebel in meinem Kopf klären.«

Er grub sich das Gesicht in die Finger und massierte seine Schläfen. »Solange es keine neuen Hinweise auf Jesses Verbleib gibt, kann ich kaum etwas unternehmen, das ihr dienlich wäre. Wer weiß, vielleicht passiert ja bei der Enjado intern etwas, das Rückwirkung zeigt. Dann greife ich den Faden wieder auf.«

Jamie zwinkerte ihm zu. »Schließlich hast du's versprochen, nicht?«

Er sah sie schief an. »Was meinst du?«

»Na, sie zu beschützen.«

Er nickte. »Zugegeben, das ist mir bisher nicht allzu gut gelungen. Aber ich werde schon noch herausbekommen, wo sie das Mädel hin verschleppt haben. Und dann sind sie dran – wer auch immer. Ich krall mir den Übeltäter. Darauf kann er wetten!«

Er setzte sich zu ihr auf das Sofa.

Sie suchte ihn mit leuchtenden Augen ab. »Du willst also die Stadt verlassen? Soso...« Ihre Hand fiel auf sein Knie. Johny sah hin. Und nickte kaum sichtbar.

Sie musste lachen.

Er stutzte: »Was?«

Sie beruhigte sich wieder. »Ich hab mich nur grad gefragt, ob es da, wo du hingehst, auch genug Zigaretten und Bösewichter gibt, damit dir nicht langweilig wird, Johny.«

Er sagte: »Es zählt nicht, was kommt – sondern, was ist.«

Dann küsste sie ihn und durch das leicht geöffnete Fenster wehte der Klang des Meeres herein. Unter dem Sims floss die große Malambasee dahin, wie sie es immer tat, Tag für Tag, Woche für Woche, Jahr für Jahr.

Weiter im Westen begann das Rumoren der Stadt. Von hier aus dem lauschigen Derrenzhill betrachtet wirkte der Verkehr wie das ewig emsig laufende Getriebe eines ganz und gar absonderlichen Organismus. Und doch: Alles schien normal.

In einem gemütlichen Café auf der anderen Straßenseite saßen Detective Dean Weiss und sein Kollege Kyle Lunch hinter dem Glas der raumhohen Scheiben an einem kleinen Bistrotischchen und stritten sich über irgendetwas, dessen Hintergrund man von draußen her nicht verstehen konnte. Eigentlich sollten sie ein Auge auf Johny haben, doch jetzt war gerade Zeit für die Mittagspause und so überließen sie die Konzentration für einen Moment sich selbst. So wie jeder andere auch, wussten sie, dass es immer einen Augenblick gab, der jedem für sich allein gehören sollte. Zum Glück.

Der einsame Blick des Autors löste sich von den beiden, hob sich langsam über die Dächer von Derrenzhill und schwang nach draußen auf den Ozean hinaus, wo er eine beeindruckende Totale der gesamten Stadt einfing, sich drehte und drehte und entfernte und entfernte und...

Irgendwo im Süden prellte ein Flugzeug in den von Wolken verhangenen Himmel.

☼

EPILOG I

EIN ZIMMER IN WAUSZBURG – EINE NACHT SPÄTER.

Ein dunkler Raum.
Ein Telefonklingeln zerreißt die Stille.
In der Dunkelheit erwacht ein Schatten.
Klingeln!
Dumpfe Schritte.
Klingeln!
Klack—
»Ja?«
»Die Gemahlin des Herkules?«
»... natürlich Fraukules.«
»Been ist tot.«
»Man hat ihn gefunden?«
»Ja. Und jetzt brauchen wir das Mädchen zurück. Koste es, was es wolle.«
»Wie viel?«
»Das spielt keine Rolle. Besorgen Sie nur das Mädchen. Und zwar lebend.«
»In Ordnung. Verstehe. Kein Problem.«
»Und noch etwas...«
»Ja?«
»Passen Sie auf – unser Feind hat jetzt Verstärkung, nur dass er selbst allem Anschein nach noch nichts davon weiß. Das ist vielleicht unser einziger Vorteil.«
»... Ich verstehe. Ich beginne sofort.«
»Viel Erfolg... Und: gute Nacht, *Octobre*.«
»Ja—«

Klack.

EPILOG II

Spam sah das Leuchten in den Augen des Mädchens, als er seine 45.er Prime to Prime übertrieben gründlich nachlud und hinter seinem Rücken im Hosenbund verstaute. Er zog noch einmal am Stummel seiner Zigarre, verzog anerkennend das Gesicht und warf anschließend das schwelende Stück Tabak weg. Keine Ahnung was die so glotzte, aber Spam war sich sicher, dass ihr Schlimmes geblüht hätte, wäre er nicht gerade noch einmal rechtzeitig hier aufgekreuzt. Er vermutete, dass Shawn einen Deal vorgehabt hatte. Irgendeinen Austausch. Die andere Frau war einfach gegangen, als alles vorbei gewesen war. Sie wusste offenbar, was sie zu tun hatte. Aber diese hier. Er schaute auf sie hinab. Sie wirkte irgendwie hilflos. Oder war es eher Neugierde, die aus ihrem Staunen sprach? Er kannte sich mit so was nicht besonders gut aus, und so beließ er es dabei, sie für »etwas komisch« zu halten. Schließlich liefen normale Frauen – Dorys war zum Beispiel keine davon – kreischend weg, wenn er auftauchte. Sie hatte noch kein Wort gesagt, seit Spam den Helikopter zurückgeholt hatte, doch jetzt schien sie ihm etwas mitteilen zu wollen.

»Danke.« Es kam sehr zaghaft.

Spam wusch die Höflichkeitsfloskel aus der Luft. »Ach was«, grunzte er. »Keine Ursache, Mädchen.«

Sie staunte ihn weiterhin an. Mann, verdammt, hatte er was im Gesicht, oder wie?! Na egal.

»Ich bin Jesse«, stellte sie sich schüchtern vor.

»Aha«, knurrte Brannigan. Er musste sie irgendwie von hier wegbringen. Nur wohin? Er wollte sie fragen. Sie würde es am besten wissen.

»Du bist Spam Brannigan, stimmt's?« Sie strahlte ihn an.

Irgendwie begann ihm die ganze Sache unangenehm zu werden. Es war doch immer das Gleiche. Held zu sein konnte zuweilen sehr anstrengend sein. Er rang mit sich selbst.

Dann sagte er: »Ok, Schätzchen. Bin eh grad auf'm Sprung. Also, wo kann ich dich absetzen, Mädchen?«

JETZT IST ABER SCHLUSS!

ÜBERRASCHEND UND DENNOCH OBLIGAT:

FORTSETZUNG FOLGT...

DANKSAGUNGEN

Unser herzlicher Dank geht an all die öffentlichen Toiletten da draußen, die wir je besuchen durften, natürlich auch an die Merkur-Spielothek-Billardtische, die Hutmode, selbstredend an den besten Hund der Welt: Nelli, viele Freunde, Eltern, Tanten, Stromgitarrenmusik, Boogie Woogie, Bier, Maletristik, imaginäre Zigaretten, Stranger, alles, was hard-boiled ist, leckeres Essen (insbesondere Suppe), namhafte digitale Bildbearbeitung, die vierundzwanzig Stunden jeden Tages, der uns die Möglichkeit gibt, zu tun, was wir nicht lassen können, Männerspielzeug, breite Betten, USB-Muli, Blue Monday, an Janna, all euch tapfere Leser da draußen, denen wir zu großer Anteilnahme verpflichtet sind, unserem Abitur, an Andreas, an alle Betaleser …

… und natürlich allen besten Dank an die sensationellen FALK R. MARISCHEN und MAX C. HAENECKE, ohne die nichts von dem, was hier steht, möglich gewesen wäre!

Danggeschön, Biddeschön, und wir wünschen allen eine gute Nacht!

DIE WIDMUNG: Musste leider ausfallen, da der Koautor keine Ahnung hatte. Mal wieder typisch. Der Autor hingegen war sich schlicht und ergreifend zu Schade dafür – macht sich doch nicht die Finger schmutzig.